像鹰一样崛起 像烈

西夏赋

XIXIA FU

张慈丽 著

甘肃文化出版社

甘肃·兰州

图书在版编目（CIP）数据

西夏赋 / 张慈丽著 . -- 兰州 ：甘肃文化出版社，
2024.1
ISBN 978-7-5490-2638-8

Ⅰ . ①西… Ⅱ . ①张… Ⅲ . ①长篇历史小说－中国－
当代 Ⅳ . ①I.247.5

中国版本图书馆CIP数据核字（2023）第032272号

西夏赋

张慈丽｜著

责任编辑｜甄惠娟
封面设计｜马吉庆

出版发行｜甘肃文化出版社
网　　址｜http://www.gswenhua.cn
投稿邮箱｜gswenhuapress@163.com
地　　址｜兰州市城关区曹家巷1号｜730030（邮编）

营销中心｜贾　莉　　王　俊
电　　话｜0931-2131306

印　　刷｜北京启航东方印刷有限公司
开　　本｜787毫米×1092毫米　1/16
字　　数｜280千
印　　张｜14.375
版　　次｜2024年1月第1版
印　　次｜2024年1月第1次
书　　号｜ISBN 978-7-5490-2638-8
定　　价｜98.00元

目录

第一章　弑父

　　夏天授礼法延祚十一年（1048年）正月十五日夜，一轮明月浩然东升，月华如水银般泼洒下来，山川万物如同浸在水晶宫里。

　　西夏贺兰山离宫。

　　巍峨耸立的贺兰雪峰上隐约闪现一道离合的神光。大红灯笼飘飘摇摇的光晕与经年不化的积雪相映成趣，依山而建的巨大宫阙绵延数百里，在如水如练般泼洒的清冽月光中更加扑朔迷离，如同天上仙家居所。

　　此时，西夏皇帝李元昊正与诸妃在此宴饮享乐。一番觥筹交错之后，元昊已然颇有醉意，放眼望去，身边莺莺燕燕珠光宝气。他一时却觉得颇为烦闷，仰起头，又一杯酒一饮而尽，踉踉跄跄起身回到内室，适才的喧嚣仍在耳畔，心中一阵寂寞寥落。想到自己如今已是一方雄主，叱咤风云，而一生中真正快乐的日子又有几天？不由得蹙起眉头。

　　元昊平生向来自负，此刻却觉得心底空落落的。毕竟是十分内敛自持之人，挥去心中莫名的愁云，元昊坐于案前，翻开兵书，缓缓读了起来。这本书已跟随他多年，书页已然泛黄，他还是爱不释手，每次读来仍有所获。须臾，又翻出地图来看——是时候将自己的宏图大业再往前铺展了。

还有件事像块大石一样压在心上，考验了这么久，犹豫了这么久——宁令哥，父皇，不，为父该还你个公道了。

正恍惚间，一个极年轻的女子入内，来到他身侧，娇声道："乌珠，您怎么一个人在这儿？"她的胳膊轻轻环上他的脖子，"咱们也该歇着了……看着那个女人有了孩子，臣妾心里着实难过，乌珠可不能再那样偏心了！有了她，就不理臣妾，臣妾也要为乌珠生个儿子！"

元昊眼神迷离地抬头看她——眉目如画，乌黑的眼眸如天上的星子——真的与那人如此相像。

那日在兴庆府行宫正在盛开的梅园中去寻她，伊人悠然转身，一身雪白衣衫下一张胭脂般盛开的脸艳色逼人，双眸璀璨，熠熠生辉……

而他心里明白，这不是她。那个女人，始终离他似远还近，若即若离，令他看不清楚。现在不一样了，她已有了他的孩儿，该是同心同德的时候了。而此刻，她却不在身边，他的心中怅然若失。

没移丹见元昊若有所思，水蛇一般纠缠上来，贴着元昊的身子道："乌珠，您不疼人家了？"

外头突然传来一声闷哼，破门而入的是一个手持长剑的年轻身影，酒意在胸中缭绕，元昊还未反应过来，寒光已如白龙般带着一股冷冽的阴风向他挥来。他只觉得面部一冰，嗅到一股血腥之气，自己的鼻尖已然随着长剑的光圈滚落到地上，身体似乎反应了片刻，鲜血才渐渐渗出，一时间血流如注，在场的人都惊呆了，连持剑之人也不可置信般地看着元昊残破的鼻子发愣。

"宁令哥！"元昊大喝，"我的儿子！你在做什么！"

那声音如同坟墓中垂死之人发出的呐喊。在当时，对一个男人最大的侮辱莫过于割掉他的鼻子。而此刻，西夏王朝的开国皇帝，却被自己的亲生儿子割掉了鼻子！

一旁的没移丹从震惊中惊醒，一声撕心裂肺的尖叫打破了短暂的寂静。宁令哥如梦初醒，看着自己此生最心爱的女人在父亲身边委曲求全，心如刀割，"阿丹！你别怕，我为你报仇！"

说着，剑光一闪，又向元昊扑去。此时元昊酒意已然醒了大半，但动作仍颇为迟缓，堪堪躲过一剑，心中的惊惧远远大于脸上的疼痛，怒斥道："逆子！你要做什么？！"随即竭尽全力喊道："侍从官！侍从官！"

而平日里那个如影随形的人此时不知为何竟然不见了踪影，想是门外侍卫定然早已中了算计。元昊心中却来不及狐疑。

"我要做什么？"宁令哥吼道，"你为君不仁，为父不慈，迫害儿子，抢占儿媳！我要替天行道！"心中的怨恨化为剑光如练，招招致命。元昊毕竟喝了半晚的烈酒，虽是武艺超群，奈何身体不听指挥，行动迟缓，眼看这一剑封喉，必定会取了他的性命！

蓦地，从门外奔入一个女子，毫不迟疑地扑在元昊身上，那致命一剑已然从她后心穿入！

"云罗！"元昊急道，"云罗！"

"云罗姑姑……"那边，宁令哥也愣在当场。那云罗虽是元昊宠妃没藏皎皎身边之人，而早先，那没藏皎皎乃是他舅母，对他素来友善，这几年，更是令云罗对他颇多照拂，未曾想，此时竟然出现在此，替元昊挡去致命一剑！

"太子！不要……"云罗已气息奄奄，拼尽全力说出这几个字。

侍卫杂沓的脚步声从廊道传入，宁令哥惊慌失措，扑到瘫软在一旁的没移丹身边，"阿丹！跟我走！"

"跟你走？"没移丹想到靠山坍塌，自己好不容易争取到的一生一世的荣华富贵随时会付诸东流，对眼前这个毛头小子的恨意不愿再有丝毫掩饰，"为什么我要跟你走？你有什么？"她的声线愈来愈紧，怨毒而仇恨地迎着宁令哥诧异而不知所措的目光："你究竟有什么啊？权力？财富？华衣美食？你连你自己的自由、你的性命都握在别人手里，我凭什么要跟你走？！"

"阿丹……你……"宁令哥如同五雷轰顶，不敢相信自己的耳朵。他感到自己的心似乎被一把尖锐的小刀一点一点凌迟着，一时间百味杂陈，却是一句话也说不出来。

原来如此，竟然如此……

脚步声已然近在耳边，宁令哥知道如果再稍做耽搁，今日必死无疑，忍着心中难言的绞痛，提起长剑破窗而出！

这边元昊脸上的血已然将全身浸泡在血泊之中，他虚弱地与云罗一同跌落在地，看着那个面如金纸的女子。什么时候，岁月的风霜已然悄悄涂染她的脸庞，当年初遇时青春年少的那抹风采，早已不知去向。

"云罗……"

多年前，她被自己一时兴起安排在那人的身边，这么多年来，如亲如友。此时，云罗为他挡开致命一剑，恍惚间，想起当年的预言，元昊在心底感叹，人的命运就是这般难以解释。

"王妃……叫我请您即刻回兴庆府……她……"话未说完，云罗已吐出最后一口气。

元昊只觉得疲惫不堪，一切都懒得去想。受此奇耻大辱，面部巨创更是疼得撕心裂肺，他竭力不想倒下，而身体已然不是自己所能掌控的，直直向后栽去，倒在地上。

血影中，元昊看到梁柱之上雕着怒目圆睁的龙，正在腾云驾雾。自小以来，他便觉得自己是龙，即使不是，也一定要做龙。阵阵疼痛袭来，自己的一生竟在眼前倏忽而逝。

回想起他的青春，他的热血，他称霸一方的志气，他一统天下的豪情，他壮志难酬的懊恼，他的那些孤独与狂热，那些无奈与无助……

耳边渐渐传来杂沓的脚步声、刀剑出鞘的冰凉金属声、宫人的惊呼声……元昊终因失血过多昏厥过去。

宁令哥趁着夜色，仓皇逃到兴庆府一巍峨府邸。只见国相府主屋内明如白昼，没藏讹庞头戴毡冠，腰佩宝剑，端然坐于主位之上，似在等候他的到来。

"国相大人，救我！"宁令哥用尽最后一丝力气冲到讹庞面前，他知道国相大人已经做好了准备，为他宁令哥的帝位、为他们的明日而搏命了。

国相冰霜般的脸上却浮现出他看不懂的意味，是这些年来从没有过的神色。"太子！你胆大包天，竟敢弑君！来人！拿下！"

宁令哥这才看到，屋里屋外不知何时立满了凶神恶煞的兵士，即刻就将他擒住。

"国相！你说过，一旦我把父皇除去，你就拥立我为新皇……"宁令哥话未说完，嘴里已被塞入核桃。

"大胆狂徒！犯下死罪还敢血口喷人！来啊，把他给我押下去！"

宁令哥惊惧而绝望地盯着没藏讹庞的眼睛，不敢相信自己的耳朵，被裹挟着带了下去。

次日，朝阳的第一缕光照入贺兰山巅之时，夏景宗李元昊因受重伤，失血过多而逝。

没藏讹庞以"弑君罪"杀宁令哥，拥立其妹没藏皎皎之子、出生仅十一个月的李谅祚为帝。

大臣诺移赏都等人称，元昊临终有遗命立其从弟委哥宁令继承帝位，不少大臣均主张遵从元昊遗命。

没藏讹庞反对道："委哥宁令并非元昊之子，且无功勋，怎么能继承大统？"

诺移赏都反问道："如今，国家无主，谁还能继承大位呢？难不成是你？如果你能保守大夏疆土，那我们倒是乐见其成。"

讹庞怒斥道："你竟然胆大至此？我大夏自祖考以来，均是父死子继，国人谁不服膺。如今没藏皇妃有子，正是先王的嫡嗣，立其为主，谁敢不服！"

说着，众武士刀已出鞘，大殿内如同被灌满了胶，空气也变得纹丝不动，令人的呼吸都显得困难。众大臣只得低首，唯唯称是，遂奉谅祚为帝，尊没藏皎皎为宣穆惠文皇太后。

第二章 预言

宋天圣四年（1026年），幼时的云罗痴痴望着悬在天空中那轮银盘般的满月。院中小草斑驳，随着晚风轻轻摇曳。她瞧了许久，叹口气，跳下炕来，走到外屋，织机"呀呀"地响着，她轻轻叫了声"娘"。

云罗娘就着明亮的月光织布，偏过头望了一眼女儿，微笑浮上脸颊，嘴上却说："什么时辰了，还不去睡。"

云罗靠近母亲，噘着嘴，娇声道："娘！"

母亲停下手中的活，拉过女儿的手，轻轻拍了拍，"眼望着入了冬，到了正月十五，你就满十六岁了，还撒娇。罗儿，不是娘不答应你，实在是你爹临走时千叮咛万嘱咐，不让你出去。万一遇着什么，怎么办呢？"

"这都多少天了，还不让我出去？我整天在这个小院子里待着，都快闷死了。不过是个疯子说了几句胡话，爹娘不惜一切，把家都扔了，带着我千里迢迢从中原来到塞外，来到这个举目无亲的地方，两个月来还不让我出门，我和囚犯有什么两样……"

四个月前，中原开封近郊。

一扇朱门之中，宽敞的后院里，云罗手执团扇在扑流萤，身后小丫鬟绿珠随着她身形起伏咯咯笑着，少女金色的笑声洒满整个院落。绿珠忽而止了笑声，"小姐别跑，让夫人看见，又该说我撺掇着小姐不做女红还到处乱跑……"

"娘也就是随便一说罢了……"云罗回头问，"爹爹呢？晚饭也没一起吃。"

"在前院和人说话呢，听说是来了个会算命的神仙……小姐，您又要到哪儿去？夫人叮嘱过不让您到前院！"

云罗哪里肯听，早一溜烟从侧门跑到前院，从亭子后探头张望，孰料一眼正对上一双深邃的眼睛。

那蓬头赤脚衣衫褴褛的陌生人也正惊诧地盯着自己看，云罗爹顺着他的目光望过来，微笑道："道长，这是小女，从小都像男孩儿，这么大了还不知收敛。唐突了，请勿怪。"

"无妨。"那道人口中应着，仍目不转睛盯着云罗。

"请问道长，适才您说，我此后生意会做到很远的地方，我世居开封地界，不知道长何出此言……"

"可否请令爱近前一见？"那怪人细眉深蹙，眼中精光凝聚，此刻声音也变得冰冷。

云罗见爹爹招手，索性大大方方从藏身之所走到那怪人面前。那人仍旧不发一语，目光一瞬不瞬盯在她脸上，云罗爹见他表情怪异，不禁提着一口气。

须臾，道长摇头长叹一声，依着云罗向来的性格，定会出口询问，此时却被一种莫名的神秘所攫，竟说不出一句话，见爹爹急切地向她摆手，示意她退下，她便依言转身回房。行进中，又不由自主回头一望，那怪人的目光追随着她，满含悲悯忧郁。她的心不由一突，却也无可奈何，只好慢慢走回堂屋。

那怪人沉吟半晌，缓缓道："本人确是外邦巫师，道行尚浅，但也能看出，令爱命犯天煞，将来或会陷于国殇、亡于皇家情孽……"

云罗爹大惊失色，手中热茶跌落在地上，狼藉四溅，将手烫得生疼，他却顾不得，脸色已变得蜡黄，盯着怪人看，那人笃定地点点头。云罗爹沉吟半晌，终于问："敢问道长可有解救之法？小民半生无子，四十岁上只得了这一个女儿，虽是小户人家，却也向来爱若珍宝，愿以举家之力为她消灾祈福。"

"办法也不是没有——远离皇城……不可入宫，不可接近帝王……天机不可泄露，请恕贫道无法言明……"

云罗爹向来笃信佛道，二十年来每有要事都会事先占卜，与这道人交谈半晌，见他议及诸事绝无半点虚妄，早已信服得五体投地。此时一听，心里悚然一惊——宫里眼下正在大选宫女，各族都有名额，这个霉头可不能触，留在皇城总归日夜揪心，不如远走他乡，不求闻达，只愿余生与妻女安然度日。若要眼看着女儿死在这样诡异的命运之上，自己和夫人定然生不如死，不如走到西北塞外，天高皇帝远，想来命中之劫便可化解。

打定主意，抬眼再瞧那道人，却已不知所终。云罗爹站起身茫然四顾，只闻夏虫唧唧之声此起彼伏，适才一切仿若做了一场大梦。急忙奔进屋内向夫人言明，夫人向来对他言听计从，夫妇二人商议半宿，连夜收拾细软。

次日黎明，匆忙召集故旧变卖家产。本是小康之家，倒也没有多少牵绊，只是一些财物仓促中也只好权宜处置或干脆赠予亲友。一家三口及从小服侍云罗的孤女绿珠，雇了马车远离开封城。

第三章　远徙

父亲并未对云罗言明此为何故，只说到塞外做生意，但云罗多多少少知道这样天大的变故与自己有关，几番询问仍未得到确切答案，只是晓行夜宿往北行去。

风餐露宿两个月后，已至塞外境地，中原此时正是秋高气爽之时，而这塞北之地却已降了厚厚的霜寒，一家人连带车夫都将冬衣取出来穿上才勉强御寒。行至一山谷中，但见风沙扑面，乱石疾走，一片诡异的苍茫。

那马儿嘶嘶嘶叫着，死活不肯再往前走。车夫是个老把式，见状竟也大惊，与云罗爹四目相对，都是一脸的惊骇。

一个念头未转完，西边山隘处已黑压压冲出一群响马，肆意高叫狂笑，转瞬间就将他们包围。为首的独眼，膀大腰圆，一马当先，一柄沾着黑紫血迹的长刀带着凛冽的杀意兜头就扫将过来，老车夫未及惊叫，一颗血淋淋的人头已落地，兀自在地上咕噜噜滚着。云罗爹料定遇到杀人嗜血的强人，自知决然不是对手，今日必死无疑，回头望望车内惊叫一团的妻女，一时急痛交加，目眦尽裂，只待与贼人搏命。

万般绝望之时，忽听一队马蹄旋风般驶近，独眼贼人瞧得分明，适才的不可一世瞬间消失，脸上竟极为惊惧，连滚带爬下了马，口中打着战，却是说不出一句话，只是连连跪拜，磕头如捣蒜，随从也早已跪了一地，个个浑身颤抖却不敢吐出一个字。

当先那年轻男子骑在汗血宝马之上，如神祇下凡，是人间难得一见的英俊神武。只见他唇角挑起一丝冷笑，看也不看这些匍匐在脚下的人，昂首道："塞外第一强人是什么东西？配使我党项宝刀？"随即望了云罗马车一眼，"任何人敢打劫过往客商欺压弱小，只得一个字——死。"偏头对随从使了个眼色，自顾自掉转马头向北驰去。

多亏不留名的英雄相助，云罗一家劫后逢生。向北行了五日，到达夏州党项族野利氏首领属地天都山境内。云罗爹见此地风光秀美，民风淳朴，宋人也极多，便决定在此安居下来。

党项族为羌族的一支，原住青海、四川西北部，逐水草而居，早先过着游牧狩猎的生活。唐朝后期，党项族迁移到甘肃、宁夏边境和陕西西北部一带，经济长足发展。唐朝末年，党项族最强大的平夏部首领拓跋思恭因帮助唐朝镇压黄巢起义有功，唐朝统治者赐拓跋思恭唐朝皇族的姓氏——李姓。唐朝皇帝还任命拓跋思恭为定难军节度使，封为夏国公，统辖河套附近银州、夏州、绥州、宥州和静州，逐渐形成了一支地方割据势力。

宋朝初年，党项族首领李继捧归附宋朝。宋太宗赵光义欲乘机消灭党项族地方割据势力，令李继捧举族搬到宋朝的汴京居住，引起党项族一些贵族的反对。首先站出来反对内迁的是居于银州的李继捧之弟李继迁，他说："吾等祖祖辈辈居于此地，300多年了，数代父子兄弟称雄一方。倘若我们搬到汴京去住，生死还由得了我们吗?"

李继迁之弟李继冲主张杀掉宋朝使臣,占领银州和绥州。李继迁思之再三,采纳了谋士张浦的建议,带领家属和亲信数十人,逃到党项族聚居的地斤泽(今内蒙古鄂托克旗东北),积蓄力量,准备起事。

李继迁在地斤泽休养生息,发展生产,训练军队,势力不断壮大。宋太平兴国八年(983年),李继迁几次兴兵攻打宋军,都被宋军打得大败。宋雍熙二年(985年)二月,李继迁用诈降之法,杀死了宋朝驻夏州的官员,并趁势攻占了银州。不久,宋朝派大军讨伐李继迁,李继迁弃银州而逃并投降辽国,辽于宋淳化元年(990年)封李继迁为夏国王。在辽国的支持下,李继迁又攻占了银州和绥州。

宋咸平元年(998年),宋真宗赵恒继位,对党项族采取妥协、退让政策。为笼络李继迁,赵恒封他为夏州刺史、定难军节度使,管辖夏、银、绥、宥、静五州。宋咸平五年(1002年),李继迁率兵攻陷灵州,并把灵州改称西平府。在西平府,李继迁设官职,建军队,为建国奠定基础。宋景德元年(1004年),李继迁在作战时中箭身亡,其子李德明继位。德明采取与宋、辽修好之策,一方面向宋朝称臣,一方面向辽请求封号。宋、辽均封李德明为西平王。

云罗爹找好住处,安顿好家小之后,便继续做起布匹生意。虽说这里已远离皇宫,但他仍让云罗娘看紧女儿。女儿向来活泼好动,在中原时每日都会到邻家找同伴说笑或出门散步,还时常随父亲到各处做买卖,而现在每日都被拘在家里,终日忧郁,愁

眉不展。前日云罗爹出门采购，临走时叮咛夫人看好女儿，不可
让她出门。

第四章　天机

此刻见女儿泫然欲泣，云罗娘叹口气："你再忍耐一下，过了这几天就没事了，你想上哪儿都无妨。"

"如今我们到这塞北之地，我们从中原大宋来的汉人，有落脚的地方吗？"

"这些天你爹对这里熟络了，这党项天都山，不是我们以前想的全是西羌、胡人，还有很多其他民族，汉人也有不少，除了这里依山傍水风景奇佳，这也是你爹最终决定在这里落脚的原因。你不喜欢胡人，咱们大可在汉人中为你选择夫婿……"

"谁说我一定要选汉人了？我要嫁就嫁顶天立地的男子汉！"云罗素来爽朗，并无多少小女儿扭捏之色。

"说的也是，你爹向来说无商不奸，可是这些天和这里的党项人谈生意，却多次夸赞他们勇敢忠厚，对朋友友善关爱，绝不会为了利益在货物上做手脚。他们对我们汉人也没有偏见，他们常说'只要遇到便是缘，只要有缘便要惜缘'。咱们在他们中选一个给你做夫婿好吗……"

"娘！"饶是云罗再没有小女儿之态，听到这里也已是面红耳赤了。

　　云罗本以为只有娘一个人在家，她可以出去透口气，看看千里跋涉终于定居的这个地方究竟有何等风物，却不想母亲仍是让她足不出户。这日傍晚，出门买针线的绿珠兴冲冲地跑回来，"小姐，下个月初五，大夏国王的儿子、小王爷李元昊要和天都大王的妹妹野利碧珏郡主订婚，明日宴请天都山百姓，与民同乐！我们能去看看吗？听说那碧珏郡主极为美艳，而且，还能看到夏国小王爷呢！"

　　"夏国小王爷岂是我等市井小民能见着的？"云罗不以为意，但眼里闪着一丝期待的光芒。她在中原早已对那个大夏国的小王爷李元昊如雷贯耳。

　　在诸多宋人中，对李元昊的外貌、气度、见识有种种传说。云罗在中原时就听说过，宋朝边帅曹玮驻守陕西沿边，早就想一睹元昊风采，派人四处打探其行踪。听说元昊常到沿边榷市行走，数次等候以期会面，但总不能见。后来派人暗中偷画了元昊的图像，曹玮见其状貌，不由惊叹："真英物也！"

　　云罗从未想到此生竟有机会亲得一见大夏国的小王爷，一想之下勾起一番思索，更是心潮澎湃。

　　绿珠又道："小姐，这党项地界和我们中原不同，听说他们的王公贵胄也都是和普通牧民、百姓一样，日日骑马奔驰，一样的大碗喝酒大块吃肉，遇到喜事，也喜欢围坐在一起又吃又喝的，人越多越觉得高兴。这里路上走的大姑娘不坐轿不戴斗篷风帽，汉人家的也这样。那天都大王的妹妹眼望着就要嫁给小王爷了，不知美成什么样呢……趁老爷不在，我们也去见识见识！"

　　不知是这夜月光太亮晃得人眼晕，还是心中澎湃的渴盼无法抑制，云罗辗转反侧睡不着，天快亮时迷糊睡去，嘴角犹自带着笑。

次日，云罗从鸟鸣声中醒来，叫起绿珠，匆匆吃了早饭，收拾停当踏出家门，身后是母亲急切的叮咛："让绿珠陪你去前面小溪边散散心，半个时辰就回来，戴好斗篷，切勿与人交谈。速速回来，千万不能让你爹爹知道！"

"娘，我们一会儿就回来，放心吧！"

身侧绿珠早已乐得合不拢嘴，点头如捣蒜。

云罗娘本来对那怪人并不全信，但禁不住相公笃信，宁可信其有不可信其无，为了女儿，举家搬来塞北，已然离帝都这样远了，这里没有皇宫，女儿在附近走走，哪里就能走到宫里去了？也得让孩子出去散散心，憋出病来可怎么办？半个时辰，一转眼也就过去了，相公傍晚才归，哪里会知道。

如此一想，云罗娘便走回屋里，吱吱呀呀的织布声又回响在小院。

云罗与绿珠出得门来，如脱缰之马，畅快非常，一路快步而行，顺着平坦的黄土山路，按绿珠探听来的消息往东侧的山峦深处走去，这才发现，她们所居小院位于一处大山前的平原之上，绝大多数人家都以毡为帐，只有极少数人家住着和他们一样的土坯房，想来也是从内地迁徙而来的汉人居户。

沿途人流逐渐汇聚，往同一方向而去，想来都是去观礼的。在云罗看来，他们大都操着一种奇异的语言，装束奇特，风格各异，与中原截然不同。男子大都头裹毛巾，身穿交领衫，腰间束带；有的则穿袒右肩衫，下穿褶裤或窄口裤，脚穿麻鞋。竟然真如绿珠所言，女子大方谈笑着走在路上，梳高髻，以花饰装扮，大都身穿交领宽袖长衫，看起来应属平民。

"听人说，天都山这里是野利家族的领地，他们是党项人，这里除了党项人，还有回鹘人、吐蕃人、契丹人和我们汉人，小姐，我本来还担心我们穿成这样会受排挤，现在看来不用担心啦。"绿珠笑道。

云罗看到各族女子都不戴斗篷和面纱，她向来喜好自由，从来没有像今天这样大方自在地走在人群中，原本对这陌生之地有几分抗拒，此刻却觉得十分称心，不禁对这里多了些许亲近之意——难不成上苍派那胡说八道的怪人到家里去，害他们从家乡到这西北塞外之地，其实也是有原因的？

这样想来，云罗竟平生第一次生出一些宿命感来。

却说云罗娘私自放走女儿，坐在织机前，没来由得心惊肉跳，那梭子握在手里只觉得如烙铁般发烫，怔忡半晌，起身拉开门闩往外张望。

这一望非同小可，只见云罗爹骑马自西而来，风尘仆仆，满脸焦急之色。他遇事向来冷静决断，很少有如此惊慌之态。

"云罗可在？"云罗爹未等马立稳便滚下马鞍，云罗娘的脸色让他不敢细想。

"我们已搬到离皇宫千里之外的蛮荒之地，万不可能见到帝王将相及宫中之人……女儿在家里太憋闷了些，我让她带绿珠到东头溪边散散心，片刻就回……"

"你可真是糊涂！"云罗爹翻身上马，狠命挥动马鞭，那马吃痛，一声长嘶，往西狂奔而去。

　　"远离皇城……不可入宫，不可接近帝王……切勿与白衣男子碰面……天机不可泄漏……"那人的话犹在耳边回响。

第五章　惊魂

云罗边走边看，忽听身后喧哗之声大起，一径黄尘从人群后方席卷而来。

"小王爷！小王爷！"欢呼声在云罗耳边炸响，人群沸腾起来。云罗眯起双眼，在马蹄卷起的半天尘土中往身后望去，只见两杆大旗引道，一个英俊逼人的年轻男子端然骑在神骏非常的汗血宝马之上，身穿白色长袖衣、头戴黑冠，乌黑发亮的头发披在脑后，身佩弓箭，后有侍卫步卒张青色伞盖相随，两侧各有数十骑武士骑骏马护驾。

"小王爷！小王爷！"人们一边争相推搡观看，一边又纷纷让道，不住大声呼喊。

那男子气势如虹，目光如电，与那新鲜的鞍辔交相辉映，直欲夺人双目。满天尘土中，轰轰轰地往东绝尘而去。

云罗从未见过天皇贵胄，初到异地竟然得以一见，原本暗自纳罕，此刻却看得分明——竟然是他，那日在荒僻山谷中侠义救助他们、却又对歹徒无情杀戮的那个年轻男子。

这可不是梦中顶天立地的男子汉吗？

这少年英雄，是他们一家的恩人。

云罗听说过，宋景德元年（1004年）五月初五，李元昊出生于灵州（今宁夏灵武），据说他刚出生时双目炯炯，啼声十分响亮。他自幼好读诗书，对兵书爱不释手，对治国安邦的律法著作尤为钟爱，不断潜心研读。平日善于思索、谋划，见解独到，极有主见。

有的人，只一眼，便再也难忘；只一眼，便深深镌刻于心底。

无数人追着小王爷的马队往前奔跑，乘马之人寻着他的踪迹一路追赶而去，自有盘山山道迂回蜿蜒。步行的人群在激动中行进，路越走越窄，人们从不同的岔道分流而行。云罗压住心中澎湃，思索着不知以后还能不能如此近地见到他，很快，注意力又被眼前从所未见的壮观景色所吸引。走在苍茫群山之间，只觉得神清气爽，她们跟随几个党项族姑娘逆着溪流往山上走去。

此地名为天都山，越往里走越是奇峰环绕，山势奇峻，古木苍翠，不远处雕梁画栋的寺庙，乘着微凉的风扑面而至，但见挑檐飞脊，辉煌壮丽。在险峰翠壁之中，数条幽幽飞瀑与股股清泉自山中倾泻而下，掩映着幽深古洞。

如此风景令见惯中原风光的云罗看得呆了，绿珠也张大嘴巴无比惊异。

此时，四周杳无人声，绿珠突然害怕起来："小姐，夫人说半个时辰就得回去，已经到时间了，我们还去观礼不？"

云罗转首四面一望，只见群山环绕，早已分不清方向，别说半山腰去观礼的路，就是来时的路也已恍然莫辨。饶是云罗素来胆大，但在如此荒山野岭之地，心下也有了几分怯意，只是碍着绿珠——她向来口无遮拦，其实最是胆小，如果自己露怯，她还不吓晕过去？只得定下神来仔细辨别方向，可是群山莽莽，处处葱绿，仿佛有千百条路。

"嗒！"有声音从右上侧山洞中传出，云罗循声定睛一看，原是一个溶洞，恍惚中忆起先前那些姑娘似乎在这处一闪就不见了，她们莫不是钻过这洞抄近路往那边去了？

云罗壮着胆子拉起绿珠顺着山崖攀到那溶洞前，万没料到洞口虽小，里面竟然十分宽广幽深，远远的那头似乎有光亮透出。

云罗决定从这里穿行过去，绿珠早没了主意，只得听凭小姐安排，二人携手前行。

越往里走，越觉寒冷透骨，那光亮虽然看起来近在眼前，实则极其遥远。这溶洞竟似凭空往前伸展一般，人在其中，仿如两只蚂蚁。顺着光亮的方向，拐过一个弯，面前竟分出三条岔道，正犹疑不定间，忽听最里边那个岔道里竟有人声，只是语气极低，听不真切。

绿珠正要开口，云罗伸出手捂住她的嘴，摇头示意不要出声。

侧耳细听，竟是一个极年轻的女子冰雪般清冷悦耳的声音，"让开。"

是纯正的汉语。不会是小儿女在此幽会吧？云罗心中暗笑。但这声音，却让人感觉莫名的尊贵，仿若九天宫阙仙子口吐莲花。

半晌却没有动静，又听那女子道："你这算什么？未婚妻正在等你，你却……不怕她伤心吗？你还要做什么荒唐事？"

"荒唐事？正因我做了那样的荒唐事，才弄得今天的地步……她伤心算什么？全天下的女子伤心又算什么？"是一年轻男子富有磁性的声音，"别担心，洞外守的都是我的心腹，是我从小豢养的死士。管他什么新娘子未婚妻，只要你一句话，我立马就娶你！"他气息急促，空气中有衣袖拉扯之声。

却听那女子冷笑一声，"你娶我？哼，我是谁？你凭什么娶我！"

"你是我这辈子最爱的女子！"空气里似乎有了灼热的温度，"如果你不答应，我就铲平这天都山，让无数人血溅三丈！你不是最惜贫怜弱吗？我就要让你看看，你放着尊贵的王妃不做，偏要因你掀起血雨腥风！"

"你……"那女子似是气极，片刻声音恢复平静，"跟我用强吗？你知道我是什么样的人。如果你想那样做，尽管来吧，死人堆里不多我一个。"接下来就是半晌的沉默，却又听那女子柔声道："我走了，你好自为之。"

云罗正惊疑间，一道寒光扑面而来，秋水般凛冽的长剑已横在绿珠颈前，咚的一声，绿珠白眼一翻，瘫倒在地。

"什么人?！"那双眼里，怒火凝结而成的杀气令云罗禁不住轻轻颤抖。

那男子，竟是先前途中所见、不可一世的小王爷！

携着冰锋般迫人的杀意，那英挺的男子已近在咫尺，四周的空气也为之一窒，四目相对时，他的呼吸喷在她的脸上，云罗竟有一种宁愿就此死在剑下的冲动。

"不要伤她！"那边传来女子冰冷的声音，带着不可抗拒的威严，"以后我们再谈。"那声音渐渐柔软起来。

　　小王爷紧攥着剑光的手往后一滞，回过头来盯着云罗，"是你？你怎么知道本王在这里？"

　　云罗见他眼中竟有杀意，脑中极快地转了一个弯，尽量用轻快的语调道："我并不知道恩公是谁，也不知道您为什么会在这里。我们迷路了，幸得恩公再次相救，不知何以为报。"

　　那小王爷闻言，一抹若有似无的微笑浮在唇角，"我不知道你是真聪明还是假聪明……不过，倒有几分有趣。"他收回秋水长剑，寒光一闪，宝剑入鞘，如游龙归浦，他脸上阴鸷的表情也柔和下来，"你叫什么名字？"

　　"云罗。"

　　"云罗？怎么连名字都像我党项人？看来我们真是有缘。汉话说得好，也很机灵。真是踏破铁鞋无觅处，得来全不费工夫——你可愿报恩？"

　　见云罗点头，他缓缓道："那就好。本王有件事要交代给你办——非你莫属。"

第六章　双娇

山谷外守护的众卫士见小王爷进入溶洞，此刻竟带了一个及笄之年的女子出来，莫不惊异，心中暗暗好笑，这小王爷果然风流，就是到了今天这个日子竟也……

云罗无言地跟在他身后，适才心中掀起的惊涛骇浪已渐渐平息，得知元昊着心腹将昏倒的绿珠送回家中，并准许她随后与父母相见说明情由，且可时常相见，她心下稍安，早有左右听命遣来仆妇为她换上党项女官宫装。

云罗被小王爷李元昊安排给等候在此的宫婢服侍，沿着山路往深山行进。宫婢之中也有汉族女子，诸种族人中讲汉话者也有不少，因此并不觉得有言语不通之碍。

也不过一个时辰，命运就如此天翻地覆。此刻面对这样的安排，云罗没有反抗，更没有哭闹，与其说是畏惧强权、屈于王命，不如说是以另一个做梦都未曾预料的方式改变了自己被那巫师封印的命运。她素喜好自由、不受约束，像过去半年那样如同囚犯一样拘禁在家中，不如到这外面的天地呼吸新鲜空气。更何况，遇到的是这样一个梦想中的英雄儿郎——虽然，他对她另有安排。

云罗随众人顺沟进去五里许，只见西南半山坡上依山傍崖有一座古寺。因民间传说在山中发现过金牛，此寺名为金牛寺。

乌泱泱的人群早已汇聚于山谷中，人头攒动，摩肩接踵，见白衣乌冠、丰神俊秀的小王爷驾到，一时间欢声四起。

等候在此的天都大王、王妃、天都大王之妹野利碧珏均起身含笑迎上前来。

"恭迎小王爷！"那天都大王长身玉立风采不凡，早已上前行礼。元昊扶起天都大王双臂，只见他头戴银帖间金缕冠，衣紫旋襕，腰束金涂银束带，垂蹀躞，佩解结锥，短刀……

元昊笑道："天都大王果然好气度！"

"臣不敢。小王爷大驾光临，实乃天都山寨之幸。"

"义兄何必过谦？别忘了，小弟今日来此，可是赴家宴。"元昊说罢，转头望向天都王妃。那王妃并未抬头，只盈盈拜下。

但见那天都王妃容颜胜雪，清丽难言，头梳高髻，戴花钗金缕冠、金步摇，身穿交领窄袖花旋襕，内着百褶裙，左下佩绶，足穿尖钩履。此乃贵女宫装，但穿在她身上却有一种清新淡雅的风采，那一种绝非凡间的妩媚风流竟让人呼吸一窒。

"小王爷请勿见怪。"天都大王野利遇乞爽朗一笑。转眼又看到妹妹明媚娇艳，正满眼喜悦地瞧着元昊，元昊嘴角不为人知的一抹嘲笑极快地消失无踪，"嫂嫂不必多礼。我说过，此乃家宴。"

天都王妃含笑抬首，立在元昊身后的云罗悄悄抬眼望去，只觉满眼清凉，幽香扑鼻——那王妃竟如冰雪垛出来的一个人儿。一双秋水明眸，能攫人魂魄，直让人挪不开眼睛，似乎满山谷的人都在瞧她。

　　元昊此时已神色如常，偏过脸去迎上未婚妻的目光，云罗好不容易从王妃脸上转顾，心下又是大惊——那野利郡主竟然也娇艳如斯，透着无与伦比的尊贵华美，如此的容光迫人。

　　因今日为大夏国王之子、小王爷李元昊及天都大王之妹野利郡主即将到来的大婚吉日宴请山民乡里，山中数处山寨都预备了各色吃食。厨子赤膊上阵，烧、烤、煮、熬、炒，调以盐、油、椒、醋、蜜，煮锅、铫壶、汁罐、笼床、檠子、鏊、叉、盘、碗、瓶、锅铲、匙、箸、筋等家伙齐齐开动，整个山寨处处菜香浮动、喜气洋洋。

　　舞蹈、射箭、御马、蹴鞠、象棋等活动在酒足饭饱之后如火如荼地展开，一时间天都山处处欢歌。

　　半山腰间有一眼泉水，水质甘甜，四季不涸，人入其境豁然开朗。天都王妃没藏皎皎极爱此处，又因其虔诚信奉佛教，为其起名"观音湫"。天都大王特意为她在此处建筑宫苑，供其游玩休憩。此地轩敞静谧，各种奇花异木在清风中摇曳，幽香扑鼻，最宜幽居。

　　登上高台与山民相见同庆之后，在震天的欢呼声中，天都大王一行悄然隐退，来到观音湫稍做歇息。随后设家宴，众人聚饮幽幽清泉之侧，泉水叮咚，有如仙乐，万人同庆，喧哗嘈杂之声丝毫不闻，恍然如到另外一个世界。

　　金风送爽，令人心旷神怡，抬眼看时，众人不约而同俱已换上便装，天都王妃所装竟是汉服，自有一番别样风流。众人相谈甚欢，这顿家宴看似十分欢畅。

　　一时饭毕，李元昊看来极有兴致，向天都大王道："这观音
湫真是名不虚传，义兄家的风光确是绝美。"

　　"小王爷说笑了，天都山虽为野利家世代所居，但这山川河
谷、一草一木，哪一寸不是夏国国土？野利家上上下下数万口
人，哪个不是夏国的臣民？如果小王爷还算喜欢此间风物，我当
立即搬出，将天都山奉与小王爷。"野利遇乞起身恭敬行礼，声
音纯真清澈，发自肺腑，听者无不动容。

　　"是吗？"李元昊望向他坦荡的眼睛，唇边旋起一抹极浅淡的
微笑，瞬间又消失无踪。余光中天都王妃一身雪白绸衣，清清淡
淡地坐在天都大王身侧垂首不语，如空谷幽兰般不动声色，而他
分明看见，她眼中闪过一丝惆怅，再看时，她却面色如常。

　　元昊心中一酸，为什么她会这样亲密地倚在他的身边？为什
么竟是他——自己视为亲兄弟的他？他们怎么可以这样对他？怎
么可以在他面前如此这般琴瑟相谐？那对两小无猜的身影跑到哪
里去了？那些两情相悦的时光都到哪里去了？

　　旧时的日子呼啸而至，绮年玉貌的她，如一朵明丽的解语
花，伴在他的身边，身着党项贵族少女精美干练的华服，娇俏的
身影如风般在他身边旋转，就在这观音湫下，掬起一捧泉水咯咯
笑着向他泼洒过来，清凉的水花在阳光下飞溅开来，映着她明媚
娇憨的脸庞……

　　那时，她深深的瞳仁乌黑璀璨，如夜幕上的星子般闪闪发
光，她的眼中只有他，他的眼中只有她……

第七章　皎皎

"小王爷!"眼前却是野利碧珏的一双美目,探寻的眼波中含着不容置疑的光芒,将他生生从回忆中拽了出来。

"小王爷不会是真的看上我哥哥嫂嫂家的这道活水了吧?这怕不行,还得传给咱们小侄子洗澡呢!"碧珏扑哧一笑,众人也都笑了。

元昊回过神来,"此地世代为天都大王居所,我怎敢觊觎?就算我眼睛再小,想要将此间美景收入囊中,必然也会犯众怒的。对吗,嫂嫂?"元昊唇角上挑,转视天都王妃。

天都王妃一双剪水明眸轻轻一扫,只淡淡一笑,"小王爷说的是。"那语音清凉悦耳,观音湫的泉水滴在滑腻的山石之间叮咚作响,似也为其唱和。

此言一出,倒叫元昊一愣,也出乎所有人意料,天都大王急忙行礼道:"小王爷切莫见怪,皎皎向来直率,绝无他意,请小王爷切勿怪罪。"

元昊大笑,转顾近在咫尺的苍茫群山,淡薄的怒意夹杂着些许悲戚之色,转过头时却神态如常,"义兄何出此言。嫂嫂说得虽是玩笑话,却也是大实话……我这份心思若是传到父王耳中,又会说我惦记着豪酋的东西了。"

令人窒息的空气为之一松，二人均朗声而笑。"义兄，我说过，此种场合我们兄弟相称才是，若再拘礼，我可不答应了。你知道的，我一生气，这山里不知又多死几只漂亮的麋鹿。"

没藏皎皎此时倒是微笑道："只要王爷喜欢，天下的猛兽珍禽都巴不得争着让自个儿的身体插上您的金箭呢！"

元昊被噎得一愣，随即自嘲般轻笑："嫂嫂可是在为那些野兽说项吗？"

元昊身侧侍奉的盛吉赔笑道："前阵子部族围猎，所有大夏勇士狩猎的猛兽加起来都不如王爷多呢，那些个山中之王，可不是都争着让自己的身体插上王爷的金箭嘛！"

"多嘴！"元昊带着笑意嗔道。盛吉便虚打了自己一个嘴巴，脖子一缩，干笑着退到元昊身后。

没藏皎皎却觉得心中一紧，当年那种失望痛苦的感觉重新复苏，再次攥紧她的心脏，那些过往的片段在她脑海中一幕幕闪现。

少女时代的那些个秋天何以那般和煦明艳？浩荡的金风透着丰收的气息拂在脸上是何等惬意开怀。草原上天高云淡，风吹草低见牛羊，远远传来深情的牧歌，在齐腰高的草甸子上疯跑得累了，英武的少年跨在枣红的汗血宝马之上，含笑向她伸出手来……

部族豪酋聚会的夜晚，大人们在帐中议事之前，大碗酒、大块肉、各色野味野菜川流不息地端进去，一眨眼的光景就被风卷残云。此后，仆从退出，各自亲信在侧，大帐垂下重重的毡帘，只听得时而悄无声息，时而高声辩论，时而吵闹争执，时而哄堂大笑。

草原上常会举行部族议事大会，大人们每于帐中议事，豪酋子弟便时常欢聚在王子元昊帐前。

这夜，月亮甚大，明晃晃地挂在天空，千里草原被那月光笼罩着，如浸在一汪清水中。元昊大剌剌倚在自己帐前空地上的老树旁，周遭一片欢呼："王子必胜！王子必胜！"元昊满不在乎地斜眼看着比武后愿赌服输的众豪酋子弟依次给他递上作为赌注的银刀，一时已是堆积如山。

"嗤！有什么意思！腻味死了！"元昊百无聊赖地仰头望天，一轮明月皎皎如练。

月华如练，月华如水……皎皎，皎皎……

旷野静月之下，只听得一阵箫声清丽悦耳，起伏婉转中却并无凄楚悲切之意，反而蕴含着几分英气与从容，似与月华相逐，百转千回，连绵不绝。

众少年不觉听得痴了，有聪明伶俐的，尖叫一声"皎皎！皎皎！"话音未落，众人也都叫喊起来，笑嚷声、叫好声响成一片。

只听得那边营帐中传来少女们的嬉闹轻笑之声，少年们个个引颈张望："她们什么时候到了？"

"请姑娘们过来一聚！"元昊忙不迭吩咐盛吉。

"皎皎近来在给她们教汉人的诗词歌赋，她们谁不听姑娘的？上次会猎时就嫌咱们聒噪，等闲请不过来，现在怕是更难请了……"少年盛吉一脸委屈。

元昊略一思量，扭头喝道："法师！法王！去！"放开手中细细的两道麻绳，两头狮子般的巨大藏獒利箭一般应声而去，周围少年无不如见瘟神一般惊叫躲避，随后又远远尾随两头巨兽哄笑着一同跑去。

须臾，少女清脆的笑声如金色的莲花灿然盛开在无边的夜色里。两头藏獒一改平素的凶恶威猛，呼咻咻地吐着舌头，乖顺得如两只大猫，将那英姿飒爽的少女众星拱月般簇拥了过来，身后一众豪酋少女虽是生长于马背，却也被这两个大怪物吓得不敢靠近，你推我搡又惊又喜远远跟着。

"三月不见，法师法王长得都快撵上主人啦！"众人一阵哄笑，只有她敢如此揶揄元昊也不必担心触怒那位喜怒无常的主儿。少女亲昵地摸着两只藏獒的大胖头，银铃似的笑声如蜜糖入水般在众少年心中荡了开去，那一众泼辣明艳的豪酋少女已然黯淡失色。有几人情不自禁迎了上去，口中欢呼："皎皎！皎皎！"突然如芒在背，转视元昊阴沉的目光，又都屏息静气悻悻然退了回去。

元昊与皎皎四目相交，只觉得三月未见，仿佛已过了一生一世，而那熟悉与亲切却又如此真切。元昊强按下心底的喜悦，瞧了一眼皎皎，故作深沉地对众少年高声道："众将听令！"

彼时大夏部族尽归元昊之父李德明所辖，德明又被辽封为"西平王"，其在诸党项部族中的统治地位不容置疑，元昊身为"小王爷"，本性聪慧顽皮，早将一众贵族少年收编为亲军，然而平日里却又称兄道弟极少托大。少年们不妨他此时拿腔拿调，却又着实不敢违拗，只得整肃军容齐声应道："末将在！"

盛吉只待元昊一声拍掌为号，早慌忙张罗着八名随从抬了沉甸甸的四个大箱子放在地上打了开来，只见一团宝光从箱中射出，众人惊呼凑近一看，竟全是金银珍宝，并一些制作精良的刀枪剑戟。

"此乃本王到夏宋边境和市上所换得，众部将可有愿意要的?"

元昊睥睨，意态中尽是少年的不可一世。

知道礼物不是白得的，众少年这次学乖了，只得咽着唾沫道："任凭王子吩咐!"

"诸位，此地野兽多有出没，我等大夏男儿怎可坐视?这些玩意，诸将三日后以军功来换，论功行赏——即刻散去，为民除害!"

众人欢呼着乌泱泱散了开去，有几个聪明过人的笑道："王爷，此处虽无野兽，毒蛇、老鼠、蟑螂倒是不少，小的可否就在此地为民除害?"

元昊正暗自得意，此时被噎在那里，怒目圆睁："反了你了!"便作势要打。几位少年忙大声讨饶，嘻嘻哈哈退了开去。

"王爷威武!"皎皎抿嘴笑道，"民女也去为民除害!"

元昊一把将她扯住，"这个给你!"脸上竟是一派少年的纯真羞涩。

"唬人的小玩意，送给别人去，我才不要!"少女转身欲走。突然手中一硬，竟是一卷精美画册，少女就着明晃晃的月光一瞧，奇道："咦，竟是吴道子的真迹?你从哪里找来的?"

第八章　礼物

"跟我来!"元昊拉着皎皎跑入自己帐中,小儿手臂粗的牛油灯烧得正旺,将帐里照得如同白昼。毛毡上排列着数十只紫檀木箱,元昊兴奋地打开,各种名家字画、纸墨笔砚整整齐齐码放在里头,另有一箱珠宝玉器幽幽闪着荧光。

"你最喜欢研读汉人的典籍,这些个东西本都不算什么,你凑合着先看,回头我再给你找好的来。"

皎皎年纪虽轻,却也知千金易得情谊难求,面上却不动声色,轻轻巧巧拈起一支精巧的狼毫毛笔一边端详一边道:"什么不算什么!当我傻啊。这些都是名家手迹,价值连城,是多少金子也换不来的!正是我喜欢的。无功不受禄,说吧,拿什么换?"

"皎皎这话我可不好接了。"元昊见她明眸善睐,显得格外可爱,虽然自己怦然心动,却佯作沉思,"若说咱们打小长大的交情,汉人的诗里总说青梅竹马什么的……原本不该说什么换不换的,难听得很——若你说当真要换,我又怕这便宜我占不起,说出来怕你打我嘴巴子——让我亲一下!"

"呸!别的没学上,酸溜溜的习性倒沾了不少!"皎皎啐了一口,偏过头想了想,乌黑的眼珠滴溜溜一转,正色道,"有了!

你不是常念叨着想跟我舅舅学武吗？我让他收你为徒！"

　　元昊眼睛一亮，旋即又黯淡下来，委屈地说："你舅舅没藏苍梧乃当今大夏第一武士，武功早已出神入化，能认他作师傅，那是我梦寐以求的。可是大夏谁不知道，他从不收徒，就连那次父王经不住我缠，向他提了个意思，他都婉拒了……"

　　望着皎皎自信而笃定的面容，元昊突然醒悟："是了，皎皎你是没藏大师的掌中宝，他没有后代，把你们兄妹比自己亲生的还贵重——你说的，他一定听！"

　　皎皎面露得色，心中寻思着如何尽快促成此事，却觉得左颊如触电般一烫，天旋地转间已被元昊趁机亲了一下，随即被他搂入怀中，情窦初开的少年望着娇艳如花的少女，只觉得胸中一股莫名的热浪瞬间变得浓烈滚烫。

　　却听得盛吉高声禀报："小王爷！大王请您稍后帐中议事！"

　　元昊怒道："蠢货！既是稍后，为何专挑这个时候禀报！"心中一阵恼恨相加，却又无可奈何，见皎皎脸上一片绯红，低头欲往外走，忙将她一把拉住，从琳琅满目的宝物中拣出一物，"我知道你不在意这些，可是这个你一定收着。"

　　说着，不由分说将一只天青色玉镯给她套在手腕上，"这个是我这次到中原求了高僧开了光的，逢凶化吉，遇难成祥，会保佑你一生一世平安喜庆的，不收即是对我佛不敬！"

　　一口气说得皎皎不由抿嘴一笑，低头见那玉镯如一泓秋水虚虚笼在皓腕之上，晶莹剔透，水光流动，自己倒难得地生了欢喜之心。到底是草原儿女，心性豁达爽朗，"遇乞哥哥没有吗？亏他常常将你挂在嘴上，冒死为你寻些新鲜玩意。"

"大家都有份，那边箱子里是给遇乞的，他已派人快马来报，明日就到。"

"这次又让他弄什么稀罕物件去了？"

"这个……明日，你一见便知。"元昊神秘一笑，"对了，你兄长讹庞呢？也给他带了东西。"

"哥哥又随大管家到河西庄子去了，说是今年天旱，庄稼长得不太好，他得时常去看看。"

"你那个哥哥是个人精，有什么是他不会的？说不定他去了就真的不旱了——长生天造人时给他多洒了几点水花儿，就是比旁人聪明！"

两人都笑了，皎皎道："快去见你父王吧——可别耽搁了正事。"

元昊平素虽然贪玩，每遇部族大事却极为慎重，哪怕是他倍加珍惜与皎皎相处的时光，也以家国大事为先，故而并未儿女情长话语缠绵，当下着人将皎皎护送回她的大帐，一众随从抬着木箱随后将礼物送了过去。

分别前，元昊转顾皎皎，目光依依不舍，看她的身影融入溶溶月色之中，随即赶往金帐，月光明亮，照见少年眼中的柔情。

次日夜色笼罩，金帐中仍在议事。十八名骁勇的武士手持弯刀伫立帐外，几个时辰一动不动，警觉的双目如鹰眼般折射着锐利的光芒。突然，黑暗中一道劲风直直扑面而来，电光石火间，卫士只觉得眼前一黑，一种难忍的刺痛从眼部弥漫开来，不由捂着眼睛惊呼一声，只听得"哗啦啦"响声一片，众武士围着帐篷拔刀出鞘，夜色中寒光凛凛，个个如怒目金刚："什么人？！"

　　四周却是鸦雀无声，半点动静也无，众人面面相觑，正在不明所以，又一记金光一闪，先前受伤那卫士却又捂着屁股跳了半墙高，原是背后又遭偷袭。

　　远处传来少年爽朗的轻笑，众人其实心中早知如此，小王爷元昊最是调皮不过，怎会放弃这个捉弄他们的机会？众人虽高度戒备，却又上了他的当，此时哭笑不得，悻悻收刀。被打中的那个卫士也算是帐前一等一的高手，此时当着众多同袍的面被一个少年玩弄于股掌之间，又臊又恼，心中好生不是滋味，可是谁敢和这玉面小阎罗较真。

　　此时大帐帘子一揭，一人从容步出，此人精壮高大，目光如电，众人只觉眼前人影一闪，那人已不见踪影，身法之快，令人称奇。

　　此时夜色渐深，那大汉身法迅捷，如大鹏般几个起落已追至连营外围旷野之上，精壮的手臂仿佛瞬间长长了几尺，一记黑虎掏心，就朝元昊后心抓去。元昊听得风声，一个半空翻转堪堪避开，而那大汉到底老辣，铁爪眼望着就要攫住元昊右肩。

　　一声怪戾凌空响起，一只巨鸟如风般俯冲下来就要去啄大汉的眼睛，那大汉收手之时，听得悠扬的口哨声响起，一位气宇轩昂的少年含笑走来，那怪鸟扑棱棱飞落到他肩上，直勾勾地盯着人。

第九章　兄弟

"义兄，多亏你来得巧，再迟一会儿，我就被没藏先生劈了当柴烧啦！"元昊喜出望外，迎向那少年。

"小王爷，先生也只是想找人切磋，点到即止，这只小雀儿现在还活着，也得多谢先生手下留情。"那少年笑声朗朗，月光下，只见他英俊异常，玉树临风。

"遇乞哥说得是！"皎皎从树后转出，咯咯笑着："咱们没藏家可是世代忠良，怎么会做对王爷家不利的事？"她俏生生地立在那里，活泼烂漫，娇憨动人，两个少年的眼中皆闪过同样的浓情蜜意，遇乞眼中的火苗却转瞬即逝。

元昊与大他一月的天都大王野利遇乞自幼一起长大，十五岁时元昊提议与之结拜为异姓兄弟，二人感情更加深厚，时常形影不离。

"舅舅，我知道您不收徒弟，您看这位小王爷可否入您的眼？"皎皎走近没藏苍梧，亲昵地道。

没藏苍梧素来面无表情的脸上此刻竟有一丝暖意，对元昊微微颔首道："岂敢。"

"舅舅。"少女甜甜地叫着，仰望着他，拉着他的手轻轻摇着。因为母亲早亡，父亲前几年也已过世，她和哥哥没藏讹庞被族人抚养长大，对他们最为关爱的便是舅舅，尤其对幼小的她，更是悉心照料，视如己出。

极少能见没藏苍梧露出笑意，此刻这两位少年觉得非常荣幸。没藏苍梧沉声道："我没藏苍梧从来不收徒，也不打算收徒，这是人尽皆知的。"低头望见皎皎明亮的眸子里尽是期待，"不过，今秋围猎，豪酋子弟比武大赛上，拔得头筹的少年英雄除外。"说罢向元昊淡淡行礼，转身离去。

元昊闻言，愣了一愣，随即欣喜若狂，对着没藏苍梧的背影大叫："多谢师父！徒儿明日就去给您行拜师叩头大礼！"

此后，元昊随苍梧习武学艺，苍梧将自己平生所学尽数悉心传授，元昊武学大为精进，体魄也日渐强壮，为其日后戎马倥偬称雄一方打下坚实基础。

而此时两个少年于数月之后再得相聚，自是喜不自胜，元昊想去摸那猛禽却几乎被啄，便道："义兄，你怎么捕得这样漂亮的海东青？"

遇乞肌肉健美的手臂之上尽是一道道抓痕，想来也吃了不少苦头，却只字不提，只笑道："大王着人带话，托我去寻个稀罕活物来玩，我进了大山找到了它，它起初不肯来，我对它说'神鹰王子，小的是来请您回去助我大夏小王爷建功立业的！'它寻思了几日，想通了，就来了——宝剑赠英雄，这样的猛禽生来就是小王爷的！"

元昊颇为感动，领略到诚挚的情谊，望着遇乞的眼睛，缓缓点头，转顾一旁似有所悟的皎皎，"我就借花献佛——这只鸟儿给你……"

　　那海东青似是听懂了人话，一个盘旋已飞落到皎皎肩上，如同久别重逢之人亲昵地吻着皎皎的脸颊。

　　"这神鸟乃遇乞哥哥为小王爷所引见，理应物尽其用，皎皎怎敢掠美？还请小王爷念在遇乞哥哥一番赤诚心意，将它带在身边，为我大夏建功立业为好！"

　　元昊眼角湿润，一手拉起皎皎，一手拉起遇乞，"好！有你二人相伴，我李元昊今日立志，愿为我大夏繁荣昌盛肝脑涂地，粉身碎骨，在所不惜！"

　　此时三人心中皆十分感动，似能听到对方心潮澎湃之声，不由得十指紧扣，立成一排，仰望月亮，许下塞外草原儿女经天纬地的宏图大愿，定下不求同年同月生但求同年同月死的生死之约……

　　草原上的岁月如风而逝，三人共同度过了此生中弥足珍贵却再也难以重来的豪情岁月。

　　一日，少年遇乞连夜赶制良弓，将其献与元昊。

　　"天都山神弓闻名遐迩，如今竟得义兄为我亲造，如此厚谊，将来我定要以半壁江山来答谢！"少年元昊踌躇满志，俨然一副即将君临天下的天子风范。

　　遇乞是一脸正色，一番话语也是发自肺腑，"良弓赠英雄。更何况这些大夏兵器本来就为天家所有。遇乞是大夏一介小民，世居天都山，如若一生终老于此也就足矣。"

　　元昊志得意满，仰天大笑，忽而转身张弓搭箭，只听噗的一声，远处林间一只小鹿应声而倒。

"不要——"皎皎一声惊呼，却是于事无补。小鹿痛楚的眼神、母鹿绝望的眼神在时过境迁之后仍旧历历在目。当时，遇乞也甚为不舍，却极力掩饰那份不忍与落寞。

四周空间尽皆移动，时空倒流，几被遗忘的时光重现眼前。

皎皎生性温柔悲悯，最见不得杀生，而元昊极喜射猎，常常将最名贵的猎物皮毛叫人精心制成华贵至极的大衣、斗篷送给皎皎，皎皎不接受，数度规劝元昊不要"如此残忍"。

元昊十分不解，"这些畜生天生就是让大夏男儿用来追捕射杀的，它们的皮毛生来就是让最美的女人取暖的，那些酋长家的小姐争着要我都不给，为什么你不但不高兴，还为这事哭鼻子，还生我的气?"

皎皎气得扭头就走，不接受他的"馈赠"，元昊此后就偷偷狩猎，幸得遇乞也只是象征性地陪他，能放生就放生，且从不射杀有孕的母兽，元昊因此曾笑他"妇人之仁"。

而他不知道，正是这他瞧不上的"妇人之仁"，令他与皎皎的心越走越远，更令他后悔的是，他因此铸下终生大错。

当年没藏苍梧看在皎皎的面上破例收元昊为徒，并将毕生武学所得尽数传授给他，对他忠心耿耿。在一次与其他部族的交战中，元昊为突袭敌方一千余人，决定利用时机一举歼灭，速战速决的代价是放弃混入其间的数十名己方细作。苍梧没说什么，却悄悄冒险前去营救，遇乞得知，担心敌我力量悬殊苍梧有生命之忧，便也与之同去。

二人与敌方小股兵力作战，浴血而归，救回濒临死境的一众兵士。却未料敌方使计，元昊又在战斗中受伤，苍梧为保元昊，以身体为元昊挡下毒箭，助其成功突围返回营地后，苍梧不幸毒发身亡。

临终前苍梧虚弱地对极少惊恐而此时惶然失措的元昊道："王爷不必自责，为国捐躯是在下心愿……"他缓缓叮嘱元昊与遇乞，用尽全部力气，一字一顿地说下此生最后几个字："你——照、顾、皎、皎……"最后示意遇乞靠近，以微不可闻的声音在他耳边轻轻说了句什么，一瞬不瞬地深深凝望遇乞，咽下了最后一口气。

第十章　痛心

苍梧之死令元昊异常痛心，他厚葬苍梧，对没藏子弟更为优待，甚至想方设法提拔没藏皎皎之兄没藏讹庞。先是任命其为王府总管，不多久竟将联络、管理众豪酋统一财务的肥差也交给了没藏讹庞，其余没藏子弟得到的好处更是数不胜数。元昊帮扶没藏一族之心众所周知，而令他人也无法置喙的是，没藏一族才俊云集，委以重任之人竟都才能出众，数次要事都办得极为漂亮，一时声名大振，势力大涨，豪族巨贾争相与其结交。

一般人以为此乃苍梧以命换来的恩宠，而知情者却明白，更多的则是缘于没藏皎皎，便将她视为部族救星。奈何皎皎从来都是一副置身事外的样子，同族兄弟因事找到她，她亦劝其做好分内之事，莫贪慕其他，来人想不明白为什么她近水楼台却不得月，因此便也有人猜测元昊与她其实并非传言所说。

这话传到元昊耳朵里，他只能苦笑——皎皎亦曾当着他的面明确对人说："人各有命，但凭自己的本事，小王爷无须格外照拂。"但无论她领不领情，他依旧格外照拂。

许久之后，某日，元昊与遇乞一番痛快的纵马行猎后，元昊拉住汗血宝马缰绳，突然问遇乞："那天，舅舅在你耳边说了什么?"

遇乞略一沉吟,缓缓道:"他老人家说,有一招绝杀技没来得及教您,怕您将来怪罪。"

元昊挪开凝望着遇乞的沉重目光,半信半疑,若有所思,却也未再追问。

而很多年后,皎皎问了遇乞同样的问题,并得到了真实的答案——没藏苍梧生前在遇乞耳边说的最后一句话是:"小王爷并非皎皎良配……皎皎交给你……答应我……"

这话曾如闷雷般日夜压在遇乞心上,令这个钢铁男儿纠结无比。对面的这两个人,一个是与他有八拜之交同生共死的兄弟,一个是他梦魂深处刻骨铭心爱慕的姑娘。

那样天纵奇才出类拔萃的义弟,那样灿若云霞纯真美丽的少女……

兄弟毫不避讳的热情而持久的攻势……少女明媚爽朗温柔善良的脸庞……

众人都以为他们是天造地设的一双,必然佳偶天成……

谁能知道他的心每时每刻都在滴血……

宁可放弃生命,兄弟情,不能放弃;宁可放弃生命,相思情,不愿割舍……

两种想法如烈火般在胸中燃烧,最终,为了兄弟,遇乞只给自己一条路——不让自己再生妄念,只是默默地守护她与他。

无数次不动声色地黯然退场,留下他们相伴,欢声笑语犹在耳边,又是欣慰又是痛楚。

无数次夜不能寐,不由自主地痴痴望着她的帐篷,酥油灯还亮着，知道酷爱丹青的她仍在揣摩高人手笔，想象着她晶莹的脸庞在灯光的映衬下格外柔美；转头，看到他的灯光也还亮着，注定要立下一番男儿功业的未来君王亦在挑灯夜读……

无数次退出之时，遇乞又看到元昊脸上的会意，甚至是赞赏；不经意间也看到，她眼中似乎有着似有若无的顾盼，留恋，与……失望？

她心中毫无疑问爱着少年帝王，难道不是吗？难道会有错吗？难道，她心底，还有除了兄长以外的他的位置？多少次，黑夜里，半梦半醒之间，遇乞伸出手去，梦想着能在梦中牵着她的手……无助地收回手来，捂住自己的心脏，泪水什么时候流了下来，竟然淌了一脸，没有人见过他这个样子，他却苦笑起来……

可是怎么办？苍梧舅舅临终前的话，像小刀一般日日夜夜凌迟着少年的心。白日里，人人只看到那个神采飞扬刚毅谦和的少年一如既往的沉吟浅笑，没有人知道，这个少年的内心，正经受着无法用语言形容的痛苦与煎熬。

痛失舅舅之后的没藏皎皎心情非常沉痛，大病一场，对苍梧之死心中愧疚的元昊更是格外殷勤关照，一得空便会来看望，不止一次地对她说：“皎皎，对不起，我没有照顾好苍梧老师，没有照顾好舅舅……你放心，以后我就是你最亲的人！我会照顾你一生一世！”

皎皎只是淡淡一笑：“不怪你，一切都是长生天注定的……总有一天，我会再和舅舅见面……”元昊知道她的意思，心中不免黯然，顿一顿，道：“遇乞兄常来看你吗？”皎皎没有作声，只是摇摇头。此事之后，遇乞只是带着一众他们自小在一起的玩伴来看过她几回，并没有单独来过。

身体渐渐痊愈后，皎皎仍是懒懒的，时常在帐中呆坐，更不似以往那样喜爱出游。元昊时常想些新鲜花样来逗她开心，却见效甚微。就连把他一直带在身边的她最喜欢的那只海东青送来给她解闷，她也只是除了喂食时偶露笑颜外，并无多么高兴。

一日，元昊叫人请来皎皎同父异母的兄长没藏讹庞，当这个如今已手握财政要职的少年出现在元昊眼前时，那样的潇洒俊美，让人眼前一亮。没藏讹庞的英俊是远近皆知的，如今有了权位与历练的润泽，似乎更添魅力与风采。

虽然元昊示意只是闲话家常，讹庞仍微笑着行礼，一举一动如平常一样无可挑剔。两人谈论了一会儿公事，极会察言观色的讹庞早已对元昊用意心知肚明，笑道："妹妹也是被我们惯得太任性了，小王爷不必忧虑，小姑娘的脑子里哪能搁住那么多烦心事？咱们弄些有趣的东西来，不愁她转不过弯儿来。"说罢，凑在元昊耳边，两人聊了许久。

没几天，皎皎见到元昊想方设法从宋朝买回来的一些名家书画和珍奇古玩，元昊哄着她随意翻翻，宋人精品画作中的那些秀丽山川，那些烟雨江南，令皎皎灰蒙蒙的眼中闪出一抹亮色，一页页欣赏起来，又不禁细细把玩起那些翡翠古玩，翠绿晶莹栩栩如生的小马、小鹿、小兔子……令她爱不释手，不时与它们说着话，渐渐忘却了悲伤。

时间一长，她便也答应与元昊外出游玩打猎，看来是将伤心的事渐渐放下了。自此，元昊将几宗大的商贸往来交到讹庞手上，对他更加器重。

第十一章　情迷

"什么？去汴京？"没藏皎皎不可置信地望着元昊。

"我知道，你想说：堂堂大夏小王爷，现在局势不太平，怎么能'深入虎穴'，以身犯险？"

皎皎不理他的自以为是，仍是看着他，漆黑的眸子如夜色中的星星，示意他说出她想听的答案。

近来春回大地，天气转暖，她在他们的开导下渐渐恢复往日生机。此刻正骑在高头大马上，与元昊、讹庞一同踏青，春风吹起她玉青色的衣衫，吹起她一头乌黑柔亮的秀发，在碧绿青草的掩映下格外好看。

元昊望着她墨漆般的眸子，有一瞬间的失神，看到她嗔怒地白了他一眼，便笑道："你老是这样待着也不好，最近我手头也没有特别要紧的事，不如咱们去散散心——我已经跟讹庞商量好了，咱们三个人到南边（指宋国）玩玩，看看画中的大好河山，烟雨江南，再带些佛经回来。"

皎皎目瞪口呆，转头望了一眼那个人，从他的表情可以看出，元昊并未说笑。

讹庞打马上前，笑道："妹妹，我知道你一向谨慎，你怪我不拦着小王爷，怕他出岔子；但是你别忘了，小王爷以家国为重，自然会安排得很好。出去走走，不但有助于你的复原，小王爷也可趁此机会了解一下南边的风土人情，将来做了咱们大夏的皇帝，对他们也更加心里有数。更何况，咱们去请佛经，是正事，一举数得，不是很好吗？"

所谓兄弟同心，其利断金，更何况是这样的两个人？皎皎知道自小只要他俩打定主意要做的事，没有做不到的。

她便笑道："哥哥，你这话说得任谁都不好辩驳，但是哥哥，你一定也想好了新的赚钱路子了吧？"

见元昊也投来询问的目光，讹庞笑道："知兄莫若妹。去宋国走一遭，咱们也不能空着手回来。实不相瞒，为兄确实已让装着大夏特产物资的商队先行出发，到那边高价卖出后，等着小王爷去了数钱呢。"

"大哥不愧是我大夏子弟里最有头脑的经商的好料子！"元昊拍了拍他的肩，"我给你加派了人手，让他们也以商队的身份悄悄随行，多打探些情况，做些活络生意，回来时再将当地的珍宝多买些回来，该卖的卖，该留着的咱们留着玩……"

"你们倒是安排得好。"明知他们的初衷定然是为了自己好，但不知为什么，隐隐感觉自己似乎像一枚棋子，由着他们的心意而下。皎皎不愿去细想其中深意，压下心中渐渐升起的薄薄的情绪，道："既然你们都安排好了，你们就去吧。预祝你们一路顺风，赚得盆满钵满！"说罢，打马往草原深处飞驰而去。

元昊不解地望着她的背影，讹庞笑道："她是怪咱们没有事先问过她，怪咱们安排得太多。"

"这不都是为了不让她瞎担心嘛。女孩子真是麻烦！"元昊蹙眉道。

讹庞赶紧说："不妨事的，小王爷，皎皎，她终归会去的。"

"她的性子一向刚烈，自己打定主意的事，一般不会更改，你怎么这么笃定？"

讹庞唇边浮起一丝阴郁的笑，望着远处皎皎的背影渐渐成为一个小黑点，"因为，她是我的妹妹。"

感觉到一道冰凉犀利的目光投射过来，讹庞突然回过神来，如常笑道："当然，更是因为，她是小王爷心爱的姑娘。为了小王爷，她愿意做任何事。"

"你确信？她的心里只有我？"元昊沉吟，追问，"没有别人？"

"当然确信。"讹庞慢慢道，"除了小王爷，"他顿了顿，"没有别人。"

元昊脸上渐渐显现出一如往常的桀骜自信的微笑，目光中却是若有所思。

"如果我成为你的妹夫，本王不会亏待你。"

"臣，谢恩！"讹庞学着宋国大臣向皇帝行礼的样子朗声道，回声在原野上飘荡。二人心照不宣，相视一笑，不约而同一起打马，向皎皎纵马飞驰的方向奔去……

虽然没藏皎皎心中有些不适，但当没藏讹庞稍后到她帐中，说出此行还有一大目的，就是寻中原名医给他医治头痛病时，没藏皎皎便完全相信了。哥哥的病自小就有，发病时头疼欲裂，最严重时自己用头撞树，请了诸多大夫都说此乃顽疾，几无根治可能，这几年倒是少有发作，大家以为已无碍了。

其实这几年家族地位的上升与自己的苦心经营，完全有能力延请宋医来医治，讹庞怎会任病痛折磨自己，私下里早就花了重金，想方设法调理得差不多了，只是在一些特别紧张的时候才会有些症状，却也不似以往那样难以忍受了。

"你不想去，咱们就不去了，"讹庞的眼中隐隐泛着泪光，"反正这病也这么多年了，到哪里也治不好。"

"我陪你去！"皎皎泪湿眼眶，想到这些年来，阿爸阿妈早逝，家族虽大，却只有哥哥和舅舅最亲，现在舅舅去了，至亲只剩这个兄长。

讹庞心满意足地笑了，伸出手臂搂住皎皎，向来并不习惯彼此表达感情的兄妹俩依偎在一起。皎皎在他怀中，感受到只有亲人才能给予的那份安宁与幸福。

元昊得知，兴冲冲地来找皎皎，三人商量了一些行程细节。讹庞说还需处理些急事，便起身出去。

"遇乞大哥去吗？"皎皎问。

此刻正是黄昏，帐外柳絮满天，春风融融，不时掀起帐帘，一荡一荡的，草原上甘甜温柔的清新空气吹入帐中，侍从奴仆们知道小王爷在此处，早就退得干干净净，一个人影也不见。

四下里静悄悄的，间或一声两声的鸟鸣婉转划过，太阳的余晖与阴影交织在帐中，她眉目如画，令他心动。虽然知道她向来矜持自重，但在这样的时刻，他的手不由自主地拂上她晶莹的面庞，火热的吻已然落下。

皎皎只觉得脸红心跳意乱情迷，头脑中一个声音令她终于在一片混沌中拼尽全力想推开元昊紧贴上来的身体，却根本就是徒劳，只听得他在耳边絮絮："皎皎……皎皎！"

一个清亮的耳光响起，两个人都呆了，元昊的脸颊上浮现出一个清晰的掌印。烙铁般火热的空气渐渐冷却，渐渐凝固，他傻瓜一样望着她漆黑的眼眸深处那缕恐惧与愤慨，望着她衣襟上被他撕开的两个扣子，一丝浅浅的笑意慢慢呈现，"你打我？哈哈，好呀，你可是第一个打我的女人。"

她还保持着被他扑倒时侧躺的姿势，唇颤抖着，却只是望着元昊没有说话。

"对不起。"他终于清醒过来，"对不起，皎皎。来，我拉你起来。"他伸出手来，她怔了一怔，慢慢伸出手，顺着他手中刚劲强健的力道坐起身来，默默整理衣衫。

夕阳最后一丝光线半蒙半昧地照入帐中，她坐在那团光晕里，美得仿佛就要消融。只听得外头不远处树上的鸟雀被什么惊动了，呼啦啦一起飞起来，飞走了。

他仍是站在那里，默默看着她别过身静静地理着衣裳和头发，半晌，清清嗓子，道："那么，你是不理我了……你决定不和我去南边了？"语气不像是在询问，更像是在表述。

"不，我去。"她静了半晌，抬起眼，晚霞余晖中，她的眼睛如同璀璨明亮的星星，她已经恢复了平静，"我和你们去。"顿了顿，"遇乞哥去吗？"

"他去做什么？"元昊语气中有些莫名的气愤。

"他和小王爷如同兄弟，一直在一起啊。"

"兄弟也总有分开的时候。"元昊的心里不是滋味。

　　"为什么兄弟一定要分开？"皎皎望着他的眼睛，纯真的脸庞竟令他不敢细看。

　　元昊看着她清亮的眼眸，脑海中闪过的那个似有若无的念头消失了，也许是怕她再反悔，也许是别的什么，便笑道："逗你呢，我们去宋国游历，义兄能不去吗？"望着她的眼睛若有所思，终于展露笑颜，"咱们四个一起出游，开开心心地好好玩玩！"

第十二章　游玩

　　一个月后，宋都汴京。繁华富丽，人流如织，一派天朝气象。

　　正是初夏时节，中原的微风吹在脸上，说不出的清爽痛快。一行穿着宋人服饰又略带民族风貌的富商行走在商铺林立的街道上，令人挪不开眼睛。旁人望去，但见一位潇洒富贵的少爷，一位美丽绝伦的小姐，一位英姿飒爽的护卫，一位玉树临风的管家，个个如同画上的神仙人物。

　　不远处，有几个以盛吉为首的默默跟着的奴仆，再远些，是一些乔装打扮的武功高强的侍卫。但见这四人时不时低声说笑，虽然已经极力低调，那种难掩的气度，仍使观者为之一震。身处异地难免危险，随从们高度戒备，但元昊却丝毫不以为意，还笑说这是这些年来最为放松的时刻。

　　宋朝的新鲜风物令他们大为叹赏，一路饱览山河美景，物阜民丰，四人倍感新鲜有趣。逛累了，便在客栈休息。在精雅的客房里，品尝各式特色美食，相谈甚欢，望着窗外浩荡山河，元昊更是神情激荡，酒酣耳热之际，不由道："这样壮丽的山河，赵家人享用得，大夏苍凉广袤的土地，我李元昊也坐得！"

　　众人皆是元昊自小亲近之人，早知他的宏图大志，这样的话也不是没有听他说过，只是此刻听来，感受却是不同。皎皎明知四下守备极其森严，还是提醒道："少爷，小点声。"

　　元昊醉眼望去，身着异族装束的伊人更为美艳动人，他眯着眼，慢慢转着酒杯，轻声道："知道了，这位漂亮的娘子——等我坐拥天下的那一天，你就等着母仪天下吧。"

　　这样的话他还是第一次在众人面前如此直白地说出，诸人一时静默，皎皎没料到他冷不丁如此这般，被噎得红了脸；身边讹庞似笑非笑；遇乞始终沉稳的脸上闪现出一抹复杂的表情；在元昊身旁侍立的盛吉若有所思地偷瞄着皎皎和遇乞。

　　元昊颇觉尴尬，干咳一声，转移话题道："赵祯倒是个奉公恪守的好皇帝，只是，现在还活在刘太后那个女人手里。"略一沉吟，"真的想有一番大作为，做皇帝的，头上不能有强人压着。"

　　众人不好接话，只是安静听着。元昊知道他们不会和他深入交谈这个话题，便转头询问讹庞商队的进展情况，又将话题移开。

　　这日一行人又一番乔装打扮，在闹市里游走赏玩。天气渐热，盛吉抱着泡有上等"顾渚紫笋"的水壶跟在后头，暗自纳闷一向颐指气使的元昊今日为何没有回头示意他，遂抱着茶壶跑到他近旁，未料元昊看也不看他，不耐烦地挥挥手，盛吉知道这是让他别添乱。偷眼一看，遇乞、讹庞、皎皎等人都笑而不语，皎皎"嗤"地笑出声来。盛吉远远跟着，暗自思忖，百思不解。

　　回到客栈，只听元昊一叠声道："爷渴坏了，快倒水来！"盛吉更是丈二和尚摸不着头脑，委屈道："奴才在外面的时候想着伺候王爷饮茶来着，不知王爷为何一定要忍着呢。"

众人哈哈大笑，皎皎已经笑得直不起腰来，好容易忍住，对盛吉说："今早出门时听了个段子，说的是这边的官家赵祯一次和大臣议事时觉得口渴，屡屡回头，但没有看见随从准备茶水，他担心如果要是问起的话，定有人会被处罚，因此就忍着口渴回到寝殿才喝水。"

盛吉愣在原地，只觉得百口莫辩，元昊笑道："都说这位主子对人仁慈宽厚，身为九五之尊，对自己的要求却是格外严格。我也想当回他，那感觉尽让你这个兔崽子给搅和了——还不快快倒水来！"

"这赵祯也真够行的——听说他有次处理事务到深夜，又累又饿，很想吃碗羊肉热汤，但他忍着饥饿没说出来，第二天皇后知道了，劝他：'陛下日夜操劳，千万要保重身体，想吃羊肉汤，随时吩咐御厨就好了，怎能忍饥使陛下龙体受损呢？'皇帝说：'宫中一时随便索取，会让外边看成惯例，我昨夜如果吃了羊肉汤，御厨就会夜夜宰杀，一年下来要数百只，形成定例，日后宰杀之数不堪计算，为我一碗饮食，创此恶例，且又伤生害物，于心不忍，因此我宁愿忍一时之饿。'听听，这个样子，当皇帝还有什么乐趣！"元昊笑道。

皎皎接口道："要说乐趣，当今官家省下的乐趣还真不少呢，怪道这样得民心——听说谏官王素曾劝谏他勿近女色，他回答：'近日王德用确有美女进献，我很中意，你就让我留下她吧。'王素说：'臣今日进谏，正是怕陛下为女色所惑。'仁宗听了，虽面有难色，但还是命令太监给王德用送来的女子每人赠钱三百贯，马上送出宫，说这些时他的眼里还有泪水……"

野利遇乞意味深长地看了一眼皎皎，皎皎突然意识到了什么，红着脸低下头，用手绞着衣角，似是自悔失言。讹庞将一切看在眼中，笑道："严于律己是对的，但作为皇帝，这么苛刻自己，多少是有些迂腐了。"

"就是说嘛。一天，赵祯退朝回到寝宫，感觉头痒，还没脱皇袍就摘下帽冠，呼唤梳头太监进来梳头。太监梳头时见官家怀中有一份奏折，问是什么奏折，官家说是谏官建议减少宫中宫女和侍从的。太监说：'大臣家里尚且都有歌伎舞女，一旦升官，还要增置。陛下侍从并不多，他们却建议要削减，岂不太过分了！'赵祯没有接口。太监又问：'陛下准备采纳这个建议吗？'赵祯说：'谏官的建议，朕当然要采纳。'这个太监自恃一直为其宠信，便说：'如果采纳，请以奴才为削减的第一人。'赵祯立刻站起呼唤主管太监入内，按名册检查，将宫人29人及梳头太监削减出宫。皇后问：'梳头太监是陛下多年的亲信，又不是多余的人，为何将他也削减？'仁宗说：'他劝我拒绝谏官的忠言，我怎能将这种人留在身边！'可见，真是伴君如伴虎。"

元昊说到最后，目光似乎随意掠过一直面色温和耐心倾听的遇乞，遇乞的脸上没有丝毫波澜，但是他知道，在场的每个人内心，都不会如表面上这般风平浪静。

皎皎注视着元昊，当元昊的目光到达时，那种不由自主的躲避令他事后想来也觉得匪夷所思。他在心里说："皎皎，只有你，才敢这样对我，才能这样对我。"

　　"妹妹，自古英雄爱美人，小王爷对你已然是喜爱到极致了。他这样的男人，身边怎么会没有女人青睐呢？你不可再这样任性，惹恼了他可不好。"事后，讹庞到皎皎房中时，她正嘟着嘴一瓣瓣往下摘着花叶。

　　"哥哥，咱们没藏家前途的赌注都要压在一个人身上吗？"她没有看他，只是直视着窗外树木上葱郁的枝叶。"哥哥，你能不能告诉我，人与人之间的情谊重要，还是一个家族的未来重要？"她继续幽幽地道，"对哥哥你来说，一定是家族，但是对我这样一个人来说，最放不下的还是这人世间的真感情。"

　　从未听她说过这样的话，一时间讹庞竟无言以对。而此时的他们都不知道，在讹庞心中，最重要的既非家族更非感情，而是权势与利益。

第十三章　密谋

整日在外游山玩水，纵是体力再好，也难免疲惫。是夜，在汴京幽静的住处，众人如往日般小酌之后，各自归房歇息。

遇乞的窗外是一片树林，夜风吹过，如阵阵波涛。他推开窗户，默默看着斜对面那扇窗里皎皎颀长秀丽的侧影。

敲门声有规律地响了五下，旋即进来一人，正是遇乞心腹侍卫长多矢，他警觉地四下观察一番，将窗子关好，两人密议了一会儿，多矢道："主人，还请再次考虑在下临行前的话——机不可失，失不再来。"

"放肆！"遇乞目光中少有的清冷逼迫着他，他不由低下头去。"多矢，你也想和帽斜一样被我轰出野利家吗？再说这样大逆不道的话，我不会留情！"

"主人，只要您愿意，随时可取在下性命，这条命本就是您救回来的。只是，汉人有云：'王侯将相宁有种乎？'在下就是不甘心！咱们有这样的实力去放手一搏。这边和家中我已布置好了，现在不杀元昊，将来他做了太子，羽翼渐丰，依他的性子，必会不断蚕食周边部族，统一大夏。他又多疑，到时不念旧情，斩杀良将也不是不可能的事，到时再找像如今这样的机会可就难如登天了！"

"此话不可再说！元昊是我义弟，是在长生天前歃血为盟的兄弟。我宁可为他而死，也不能让自己的双手染上他的血。"遇乞缓慢而坚定地说，顿了顿，深吸一口气，"正如你所说，他如今是少年英雄，将来更会做出一番惊天动地的大事，统一大夏，统一北方，甚至……统一天下。我万万不可做出这种违背天理的事。"

"可是，不说别的，为了皎皎姑娘，您也该为自己打算……"

遇乞皱眉，沉吟道："皎皎的终身自有她自己安排定夺，任何时候、任何人也不能把别的事牵扯到她的事情里来。"

"在下明白，主人不忍心，只怕有的人为了达到目的，什么手段都使得出来。您忘了临行前，他差点把皎皎姑娘……"

"住口！"一向温和的遇乞拍案而起，多矢从未被他这般训斥，一时肃穆立起，等了半晌却听他长长呼出一口气，手放在他的肩上，"多矢，好好教导大伙儿做好自己的事，小王爷出行，不能有半点闪失。否则，我也只能以死谢罪。"

"是！"忠诚的侍卫长沉默片刻，收起所有的不甘与冲动，在黑暗中行了一个党项最高的军人礼节，无声地退了出去。

夜色潮水般席卷了整个天地，遇乞推开窗，冰凉的夜风灌入四肢百骸，肿胀的头脑稍稍清醒，对面窗下那个娇俏的身影以优雅俏皮的姿势吹灭了油灯。

遇乞叹口气，幽幽道："多矢，你太小看他了。你以为只有咱们有机会，难道他就没有机会吗？"望向另一侧元昊亮着灯的方向，以微不可闻的声音说："无论如何，今生，只有他负我，没有我负他。”

此时，元昊屋内，盛吉也说了和多矢相似的话，元昊亦如遇乞般将其训斥。

看着斜对面遇乞窗前似有若无的影子，元昊冷冷道："这话你说过多次了，什么他一旦做大，将来必为我心腹大患；什么此人不除，将来我必会坐卧不安，必会后悔——难道你忘了，为了我，我义兄愿拿命去换！你再多言，拖出去喂宋朝的狗！"

盛吉不敢作声，恭顺退出。元昊在黑暗中沉吟了片刻，踱出门，屏退左右，往皎皎房间走去。

敲门声响起的时候，屋中的油灯刚刚熄灭，他轻声叫着她的名字。

"我正要歇息呢。什么事，明天再说好吗？"

"你出来，咱们到院子里走走。有风，穿件大衣裳。"

她知道他一定是有要紧的事要说，便随意捡一件斗篷披上，随他来到后院。

夜幕低垂，天上一轮新月如缺了一半儿的玉盘般挂在那里，一片酸凉的星子若隐若现。微风吹过，树木哗哗轻响，她的斗篷被风刮得老高，他抬手仔细地给她整理好，又替她系紧了些。

院中一树极大的丁香开得正好，水银般的月光下，她如冰雕玉琢般散发着冷艳的光芒，一双眼睛湖水般明澈。他望着她的眼睛，心中的怜惜与恼怒同时渐渐升腾。他在她耳边说了一句话，她惊恐地睁大了眼睛，不可置信地望着他。

良久，她道："我不信你会这样做。"

"只要能真正得到你，我李元昊有什么做出不来。"夜色中的他，似乎有一股暴戾在周身激荡。

"他是你义兄——他为了你，什么都愿意做；你忘了他为了救你，连自己的性命都不顾惜。"

"我不喜欢你以这样的口吻说他——不错，他是为我做了许多，也曾为了我差点丧命。但是，在我心中，你才是最重要的，可是他挡在你和我中间。我知道，舅舅临终前一定是把你托付给了他。你可知道此事？"

皎皎听他这样说，心中不由一惊，想到此时再拿话哄他，必会适得其反。便说："舅舅的确这样说过。一开始我并不知道，但那之后遇乞大哥总是疏远着我。我猜测……定是如此。可是，无论我将来和谁有缘在一起，我们一起长大的情分难道不比这一切都重要吗？"

元昊冷笑："一起长大的情分是难得，我也视如珍宝。可是，你才是我这一生最珍视的，难道你不明白吗？"

"为什么你总是要求我，而不想想为什么这一切都会变成这个样子？为什么你要逼我？"

"不明白你为什么会这样想！我没想过要逼你，只是，我不能不防备着他。"

"防备？你刚才所言仅仅是一种防备？"她的眼波照着他，"有如此可怕、如此歹毒的防备吗？"

他冷冷一笑："皎皎，你知道，这一切，都是为了你！现在若不如此，我怕，将来再也没有这样的机会了。"

"为了我？"她怒极反笑，"我们是一起长大的人，为了我，你下得了手吗？如果真的那样，你就不伤心吗？你就不怕我伤心吗？这就是为了我？"顿了顿，又道："你就不担心我告诉他吗？"

"你不会的。"他语气中的那种自负与笃定此刻在她听来竟是如此可怕。

她似有所悟，终于笑出声来："我明白了，你在试探我。"

"哦？"

"你在试探我，试探遇乞大哥，试探我哥哥，试探我们每一个人——你也在试探自己。"

如箭镞般，他没料到她的话竟直抵心脏。

"你最珍视的并不是我。"她的轻笑在夜风中飘散，落入他的耳中只如叹息。

"不是你？"元昊愕然，"那是谁？还有谁？"

"是你自己啊。"她清冽冰凉的笑声消散在夜风里。

元昊怔怔地看着她。

第十四章　猛虎

外出游玩的逍遥日子总是转瞬即逝，一行人在宋国采购了新鲜物事与珍贵佛经，在城郭山水间徜徉数天，将大好河山看了个够，皎皎提议不可耽误了家中诸事，还是早日启程为好，元昊点头，一行人踏上归程。为了节省时间，元昊决定抄近路。

几个男人手下的商队均已先行带着大批货物返程，在此方面更为上心的讹庞盘算着已然到手的丰厚财物，洋溢在脸上志得意满的笑意任是谁都看得出来，大家只是心照不宣地一笑。

皎皎在无人时对他道："哥哥，这几年你也赚得够了，金银财宝乃身外之物，多了反而累人，也别太劳心了。"

"皎皎，你还小，你不懂。在这个世界上，没有什么比金银财宝更好使、更可靠、更有用的了，以后你自然会明白的。"

面对她不以为意的嗤笑，他微笑着，以深沉的目光看着她纯真的脸。

这日行到一座山中稍作休息，四下里了无人烟，抬眼望去一片丛林杂草，甚是荒凉。侍从来回收拾打点，扰得元昊心中烦闷，他挥挥手道："你们往远处走，让人耳根清净清净。"

一行人几日来天未明即起身赶路，均已颇为疲惫，随意坐下用些水和食物，遇乞与讹庞去照看各自随从并商讨事务。元昊和皎皎随意闲谈了一会儿，指着随从早已为她备好的舒适的地毯："你也累了，快歇会儿吧。"他便也大剌剌靠着块大石头闭目小憩。

微风吹过山间，茂密的草木随着风势直直往一边倒去，皎皎望着身边这个少年男子，不知为何只觉得心神不安。扭头看看稍远处那两人也都在，正和随从们说着什么，心中虽然稍定，默默想着元昊不至于真的那般无情吧，可那股莫名的心慌与恐惧却是无法按捺。

突然，天色似乎暗了下来，一阵腥风浮动，却见一只斑斓大虎不知何时已悄然无声地立在元昊上方的巨石之上，硕大的身躯和头颅仿佛遮天蔽日，它正流着口水，一瞬不瞬盯着熟睡的元昊，渐渐瞳孔与四肢一同收缩，眼看着就要扑下来！

皎皎只觉得四肢百骸已然僵住，无法思考，甚至无法呼吸，一声惊叫的同时，不知怎的自己已经扑向元昊挡在他的身躯之上……

在那电光石火的一瞬间，没藏皎皎想，原来，自己竟是以这样的方式告别人世。原来，自己的死法竟是如此可怖。原来，竟是为他而死……

在极度的恐惧中，皎皎已是什么都不能去想。时间似乎静止，又似乎过了好久好久……

以为自己必死无疑，漫天的草木与灰尘伴着惊天动地的一声巨响……身体手臂还有痛感，原来还没有死。好不容易才能定睛一看，元昊不知何时已然将她翻转到自己身下紧紧护着。

几步之外，那只老虎轰然倒地，身上插着的三支箭镞，仍兀自震动铮鸣。遇乞手持大弓飞奔过来，身后是魂飞魄散的讹庞……

而此时，元昊心中的震动与甜蜜，遇乞心中的震惊与了悟，皎皎心中的自悟与不安，讹庞心中的震惊与醒悟……令他们各自及对方终生难忘。

此事后来几人都并未提及，只是多年以后，元昊道："你还是救过我性命的恩人呢，多谢你当年舍命相救。"

"大恩不言谢——怎么现在又想起来要谢我？"皎皎笑道。

"如果，当时不是我，是他们两个，你也会那样做吗？"

"会。"她的斩钉截铁令他有些许的失望，却也并不意外。

"哦？"

"一个是我哥哥，另一个也是我哥哥。怎么能见死不救——若是你，你也会的。"

元昊微微一笑，若有所思。

经此一事，元昊的侍卫对安全更加用心，一路上连睡觉都睁着眼睛，所幸再无意外发生，一行人顺利返回。

第十五章　迷幻

浩荡的夏风吹遍草原时，野利遇乞离开了李元昊在灵州的行营，回到天都山长住。理由是——"军事需要"。

没藏皎皎忍着内心的失落与伤痛，看着他的枣红马消失在草原的那端，草原的那端连着遥远的天边。

元昊的脸上闪着愉快的光芒，似乎格外开心，处理起难缠的事务也是得心应手。闲暇之时，便纵马驰骋在草原之上，呼啸往来。

因为这段时间，元昊着人在宋朝寻了些精通典籍的先生在灵州教习，要求党项族中每族派几名少年人前来学习。党项民风豪迈，非但不歧视女子，有的家族还以遵从女性为荣。故而，学习汉籍，诸多豪族都选送了家中贵女，更多的人家则是女儿家自己要来的。

修习事小，更要紧的是，此事的召集者乃是鼎鼎大名的小王爷李元昊，如果碰巧被李元昊看中，岂不是天大的喜事？故而灵州一时佳丽如云。草原女儿大都爽朗率真，又未受过多少教化，明里暗里对元昊频送秋波，分外殷勤。

皎皎自是看得出来，心中却有一份坦然的笃定与莫名的疏离，加之向来清高自持，不把众女放在眼里。而这帮"娘子军"哪个没有耳目？自是早已知晓李元昊对她的心意。正因意乱情迷，在平日里豪爽的姑娘们里，愤愤不平者有之，拈酸吃醋者有之，蓄意挑拨者有之，无事生非者有之，曲意讨好者有之……相互之间也是穿插往来，合纵连横，竟是闹得不可开交。处于风暴中心的没藏皎皎却仍是清冷无言，对李元昊非但不曾刻意逢迎，反而有退避三舍之意。

元昊不明何意，心中颇为气恼。他的战功及威名早就享誉大漠草原，塞外的风所过之处，对他神往膜拜的姑娘比比皆是，他的身边自然不乏其人。其中房当族上层官员的女儿多珠美貌出众，自小便钟情于他。多珠生性爽利泼辣，早就将少女怀春的心思毫无保留地向元昊吐露，奈何元昊心中只有没藏皎皎。

虽然元昊数度明里暗里地委婉拒绝，但多珠丝毫没有气馁，更将此视为是元昊的欲擒故纵，相反更加着意装饰容颜，暗中寻求良机，希望早日能圆梦寐以求的王妃美梦。

多珠当然知道没藏皎皎的存在，但她心里认定，没藏虽然美貌却无心计与手段，不具备做王妃的资格。以她的观察，元昊对她的着迷，也只是一时意乱情迷而已，只需使点智谋，假以时日，必会让他对自己情有独钟。

而令多珠大失所望且备感紧迫的是，元昊在秋风将丛林染黄的季节放出话来，要娶没藏皎皎为妻。

这是多珠万万没有想到的，更想不到的是，皎皎竟然声称要好好考虑，并未像全天下的女子该有的反应那样不假思索欢呼着庆幸自己是天底下最幸福的女人。

没藏皎皎的反应令元昊感到匪夷所思。

"再想想？想什么？"元昊忍着愤怒道，"不就是他走了，你想他吗？"

皎皎默默盯着他看了一会儿，转头就走。

他一把将她拉住，适才的气焰已经落下，嘴里却说："去哪儿？莫不是去天都山找他？你别急，他还得来交代公务，这一两日也就到了，你和你的好大哥又可以见面了！"

皎皎也没想到自己会有这样大的力道，可以将他牢牢钳住的手甩脱，一言不发地掉头离去。

他的桀骜不驯，他的自以为是，都不如他的"风流本性"令她不能也不愿接受，虽然她从未亲见，但那种似有若无的感觉总令她无法安心。

元昊身边的人都知道，如果某日元昊原本兴致勃勃却又突然要酒喝，多半是因为和"那位"不欢而散。这两位平日里相处甚为融洽，可过些时日总会闹点别扭，众人也都见怪不怪了。这日却是格外肆意，元昊在帐中独饮直至三更都不肯歇下。

盛吉进去劝了几次都被轰了出来，"这里不用伺候，你也睡去——叫他们都滚远点，谁都别进来！"顿了顿，"除了她……"

盛吉料定今天这个样子怕不能再劝，他自己连着几日没睡好，索性也就领命去歇息了，只叫几位随从远远守着。

夜更深了，几个随从终是耐不住，知道四下里都有亲兵守卫，元昊果然也没有叫人伺候，便坐在地上鸡啄米似的打起瞌睡来。其中一人到底警醒些，不时往那边瞄几眼，夜色融融中一个娇俏的披着斗篷的女子袅袅婷婷地往元昊帐中行去，这随从本想上前盘问，转念一想，这个时候能近前的除了"那位"还能有谁？主子之前不是也交代了么，"除了她……"，自己此时上前碍眼，岂不是活得不耐烦了？一个念头转到这里，不由好笑——这个小王爷，少年英雄，名声在外，也会在女人裙下跌绊子。

那女子进得帐中，但见里头极深极大，弥漫着浓浓的酒气。半明半暗的烛光下，元昊手持酒壶胡乱睡在虎皮褥上，口中断断续续唤着"皎皎……皎皎……"

女子握着斗篷丝绦的手默默捏成拳，听着他一声声叫着，终于解开带子，露出头来——多珠的脸上愤怒、嫉妒、报复的复杂神情在摇曳着的淡淡的烛光中渐渐转变为志在必得的骄傲与狂纵，烛光照得她刻意修饰过的容颜显得格外妖娆娇媚，红唇鲜艳得有如鲜血。

她走近，蹲下身来，拉起他的手："你，在叫我吗？"

他睁开迷幻的眼睛，一双美目近在咫尺。

他恍惚看到自己心心念念的女子近在咫尺，带着从未有过的香艳，不由低声喃喃道："皎皎……"

"想我吗？"她的轻笑竟带着一种难得的风情。

他心头一荡。皎皎竟然真的来了……她来安慰自己……她来对他说："除了你，我不会再有别的男人……我只有你……我只要你……"

他满心感动。这么久了，她终于可以完全成为他的女人……他一把将她搂入怀中，狂热的吻就落下来。

第十六章 火海

此时此刻，没藏皎皎已经歇下。她自小有个习惯，闹了脾气后一般吃不下饭，也不说话，早早就会睡下，蜷缩在自己的小天地里默默反刍忧伤。

夜已深，虽是金秋，夜风已然变冷，外头树木哗啦啦地在风中翻动，不知为何，皎皎今夜格外烦躁，朦朦胧胧中好不容易睡去，压在心头的忧愁似乎也渐渐散去。

在她帐外，遇乞远远趁着夜色走来，一如往昔般轻轻叫着她的名字。

"大哥！"这几年来，她常会这样唤他。此刻惊喜不已，披上大衣裳就去迎接，内心满满都是与他在一起时才会有的安定与甜蜜。

他英俊的面容出现在她的面前，她才意识到，他离开的这些天，自己仿佛丢了什么似的茫然孤寂。他们之间虽然亲密，却向来守礼，除了小时候手拉手奔跑嬉戏，还未有过特别亲昵的举动。然而，此时，一切都来不及细想，她已扑到他的怀里。

怀抱温暖安宁，是他特有的温度，只是他的温度。

他紧紧地拥抱着她，他的下巴抵在她的头发上，他平静的呼吸就在她的耳边，她的泪水不可抑制地涌出来，把他的衣襟都沾湿了。但是，他只是紧紧地抱着她……

突然，他被泪水打湿的衣襟竟然燃起火苗来，一瞬间烫得她的手都无法触碰……她不明所以，只是焦急地大叫"大哥！大哥！"一片呛人的浓烟扑面袭来，遇乞已不知去向……

她惊叫一声，从梦中醒来，浑身出了一层冷汗，已将寝衣浸湿。原来只是一场梦，竟然是这样可怕的一场梦。

然而，周围的浓烟是真的，火苗也是真的！那火苗愈烧愈大，如吐着火焰的巨蛇般上蹿下跳，将她包围起来，她的帐篷本来就大，挂着许多字画，书籍纸张也层层累累，外头的风不断呼呼地吹进来，风助火势，眼看着就要把她完全吞噬。

她尝试着冲出去，可是四处都是熊熊燃烧的大火，怎么会突然起火？

一向睡觉警醒，睡眠那样轻的自己怎么会没有察觉？然而此刻，一切都来不及细想，只有一个念头，从没料到自己会以这种方式告别人世，恐惧与不甘如火炬一样从身体内部燃烧……一切都来不及了，支撑帐篷的巨柱已经断裂，不由分说就要倒塌，砸落下来。

一切都来不及了……

她昏了过去，残存的一丝意识里，竟然又是睡在遇乞怀中，耳边仍如梦中般他一遍遍地叫着自己的名字，只是这呼唤声是他从未有过的焦躁与不安，甚至歇斯底里，"皎皎！皎皎！"

次日黄昏，她慢慢醒来，只觉得四肢百骸都痛不可当，睁开眼睛，首先映入眼帘的是元昊焦急的目光，慢慢从他脸上挪开目光，是讹庞急切、鼓励的微笑，然后，慢慢转动视线，是遇乞出现在梦中一样的沉稳安宁的目光。

元昊找来了全部族乃至能找到的宋朝名医来为她治伤。幸而关键时刻她已脱离火海，除了左臂有些灼伤外并未受到更为严重的烧伤，惊吓过度导致她身体极度虚弱。

没藏皎皎帐中起火，元昊极为震怒，下令彻查，重赏提供线索者，如有隐瞒不报者凌迟处死。真相很快浮出水面。

原来，多珠在与元昊共度春宵后，想到一招釜底抽薪的"妙计"，要将她斩草除根，蓄意火烧她的帐篷。元昊查明真相后不顾多珠跪地痛哭流涕苦苦求饶，二话不说拔刀将其一刀当场劈死。

多珠之事一出，元昊也极为懊恼，下令不许任何人透露出去。而此时的皎皎死里逃生，根本无暇也不愿再作他想，只是觉得此地并非她的安身之地，此处不属于她。在她的坚持之下，元昊不得不亲自护送她回到没藏部族的老地界——没藏大寨静心休养。谁也没有明确地对她讲过谁救了她，她也没有询问，或许她早就知道。

很久以后，她才知道，那天遇乞正如元昊所言需到行辕公办，头天日落时原本已和随从在二百多里以外的驿站住宿，不知为何心神不宁，天黑后安排随从次日再走，自己只身一人毅然打马向行辕星夜赶来……

偶然间婢女们在外头小声聊天，说那天火光冲天，半边天都被映得通红，没人敢相信没藏小姐还能活下来。而那样一个天神一般的男子奋不顾身，不惜舍弃自己性命硬是把她从火海中救出，那个平时安静沉稳的男子在火海中不顾自己被巨柱砸伤手臂，甩脱随从的阻拦义无反顾地冲入一片火海……

第十七章　权衡

天气越来越凉，日子一天一天过去。元昊不时去看皎皎，她却颇为冷淡。元昊不知何故，几次追问无果，一来二去，心中甚为懊恼。

人世间的一切，似乎冥冥之中都有定数。

失火的原因，元昊没有向她提及。多珠已死，但人多嘴杂，纸里终究包不住火，还是慢慢被人知晓。

一向爱慕元昊的房当氏、颇超氏等名门之女明知其中原委，心知如果皎皎知晓，必会对元昊因失望而疏远，便故意借探望皎皎之名，有意无意间添油加醋地描绘出来——元昊与多珠早已暗度陈仓，此次事发，也只是元昊另有新欢，多珠吃醋生事，惹恼了元昊，多珠怨恨皎皎，索性一把火把她烧死，幸而皎皎命大，元昊本想息事宁人就算了，却因此惹来朝中众臣批驳元昊贪恋女色玩物丧志，元昊大怒之下一剑结果了多珠……

皎皎疏离地望着众女绘声绘色的表情，自是知道其中颇多渲染。而事实是，多珠确实死了。她与元昊之间，不但有一层她不愿细想、无法接受的阴影，还隔着一条人命，连一条蚂蚁都不忍心踩死、时常礼佛的她，怎能和一个手上沾着他人鲜血的人共度一生？

　　难道，他真的一直在骗自己，一直在伪装，只是为了把她弄到手？

　　与这个结局同样令她心惊而愤慨的是，她不愿接受元昊竟然与多珠一夜风流，也许这并非第一次。她感觉到了被欺骗的懊恼。她心中固执地希望，命定中的他，能留着空白等着她。而她也明白，这个空白，元昊给不了她，将来也不会有更多的惊喜等着她。她认定那并非多珠单方面的想法，将来也会有很多其他多珠。一直以来令她纠结不愿接受元昊的不可名状的东西在午夜梦醒时分渐渐成形，变为巨大的魔咒，令她无法解脱，而她渴望得到解脱。

　　此事以后，没藏皎皎对什么都是恹恹的，虽然身体日渐好转，心却仍是病着。每日为族中处理一些事情，帮着哥哥讹庞管理账务，偶尔也会跟着哥哥去田庄走走，除此以外，都是闭门不出，只是读书作画。

　　这日，从田庄返回大寨时，讹庞特意与她共乘一辆马车，手中翻着一个账本，叹道："这几年庄子上的收益不如往年了。"

　　"这是为何？遇到了什么麻烦？"她虽向来不爱在这上头用心，却因哥哥处理事情雷厉风行极会用人，从来不用她操心，此种颇为挫败的神情倒是极少看到。

　　"倒也不是多大的事——只是近年来几大豪族崛起，咱们没藏一族，虽说才俊不少，真正掌握实权的却没有。不少土地肥沃的田庄，都被豪族强行骗着用低价买走了。咱们没有源源不断的强大进项，外强中干，收入自然是一日不如一日了。你我兄妹命苦，父母早亡，为兄一心想为你遮风挡雨，却苦于才智不足，不堪大用，辜负了妹妹……"说着，讹庞的眼中渐渐湿润了。

皎皎听言，看着哥哥英俊的脸，十分心痛。惊觉这些年来，她一直以小女儿的心态面对世人，只顾活在自己的小天地里，未曾想过，作为没藏族中他们这一支的当家男子，哥哥背负了多少旁人无法得知的压力。原先还怪他四处寻找商机显得过于看重钱财，原来他一直以来的努力，背后的压力与苦楚，是她这个做妹妹的都不曾了解与分担的。

"皎皎，世态炎凉，除了至亲，除了真心喜欢，没有人会无缘无故对另一个人好，你要珍惜别人对你的情意啊。"他看着她的眼睛，诚挚地道。这对兄妹，都继承了家族美好的容颜，都是心思内敛之人，极少有向旁人袒露心意之时。

"你知道我说的是谁。找到一个可以依靠、值得依靠，同时也真心喜爱你的人，是可遇不可求的。你有幸遇到了，就应加倍珍惜。只要小王爷点点头，身边什么样的美女没有？可是，你看他，独独对你情有独钟。说句自私的话，有了他的关照，谁还敢欺负到咱们没藏家头上？将来你当了王妃，作了王后，不说你安享数不清的富贵荣华，就是咱们整个家族，老老少少，男男女女，谁不脸上有光？妹妹，你向来是个伶俐人儿，切不可在这终身大事上犯糊涂啊。"

他见皎皎低头不语，知道她有心结尚未打开。

"哥哥知道，那天都山少主对你也有情意。不错，他是个英雄，是个君子，野利家也是党项数一数二的世家望族，他的父亲功勋卓著，他的叔叔、大族长野利荣仁是个不出世的奇才，却是一心治学，对这个侄子视如己出，一心辅佐，眼看着野利家的百年权柄就要落到他手里。可是，正因如此，妹妹，你要知道，野利家再有权势，也只是一个世家贵胄，与小王爷比起来，仍是云泥之别。天都山少主能给你的，小王爷会加倍给你；天都山少主给不了你的，小王爷也能全部给你。更何况，遇乞对你的心思，岂敢在小王爷面前表露？小王爷虽对人宽和，一旦涉及其心爱之人必然不会留情。你对遇乞越好，他可能越会有危险；遇乞对你越有情意，越会将你们置于危险之地。你们是没有结果的……"

"哥哥眼中，究竟什么最重要？"皎皎嗔道，"说来说去，哥哥都是以权势来作比较，人生在世，难道人与人之间的情意不比权势更重要吗？"

"人心无常，世易时移，人终归是会变的，情意是最靠不住的东西。而权势不一样，只要一个人有了权势，便有了尊荣，有了底气，有了财源，有了依仗……世事如棋，咱们得审时度势，谋定而后动，想好了再下决定……"

"哥哥！照你这话，人与人之间，先得权衡利弊，考虑好了再下棋吗？那你对我的情意终有一日也会变，我也不能相信吗？"

讹庞心中叹口气，知道此时她必不信这套说辞，便道："我与你是兄妹，当然不会。总有一日你会明白我的话。只是，眼下，就算不为了别的，为了咱们族中老小，不可得罪了王族，对小王爷，更是不可由着性子胡来。"

皎皎沉默地望着车窗外。

刚回到大寨，远远就见十几名护卫牵着骏马在管家仆役的奉承下往里面走。

　　"小王爷来了！"讹庞惊喜，向皎皎深深看了一眼，换了副热
情的笑颜，赶着进去招待。

第十八章　情窦

毋庸讳言，寨子里上上下下对元昊的到来十分欢喜，对皎皎也格外恭顺，相熟的长辈还会与元昊聊聊家常，元昊与他们也颇为亲近。

因着刚才讹庞那番话，皎皎心思恍惚，看元昊的目光也复杂起来，心下沉吟着哥哥口中的利弊权衡，更觉烦闷。避开元昊热切的目光，只觉得今日对他更是无话可说。她曾暗示过，自己现在只想好好静静……她心里想的是：若按哥哥的话，如今他对自己仍有心思尚需权衡利弊，如若将来没有时，她岂非不但无法自保，还会祸及族人，那还不如此时远离。

元昊自是察觉到了她的异样。想到自己这几日赶着做完了手头的事，竟又满腔热血被浇了一盆凉水，便屏退左右，看着她的眼睛，不悦道："上次我欲向你族长去提亲，你不许。你到底是怎么想的？今日你必须给我个话。"

"我现在不想考虑婚姻之事，如果你等不及，就去到别家提亲，中意小王爷的人可多着呢。"皎皎见他语气生硬，自己又是无奈又是委屈，这样冷硬的话脱口而出后又不禁有些自责。为什么他们之间明明自小就有情意在，却总是与隔阂并存，相处之时时常会有口角，每每总是不欢而散？

只是后来的她才明白，相爱容易相处难。正因情深，却因年轻，总会与心上人互相伤害。

"你！"元昊本是坐在她身边，此时不由站起，怒道："没藏皎皎！你别欺人太甚！你不就是仗着我喜欢你吗？难道我堂堂大夏国的小王爷，就是个没人理没人要没人爱的蠢才吗？实话对你说，喜欢我的姑娘——女人，多了去了！哪个不是争着抢着盼着我今天就娶了她！"

她本已在心中懊悔，此时听他口中也说出了"堂堂大夏国的小王爷……女人……"之语，听起来格外刺耳，当下怒火中烧，便也使起了性子，站起身与他直视，冷冷道："哦，奴婢失礼，这才想起来，原来眼前站的这位是堂堂大夏小王爷！奴婢有眼不识泰山，罪该万死。奴婢知道，自是有很多女人排着队等着……"她自觉失言，羞愧得说不下去，"不敢耽误小王爷正事，小王爷爱怎么着就怎么着，跟奴婢没有任何关系！什么也不必说了——小王爷请吧！"

元昊其实话一出口就已后悔，本欲赔罪，却听她连珠炮似的说出这一番话来，还赶他即刻就走，一时气血上头，竟是说不出话来："好！好！我这就走，再也不来烦你！"说罢，甩袖而去。直吓得外头的讹庞等人噤若寒蝉，赔着笑送了出去。元昊冷着脸，谁也不理，也不等侍卫跟上，跨上骏马便自顾自绝尘而去。

皎皎等他走后，站在窗前愣了半晌，扑倒在床上痛哭起来。

次日，颇超氏就来探望，告知皎皎，昨夜，元昊喝得酩酊大醉，陪酒的是一群辽国舞女。"我哥哥昨晚当值，亲眼看见小王爷搂着两个辽国美人进了大帐……那辽国女人可是训练有素的，阵阵娇笑声整个连营都听得见呢……不知在做什么……直闹到四更……真是不知羞！……"

皎皎正在气头上，闻听此言面上没有表露，心里已如万箭穿心。虽自是知晓此女的用意，对她的话也不全信，只是俗话说"无风不起浪"，此等事情接二连三地扰乱心绪，好不烦恼。

强装笑意送走颀超氏，皎皎随手拿起时常把玩的一枚战国玉如意，爱惜地摩挲着，慢慢镇定下来，有个声音问自己："你为何烦恼？这一切与你何干？……"

此时此刻，天都山，一个名为野利碧珏的少女亦是为情所困，她便是野利遇乞的同胞妹妹。

野利碧珏从很小的时候就常到姑妈夫家细封氏统治的部族生活。姑妈没有儿女，常到天都山野利家来，有一年她大病一场，终于能下床行走后，刚刚踏入野利家的地界，一个小女婴就出生了，仿佛是为她的康复庆祝。当时她身上恰巧带着一块从宋朝买回的玉珏，晶莹碧绿，极为名贵。她便将其送给这名女婴，并为她起名"碧珏"，一连数日不愿离去。野利家见如此，答应等孩子长大些，姑妈可时常带这孩子回去。后来，野利夫妇不幸亡故，姑妈便接野利碧珏到细封氏部族长住，眼珠子般地捧在手心里。

如今，碧珏已经出落成一位名动草原的佳丽，颀长娇美，楚楚动人，格外耀眼。诸多王孙子弟纷纷慕名前往野利部提亲，而碧珏如整个部族的掌上明珠，哪会轻易许出？但外人不知，其中主因并非族中人不同意，而是这位美人一听到有人来说亲，就不高兴了，扭头就走，甚至还一两天不吃饭。几次以后，族中无人敢轻易提及此事。

这十几年里，碧珏往来于天都山与细封氏姑妈之间，两边部族皆视其为掌上明珠。同时，她也得到元昊生母卫慕大妃的喜爱与呵护，因为细封姑妈与大妃是异常要好的金兰姐妹。三年前，碧珏牵挂哥哥遇乞，便常常到天都山与他共处。

野利碧珏自小就对哥哥野利遇乞的感情极深，不难察觉一向爽朗沉稳的他，这几年愈加内敛沉默，外人看不出什么，但她知道，哥哥心中有痛。

其实，虽然遇乞心中的秘密藏得很深，但身边的侍从奴婢都如人精一般，怎能不知道小王爷李元昊看上的没藏皎皎，亦是天都山少主的白月光。遇乞待下极为宽和，从不禁言，关于他与皎皎之间的恋情纠缠，有的没的都在私底下传得有鼻子有眼，仿佛都亲眼见过一般。

碧珏当然有所听闻，她从未向哥哥或其他任何人询问，某天独自想了一晚，打定了主意。第二天一早，她告别哥哥，回到细封氏姑妈家。近几年姑妈的身体大不如前，总是病着，对碧珏的依赖更深。姑妈见了她精神都为之一振，像得了凤凰般眉开眼笑，二人像往常一样说说笑笑，姑妈觉得自己的病似乎都好了一大半。

细封氏感觉到碧珏此次来怀着心事，无人时便又像小时候一样将她抱在怀中，细细询问。碧珏向来爽利，在姑妈这里更是不曾扭捏，便将心中所想和盘托出。

第十九章　棘手

　　细封氏听完却沉吟起来，"珏儿，凡是姑妈能帮你的，没有不愿为你做的。只是此事，却相当棘手啊！"

　　"姑妈，此话何意？"碧珏听了不由站起身，急道。

　　"你别急，坐下，咱娘俩好好合计合计。"细封氏见状，知道这闺女是认了真了，不由得有些心酸。碧珏和她哥哥遇乞，虽说父辈战功赫赫，遇乞此时已凭自己的实力成为众人信服的天都山少主，但他们父母双亡，虽说野利仁荣及其他叔父都待他们兄妹视如己出，可在她看来，总归是可怜的孩子。孩子情窦初开，遇上了这样的事，虽然不好办，但自己怎能坐视不管？

　　细封氏叹口气道："不错，姑妈和小王爷母亲卫慕大妃确是闺中好友，情分自比别人深厚。当年，我几乎是亲眼看着大妃如何和元昊父亲德明王相知相识相恋的。只是，无所顾忌地诉说掏心窝子的话，那都是多少年前的事了。姑妈把你当作女儿，为你去说亲，有什么不可以的？多少王孙子弟排队想娶你呢，这是咱们党项都知道的事儿。只是，那小王爷的婚事，却并非那么简单。且不说咱们女孩儿家不可自己去说，更何况，大妃对小王爷的婚事不可能没有自己的想法。众部族的贵族小姐，她都设法一一见过，却没有一家听到动静，怕只怕……大妃自己心里已经有了人选。咱们这样自己问上门去，恐事情不成，反倒被小人拿到笑柄……"

"我不怕，"碧珏急道，"我不怕别人怎么看我，我只要能成为他的妻子！"

"好，好孩子！这才是咱们党项的女儿！想做什么就去做，不兴遮遮掩掩的！"细封氏原本觉得此事不好操作，不易为闺女操持而心情沉重，此时反被这天真烂漫给逗笑了，再一思量，道："好，姑妈起先倒是蒙了，只将你当作小女儿看了，忘了你可是咱们草原上仅此一个的碧珏了！哪个姑娘有这个勇气？不就是一桩婚事嘛，成不成的，得看长生天，咱们去探探路，有什么大不了的！"

当天晌午，载着她们的一支车队就出发了，向元昊母亲卫慕大妃的行宫而去。

大妃卫慕氏的行宫安静舒适、低调简朴，碧珏每次都会暗自感叹。卫慕一族乃党项大族，人才辈出，大妃之兄卫慕山喜乃现今卫慕大族长，又是朝中重臣，手握大权，而其家族却素来合心而低调。而此行，碧珏却顾不得发任何感慨，她心心念念的只想完成一件事。

为了哥哥，为了家族，更是为了自己。豆蔻年华的她，已然决定，这一生一定要成为自己想要成为的那个人——李元昊真正的、唯一的王妃。

刚刚记事之时，她第一次见到李元昊，如同遭遇突如其来的一道闪电。渐渐长大，数度见面，那少年的英姿，那种惊为天人的震撼令她的心仿佛在迷惑着什么，又仿佛在明朗着什么。她的心如同在火上炙烤着，终于，她悟到了自己的心意。这是属于自己的秘密，也是任何人都不能阻挡的属于她与心爱之人的命运，是她不允许任何人改变的命运。

大妃卫慕氏久在部族纷争中沉浮，见到自小便情同姐妹的细封氏，发自内心的喜悦令她感到放松。

望着冰雪聪明的青葱少女碧珏，大妃温和的微笑。碧珏与细封氏向大妃见礼后，才注意到大妃身边一个美丽端庄的少女此时正向细封氏行礼。

"大妃，这不是您的外甥女青蓝吗？长这么大了？"细封氏爱怜地拉起那少女的手，笑道，"真是女大十八变，越变越好看——两年不见，竟出落得这般漂亮了！"

卫慕青蓝之父卫慕山虎是大妃二哥，早年战死于带兵出征其他部族的路上，其妻思念成疾，一年后故去，留下一个四岁的女儿青蓝。大妃感念亡兄，遂将孤女收到身边亲自抚养。细封氏与大妃来往密切，自是多次见过青蓝，此番言谈是寻常赞赏之语，颇有夸张，大妃听了，借着他人的目光望去，更加觉得自己的外甥女颜色靓丽，不禁笑意更浓。那青蓝经此一夸，早已羞得满脸通红，深深低下了头。

碧珏因着姑妈先前所虑，早就注意到大妃身边的女子，只见她姿容娴雅，温柔可亲，此刻低眉敛目，更显风情，不由得一瞬不瞬地凝视着她，那女子对她温婉一笑。

大妃这边却是另有心思，从小养在身边的外甥女，才是她心目中未来小王妃的绝佳人选。首先当然是她们的血缘——卫慕家如果想常葆尊荣，前朝必得有人在权力核心继续掌握权柄，后宫更是如此。更何况这青蓝秉性纯良，自小对她言听计从，从无忤逆。在言谈之间，早已透露出这个意思。青蓝也只道："一切任凭姑母吩咐。"

元昊何等聪明，自然知晓母亲的心思，虽对这位言语不多、恭谦有礼的表妹没有什么不好的感觉，却也没有少男少女间的怀春之思。这几年，大妃虽多次有意安排他们单独见面，元昊却总是借故躲开。大妃冷眼瞧着，那青蓝也坦然视之，从无怨怼之辞。

大妃转眸看到碧珏探询的眼神，便心下了然。这个女孩，明艳照人，活泼伶俐，又是故人之女，如果能如她心意般不觊觎青蓝之位，不越过卫慕氏去，将来放在元昊身边，也未尝不可。只是，大妃深知元昊如今一心扑在没藏皎皎身上，对别的姑娘浑不在意。

那个没藏家的小姐，大妃也算是看着长大的，父辈的功勋，家族的显赫，加之那样的兰心蕙质，的确是万里无一的。但那个少女的清高与疏远，多年来甚至对大妃都不曾假以辞色，连一个甜甜的问候、一个发自内心的笑容都没有，在大妃眼里，皎皎太过清冷孤高。更令大妃不安的是，元昊对皎皎一往情深，细思之下，隐隐感到恐惧。

尤其令她大为震惊的是，元昊竟然为了皎皎如此残忍地将多珠斩于自己刀下，虽说多珠纵火有错在先，但元昊丝毫不顾及多珠多年的爱慕与那晚的献身，亦丝毫未想过斩杀房当大将之女的后果，这样可怕的事端令她数夜难眠。而能让自己的儿子如此不惜代价的女人，并非良配，任凭她是天仙，也不可爱，也不可留。

第二十章　考验

　　大妃看得出来，碧珏的心思果然玲珑剔透，她丝毫未提及别的用意，只是将哥哥遇乞的心思绘声绘色地描述给大妃听："哥哥是碧珏在世上除了姑妈和大妃以外最亲的人了，哥哥没有皎皎姐姐一定活不下去……恳请大妃帮帮哥哥……"

　　这样美丽明艳的脸庞，这样天真纯洁的眼眸，这样细腻而不着痕迹的表白，端庄而多谋，善良而巧妙，如果没有青蓝，还真没有人比她更适合未来后宫之主了。

　　大妃心中叹了口气，她知道，元昊的事，不能再等了。

　　多珠死前，不止一次地到大妃这里，有声有色地描述没藏皎皎是如何在勾引元昊的同时与遇乞暗度陈仓的。虽然对多珠的性格人品大妃心知肚明，但听到这样的传言，加之此前的不满及疑惑，大妃心中早就藏着一团怒火，只是顾及元昊及大局并未表露。在她看来，那个美丽的少女，就是一团麻烦的化身。看似单纯，却竟有这样的魔力，将元昊与遇乞的心同时死死套牢！

　　细封氏与大妃叙旧，提起当年对两人颇为关照的一位天都山野利族中姨母这几日重病不起，在世上时日无多，非常想见大妃一面。大妃得知也颇为动容，有意无意间扫过碧珏，见她屏息盯着自己，正是十分期待的神情，便也明了了其中深意。

这个小丫头，真是不简单，如此小小年纪，便会这般借助他人之力——说到底，也是对昊儿过于痴心。如果不是因为青蓝，这丫头不做王妃倒是可惜了。至少，比起那没藏家清高自傲的小姐，不知好了多少倍。昊儿却偏偏对没藏皎皎情根深种，世人啊，不都是这样，越难到手的越珍惜。大妃在心里叹息。

大妃对皎皎的忌惮之心早已埋下，一直未曾找到合适的机会。如今，碧珏的出现，倒是拔除心里这根刺的大好时机——何不就势把她给了遇乞，如此一来，既遂了天都山少主的心愿，也可使野利兄妹都为自己所用，野利家为她卖命的日子还在后头呢。

至于元昊——永远是她的儿子，即便眼前怪她，终有一天也会明白做母亲的良苦用心。天下的好女子太多了，到那时，他身边自是不缺更为美丽娇艳的解语花……长生天的指示就要降临了。

细封氏见大妃眼中渗出泪花，知道她也惦念那生命垂危的长者，便当即邀请她去天都山小住，一来换换环境、养养身，二来顺便探望。大妃当下便爽快答应了。

碧珏心中欢喜，见时机已到，笑道："大妃，没藏家的小姐没藏皎皎和我是闺中好友，和我大哥……是自小在一起玩大的。现下身子不适，我欲邀请她也到天都山小住，不知可否？"

大妃早知她有如此打算，佯装不知，对细封氏笑道："听听，这小鬼灵精的，请人到自己家做客，还问我们答不答应。"

"大妃莫怪，"细封氏笑道，"这丫头心细。因此次请得大妃光临，何等尊荣，便想挑个可人儿陪着大妃，一路上也好解解闷。"

"要说可人儿……"大妃斜睨着笑，"我看呐，没有人比得过青蓝和碧珏这两个孩子了。"

一时屋里欢声笑语。碧珏心下想，比起皎皎，这青蓝虽有大妃罩着，好在沉静乖巧，倒是不用担心，先过了眼下再说。

皎皎那边，实则早已接到碧珏邀请。因着遇乞，她对碧珏向来多着一分关爱。当初几人一起在灵州修习，就与碧珏同进同出，宛如一对双生姐妹花。不与旁人说的话，都对她说。因着心中笃定，却不曾察觉碧珏对元昊的心思，无意间倒是透漏出许多与元昊幼时玩耍的过往和他的一些喜好。加之当时年少懵懂，自己的心思也都无从分辨得清，哪会去留意别人的心思，只是知道要一心一意地对"大哥"遇乞的妹妹比别人更好才是。

此时接到邀请，皎皎眼前浮现出天都山的秀美风光，那郁郁葱葱的山林、那微风吹过树叶的哗哗声、那潺潺流淌的小溪、那有着黢黑眼睛蹦蹦跳跳倏忽远逝的小鹿……还有，那弯弓射雕的雄健身影……心中似是有温柔的向往，便也没作他想，答应下来。

至于与大妃同行，在皎皎私心里是不情愿的——在元昊的母亲面前，毕竟不自在。然而既然碧珏与其姑母是来接大妃一同去天都山探望族中长者的，总不好拒绝。好在路上也只有几天，便也同意了。

元昊暗自纳闷为何母亲会在此时出面婉言劝说他让没藏皎皎随她到天都山休养。

"娘去天都山探望野利族中一位姨母。娘身体不好，藏医说天都山的草药趁新鲜采了煎来吃，最是滋补。皎皎姑娘也病着，正好也休养休养。你碧珏妹妹多次邀请娘去她那边住一阵子，娘总是谢绝也不大好。况且碧珏那般伶俐可爱，看着她总觉得欢喜，她和没藏小姐又交好，两个小姑娘陪在身边，娘这病说不准就好了呢。娘打算和你细封姨妈去小住几日，不过还得看你的安排——你看可好？"

此情此景，此时此刻，元昊还能说不好吗？他虽然心中已经明白了几分，却仍以为毕竟是自己母亲，总不会拗着自己的性子来，一切都在自己掌握之中。对于皎皎，他也笃信，她始终都会是他的。随母亲去天都山养养身子、多些了解也好，更何况，义兄也该知道，大妃总归是护着自己的儿子的。

至于将皎皎送到天都山，那是天都山少主、义兄遇乞的地盘，虽然隐隐感到有些异样，但他相信，从小到大对他无私关爱鼎力相助的义兄，是不会做出任何有悖于他愿望的举动的。但不知为何，这笃定之中，还带着一丝丝的审视，甚至——考验。

然而，少年时代，怎能知晓，情意是用来珍惜的，绝不可以考验。

第二十一章　守护

正在此时，一股外族力量又大举来犯，搅得并州和市等地不得安宁。元昊几年来一直带兵与之周旋，此次大为震怒，誓将群寇一举歼灭。他常年征战，主要心思本就放在国事之上，此时，顾不得儿女私情，也正因皎皎还在生气，想是一时也哄不过来，便只写了封书信命人带给她，向德明王请命、向大妃辞别后便气势汹汹领兵而去。

没藏讹庞得知元昊同意皎皎前去，爱怜地拂着她的头发："妹妹，你想去哪里玩都好，哪里能让你开心，你就去哪里。哥哥会时常去看你。"他们兄妹很少这样亲昵，此时皎皎想起这段时间发生的事情，感到还是哥哥对自己不离不弃，闻听此言更是感动，泪水不由流下来。

讹庞极为细心周到地安排皎皎动身，除了她身边自小服侍的婢女外，还特意从自己这边细细选了几个可靠的，暗中叮嘱她们："小姐在外，必然会想家。你们别总让小姐一人独自待着，多和小姐亲近，逗她说话解闷。小姐是小王爷看中的人，一切要以小王爷的意思为准。有什么事，你们不能替她藏着掖着，即刻叫人来报知我。"下人自是称诺。

　　第三日，卫慕大妃的车队就浩浩荡荡往天都山行去。细封氏小叔子的女儿细封惠也闹着要去，细封氏因着心中有事，本不愿带她同去碍手碍脚，谁料到细封惠自己去求了大妃。大妃长者风范，当然不会和一个小姑娘过不去，岂有不允之理？

　　皎皎却因对细封惠向来没有好感，而对其不冷不淡，惹得细封氏心中恨意更盛。那细封惠皮肤白皙，五官倒也精致，尤其有时那一笑，竟是风情外露，男子大都心旌摇曳，即便是女人也不由自主地觉得心中一荡。而这样的笑容，她在元昊前多次展露过。尤其在灵州修习之时，她数次不是"不小心"用墨汁将元昊的袖子溅污，就是把元昊递给皎皎的风筝抢过去。皎皎有意无意地瞥向元昊，竟见他的眼中也不由自主地含了丝丝春意，她心中没来由地气恼，扭头就走。这边元昊又是急着唤她，又是被勾住了视线或是干脆被缠住了胳膊而动弹不得……

　　此时，在大妃面前，细封惠那春光乍泄的笑容非但未曾显露，还换上了一副知书达礼大家闺秀的娴雅气质，说起话来也咬文嚼字，十分矜持，皎皎看来更觉得如鲠在喉，心里直翻白眼。又不愿被此女扰了心情，除了听别人讲话，要么就是看着窗外，要么就是眼观鼻鼻观心，不理那边偷偷射来的明枪暗箭。她知道，那边也早已将她腹诽得体无完肤，表面上却还口口声声一口一个"姐姐"地叫得让她心塞。

　　正是秋季，一路上秋风浩荡，风景如画。大妃大都在贴身侍女的侍奉下独坐一辆端庄华贵极为宽敞的马车，细封姑妈带碧珏、细封惠共乘一辆，因着没藏皎皎病未痊愈故而另乘一辆。而有时，大妃会叫了她们与自己同坐，说话解闷。她虽已不复青春韶华，一双妙目却更加深刻，说话间不经意地含笑扫过她们，被看过的人都会觉得自己的心思在她面前仿佛透明般袒露无遗。

多年后，没藏皎皎才明白，那样慈眉善目沉静少言的大妃为何总是那样浅笑着看她，那笑容意味深长，当时的她根本捉摸不透。她只知道，当大妃看着喜鹊般纯真欢快的碧珏时，那笑容就和看她时不一样了，那是一种自心底流露出的笑容，她们之间的某种默契她并未在意，因为对她而言，从来不愿也不屑去揣摩别人的心思。而正是因此，所谓计谋中的笼中之鸟指的就是当年的她，这也多多少少改变了她今后的性格与命运。

碧珏与遇乞兄妹情深，从小到大，哥哥愿意把所有最好的都捧到妹妹手心里。虽然自从有了没藏皎皎的介入，哥哥的心被人所占，她也未尝没有醋意。然而，哥哥对她的关爱却未曾减少，相反总是从其他方面对她有所弥补。她对皎皎的情感更是复杂，在所有部落的贵族少女中，她们最为投缘，而因着元昊，因着遇乞，她对她可谓爱恨交织，时常连自己都分不清辨不明。而在这一切的纠结之上，她知道，无论如何，他们的兄妹之情不能更改，也不可更改。

此时，说笑间，碧珏不由凝视皎皎，心想："只要我能得到元昊，只要你能安安静静地待在哥哥身边，一切便都圆满。"

人人各怀心思，而那没藏皎皎并未揣摩这些，碧珏不由在心中一哂。

大妃和她们一同在天都山小住的几日里，并未特意多说过什么话。然而寥寥几句点到即止的话，却让生性敏感的皎皎知道，任凭元昊对她多么一往情深，她并非大妃心目中如意的儿媳人选，她中意并选定的，是天真无邪的碧珏。大妃见皎皎已然明了她的用意，便颇为安心。

遇乞来见时，大妃见这个和自己儿子称兄道弟的少年豪酋如此英武，心中又颇不得劲，直怨儿子元昊给他的权势过大，却无半分防备之心，又想到此人正好可接盘磨人的没藏皎皎，倒是一桩美事。为了元昊，她这个做母亲的当然要助一臂之力。

大妃微笑着夸赞了几句天都山的景色，幽幽道："这天都山虽是你野利家的，但毕竟在我大夏国土之上。这样的景色，咱们喜欢，便可多赏赏，多看看，哪怕是多付出些心力去保养维护也是必要的；如若哪一天，咱们看厌了，不喜欢了，换个景色也不是什么难事。"

此话已然极为挑衅，遇乞自是从大妃的眼神中明了其深意，未做任何解释，仍是温和有礼地微笑。其实，天都山已自成一体，李氏王族眼下若欲取而代之并非易事。大妃如此说，不光是在敲打遇乞皎皎之事，亦是对其军事方面的震慑。多年后，大妃方才意识到，面对遇乞这样的一方首领，自己当时轻视其年少，未免太心急、太自大了。

再次近距离的面对遇乞，此时还有一个人的内心掀起了滔天巨浪。

细封惠素来仰慕元昊，认为他是世间独一无二的少年英雄，因是天皇贵胄，更显得气度不凡，是她少女怀春的不二人选。细封惠虽多次制造机会亲近元昊，在她的魅惑眼神下，元昊虽也有短暂的沦陷，但元昊心里因担心没藏皎皎生气而躲着细封惠。细封惠对元昊的懊恼和对皎皎的恨意像钻在心底的毒蛇。

而此刻，在与遇乞重逢的一刻，细封惠竟然感到自己的灵魂都要飘起来了——虽是表兄妹，他们之间的来往没有多少。以前怎么没发现，这天都山少主如此英俊伟岸，潇洒儒雅？从前，他一直像个影子般站在元昊身边，时常一整天都不说一句话，不知是自己的心思全被元昊占了去，还是当时瞎了眼？那元昊有什么好，看自己的眼神怪怪的，哪有这天都山少主风采过人？

当皎皎再度在天都山上见到遇乞时，秋天的金风中，他从操练场上归来，犹自披着一身秋日暖阳的和煦气息。多日未见，他清减了很多。他朝皎皎一笑，笑容一如既往的率真温和，令她仿佛回到自己温暖的家中，只觉得心中一甜。

一路上，皎皎听碧珏说过，这几年遇乞更加沉默，每日除了夜以继日地操练部族与处理公务以外，还亲自开荒种地，在后山又开垦出数千亩良田，种了许多花草树木。尤其是那片槐林，每到槐花开时，郁香扑鼻，还有茅屋清泉，走到林间，仿佛走入了桃花源。

天都山层林尽染，处处鸟语花香，恍如人间仙境。在飒爽秋风中，看到他的身影渐行渐近，皎皎明艳不可方物的脸上神色恍惚。当她再一次看到他温暖的笑容时，明明是甜蜜的，但她却不知为何感到了一丝丝的隐痛。

她知道，元昊会尽他所能保护自己，却也会把她引入危险境地。元昊临行时说："我自认从心底里对你已是好到了极处，但是我不明白，我到底还该做些什么……我听说，女人只会对真爱的人说狠话……我不怪你……不过，你要记住——你这辈子注定是我的，打完这场仗，不管你愿不愿意，我就去你家提亲，要你嫁给我。"

她知道，元昊当然对她一往情深，却不见得始终如一。但是，遇乞会。

遇乞从未说过什么，他只是默默地为她做事。家国部族，儿女情长，这几年他的纠结与痛苦，在他午夜梦回之时，这些情愫变得更为深重，令他心悸，更令他心痛。

这几年来，他看到她的不快乐，每每心如刀绞。当他意识到她在元昊身边并不会快乐且注定不能过上宁静的生活，尤其是那夜他将如小兔般昏迷的她从死神手中抢回时，他终于决定，无论如何，要守护她。

虽然，他知道，也许这样的守护是短暂的，不知什么时候他也许将性命不保，但是，他明白自己灵魂深处的渴望——这一生，虽然有那么多不可预知的浪险风高，却只愿与她厮守。

这天，在槐林的清香中，他伸出手去，第一次抚摸上她的眉，她的眼……那样的精致，那样的令人沉醉。

他拥她入怀，轻声说："皎皎，无论曾经如何，无论将来如何，我只要你开心就好……"

"也许，我并不是一个能给你带来吉祥的人。"皎皎低声道。微风撩动她的发丝，她将脸伏在他的怀中。

"我野利遇乞此生此世，只求与你相守。相守一日，便是幸福一日，便是吉祥一日。"

她没有再说什么，只觉得心中一片雪白，一片安然。

而他，心中的甜蜜却与苦涩交织——小王爷，义弟，元昊……事到如今，再说什么，对你来说，统统都是借口。

　　我野利遇乞今生只能愧对你了！他日，我定当肝脑涂地报效于你！

　　大妃自是看出了情势变动，暗自感慨并惊愕于皎皎那小女子竟有这样的魅力，能将两个盖世的少年英雄都玩弄于股掌之间。

　　这日晚间，望着窗外松涛阵阵，大妃已现风霜的秀丽面孔仿如一尊玉像，久久不动，蹙眉沉吟。

　　另一扇窗下，碧珏也目视着同样的景色，年轻的面庞上，没有与人共处时的甜美温柔，眼中尽是坚毅冷漠。

第二十二章　毒泉

没藏皎皎向来喜好研读佛经，哪怕是在病中，每日也会看上几页，精神再不济，也会让侍女读几段，闭目听着也觉得内心安然。天都山近旁虽有没藏家的别院田庄，一应物事都是俱全的，但遇乞兄妹怎会让她住在别处？早就为她收拾出了最为幽静舒适、精巧雅致的院落以便她休养，而她却觉着整日待着难受，待精神好些，便仍研习佛经。

这日，手头的经书都已翻来覆去看过多遍，正在愁闷时，碧珏笑吟吟地进来，远远地便伸手来拉她，"姐姐忙什么呢？"

"碧珏来了。"皎皎迎了上去，她的手已被碧珏拉住。虽是自小熟识，皎皎却生来是个不愿与人太过热络的人，跟再亲近的人也没什么特别亲昵的举动。

"姐姐每日这样闷在屋里也不好，明天咱们一起去拜大佛吧！你不想再到佛窟中抄录些经文吗？细封惠说没见过，也喊着要去呢。大妃和我姑妈也去，人多，热闹！"

天都山北面的山腰上有座石窟，一座巨大的石雕大佛安然静坐。天气晴好之时，远远望去，大佛周身似有宝光流转。虽年代久远，经过上百年的风雨侵蚀，依然保存完好。只因此地处于天都寨辖区边界，又地处偏僻，极是隐秘，等闲人不知此处。

　　党项诸族大都信奉佛教，尤其以拓跋部落为首的皇族更是如此。据说因在此处许愿极为灵验，多年来都是天都山及其贵族亲友常来敬拜之所，也是多年前天都山少主及他的朋友们最为喜爱的"寻幽探险"之地。

　　遇乞、元昊、皎皎、碧珏、讹庞等人，幼时多次来此玩耍，因着信奉佛教的观念已深入人心，虽为小童，却也不敢有丝毫亵渎之心，每次来必是先一字排开，恭恭敬敬地向巨佛磕头，人人双手合十，各自许愿。此时，几人之中必是会有人偷偷瞄向某人，某人又悄悄看着另一人……一群人看似安安静静，实则忙乱得很。

　　大佛慈悲端庄，含笑垂目，看着这一队小小的人儿……

　　而如今，那些无忧无虑又满怀心事的时光到底哪里去了？

　　"姐姐，你想什么呢？"

　　没藏皎皎回过神来，看到碧珏正一瞬不瞬地看着自己，虽不愿与并不亲近的人一路同行，却不忍拂她的好意，便答应一同去礼佛。

　　次日，一行人带着仆从到达佛窟。以大妃为首，各人都虔诚地拜了佛，大妃看着几个女孩子在佛像前闭目合十的样子，心中不免又有几分唏嘘。尤其看到那没藏皎皎向佛许愿的样子，倒是贞贞静静的像一朵莲花，不知她又是怎么吃定元昊和遇乞的，大妃心中便颇为不悦。

　　礼过佛，一行人参观了连绵的石窟佛像群，便在建在山谷中的王家小小行宫休息。仆从取出食物，各人取用了些，便也各自略做歇息。皎皎正翻着新拓的佛经看着，一个小丫鬟怯懦地端来一小瓷瓶水，"没藏小姐好，这是我们小姐叫人特意取来的山泉水，非常清甜，请您尝一尝。"

皎皎依稀认得这是碧珏身边做粗活的小丫头，便也不作他想，"替我谢谢碧珏。"

那小丫鬟还没有走的意思，皎皎看了她一眼，"还有什么事吗？"

"我们小姐……说……这泉水时间放长了，就不好喝了，请您尽快喝了吧。"

皎皎看了看那精致的瓷瓶，打趣道："莫不是你们小姐舍不得这个瓷瓶，叫你让我快点喝了，你好拿着东西回去交差。"

"是啊，是啊……"那丫鬟拼命点头，眼睛里露出期待的光芒，似乎就差上手灌皎皎喝下去了。

皎皎失笑，取过桌上的小茶碗，倒了一些泉水，正要喝一口，从门外闯进一个人，劈手将她手中的碗夺过来。

竟是碧珏。

"井儿，你在阿惠小姐身边可顺心？"

皎皎愕然，这丫头不是碧珏的丫鬟吗，怎么会跟在细封惠身边？

"细封惠来的路上，说身边没有得力的丫鬟，看中了井儿，我便叫她先跟过去伺候，如果用得好、井儿自己也愿意的话，便叫她过去。"碧珏对皎皎解释。

"这是阿惠小姐叫你带给没藏小姐的吗？为什么你说是我叫你送来的？"

"我……我……"井儿支支吾吾，见逃不过，半晌说，"是细封小姐说，她一直想与没藏小姐亲近，但找不到机会，这山泉水非常好喝，但她担心没藏小姐不领情，就让我说是碧珏小姐送来的……没藏小姐喝了觉得好，再说，是她让送的……"

皎皎和碧珏对视一眼，一只黑色的小野猫喵喵地叫着，不知是饿了还是渴了，因为门开着，已敏捷地跳到屋子里来了，碧珏二话不说，将手中的碗放在它面前，那小猫似是渴坏了，低下头大口大口舔了起来。片刻之后，竟倒地抽搐起来，没一会儿工夫，竟已毙命了！

几人大惊，那井儿已吓得魂飞魄散，跪倒在地，不住磕头，"不关奴婢的事！奴婢什么都不知道！"

皎皎渐渐镇定下来："不怪你，你去吧。"

"姐姐！这贱婢伙同那细封惠想要置你于死地！怎么能轻易放她走？而且，即便她真不知情，也是人证，放了她，怎么让那细封惠认罪？"

没藏皎皎沉吟一了会儿，道："你可知细封惠为何害我？"

"她心里有事……先前，应该是为了小王爷，如今，便是因为我哥哥。"碧珏道，"只是没想到，她竟如此歹毒！姐姐，不能这样便宜了她！"

皎皎想了一想："此时小王爷正领兵作战，据说细封的长兄也在军中为将，如果此时这边出了事，参战将领心生嫌隙，对战事必然大为不利；再者，此地是天都山，加上大妃、细封姑妈也在此小住，如若闹出了大事，怕是你哥哥和大妃脸上都不好看……细封惠是过于歹毒，好在你救了我——算了，不要因为我，引出那许多麻烦来，我们先将此事按下。"

说着，便从桌上拿起那个瓷瓶，摔在地上，霎时便碎成几块，缓缓道："井儿来送泉水，我看瓷瓶好看，把玩时不小心摔在地上……"

"井儿这样回去，交不了差，细封惠不定怎么折磨她……"毕竟曾是自己身边的婢女，虽然先前不怎么亲近，心里总归是有感情的，看着井儿两眼泪汪汪的，知道她也是被人当刀使，碧珏便也有些于心不忍。

"你就说，你碰巧来我这儿，看到井儿笨手笨脚的，连个瓶子也管不好，怕她做不好差事，先留在身边好好调教调教，以后有好的丫鬟再送给她使。"皎皎道。

碧珏看着她明亮的眼睛，想了一想，不由拍手道："好呀！咱们没把话说破，但细封惠必然也能看出来，事情不知哪里出了岔子，加上井儿又被我收了回来，就像是有个似有若无的人证在咱们手上，她必会有所忌惮，将来，如果有用得着的时候，再把这件事拿出来也不迟。"

皎皎点头，并没再说什么，但心中却浮现出幕后主使冷笑的模样。她明白，自己这样被人惦记着终究会吃亏，必须尽快给自己找一个稳妥的归宿。

此时，井儿已是磕头不止，"给两位小姐说实话，奴婢自打过去，那细封惠不是打就是骂，奴婢没有一天好日子，求着她让奴婢回来，她又不肯，刚才对奴婢说，她用自己最心爱的这个瓷瓶装了些好喝的新鲜泉水，要奴婢送来给没藏小姐，看着她喝了，把她的瓷瓶仍旧带回去，她就让我回到碧珏小姐这边……真没想到，她竟用奴婢借刀杀人！小姐非但没有怪罪奴婢，还这样替奴婢着想，从今往后，井儿就是小姐的人！"说完，千恩万谢地叩头。

　　当日午后，众人得知，细封惠突然身体不适，已启程返回细封大寨去了。大妃转动沧桑美眸，望了脸上讪讪的细封氏一眼，笑道："阿惠毕竟只是你的侄女，心里有什么想头，怕是只会给她亲娘说……小姑娘们在一起，就是这样打打闹闹的，遇到不顺心的事，扭头就跑了，也不是什么怪事。再说了，那姑娘确实看着身子似有弱症，怕是真不大好。回去歇着也好，别再在这儿出了什么事，大家都不好看。"

　　"是，大妃说的是。"细封氏偷偷抬眼看了一眼大妃，虽是多年的金兰姐妹，但有时也是不能无话不说的，此时心中虽然十分疑惑，却也只能闭口不言了。

　　此事对大妃的触动颇大，虽不知详情，却是看出以细封惠之长袖善舞，也被没藏皎皎不动声色地打得落荒而逃，可见这个小女子真不一般，留在元昊身边实为祸水，便想就势将她尽快指给遇乞。如此一来，免了元昊祸端，遂了天都山少主的心愿，野利兄妹都可为自己所用。

第二十三章　表白

碧珏绘声绘色地把皎皎差点中毒的事添添减减地说了，向来沉稳宽和的遇乞拍案而起，在地上来回踱步。碧珏知道，他不想再等了！

毒泉事件后，皎皎虽然在碧珏面前极力镇定，私下里却因自己又一次差点丢掉性命而惴惴不安，感觉自己像一只汪洋上的小船，不知还将在惊涛骇浪中漂泊到何时，而她心中隐隐知道，最安全的港湾，也许就是眼前……

皎皎也明白，元昊不会放过她们。可是她不愿再面对与他相关的可能的尔虞我诈、献宠邀媚、纷纷扰扰。

她急于离开这一切。离开这一切，过另一种生活，却也不是不可能的。且不说自己，遇乞向来是个极有责任感的人，他还有他的天都山，还有对他忠心耿耿的将士……

面对元昊将来不知何时爆发的暴怒，面对一切未知……时至今日，大不了……

四目相对之时，二人心惊，情之一字，竟然真的可为其生，为之死……

想当初，三人在月亮底下，举起紧紧拉着的双手……一切如在眼前……可是，如今，竟是要到了放开一个人的时候了，而那个人，坐拥强权，睥睨天下……

皎皎心惊，人与人之间的感情，瞬息万变，并不可怕；预料不到的，才真可怕……

当晚，没藏皎皎给元昊写了一封信。一声口哨，片刻之后，一只海东青降落窗前。

这是少年时遇乞在山中捕获驯服后送给元昊的那只巨型海东青的儿子，与它的父亲一样，骁勇而忠诚，却更为洒脱聪明，这些年来，一直为他们传递消息，从未出过差错。

而这次它却是久久不归。皎皎见到它，已经是一个月以后了，海东青飞回，找到皎皎，爪子竟然受了重伤，一看即知是被人所截。这时的皎皎才明白，元昊并未收到她的信，而设计拦截海东青的，便是大妃。

几日后，遇乞向没藏皎皎求婚，天都山子民素来对少主极为爱戴，但凡是他的决定，无不听命。此时更是欢欣雀跃，众人奔走相告，争相将消息传递出去。元昊、讹庞等人的眼线自也得到了消息，也都第一时间将消息传递了出去，而此时的元昊却音讯全无。

大妃对遇乞的举动又是满意又是惊异，没想到此人会有如此悟性、如此胆量。

遇乞面见大妃，说他有个不情之请，意欲请大妃作他和皎皎的证婚人，他也会将此事修书告知小王爷，请他有空前来。

大妃笑容满面地答应了。遇乞的书信被大妃的人暗中扣下。实则遇乞早知会如此，便佯装不知。迫于无奈，生平第一次对身边的人使用计谋，他对元昊的愧意更深。

　　而此时的元昊，正沉醉在又一次领兵征服远处一个强悍部族的喜悦中，并且志得意满于自己母妃出面说服皎皎的"精心谋划"，满心期待着凯旋之后迎娶皎皎。而当他从安插在宋朝的细作口中得知，有一批极为珍贵的汉文典籍与佛经正在悄悄流转于民间，正是皎皎一直想要而无缘目睹的，想着皎皎看到后如获至宝欢欣雀跃的样子，便轻骑简从亲自去宋朝求取。自己亲信及讹庞等人传来的消息无法及时收到。

　　待得回来，顾不得到行辕将手头事务稍做休整，直接绕近道飞奔至天都山，但见山上山下笼罩在一片喜气之中，难道他们办事如此得力？竟是连婚事都准备上了？然而不知为何，在这意料之外的喜悦中，他内心莫名掺杂着不安与焦急。

　　元昊在各地的耳目异常敏锐，天都山当然也不例外。只是此次在几股力量的角逐下阴差阳错，加上大妃暗中特意地秘密安排，当他终于得知那个令他惊诧不已的"真相"时，他平生第一次感受到遭遇至亲之人的背叛的愤怒与无助。

　　盛吉看到元昊的面色，知道他已然动了杀机，而最终，他却没有任何动作。但盛吉知道，元昊的隐忍，不知何时会以更为凶狠的方式爆发。

第二十四章　美眷

天都山的婚礼之后，盛吉等心腹担心元昊会做出冲动之举，他却把自己关在屋子里整整一天一夜，终于走出时，骑着他心爱的汗血宝马，在草原上从日出跑到日暮，一人一骑孤独的背影被血红的落日剪成单薄的剪影。

几日后，元昊向一直为其婚事而烦心的父亲李德明及母亲卫慕大妃主动提出要娶妻妾。在以后的几年中，元昊接连娶了四个大豪酋之女：卫羡氏、索氏、都罗氏、咩迷氏，却都并不宠爱。终于在这一年，迎娶野利氏。

此刻，元昊笑着转身携着野利碧珏的纤纤玉手游览于美景之中，亲自掬起一捧"观音湫"，将清甜的泉水送至她唇畔，顾长美艳的美人虽着便装，却仍难掩艳丽，盈盈笑着，洁白的牙齿被泉水映得愈加清亮，缓缓道："多谢王爷。"大大方方就着未婚夫宽大的手掌就去尝那泉水。

"这天都山钟灵毓秀，果然天下无双，难怪……你们都离不开这里。"元昊抬眼望着苍茫群山，不禁叹道。

"这里虽是碧珏出生长大之地，却并非碧珏永久居所……有王爷在的地方才是碧珏永远的家……"

　　虽然元昊当初并未如她所愿将她作为嫡妻迎娶，但她愿意等，愿意装傻。如今已事过境迁，她相信，只要自己有足够耐心，总有一天，一切尽在她的掌握。

　　温柔的低语随轻风入耳，元昊心中一痛，侧首望她——她有如此倾城之色，却不骄不妒，内柔外刚，仿若一块温润而强韧的玉，怎可伤害？这几年也着实冷落了她，今后切莫不可怠慢于她……

　　不经意间回首，却见天都王野利遇乞夫妇低声笑语，好一派琴瑟相谐。元昊目光中隐隐透出一丝难以察觉的暴戾，却转瞬即逝，低叹一声。

　　"王爷说什么？"

　　元昊回神，"哦"了一声："没什么，只是突然想起了我们党项的一句俗话。"

　　"我知道王爷说了什么，"碧珏回首转顾兄嫂，一缕笑意浮在唇边，"哥哥嫂嫂向来如此恩爱……你说的可是我党项俗语'世间最美是婚姻'？"

　　他沉吟不语，眼中似有火花。碧珏向来口齿清澈，此刻从容说来："我党项拓跋男儿女子婚姻之事向来主张自由恋爱，人人相信'前缘神定'，《圣立义海》有云：'人亲戚婚姻者，前世姻缘合和，为此世亲戚婚姻。'男女双方的敬爱放在婚姻的首位，民间男女也都轻财重情。哥哥嫂嫂即是如此，在天都山都是出了名的。"

　　他怔怔听着，不发一语，"前缘神定"四个字竟在脑中盘旋不已，只听她的声音似近又远："党项还有谣谚曰：'若爱孰不爱婚姻，若恨孰不恨敌寇。'"

政治婚姻之上若再加上男女相悦，不是更显得琴瑟和谐，别有意趣吗？这是许多党项贵族青年男女所憧憬的。

"你说得不错。"他握紧她水葱般的纤指，"也许我能给你——我该给你。"

野利碧珏与其嫂天都王妃没藏皎皎一样，被称为天都山珍宝，都是名动千里的美人，而碧珏更爽利明艳些。人常说她眼中的柔情能将天都山顶千年的积雪融化，此刻的她在幸福中憧憬着甜如琼浆的生活，却还感到心底深处有一丝游丝没着没落，像是丢了什么十分要紧的东西，偏偏抓不住捞不着。

抬眼望见未婚夫眼底似有一块拒绝融化的冰，定睛一望，又怀疑自己眼花了，他一如既往的爽朗开怀，望向她的目光里也尽是宠溺，足以令她心底欢喜地长叹，只愿在他的臂弯里永永远远，一切都不愿去想。

近年来，元昊随父李德明四处征战，在军中也常与野利遇乞共处，但只要有空，仍会到天都山一聚。元昊极喜天都山风物，每每流连忘返。空闲之时，兄弟二人各乘一匹党项宝马，策马奔驰在天都山三千里群山平畴之间，好不逍遥快活。

宋天禧五年（1021年），契丹与夏恢复和好，封德明为大夏国王，元昊为王子，世人称其为"小王爷"。

野利遇乞拘着身份，不欲再像过去那般与元昊亲近，而元昊却不以为意，仍与他像往日般亲厚，就连自遇乞娶亲之后，虽然一度不曾到来，而到底未与之生分。这次又加之与碧珏联姻，元昊更是得空便往天都山而来，半年来已经不顾鞍马劳累策马千里往返了数十趟。

　　遇乞数次道："小王爷马上劳累，如有事情大可召臣相见。"但每次见元昊来，仍是欢喜。

　　当晚，元昊宿于天都山主寨专为大夏国王及王室成员建筑的宫苑，规格等级自是极高。元昊寝殿位于一泊幽池之前，院中皆是千年古树，白日里遮天蔽日，晚间只闻松涛阵阵，幽寒袭人。

　　元昊侍从盛吉低首与其耳语，元昊频频点头，盛吉行礼正欲退出，元昊道："叫苏奴儿。"盛吉依言退下。

第二十五章　壮志

元昊起身，端起一杯烈酒，望着窗外卧龙般沉睡的苍茫群山，杯中琥珀美酒随着掌心的力度微微颤抖。突然之间，元昊觉得心中痛不可抑，一仰头喝下。

"小王爷。"高鼻深目、英武异常的大将苏奴儿已在眼前行礼。

"小王爷，属下有一事不明，"未等元昊开口，素来心直口快的苏奴儿已开门见山，"辽西北招讨使萧惠攻甘州……"

"本王明白你要说什么。"元昊伸手在他肩上拍了一拍，"年初，宋知镇戎军王促宝攻破我原州界康奴部，我父王派观察使阿遇攻宋麟州。六月头上，父王遣兵与契丹合攻甘州回鹘，辽大将萧惠不听我言，急攻，大败而还……你是不明白，为何在这样紧急的时候，我还会策马千里到这天都山来看风景。"

苏奴儿郑重行礼，瓮声瓮气道："属下愚笨，请小王爷明示！"

元昊一笑："本王来此地，确是……一时兴起——不说也罢！苏奴儿，这件事上，你确比本王聪明——不止一倍，是一百倍。"言罢抬头望月，只是这样的山间，那水银般银白的清辉似能灼痛人的眼睛。

"其实……属下，也极爱这……天都山。只是，属下觉得此刻并非赏月之时。属下希望，有朝一日，属下替小王爷完成了使命，定要来这天都山大醉三天，不，大醉三年！"

元昊目中精光一现，转瞬即逝，苏奴儿看在眼中，心知肚明，行礼道："末将本是没藏家奴，后得王爷垂青，得以为国驰骋，定当粉身碎骨，在所不辞！"

"本王深知你的雄心壮志，也深喜你的忠义勇猛——苏奴儿听令！"元昊缓缓颔首，眼角眉梢似是含着一丝不可名状无处发泄的怒意。

夏军素来军纪严明，行动敏捷，主帅可根据情况，随时对部下发号军事命令。苏奴儿已行礼如仪，只听元昊道："命苏奴儿连夜前往并州密查和市，本王明日便到。"

"得令！"苏奴儿行礼退出。盛吉看他去得远了，满面不解："二月里并州、代州和市初开之时，小王爷不是已去过数次吗？"

"此事苏奴儿难道不知道吗？他怎么不多问一句——天都山美景，你可看够了？还想再看吗？"元昊音色中的戾气让盛吉一凛，慌忙收了神色，强定心神。

只闻一声长笑，元昊踱至窗前，高大俊朗的身形映在满月之中，有如天山的神将，那背影竟透着夺人心魄的森森寒意。

元昊被自己心中的嫉恨与疯狂吓了一跳：苏奴儿一个武官，因为心中有情，明知不可能，尚且按自己心意默默爱慕，自己号称小王爷，得万人景仰，却为了铁血与利益，忽略了其他，还以为她会等自己……

　　元昊想起那日无意中瞥见苏奴儿目视她那一瞬侧首沉吟的样子，只觉得胸中怒火勃发——此时，他定然不做他想，军人的天职在体内催促着他，早已乘马消失于无边夜色之中。

　　"你们倒是都比我快活！"他喃喃自语。

　　盛吉极少见他如此，也不知他到底做何感想，一句要紧的话刚要出口，偷眼瞧见他眼中寒光一闪，虽是十数年的心腹，却也只敢默默侍立。

　　"去我义兄那里，只你跟我去，不要声张。"稍后又道，"把那女子也带上。"

　　云罗自随元昊仪仗行至天都山之后，傍晚时分，已有人奉元昊之命将其父母亲寻来。双亲早已焦急万分，容颜憔悴不堪，父亲更像是突然暴瘦，见了女儿，竟忍不住悲咽起来。母亲早已痛哭失声。

　　一中年女官道："这位夫人这是做什么？小王爷素来喜欢招揽宋朝贤能之士为己所用，这是天下人都知道的事，并不足为奇。更何况，与云罗姑娘一面之缘，便将其召至身边委以女官职，这是天大的喜事，别家盼都盼不来的尊荣。王家行营，怎能有悲声，速速噤声，被人听见可是要掉脑袋的。"

　　此地警卫森严，夏人体格雄健，云罗娘哪里见过这等架势，一听之下，早已噤若寒蝉。云罗爹悲叹一声，双泪长流："天意，天意呐！"

　　"父母大人何须悲愁？"云罗倒安然自若，"女儿猜，父母大人正是为了女儿才不惜离家舍业，从中原千里跋涉到了此地。无论是什么样的预言，既是命中注定，女儿也毫无怨言，欣然领命。也请父母大人无须挂怀。"

"罗儿，你不知道啊……"云罗爹凄然，望了望四周侍者，只得渐缓了口气，"为父只想着中原乃皇家龙庭天子居所，万没料到在这西北极北之地……罗儿，皇家深宫，为父只有一女，你就算得到眷顾……为父也不觉得开怀啊……只要能远离帝王之家，不受那些富贵罪，再怎么吃糠咽菜也都行……"

云罗微笑："爹爹，您老人家误会了。女儿只是在大夏王宫里为小王爷办点差事，快则几天、几月就回，慢则也就一两年，总归是要回家去的。爹爹无须挂怀。小王爷已经答应，只要机会许可，女儿可以与父母大人时常相见。"顿了顿，红了脸道："夏国小王爷待女儿甚好……女儿暂入夏宫，也只是为小王爷办差，别无他意。请父母大人切勿有任何顾虑。"

云罗爹娘听女儿像是说得很明白，却又是闪烁其词，又听她一口一个小王爷，竟是如此信任亲近，心中纳闷，正待张口询问，却见一稍显羸弱的身影已伫立眼前，"有请云罗姑娘晋见天都王妃。"

夜色无边，一轮明月高挂天幕，那月光虽然明亮，却时时被层层林木遮掩，间或只存一缕。

行至山侧，只听那松涛如吼，松针落了满地，偶尔一根两根随风撞在脸上竟是生疼，云罗不禁引袖去挡。云罗跟在盛吉身后，只觉得最前头那身影虽然也算高大，却似怀着一腔愁怨，说不出来的落寞。盛吉手捧木匣，行在元昊身侧，他素来见惯元昊叱咤风云，此刻倍觉他身影如此寂寥。

盛吉似乎感觉到身后似有若无地注视，有意无意间偏头一望，恰巧与云罗疑惑而探寻的目光相对，只见那清冽如水的眼眸在月光下更显得纯真，不知为何，盛吉心中一动，而此时却无暇计较。

盛吉心中一叹，跟紧元昊，欢愉地道："小王爷，这几样东西，属下可是奉小王爷之命，几乎拼了属下小命，耗了将近一年工夫才弄来的，王爷看在这份心意上得多赏属下几个子儿。"

元昊失笑道："大胆，本王面前还敢贫嘴——"顿了顿，笑道，"偏你爱叫苦邀功，回去自然有赏。"又正色道："见了天都大王和王妃，可不许提一个字。"

"是。"盛吉本想调节一下忧郁的气氛，早已后悔适才自作聪明，此时急忙正色道。回头瞧了云罗一眼，撇了撇嘴。恰逢月光透过树荫洒下，云罗瞧得分明，盛吉额头竟是一层细密的汗珠。

她不知道，盛吉自小在元昊身边服侍，凡事以主人的利益为重，自少年时代起，当他意识到有一个姑娘是元昊心头所爱，而元昊却会因她而遭受煎熬受到伤害时，他便明白那女子会成为元昊的心病。因为她的存在，天都王也或许会成为心腹大患，他们或许会带来无穷后患。他几次冒着生命危险向元昊进言远离她，或者干脆除掉他们，元昊都以从未有过的严厉来斥责他。

虽然盛吉知道元昊重情，不会杀他，但只要周旋在他们几个当中，心底的恐慌与畏惧却总令他精疲力尽，直感到后心发凉。他在心里嘟囔："你们几位大爷，饶了我吧！你们不累，小的想想都累个半死！"面上，却尽量一片欢喜。

而他之所以明知没藏皎皎被元昊视若珍宝，还敢如此触摸元昊的逆鳞，而元昊也只是斥责他一番，如若换作他人，早已不知死过几回了。这里头是有原因的。

　　盛吉原是汉人，家中不幸遇到变故，父母双亡，幼年时被人贩子自宋境带到并州和市当作奴隶买卖，恰巧遇到跟随李德明微服到此的元昊。因他极是聪慧机灵，便被元昊收在身边，又是伴当又是书童，两人一起长大。虽然元昊时常拿他开涮，实则情分非同寻常。

　　因元昊与遇乞素来亲厚，遇乞特意在其居所不远处为元昊另建馆阁，故而只消穿过那泊小小的湖面，再往北行数十米即可到达。

　　此前已设家宴赏月，仆从们收拾停当，山中无事，此刻也都三五成群地聚在居所消遣，只有侍卫如常值夜。见是元昊，早已恭敬地行下礼去。盛吉示意无须通禀，苍苍密林下，三人披着茫茫月色在林间穿行，身影时明时暗，直往天都大王宫苑行来。

第二十六章　珍宝

前方宫苑地势较高，月光融融，远远只见天都大王及王妃偎在高台之上赏月，不时耳语，不知王妃说了句什么，天都大王朗声大笑。天都大王不经意间回头瞥见来人，急忙奔下高台向元昊行礼，王妃意兴阑珊随在后头。元昊抬手示意他们止步，自己缓缓步上高台。

"不知小王爷驾到，未曾远迎……"野利遇乞话还在嘴边，只听元昊道："义兄真的想与小弟生分吗？咱们随意些，就以你我相称不好吗？"语意寒凉，遇乞一凛，随即笑道："贤弟说得是，为兄我就不客气了。"

"就要这样。"元昊笑道，"此时前来，倒是打扰义兄和嫂嫂赏月的雅兴了。本欲明日再来与兄一叙，不过，明日天明之时，我就要离开。"

遇乞夫妇互视一眼，遇乞道："贤弟要往哪里去？"

"并州和市。"

遇乞见有陌生女子跟随于元昊身后，深知国事不可当着外人讲，便不再询问。

"贤弟每次莅临此间，都行色匆匆，为兄也未曾好好招待。"

"义兄不是说这天下之大所有物事莫不属于小弟吗?"元昊此言甫一出口,已然嘿嘿一笑,"小弟是与义兄来换东西的。上次义兄说要送我一份礼物,我说不如咱们交换更好玩些,你不是忘了吧?"

遇乞呵呵笑道:"愚兄何曾敢忘?"他心下暗想:只是,此物怎能在众人面前出示?随即道,"还不知道贤弟拿了什么好东西来换呢。"

元昊稍稍侧转,无须回顾,盛吉已奉上手中一个大木匣,行礼道:"请天都大王笑纳。"

元昊笑道:"只是些小玩意,不值什么。义兄凑合着玩吧。"

遇乞打开来看,是一只白色瓷质纹罐,高一尺有余,口径略小些。遇乞鉴赏道:"直口卷唇,短颈丰肩,鼓腹下收,暗圈足,以弧线及花叶纹衬托,腹部剔刻三开光牡丹纹……层次分明,剔刻手法娴熟,白釉剔刻花完整,在我大夏瓷器中极为罕见,在整个天下也当为大珍。"转顾身边人道:"皎皎,依你之见,此器可为何名?"

始终默然的天都王妃没藏皎皎听闻夫君询问,这才轻启朱唇,淡淡道:"白釉剔刻花三开光折枝牡丹。"她眼中闪现出的一丝惊喜,在朗月之下如晶莹的水晶。

"好名字。"元昊笑道,"请嫂夫人再看下一个。"

遇乞又取出一件,比先前那只更高些。没藏皎皎仍不动声色,道:"小口平折,束颈、折肩、浅圈足,浅黄胎,施黑色釉。纹饰为开光内剔地留花,剔刻前后对称两朵牡丹,开光之间用斜线分隔,牡丹间隙刻画叶片,飘逸流畅,栩栩如生。庄重饱满,当为大夏最高成就——黑釉剔刻花颈瓶。"

"这件翻唇、直颈、圆肩，肩上六系之间剔刻花叶纹连续图案，腹部剔刻着三朵向上开放的缠枝绕叶子牡丹。刀法简练古朴，牡丹刻工精致而生动，枝叶剔刻疏密有序，线条非常流畅。花卉图案活泼流畅，花叶叶脉处理简洁别致，技法娴熟，属我大夏瓷器上乘之作——褐釉剔刻牡丹纹六系大罐。"

"这件可称之为：褐釉剔刻花六系三开光牡丹纹大罐。你们瞧，它有着喇叭口，束颈卷唇，宽肩刮釉，鼓腹肩上部六系之间剔刻花叶连续图案，腹部三个近似菱形开光，每个开光内各剔刻两枝牡丹花，花繁叶茂，开光四周又刻满细密水波纹和牡丹叶纹。四系上也刻画平行线纹，全器纹饰饱满，牡丹花姿态各异，别致精美，线条流畅生动，是我大夏瓷器中难得的精品。"

"至于这只，"她纤纤素手中捏着一只高不足一尺的瓷器，"口小稍内敛，腹圆鼓，腹下内收，浅黄胎，浅圈足钵外剔地留花，花纹突起，黑白反差强烈，极似浮雕，全器端庄、栩栩如生——褐釉剔刻花钵。当属当世独一无二之珍品。"

"好！"众人皆叹服，不由赞道。元昊抚掌大笑："嫂嫂果然慧眼卓识，冰雪聪明。"转顾遇乞，"看来义兄这几年来醉心此类器物，名为自己收集把玩，实则为嫂嫂闲来娱情。"

遇乞无声而笑："让贤弟见笑了。"随即爱怜的目光落到王妃脸上，"小王爷如此盛情，皎皎，何不进献你新酿琥珀酒请小王爷品尝？"

王妃却道："臣妾手法粗劣，不敢在王爷面前献丑。请小王爷恕罪。"

"这是哪里话？久闻嫂嫂酿酒技艺高妙，听闻近日又独创一种新鲜法子，竟酿出琥珀色晶莹醇香的美酒，一闻之下便能醉人，小弟此来天都，有个念想，就是为饮此酒而来。"

王妃闻言，这才一偏脸，低首回道："请小王爷稍候。"转身回阁亲自去取。

遇乞回望她的身影，幽幽道："贤弟切莫怪罪……"

"不必拘礼，嫂嫂是什么样的人，难道小弟会不知道？"

一时四目相视，二人无言以对。好在王妃须臾回转，手里端着个乌木描金的瓷盘，八只银瓶搁置其上。纤手擎起一只，盈盈献至元昊面前。

淡薄氤氲的香气就在面前萦绕，分不清是来自那人还是那酒，暗红的液体香醇甘洌，折射着皎洁的月色……

"皎皎……皎皎……"

却听遇乞道："这是皎皎以深山野生葡萄为原料，经数道工艺酿制而成，请贤弟尝尝。"

元昊瞧着那在月光下变得殷红的液体，仿佛来了兴致："怎么个制法？不是咱们常用的家葡萄？家葡萄可有这般灵性？"

"说起来这里有个故事！"碧珏不知何时也已经到此，示意随从不要通报，恰巧听到这里，便接口道。

第二十七章　故事

"天都山深处有个山洞，进入其中，行数十米，豁然开朗，竟是一大片山谷，没有别的，却有漫山遍野的野葡萄。但是此前千百年来，年年岁岁果实成熟掉落，有的甚至累积于地达数尺，都只被食肉的凶猛野兽踩踏，山民因惧入口处有野兽，素来不敢进入；野兽远遁后，山民虽然得以进入其中，却见那野葡萄与素日所见之葡萄迥然不同，不敢食用，传言只要沾上一星半点就会顷刻毙命……

哥哥与嫂嫂在外游玩，偶然听说，嫂嫂玩兴大发，决意要进去，哥哥也只得陪她去。不料洞口恰有棕熊，哥哥心想只好痛下杀手将其斩杀。孰料那棕熊见了嫂嫂，竟低首喘息着伏下，似是恭请他们进入。哥哥见嫂嫂并无惧意，于是二人携手入内……嫂嫂见那黑红的野葡萄，当即采摘一颗，趁他不备放入口中……"

侧立元昊身后的云罗向来喜欢听趣闻轶事，不禁抬头望向那王妃，她仍静立在那里，似乎碧珏口中所说的女子并不是她，她与此事绝无半点瓜葛。不经意间移目望向元昊，他嘴角有一丝刀锋的凛冽，也只是一闪即逝——如此贵胄，竟也有如此寂寞伤痛之时，云罗不禁心中一声叹息。

　　元昊将那精致酒瓶凑至嘴边，品尝之后道："嫂夫人竟想到用此间葡萄酿酒。色呈玫红，甘甜、爽口，果然风格独特、芬芳怡人。是如何酿制的？"

　　"葡萄酿酒之法许多年前在波斯等地就已经有了，实不是臣妾首创。臣妾也只是胡乱弄来玩的。一串葡萄是美丽、静止、纯洁的，一旦酿造后，它就成了有生命的东西，但在臣妾看来，它是自然的杰作。"

　　遇乞见夫人有意说透，接口道："酿酒用的葡萄有绿皮葡萄与黑皮、红皮、紫皮等，她将它们统称为黑葡萄。酿造过程主要是选料、破皮去梗、榨汁、发酵、培养、装瓶等这几个步骤。她经过精心摸索发现了一个秘方：酿此类酒时，一定要用一种橡木桶而不用其他木材制的酒桶，至于什么原因就连最高明的酿酒大师也不知所以……"

　　"这个谜题不妨留给后人去破解吧。"元昊插口道。

　　"正是。"遇乞颔首，接着道，"她将葡萄的果皮、果肉、种子等与果汁一起发酵，放置一年以上，取出后呈红色，口味比别的更浓郁，稍稍带点涩味，饮起来极为甜醉，可保存数十年。小王爷所饮即为此酒。所用原料便是内人在那野外山谷亲口所尝传言会令人毙命的葡萄。"

　　"天都山也有如此珍奇之地？"元昊道，"大哥与嫂嫂如果有空，到我贺兰山看看，也会有意外之喜。那里有片一望无际的山谷，乃黄河冲积与贺兰山夹击而成，少说也有六百多亩，也有大片野生葡萄。日头很足，葡萄采收季节几乎从不下雨，葡萄在手工采摘之前完全自然成熟，自然的韵味能够全然融入果实之中——与嫂嫂所虑可谓不谋而合。那里所育葡萄异常甘甜，芬芳扑鼻。那里西有贺兰山天然屏障抵御寒流，东有引黄灌渠横穿而过，想酿什么样的葡萄美酒都无需担心天时地利，而且没有野兽。不如请嫂嫂到我贺兰山小住些时日，帮本王在那里酿制美酒，可否？"

"此酒拙劣，他处虽好，但臣妾只有在天都山才能酿出。请小王爷恕罪。"

元昊大笑："嫂嫂心志坚定，本王就不勉强了。听闻嫂嫂一向喜学汉话、对中原风物较为向往，正在找寻教习汉话的中原人，本王且为你引见一个人。"遂回头向云罗一偏头。

云罗向王妃行礼，只觉那如水双眸在自己脸上一荡，自己心里倒是"呼呼"跳个不停。

"想来这位云罗姑娘与嫂嫂倒也真是有缘，现她已为我宫中女官，她久闻天都王妃美名，愿意入宫陪伴。不知嫂嫂可愿意留她住些日子给你解解闷？"

那王妃仍是平静如水，淡然道："臣妾正欲找寻这样的中原女子，既是小王爷故识，臣妾谢过小王爷——请这位姑娘暂居天都，臣妾定尽地主之谊。只怕这位姑娘在此间久了，也会像臣妾一样深爱此间一草一木，断断离不开呢。"

大家都笑了，遇乞道："夫人也累了，请夫人与妹妹带云罗姑娘到房中歇息聊天。"

王妃依言向元昊行礼，与碧珏一起带着云罗转身而去。行走之间，皎皎似是感觉到了云罗的不安，遂轻轻地牵起她的手。云罗只觉手腕上一点冰凉的触感，隐隐一脉幽香从那王妃身上传来。那香味非麝非兰，却是沁人心脾。云罗从不相信体带异香，认定必是有人附庸风雅，借了其他东西炮制出来的，今见这王妃，只觉其姿容绝世，冰清玉洁，体带幽香，始知世间果然有此等受上天垂青眷顾的奇异女子。

一入宫门深似海。云罗自此目睹了帝王家的一段风云跌宕，而她始终寂寂无声，只在自己的一方天地中默默度日，正如无数个帝王家的旁观者一样，终如沧海一粟，或许最终都不知所终。

元昊望着皎皎背影，想到当日他又制造时机见到了她，再次问那个她始终没有给出答案的问题："皎皎，我曾说过，舅舅为我而亡，我日夜痛心疾首。还是，你为多珠的事情……我给你解释过多少次，那是她的计谋，那晚，我喝多了，把她当成了你……我不是把她杀了给你出气吗？你就因为这事记恨我一辈子？你去了天都山养伤，不等我从宋境回来，你就嫁给了遇乞？……若非他是遇乞，若非他是我义兄，我早……"见她一如既往的淡漠神色，他怒道："你信不信我现在也可以……"

"可以怎样？"她转过秋水般的眼眸，"野利一族为了你呕心沥血披肝沥胆，他为了你……"她凄楚地闭了闭眼睛，"王爷是什么人？为了家国利益，什么都能舍得下，又怎会为了一个与自己并无私情的小女子，自断臂膀？不怕被世人耻笑吗？"她竟是这样懂他，明白他满心渴望的是什么，而她又不全然明白……她清冽的目光在月光下流转，语音寒凉，一字一顿道："如果他有什么事，我决不独活。"

元昊无助地凝视着她的眼睛，他知道这个被两个男人深爱着的女子有着怎样的心性与决绝，但他不愿就此放手，也不能就此放手，他在心里告诉自己，也告诉她："你是我的……你原本就是我的……总有一天，你一定是我的……"

目送她们离去，元昊与遇乞目光交汇之时都是一滞，遇乞随即正色道："小王爷，属下为您献上一物。"

言罢，从贴身衣饰里取出一方玉色物件，交于元昊手上。元昊细看之下，古朴方圆的玉器四寸高，一寸半见方，玉身青白，玄色纹理，隐有光华自内激射而出，内含风云，兀自流动，首尾相啄，连绵不绝，定睛视之竟是一个古篆"王"字——竟是传说中上古帝王所用之玉玺，意为所得之人皆"得天下而王之"。

饶是元昊每遇大事都镇定自若，此刻也已然变了脸色，转顾遇乞，如电目光中携着幽深的寒意，如匕首般几能袭人，元昊道："天都大王从哪里得来这般宝物？"后半句"为何竟将如此神物给我？"被他按捺在喉中没有出口。

遇乞飒然恭立于元昊面前，一抹笃定恳切的微笑噙在嘴边，缓缓向他点了点头。

遇乞，原来真是愿意为他鞠躬尽瘁，死而后已。原来真的愿意为他得到天下的梦想而身先士卒唯他马首是瞻！

他不光只是大名鼎鼎的天都山大王，他的身后，还有在整个党项部族中影响深远而巨大的野利家族。他知道，有野利家族的鼎力相助，才能尽快达成目标。

得到天下，是李元昊自小如血液般流淌在胸腔里的豪情壮志。他的先祖披荆斩棘，他的祖父卧薪尝胆，他的父亲披肝沥胆，都没有得到，而他渴望得到。

这个终极梦想，他没有告诉任何人，而野利遇乞——与他自小一起长大的最忠诚的玩伴却心知肚明。他们彼此守护着他的这个秘密，而今，遇乞的表态无疑是进一步摆明了自己的立场——他愿意帮他完成。

为了这个梦想，元昊愿意付出一切——

但是，即便得到了天下，失去了她，这江山岂不失色许多？

也许，已经永远失去了她。

如果时间能够倒流，一切都够重来，他决不让这一切发生。

第二十八章　骄子

马蹄声脆，踏响空山。

官道上三骑骏马疾风般划过。苏奴儿骑在高头大马上，极力想与元昊并辔，却似乎总差那么几寸。他猛挥一鞭，勉励跟上元昊，见他眉头紧蹙，道："此行并代二州和市一切顺遂，小王爷为何如此不快？"

元昊听似是明知故问，也被他的胆量气得怒极反笑，转视紧随其后的盛吉。盛吉笑道："我又不是王爷肚子里的蛔虫。"

苏奴儿打马靠近，正色道："王爷，宋禁青白盐，在继迁王时就已成定例。当时，宋廷采纳郑文宝那厮之谗言，禁青白盐入境，没想到反而引起我党项诸部愤怒，促使我部族之凝聚，宋廷不得不下令解禁。景德和议时，宋廷又因德明王不遣质子入侍，而仍禁青白盐。想起来就让人恨得牙痒！"

元昊点头道："他们想捏咱们七寸，咱们必得想个法子。"

元昊之父李德明先后于宋大中祥符元年（1008年）四月、八年（1015年）三月请求宋朝解青白盐禁，均遭拒绝。终德明之世，宋朝一直未解青白盐禁。

"偌大宋廷竟全是鼠目寸光之辈！青白盐乃我党项诸部生计

之所在，宋廷贪图利益，无知至此，真是让人发笑——算了，他们不大大方方地和我们做买卖，偏要掩耳盗铃偷偷摸摸，怪得了谁。我们不给他们上点儿小菜，着实对不住他们的深情厚谊。"元昊的声音惊飞了不知名的山鸟，那鸟儿掠过头顶，扑棱棱往山的那头飞去了。

苏奴儿转顾勉力控马的盛吉，一不留神，身旁二骑已风驰电掣般奔到前面去了。

北宋朝廷一直很纳闷，禁盐令一下再下三令五申，为何陕、甘乃至全国各重要地区，党项青白盐交易买卖竟屡禁不止，民间边境私贩在数年间竟成燎原之势？谁能想到，混迹边境和市、榷场的各路商人中，西夏小王爷李元昊也在其中，出手之奢豪阔绰，每每令千里之外的朝廷满堂皆惊——这李元昊若撂开世袭王侯公爵之位，单凭抽空来此顺便做点小买卖，已然是富可敌国的巨贾。然而更让人惊奇的是，他所得竟不取分文，换得的无数真金白银全部悄悄入了国库，曾令一年迈国库总管喜极昏厥过去。

三人策马驰向贺兰山下的兴州，城门守军主帅远远在高楼之上瞧见当先那人，率众奔下楼来早早行礼，元昊眼角未抬直奔入内，径自打马往南去了。

行至王宫，嵯峨森严扑面而来，三人滚下马来，早有随从接过马缰，"小王爷可先回宫换装？"盛吉问，元昊摇头，不动声色快步步入主殿。

"父王何在？"内侍早已行礼恭候，低首道："回小王爷，大夏国王在侧殿议事。"

虽是侧殿，亦纵深宽广，气派非常。数名文臣武将聚在大厅正中议论，大夏国王李德明坐于斑斓虎皮椅上微闭双目，侧耳聆听。

李德明少年时即战功卓著，二十四岁时，其父李继迁头中潘罗支毒箭，不治身亡，德明于灵柩前继承遗业。德明小字阿移，生于宋太平兴国六年（981年），母野利氏。德明嗣位时二十四岁，自称定难军留后。时德明刚立，对宋而言，党项李氏割据政权处于"国危子弱"的有利时机，宋环庆边将建议，趁继迁新丧，一举扫除李氏割据，统一西北。

然宋真宗打算以恩治之，进行招抚，贯彻其"姑务羁縻，以缓争战"的既定方针，欲罢兵息民，以官爵名位和财物等笼络李德明，以期臣属，并保证边境的安宁。

宋真宗咸平六年（1003年）五月五日，李德明之子李元昊在灵州出生。出生时双目炯炯有神，啼声异常响亮，李德明非常喜爱他。几日后，宋真宗以兵部侍郎、知永兴军府向敏中为鄜延路缘边安抚使，与鄜延铃辖张崇贵一起主持与德明议和事宜。

李德明此时胸中燃烧着的却是复仇烈焰。

彼时，拓跋部落在血与火的无情厮杀中四分五裂，荒漠上野狼的嗥叫与盘旋于苍穹之上的秃鹫凄厉的哀鸣此起彼伏，征战频仍，狼烟四起。德明虽已在灵州落脚，但拓跋家族内外仍有怀有异心之人。德明有了子嗣，壮怀激烈，忙于政事，无暇分身，刚刚分娩的卫慕氏的贴身侍女被人下了迷药，儿子元昊被奸人偷偷抱走。

那偷走小元昊之人乃是混入卫慕氏身边的一名保姆，抱着褓褓中的小王子逃到山野，本欲按上头的交代将小王子就地格杀，可她毕竟是生育过孩子的妇人，撩开褓褓，见那小王子竟睁着乌黑的大眼睛一眨不眨地瞅着她，那眼神似是在告诉她：切不可抛却慈悲心肠，切不可生出歹意，切不可伤害这个小生灵。

那保姆早已拿了钱财，奉了命令，但毕竟是信佛之人，再加之见这婴孩洞见世事的眼神，吓得浑身战栗，想到上头的威逼利诱，定定心神，正欲狠下心就将这婴儿捂死在襁褓里头一了百了之时，竟听得荒原之上远远传来阵阵狼嚎，再定睛一望，不知从哪里转出数百头野狼正阴恻恻地盯着她，头顶传来声声唳鸣，只见天空中盘旋着数百只羽翼直可遮天蔽日的苍鹰……

这保姆以为是做梦，狠命地掐一下自己，却发现眼前的一切真实地发生着，直吓得魂飞魄散，将元昊弃之荒野，没命地逃。眼看着那野狼与苍鹰就要扑上来将保姆撕得粉碎，却听那婴孩一声啼哭，野狼与苍鹰竟都停住疾如闪电的身形，转身全部集合在他周围，或俯首帖耳，或低低呜鸣，竟如遇见王者的家禽、小兽般，陪伴、安抚着主人。

次日黎明时分，德明与卫慕氏亲率追兵寻至此处，赫然发现一群鹰狼正聚在小王子周围。众人本以为元昊必死无疑，甚至已经死无全尸，卫慕氏吓得几近昏厥。那鹰狼见到他们，当即四散而去，众人这才发现，小王子在背风的草丛上的襁褓中正睡得香甜，唇边还有沾着露珠的草叶。

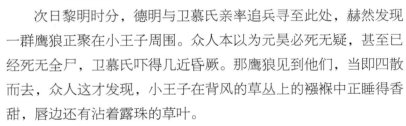

从此，拓跋家小王子李元昊"鹰狼不食""神灵护佑"的传奇故事在大漠草原甚至宋、辽广为流传。及至元昊长大后，仍有人会时时提起这段传奇，元昊也深以为傲，心中更加坚信自己乃上天命定的骄子，必有一番作为。

第二十九章　纷争

其时，在党项辖地和后来建立的西夏版图内，南部与宋相邻的泾、渭二水上游河谷地，河西走廊中心地带的凉州，湟水流域、洮河流域的熙、河二州地区，以及岷江流域以西以南的广大地区都居住着吐蕃居民，党项族的兴起与发展，与这些地区的吐蕃部族密不可分。

在河西走廊中心地带的凉州（今甘肃武威）居住着吐蕃的六谷部，其首领为潘罗支。头年十一月吐蕃部六谷部首领潘罗支伪降，谋臣张浦告诫李继迁其中有诈，李继迁一向勇猛守义，不信吐蕃首领会背信弃义，遂亲自带兵于灵州近郊受降，时受宋"朔方节度使"的潘罗支趁其不备，集六谷部及者龙族兵数万人，向继迁发动突然袭击。继迁仓促应战，身中流矢，兵败逃回灵州。

李继迁一生戎马征战，是彪悍勇武的盖世英雄，然次年春，箭伤发作，伤势日重，以至卧床不起，含恨卒于开春时节。亡时执着德明之手，含泪紧盯爱子双目，叮嘱道："我子勿以复仇为念，应联辽附宋，大计徐徐图之……我孙必为一代雄主，开我党项万世基业……"

李德明誓报杀父之仇，此时拖延与宋议和，和潘罗支内部的

　　党项迷般嘱、日逋吉罗丹等族里应外合，于六月用奇兵一举攻杀朔方节度使潘罗支，报了杀父之仇，并乘胜将潘罗支弟弟厮铎督占领的凉州（即西凉府）收回。六谷部所属一部分吐蕃部族退居青海的湟水流域，依附于另一个吐蕃部族唃厮啰。

　　在征回鹘的同时，李德明又不断地向吐蕃用兵。潘罗支被杀后，吐蕃折逋游龙钵部归附李德明，唯六谷部大首领、潘罗支弟厮铎督继续与李德明对抗，李德明指派属户对其进行不断的扰掠。宋景德四年（1007年）九月，李德明率兵屯境上，准备大举向厮铎督发动进攻，但因厮铎督和回鹘合兵早有准备而未如愿。宋大中祥符三年（1010年）七月，吐蕃去宋朝的贡使途经天都山（今宁夏海原县南）时，遭德明部将抢劫。

　　此时党项众部族由于李继迁新死，又不见李德明得到册封，多生怀疑，再加上宋朝沿边党项部落的招抚和征讨，党项万同、万遇、庞罗逝安、盛偌、妙娥、延家熟嵬、康奴等部纷纷降宋。

　　同年冬，辽朝军队大举南下，宋真宗亲征，双方在澶州对峙，势均力敌。遂签订和约，史称"澶渊之盟"。宋辽和议，对宋与党项李氏割据政权的关系亦产生了一定影响。

　　宋景德二年（1005年）二月，宋朝加紧对德明的"招抚"，宋真宗召张崇贵至京，面授机宜，与德明议和。

　　为表诚意，宋下令河西蕃族各守疆界，沿边诸部如德明无所侵扰，则勿纵兵出境。与此同时，辽国也想火中取栗，希望德明继续与宋对峙，封德明为西平王。

　　经过两年多宋夏双方使臣的谈判，至宋景德三年（1006年）九月，李德明趁"兵复西凉，国威已振"之机，终于遣牙校刘仁勖赴宋进誓表，称继迁死时有遗言："尔当倾心内属，如一两表未蒙听纳，但连表上祈，得请而已。"

十月，宋真宗默认李德明的特殊地位，授德明为定难边节度使、夏绥银宥静等州管内观察处置押蕃落等使，晋爵西平王，食邑六千户，实封一千户，赐德明袭衣、金带、金鞍勒马，赐银万两、绢万匹、钱三万贯、茶二万斤，并允许在保安军设立榷场。

宋朝提出交出灵州、遣子弟入京师作人质、解散军队、归还掠去的宋朝官吏等条件。李德明谓非先世故事，"徐徐议之"。乃献御马二十五匹、散马七百匹、橐驼三百头谢恩。宋真宗心中恼怒，不取消青白盐之禁。

李德明虽然表面上臣服于宋朝，但同时又继续接受辽的册封，派人不时向辽进贡，与辽继续结成掎角之势。宋朝在拉拢、讨好李德明上唯恐落在辽的后面，又争相给李德明连连晋爵，由中书令加太保，又加太傅。

辽对李德明称帝建国的种种准备活动大加鼓励，于天禧五年（1021年）授他为尚书令，晋大夏国王。此前，境内许多贵族及民众已然以大夏国民自称。

第三十章　破解

宋天圣四年（1026年）六月，李德明遣兵与契丹合攻甘州回鹘，无功撤退。

回鹘是德明的一块心病，数次攻伐而不克，此战过去两月余，德明正与数位近臣商议破解之法。此时见元昊入内，李德明眼里全是喜悦，坐起身子，笑容满面，连声道："昊儿。"

"父王。"元昊向德明行礼，侧身对众官微一点头。

"昊儿这次出门又做了些什么？"德明倾身向前，未闻应答，眼中已露赞赏之色。

"孩儿只是做了些许小事，大事还请父王定夺。"恭敬声中竟仿佛有逼人态势。

"我儿定是又劝为父对宋用兵吧。"德明心中了然，长叹一声，靠到椅背上，半晌慨然道："我儿可切莫忘了，吾用兵久，疲矣。吾族三十年衣锦绮，此宋恩也，不可负。"

元昊脸上的疲惫之色全无，上前一步道："父王！衣皮毛，事畜牧，蕃性所使。英雄之生，当王霸耳！何锦绮为？"

德明双目炯炯，一动不动地盯着他，元昊也坦然迎接那刀锋般锐利的目光，父子相互对视，殿中虽有众人此时却鸦雀无声。

良久，德明挪过目光，摆摆手，"我儿一路风尘也累了，见过你母后，回宫歇息吧。"

元昊欲待再言，瞥到身侧大臣野利仁荣沉默而温和地望着他，目光中的笃定与宽慰令他心中的火渐渐熄灭，便也对其微微点头，遂再次行礼告退。

李德明与野利仁荣对望一眼，两人心中均是了然。人人都道李德明委曲求全，只有他们自己知道，在羽翼未丰之时韬光养晦的必要。

"昊儿，但愿为父这些年的屈，能换来你我父子终有一日的伸，能换来我大夏有朝一日的万世辉煌。"望着元昊离去时桀骜的身影，德明在心中低叹。

散朝后，德明挥退其他人，又与野利仁荣密谈甚久。

野利仁荣乃西夏开国重臣，是野利遇乞、野利碧珏之叔父，参与谋划西夏建国前后典章制度的创制，建议根据西夏境"蕃汉杂处、好勇喜猎"特点，"顺其性而教之功利，因其俗而平以刑赏"，使"民乐战征，习尚刚劲"，对元昊制定各种制度有重大影响。

元昊缓缓往宫苑深处行去，汉式建筑宏伟壮丽，元昊突然道："好啊，真是壮美非常，妙不可言啊。你说呢？盛吉？"

盛吉跟在他身后，正想着如何应对方才不被他抓住把柄。前些日子，一重臣对此情此景赞叹道："真是富丽堂皇不逊于宋廷呐。"元昊当即接口道："我族向来长于射猎，今困于汉人宫阙庭苑，真乃违所长而用所短。想必汉人有识之士会欢喜得摇头晃脑：'从此可以拱手待其弊，无烦有为也！'"

那重臣面红耳赤，垂首观鼻，不敢再发一言。此刻盛吉心中盘算着怎么绕开这个钉子，却听元昊已然仰首望天低笑道："你小子如今是心眼多了，还是也学了那些个东西练起黄河九曲回肠功了？本王替你答吧，你这么说本王定然高兴——回王爷的话，小的等您策马扬鞭，为大夏国打下万里河山，举目之所及无垠天下为我大夏所有，再筑比这更辉煌壮丽百倍千倍万倍的帝王豪庭宫室，让小的也跟着欢畅享福吧。"

元昊施施然驻足，回首侧视盛吉，见他唯唯诺诺答了个"是"字，旋即若有所悟，抬头急言："小的愚笨——哦，不，小的回王爷的话……"元昊已哈哈大笑，快步往宫苑深处行去。

盛吉望着元昊的背影，收起笑容。外人平日里总见他如影随形跟在元昊身后，再见他不是笑容可掬便是唯唯诺诺，似乎没有自己的想法。而事实上，他对任何事情都有自己的主张，却向来善于藏拙。等闲之人自是无法能常伴元昊左右，元昊与他虽有主仆之分，实有兄弟之情。

元昊走着走着，偏过脸问道："盛吉，云罗姑娘最近在忙什么？"

盛吉知道他实则在问谁，此时却不愿随他的意，便摆出一副单纯的脸孔来，低头回道："她还能做什么，不过是读读书，弹弹琴，画画画……"

言罢，也不看元昊，却感觉到他的目光仍在询问。心里好笑，却硬是不再吱声。

"你小子！"元昊气笑了，"会拿本王开心了！"

"奴才不敢……"正欲答复，元昊却正色道："我知道你对那云罗姑娘有意思。"

盛吉知道，每当他不由自主地以"我"相称时，就是已然与他说体己话了。

而此时却轮到盛吉怔住了，嗫嚅着："小王爷如何得知？"

"就许你们整天猜测我的心思，不许我也找个心眼？"元昊笑道："云罗是个好姑娘——想当初因为机缘巧合，和我们遇上了……我因一己私心，想着为皎皎找一个没有背景、心思单纯的宋朝女子，或许能为她所用，同时也为我所用，却不知道这样会不会害了那姑娘。"

盛吉也是有所触动，便接着道："这几年，云罗虽也按照我们的意思不断传来天都王妃——不，皎皎姑娘那边的消息，但怎么看，都是在为她说话。"

元昊点点头，叹口气："我没看错，云罗心思纯善。她们这几年相处下来，已经有了感情。若你有意，我可去向皎皎说明，看她是否愿意放人。"

他二人都知道，元昊的本意是，无论云罗这枚棋子有无实际作用，但放在皎皎身边，虽名为耳目，实则是多个人照顾她，更或者，至少是时时提醒她——"勿忘我"。

而盛吉却不明白，元昊是何时知道他对云罗这番隐秘的心思的，因为，他自己都不明白。

第三十一章　母子

越往北行，越觉清香凛冽，转过高大石山，道边巨槐结满层层花朵，微风吹来，郁香扑鼻，元昊止步昂首望着，依稀看见槐林深处那一抹熟悉身影婷婷袅袅立在那里向他微笑颔首，恍惚中怔了一怔，林木萧萧，哪有半个人影？身后盛吉心中又是暗笑又是惆怅。

路随树转，一处院落出现在眼前。入得院中，熟悉的柔和声音传到心间，元昊却觉得有些心焦。宫女进进出出正在忙活，见元昊悄然进来早呼啦啦行下礼去，元昊之母卫慕氏正叮嘱宫女从箱里取出驼毛毡，一块块地搭开在院子里晾晒，转身看到元昊，便对他微笑。

元昊看到母亲之时，她正目视仿佛近在咫尺的贺兰山正衔着的一枚火红夕阳，满院如缎如锦的灿烂晚霞，母亲眼中有色如金，却平和安然，宁静通透，她温暖的手握住元昊的手，"昊儿回来了。"

"儿臣给母亲请安。母亲万福！"元昊依汉礼向母亲郑重行礼。

卫慕氏慈爱地笑，"你不是最烦汉人的繁文缛节吗？多少人被你骂哭了——偏你最爱逗为娘的笑。"

元昊道:"这回儿子可是真心的——汉人的东西也有好的,儿子当然也喜欢,只是儿子见不惯满眼满耳都是汉风汉俗,却将我族瑰宝弃若敝屣。儿子见了,就不由得生气。母亲不也是这样想的吗?看母亲所织的这大夏驼毛毡,天下哪有比这更华美的?尤其是那白毡,纯如云朵、色如白雪,阳光一照像是就要化掉,却比中原十张厚棉被还要暖和。母亲虽然住着汉人爱住的宫室,用着汉人爱用的器物,有数不清的绫罗绸缎,但在母亲心里,那些东西再好用,不也终究无法与咱们的这些媲美吗?"

"瞧瞧,不论什么事,我儿总是有理,这理还一套一套的——不愧是娘的好儿子。"卫慕氏笑道,"先不说这些,孩儿这几日累不累?先进屋用点茶点歇息歇息,为娘给你准备了你最爱吃的……"

"不累——就算再累,见到母亲,当儿子的当然就不觉得累了。母亲这几日可好?前夜四更下了暴雨,母亲肩膀旧疾可曾又犯了?疼了没有?有没有用儿子寻来的偏方?"

"用过了,没料到效果那么好,这几日都不曾发作。"卫慕氏拉着儿子的手,温和地笑道。

母子二人说着已携手走入院中庭阁,早有仆妇上了热茶熟食。

元昊略略用了些,卫慕氏伸手抚摸元昊鬓角,目光慈爱温柔,见儿子满脸风霜之色,心中疼惜,缓缓道:"你宫中先行回来的下人已向娘禀告了,我儿这次又办了许多事,真是给娘争气。你也要保重身体,切不可过于操劳,娘不求别的,只盼你健康平安,每天生龙活虎、开开心心的……娘也就安心了。"

元昊沉吟道:"母亲,孩儿从不觉得累。只愁无处施展满腔抱负——只是，母亲，父王他……"

卫慕氏转顾左右，一众仆从侍女垂首鱼贯退下，只有她自小带在身边的心腹帽斜姆含笑侍立身侧。

"母亲，我父王雄才大略，这些年来为我大夏南征北战，立下不世功勋，尤其是西掠吐蕃健马，北收回鹘锐兵，儿子也是无比佩服，但父王时至今日仍向宋称臣，儿子实在不愿看到。"

"昊儿，你说得不错。你父王这些年来保境息民，恢复生产，无人能有他那般的魄力。宋人都说他深沉有气度，多谋略，就连对外附辽和宋，专力向西发展——这些也都是为我们将来打基础。"卫慕氏顿了顿，叹口气，"他也是有苦衷的。昊儿，你这般英勇，为我族建了不少功勋，但高处不胜寒，天下人都道咱们享尽荣华富贵，但咱们的苦楚谁知道？你父王他这些年来更是不易，咱们要多体谅。"

"母亲教诲，孩儿谨记。"元昊略一沉吟，起身行礼，卫慕氏已笑着拉他坐下，"只咱们母子二人，何必拘礼？你有时行事老练，像极了大人，有时又实实在在是个孩子。"

"在母亲面前，孩儿永远是个孩子。"

卫慕氏若有所思地看着儿子，点头微笑。

"这次，你又到天都山去了？"

"是。"元昊眸中火光一闪，随即黯淡下去，"母亲也别整天仍是劳作，什么时候抽个空，孩儿带你畅游天都山，那里真当得上人间仙境。"

"天都山高大壮美，我党项人莫不仰望。只是，昊儿，娘问你，我儿自五岁起便随父辈驰骋马上，及至少年，数不清多少次我儿便装出游，足迹遍及江南塞北，见惯天下名山大川——那天都山美，比起咱们家门前这贺兰山又如何？"

元昊一怔，转首回顾如血夕阳中巍巍贺兰，缓缓道出四字，"各有千秋。"一声不易察觉的叹息从肺腑中溢出，也只是一个恍惚，便决然道："任天下名山多么浩荡巍峨，贺兰、天都还有咱们的焉支山，都如儿子的另一位母亲，均是养育儿子血肉之躯的山林沃土，无论儿子身在何处，都是魂萦梦牵，永远不会忘怀。"

卫慕氏温柔的笑脸虽有风霜的痕迹，年轻时的艳色依稀恍惚鲜活过来，她恬淡地望着元昊的眼睛，"我儿说得好。娘知道，定然是如此。娘再问你，我儿向来极喜天都风物，想来那天都女子也必是美艳不可方物，两月后我儿将迎娶的天都郡主野利碧珏，据说是名动千里的佳丽，在我儿眼中，她姿容如何？"

"碧珏……绝色。"元昊恻然道。

"品性脾气如何？"卫慕氏不等元昊回答已接着说，"兰心蕙质，豁达宽容，娴静活泼，极是可人。"顿了顿，又道："她既为绝色，又如此温婉可亲，我儿可心爱之？"

元昊无语望向母亲。

"既得如此佳人，我儿为何仍旧愁眉不展？且不说她，你宫中诸名娇妻美妾都是人间难寻的佳丽美姬，为何你从不对她们示以恩爱，她们也总是难见你欢颜？"

"娘！"元昊向来不易动情，此刻已然颤抖了声音，"你在说什么？孩儿……听不懂。"

"孩子，天底下没有比娘亲更懂儿子的人——娘今天要告诉你，定要牢牢记着：你贵为王侯，很多事说来也是翻手为云覆手为雨，但你最是重情重义，不愿因儿女情长伤害他人；再者说便是帝王，活在这世间也有诸多事情无法强求。咱们王侯家的情意一旦开了头，一旦烧得滚烫，就会酿成滔天的情仇，可能会让无数人的热血无端喷洒……甚至会引火自焚，让千里家国万里河山皆尽染血……孩子，错过了就是错过了。不是路，咱们不能走、不去走，明白吗？"

"后宫也是个小天下，这几年你一定也有所体悟。你是王子，但也是丈夫，她们都是你的妻妾，想要的无非是丈夫的温柔眷顾。你虽然十分忙，可也别过于冷落了她们。男儿虽勇，可治国安天下，只有家安定了，心才安宁，才能有所作为。"

"娘，她们向您抱怨了？"元昊低声道，声音里是从未在人前透露的疲惫。

"并没有什么人向娘抱怨。"卫慕氏将浓茶斟满递到元昊唇边，"娘只知道我儿是个有谋略有气度的党项男儿。野利族是党项旺族，那天都大王有勇有谋，他们的女儿与咱们拓跋家结姻，正是珠联璧合。碧珏又是天下一等一的美人，与你必定是人人羡慕的一对佳偶。娘已经为她准备了最好的一切，就等你去好好把她接进门。"

"是。"元昊声音低微，几不可闻。

卫慕氏含笑点头，将话题扯开，母子两人又叙了片刻，元昊方起身告辞。

出了王后府院，元昊敛起笑容，站在巨大的槐树下，举目望天，那天光有脚啊，怎么只如一瞬间，就已经起了暮色呢？好一会儿，他手指一勾，不远处的盛吉赶忙凑过耳朵来，只听元昊悄声道："交代下去，王后娘娘……还给本王盯紧了。"沉吟半晌，道："去看看姨娘，想必她老人家参佛会有新的领悟也未可知。"说着，往其庶母讹藏渠怀氏寝宫走去。

讹藏渠怀氏当年曾是李德明的侧妃，秉性沉静宽厚，素来从不争风吃醋，更不爱慕权力，与卫慕氏相处甚为和睦。如今依位分已是皇妃，而元昊私下里仍称之为姨娘。渠怀氏对德明王十分敬重，虽不懂国事，却深知王侯家事便是国事，事事以大局为重，自元昊出生时便真心对他，视如己出，即使是四年后自己也生了儿子，多年来对元昊仍是关爱有加。如今上了年纪，更是大门不出二门不迈，只在偏居的院落佛堂里日夜礼佛。

元昊自小对她依恋，对其子便也十分关照，自请德明将其安排在部族军中任要职。自己得空便也常来探望庶母。

"小王爷又去渠怀氏那边了？"元昊走后，卫慕氏听到回报，放下刚刚端起的茶盏，不悦道。皱眉沉吟片刻，慢慢喝了一口茶，对服侍多年的贴身女仆道："我的这个儿子啊，把庶母当作生母对待。倒不是我小气，只是这关系到朝中风向。好在这些年，那渠怀氏母子也没作出什么怪——罢了，她天性如此，只会对着佛祖发呆，倒也不会和咱们相争。昊儿常去看她，我也乐得白落个贤名。既然无伤大雅，随他去吧。"

那女仆是多年的老人了，自是找出许多话来开解。卫慕氏想了一会儿，道："叫人去看看，大族长和王爷那边说得怎么样了，什么时候得空，请他到我这里来，看来啊，上回的事我们兄妹还得再议。"顿了顿，压低声音，"悄悄地请，别让那爷俩知道。"

第三十二章　后妃

元昊王府建在一处平川之上，仅后苑就已极是宽广，目之所及郁郁葱葱，但因他素喜策马奔驰，仍嫌此地跑马不够尽兴，干脆将东苑打通，一切豁然开朗。九曲黄河就在眼前蜿蜒，滔滔河水日夜流淌，隔绝尘世喧嚣，不远处就有黄河古渡。

元昊时常独自一人策马在无垠天地间，最喜狂奔之后控马缓缓行至西边岸高坡陡、河窄水深之处，默默看那长河落日、大漠孤烟。

如血残阳中众人侍卫着元昊从大夏王宫出来一径回府。

"她们可曾知道本王回来了？"

盛吉听到元昊在马上询问，俯首道："回禀王爷，是。"顿了顿，笑道："属下真是难做啊。"

元昊"哧"的一声笑出声来，"谁还能剐了你不成。"

"王爷教训的是，属下宁可被王爷剐了。"

元昊哈哈大笑，打马先行入府。诸位嫔妃早已在府院中迎候多时，见他入内，一起行礼。

元昊见她们个个盛装打扮，姹紫嫣红，各呈妍态，那份隆重的欢迎仪式让他心中又是失笑又是凄凉。

皎皎不肯嫁他，而作为一个王朝的继承人，怎可没有女人、没有嫔妃？

"这趟带回来的玩意，你们可还喜欢？"元昊言谈中已步入正厅。此地为元昊待客之所，依宋制王府规格建制，设置器物之富丽堂皇却在其之上。这些是给别人看的，他自己日常喜居于东苑银顶大帐之中，一切设置仍袭游牧民族王室旧俗。

王妃卫慕青蓝款款笑道："多谢王爷挂怀。王爷带来的东西件件都是奇珍异宝，姊妹们都很是喜爱。"

卫慕青蓝是元昊的第一位王妃，是元昊母亲的侄女，其家族是银夏一带党项大族，其父亲卫慕山喜乃元昊娘舅。卫慕山喜更是兵多将广，雄踞一方，因此青蓝身份自是高人一等。她自幼丧母，一直由元昊生母卫慕氏抚养长大，深受卫慕氏眷顾，元昊也敬这位表妹三分。因其资历深厚，又是大妃，正当表率众妃。

侧妃都罗佳、咩迷慧等人皆为党项重臣之女，个个出身名门，从小都是受过族中刻意教化的，于礼仪上自有大家风范，此时亦谢恩。众妃落座后询问元昊身体安好及路途见闻，元昊随意略捡些好玩的事说与她们听了，众妃无不连称有趣，缠着元昊要他多讲些。元昊想起母亲叮嘱，打起精神多说了几样，闻者更是无不称奇，请求下次带她们同行。

"这条本王可不能答应。"元昊脱口而出的话似是感慨，又像是自嘲。

众妃互望一眼，纵然仍是欢声笑语，却显见着难掩失望之情。

元昊早知她们心意，却也不愿过于违拗自己，幽幽道："本王没有把握为你们做到的事，自然不能应允，免得到时你们失望更甚。"

"王爷说得极是，我们姊妹一心为着王爷自在方便着想，也只是说说罢了，怎么会当真强求。"咩迷慧似笑非笑，"只是……怕是有人，就不这样想了。"

"哦？你在说谁？"元昊这几年对这个侧妃的所作所为颇为不喜，平日里从不与她们计较，此时似乎来了兴致，倾身向前，盯着她，"是那个终日只知调琴鼓瑟、跳舞唱歌的女人吗？"

"臣妾可不敢这样说。"咩迷慧急忙俯首，眼角分明带着煽动气色。

"妹妹，采玉妹妹没有来迎接王爷，是因近日来身体不适，只得卧床养病。"都罗佳止住咩迷慧的话，转身对元昊含笑道，"听说王爷已在母亲处用过晚膳，王爷路途劳累，该沐浴更衣好好休息了，想必今天的晚课仍是不会落下。我们姊妹先行告退，明日再向王爷请安……"

"姐姐，你总是护着索采玉做什么？你还真怕她不成？"咩迷慧猛然甩开都罗佳的手，"你怕她我可不怕！她父兄是有权势的，也不见得就能平白拿了我去！那狐媚子，整天就知道娇媚惑主……"

"咩迷慧！"卫慕青蓝低喝一声，正色道："王爷刚回府，咱们也该让他好好歇歇，何必说这些有的没的？你……"

"好姐姐，谁不知道咱们这里头您最明事理，您是正妃，倒是为我们也做个主啊！"

"行了，本王知道了。"元昊从不介入这些争风吃醋，女人嘛，闲来无事可不得生出事来？更何况，就像母亲说的，这么多女人，争来争去，说到底，只是为了争他这个男人嘛。此时也不与她们计较，疲惫地一笑，起身弹弹身上浮尘，拈起一根不知何时粘在衣服上的细细的鸟羽，对着烛光看了看，回首戏谑地望向咩迷慧，"本王，现在就去收拾那个——狐媚子，爱妃意下如何？"

旋即步出厅堂，留下一阵开怀大笑和目瞪口呆的众人。

索妃采玉宫中有隐约乐曲之声传来，元昊步入，仆妇都吓得脸色发白，欲急忙进去通报，元昊摆手制止，旋即踏入殿中。此时夜色越来越浓，索妃宫中更显金碧辉煌，阵阵龟兹乐曲萦绕耳畔。一红衫女子如一朵彤云般曼妙而舞，容光激滟，一双猫眼笑得异常妩媚，几近妖冶。

元昊嘴角噙着一抹笑意默默看着，曲毕缓缓鼓掌，索采玉收起彩袖袅娜近前，笑意更胜："王爷万福。"

"你随着这些靡靡之音跳这异域舞蹈，是想故意激怒我吗？"元昊大刺刺斜靠在水红的贵妃榻上，闲闲地问。话音中并无寒意，侍立一旁的侍女却都听出不悦，不由得把头埋得更低。

索采玉不置可否地一笑，轻轻巧巧坐在元昊身边，水葱样的纤指掐了一颗荔枝般大小的紫葡萄送进元昊口中，"若不这样，我怎么能独自一人在我寝宫见到王爷？"

"狂妄的女人。"元昊盯着她勾魂摄魄的眼睛，一只手已探到她妖娆的胸前。

"有时候我真不知道你是胆大妄为还是聪明绝顶——说吧，想让我奖赏你还是惩罚你？"

　　"都要。"索采玉一寸寸抚摸着元昊英俊的脸，"在那几个自以为聪明的笨女人眼中，你是王爷；在我这个笨女人雪亮的眼中，你不只是王爷——还是我的男人。"

　　"哦？"元昊避重就轻，手已经探入她胸衣中，目光却盯牢她，眼中一抹锐光隐现，挑衅般道："爱妃倒是说说，你这迷人的眼睛怎么个雪亮法？"

　　"我若什么都说了，岂不和那咩迷储秀一样口无遮拦、一样愚蠢不堪吗？王爷不是一向喜欢和聪明人打交道吗？"

　　元昊大笑，"爱妃，本王原以为你真当得上冰雪聪明四个字，怎奈你总是不肯给自己多些体面——那咩迷储秀虽蠢，却蠢在面子上，倒也不失可爱。你倒是巧妙，里里外外蠢透了。你知道本王这次乏透了，故意说些笑话给本王听吧。"

　　"王爷，"索采玉就势抱住元昊脖颈，"真是英明——臣妾的确是里里外外蠢透了，"她酥软的呼吸喷在他脖颈上，像一丝芦苇在那里轻挠，那声音娇媚入骨，"那晚月圆之夜，臣妾想着王爷，一宿都没闭眼，你说蠢不蠢……"

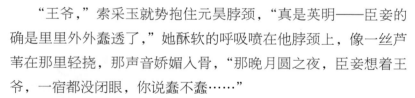

　　元昊想起那晚的月亮，竟觉心如刀绞，一股无名的厌烦从内心深处升起，缓慢而决然地一根根掰开她微微汗湿的颤抖的柔荑，闭了闭眼，"本王还要做晚课，爱妃既然几日来都未曾睡好，早点歇着吧。"

　　他起身，小儿手臂粗的巨烛闪烁满庭，照着他的眼中像有星光在闪，她随势扑倒在地上，红裙迤逦，如血般流淌，半晌，颤声道："王爷，任凭臣妾……任凭我们怎样，都无法唤得你的心吗？哪怕王爷的真心只给一次？"

　　元昊静立在殿中珠帘前，闻言回首，无语俯视着她，须臾像是一声叹息，"你先歇着，本王做完晚课……或许会过来瞧你。"

　　"难道你心中只有那个女人？"采玉冷了脸，一双猫眼中满是失望与质疑，还有一丝期待的火苗。

　　元昊冷冷望了她一眼，扭头走了出去。

第三十三章　夜读

次日夜间，元昊沐浴过后，安然坐在自己帐中，随手拿起《太乙金鉴诀》接着上次读了起来，案边那本《野战歌》书页已被翻得疲软。

元昊自幼熟读各类典籍，对兵书更是手不释卷，专心研读，精于其蕴。宋人也知他极具文才，精通汉、藏语言，又懂佛学，尤倾心于治国安邦的法律著作，善于思索、谋划，对事物往往有独到的见解。这些禀赋使元昊成为文有韬略、武有谋勇的英才。

苏奴儿一身夜行衣几个起落已至银帐侧门，见盛吉站在外帐鸡啄米般打着瞌睡，不由失笑，用手指捅了他一下，他打了个激灵，"王爷恕罪，小的没睡着……"

苏奴儿低声笑道："盛吉大人这是说梦话呐？"

盛吉哭笑不得，"大将军说笑了，小的哪敢，您可真吓破了我的胆子——不过小的奉劝您，搅了王爷做晚课，你可得当心了——王爷的规矩你不是不知道，就是再忙再累，当天的晚课也得做——瞧见了没，这几日连日来每天都策马几百里，马都累倒好几匹了，王爷昨晚回来，今天又忙了一整天，到现在还不歇着，又看起了汉人的书……他这几天可是不太高兴，看在咱素日亲厚的份上，大将军您可别触了霉头——除非……"

"日月神造你的时候一定也是打了瞌睡——让你白长了一对狗眼？"苏奴儿装作气极。

盛吉此时上下一打量，才看清苏奴儿的衣装，不由捂住了嘴，"将军您真有事？快请快请，耽误了要事，这狗眼才真算白长了，王爷得要我狗命了。"

元昊听是苏奴儿求见，急召至身边，开口便问："金明寨情况如何？李士彬呢？"

血色夕阳中，二骑冲向高岗，那马双双嘶鸣一声站住，马上之人举目望向远方，良久无言。

"大好河山啊！我王定都于此兴州地界，真乃睿智！"那年长者感慨道。

"只可惜父王据此大好河山，竟只愿意关起门来当个被封赏的王。"

"小王爷，这却正是大王对你的苦心。"左都捕牙张浦语重心长地对元昊道，"小王爷且先看这片沃土，进可攻、退可守，实为韬光养晦绝佳之所。"

元昊目视前方，胸中豪情激荡。

宋天禧元年（1017年）夏，有人在怀远镇（今宁夏银川）北的温泉山上看见了龙，时为西平王的李德明以为祥瑞之兆，派官员去怀远祭祀，提出将都城从当时所在地灵州即西平府（今宁夏灵武）迁至怀远镇。

这日，在众酋议事时，李德明说："西平土俗淳厚，然地居四塞，我可以往，彼可以来。不若怀远，西北有贺兰之固，黄河绕其东南，西平为其屏障，形势便利，洵万世之业也。况屡现休征，神人允协，急宜卜筑新都，以承天命。"迁都理由既十分充足合理，又加上"天命所归"，自然无人反对。李德明派大臣贺承珍到怀远负责兴建都城事宜，改怀远镇为兴州，正式定都。

"定都于此确实是父王明鉴，然而如果只知关起门来偏安，恐怕是我祖父也不愿看到的。"

元昊对其祖父李继迁的丰功伟绩极是敬服，少年时曾时时将其挂在嘴上，世人也多称这对祖孙极其相似。

此时张浦见元昊目中激愤，缓缓道："我知道小王爷一时不解德明王为何与宋议和，其实以退为进，又何尝不是大展宏图之妙策？当初德明王向宋进誓表，这些年来与宋以和为要，并未使我大夏遭受损失，反而可以换来宋朝的大量资财，并且还可通过派出的使臣在京都及沿途进行贸易，利用宋朝免征关税的便利购买境内缺少的大量物资。借此，德明王便可集中力量转向西方开拓，西掠吐蕃健马，北收回鹘锐兵，开拓我大夏国土，立下千秋基业。"

当年，李德明在这种有利的和平形势下，为了恢复战后秩序，巩固新挑起的西平政权重担，巧妙利用宋、辽矛盾，求得生存发展。同宋的友好往来和经济贸易，促进了党项族的经济发展，一时出现了欣欣向荣的大好局面。

"小王爷，德明王之所以一向重视与宋和议，也是因为我部长期与宋争战，内部经济窘迫，处境艰难；沿边党项部落又纷纷降宋，我部急需一个和平环境以整顿内部，巩固政权；加之宋辽澶渊之盟后，辽与我部交恶，我部得不到辽的直接援助——当今之世，绝不可同树两个强敌，应暂时将敌人为我所用，由此德明王在与宋和谈之时，也并未放弃与辽的联盟，自王即位后也仍是不断遣使至辽，接受其封号。"

"德明王在位期间，内行保境息民、发展生产之策，暗暗增强实力；结辽、宋，为的就是利用两国矛盾，大夏才得以更好地在夹缝中壮大。有人云'塞垣之下，逾三十年，有耕无战，禾黍云合。甲胄尘委，养生葬死，各终天年……自与通好，略无猜情，门市不讥，商贩如织'。这不也是王的宏图大志与卓越谋略吗？"

元昊默默注视着山上那轮火红的落日，只听张浦接着道："并非一味称臣、不图帝位，只是时机未到，在这些等待的日子里，德明王也适机给宋辽以颜色。"

宋辽两国在这十几年间对德明讨好笼络、封爵赏赐，德明何曾没有建国称帝的欲望？尤其是宋大中祥符三年（1010年）九月，李德明被辽封为夏国王以后，即动用数万民夫在延州（今陕西延安）西北的敖子山上，修建宫室，绵亘20余里，极其豪华壮丽。有一次他从夏州出巡到敖子山行宫时，"大辇方舆，卤簿仪卫"（即仪仗队），俨然和宋朝皇帝相仿。

对此当时年仅六岁的元昊曾当面对德明道："父王关起门来做皇帝，摆这些个样子，谁知道，谁承认？"

德明惊骇之余，望着他良久无言。

"如是我儿，该当如何？"

"一如中国帝制，并于四海扬名！"元昊挥起袍袖，直指宋的方向，稚嫩的脸上满是坚毅与期待，甚至有一丝与年龄极不相符的名之为"欲望"的东西。

德明望着儿子明亮如宝石般的眸子，怔忡片刻，突然哈哈大笑，"你就这么想当皇帝吗？你现在还不是太子呢，我儿。"

孰料元昊即刻解下小小佩冠，行西夏武士最高礼仪，朗声道："只要我大夏能立国，只要我父王能称帝，儿愿永为步卒！"此事传出，满朝文武、举国百姓莫不啧啧称奇。

及至元昊稍长，尚在髫龄，对父亲的睦宋政策，特别是向宋称臣日益不满，尤其是对与宋进行经济贸易不能理解。一次李德明遣使臣到宋用马匹换取物品，因得到的东西不合心意，盛怒之下欲将使臣斩首。元昊见父亲怒气冲冲，心中愤懑，说道："吾戎人本从事鞍马，今以易不急之物已非策，又从而杀之，则人谁肯为我用乎？"德明见年仅10余岁的孩子就有这种见识，如被凉水泼醒，静思良久，转怒为喜，从此对元昊更加疼爱器重。

元昊逐渐长大成人，多次劝父亲不可再臣服宋朝。某日，他对德明王说："吾部落实繁，财用不足。苟失众，何以守邦？不若以所得俸赐，招养蕃族，习练弓矢。小则四行征讨，大则侵夺封疆，上下丰盈，于计为得。"德明赞赏了儿子的意见，却仍不采纳，心里认定时机尚未成熟，元昊年轻气盛，还不太懂得"识时审务"四字真意。

少年元昊性情刚毅，神态中常带凛然不可侵犯之气象。白日里游猎四方，小小年纪便从骑杂沓，耀武扬威。人皆道此乃天下第一号天煞星，天王老子都不敢惹的。然夜深人静之时，元昊对兵书手不释卷，专心研读，精于其蕴。他颇具文才，精通汉、藏语言。又潜心研究佛学，颇得当世高僧赏识。尤倾心于治国安邦的法律著作，善于思索、谋划，对事物见解独到，分析入木三分。他是文有韬略、武有谋勇的英才，渐渐虽乡野之人亦有耳闻，无不服膺。

宋大中祥符九年（1016年），李德明追其父李继迁为"应运法天神智仁圣至道广德光孝"皇帝称号，庙号武宗。

宋天禧四年（1020年），德明父子见怀远镇西北有贺兰山之固，黄河绕其东南，西平府为其屏障，地产富饶，便将都城由西平府灵州迁到怀远镇，并改名为兴州，在此正式建都。这对以后西夏的建立及其社会经济、文化的发展提供了极为有利的地理条件。

第三十四章　烈火

宋天圣五年（1027年），夏攻宋金明寨，宋都监李士彬击败之。

次年五月，大夏国王宫大殿，一派肃穆。

窗外槐花早开，阵风吹来，德明高坐于王座之上，虽是一派威严，然鬓边几缕白发随风微微飘荡，看着熟悉的脸庞日渐沧桑，元昊心中不由一痛。

"父王，孩儿愿领兵，半年后定能攻下回鹘！"德明妃咩迷氏所生之子成遇声若洪钟。

成嵬一声冷笑，随即肃容道："孩儿仅以三月为期，定将回鹘可汗夜落纥头颅提来献给父王！"

文武百官莫不动容，唏嘘之声响彻殿中。

德明沉吟，目中尽是疑虑。

数年以来，甘州回鹘始终都是德明梦寐以求之地，其"牙帐"设在甘州（今甘肃张掖）。

甘州地处凉州西北，东据黄河，西阻弱水，南跨青海，北控居延，绵亘数千里，水草极为丰美。甘州回鹘自唐末建立政权，历五代至北宋，逐渐发展壮大，11世纪初，进入鼎盛时期。回鹘汗国政权存在近200年，前后共传10个可汗。回鹘，又称回纥。北魏时因其风俗多乘高车，所以又有"高车"之称。

　　回鹘所居之地即被称为河西走廊——在黄河以西，祁连山与北山山脉之间，有一条宽百公里或仅数公里的天然长廊，蜿蜒1000多公里。它是古代中西交通必经大道——丝绸之路的东段，也是古代中原王朝西北边防之重地。河西走廊地区，因着祁连山雪水的滋润，水草肥美，可耕可牧，是历史上各族劳动人民赖以生养休息之宝地。

　　宋初，回鹘所居地区"东至黄河，西至雪山"，绵亘数千里。境内水草丰美，畜牧孳息，产精马、玉器、镔铁剑甲、琉璃器等，早为各部族所垂涎。

　　党项族未占领河西走廊之前，此处是甘州回鹘居住的地方。早在9世纪中叶，漠北回鹘汗国灭亡后，一部分回鹘人迁入河西地区，同原来居住在这个地区的回鹘部族建立了回鹘政权，成为河西走廊一股重要的统治势力。

　　夏州党项政权兴起，特别是李继迁迁都西平之后，党项政权即处于甘州回鹘、吐蕃和宋、辽之间。河西走廊地逼西平，直接威胁着党项政权后方的安全，党项同回鹘争夺河西凉州的时间持续最久。当年李继迁要进攻宋朝，就必须解除后顾之忧，却数度无缘得手，河西走廊优越的地理位置和自然条件也成为党项政权发展的必争之地。

　　李继迁时，西凉为吐蕃首领潘罗支占据，并结回鹘为援共同对付党项。咸平六年（1003年），李继迁带兵越过黄河和贺兰山攻打西凉。在攻占西凉后的凯旋路上，李继迁中了潘罗支致命的一箭，并最终因此丧命。四年之后，李德明又一次夺取西凉府，但不久又被回鹘夺回。

宋大中祥符元年（1008 年）正月，李德明派张浦领兵攻甘州（今甘肃张掖）。张浦率数千骑深入其境，回鹘可汗夜落纥出兵拒御，张浦不胜而回。三月，李德明又派万子等率兵进袭，因中埋伏大败。

第二年四月，德明再派张浦领精骑二万攻甘州。夜落纥拒守半月，于夜间突然袭击，张浦再次大败。十二月，李德明又亲自领兵出击回鹘，白天见恒星，占卜后认为出兵不利，大惧而还。李德明四次攻回鹘不利，遂命凉州守将苏守信截断甘州回鹘向宋朝进贡的道路，抢掠甘州的贡奉使，以阻断回鹘和宋朝的联系。

辽对回鹘之地也觊觎良久，苦于无法下手。至天圣四年（1026 年），辽西北招讨使萧惠攻甘州，败还，使辽攻占河西的企图破灭。而这却为德明最后夺取河西创造了时机。

夏州党项曾六攻回鹘不下，因此同回鹘结成世仇。

"孩儿愿立军令状，如违誓言，孩儿愿削去王子爵位，永不再袭！"此时，兄弟二人同时摩拳擦掌。

"我儿，欲以何计取胜？"

众目睽睽之下成遇、成嵬先后陈词，德明微微颔首，两班文武大臣群情振奋。

"哧"的一声，元昊不由得笑出声来。两位同父异母的兄弟同时转过头来，怒视元昊。

"听闻最近贺兰山深谷中发现一小部族，身形不大，口气却不小。我部将士遍寻不着，两位兄弟可是已然偷偷得了？"

殿中武将皆是粗人，已哗然一片。

"你……"成遇与成嵬当庭受此大辱，拳头捏得咯咯作响。

"昊儿！"德明转首瞪着元昊，须臾沉声道："你可有良策？"

"孩儿计策低劣，不足以与众叔伯语——但也愿写军令状，十日之内攻不下回鹘，愿提头来见！"

此言一出，满堂耸动，元昊已转身拿起盛吉敬上的笔墨一挥而就，那字体雄奇豪迈，气势非凡，凌厉之气扑面而来，直刺双目。

三日后，元昊于军前封其义兄野利遇乞为大将，亲自带兵攻打甘州。

甘州回鹘可汗夜落纥用利剑割破右脸，披散着头发，登临城门率所有将士负隅顽抗，一天一夜之后终于败落。元昊气定神闲地坐于党项神马之上，淡淡盯着秋风中恍如落叶的夜落纥，夜落纥无奈至极仰天大笑后纵火自焚，那桀骜的笑声慢慢消失在漫天血红的火光中，其王后挣脱仆从的束缚决然扑入火中，两位后妃及其他家眷痛哭着畏缩后退。夜落纥久负盛名的女儿回鹘公主鱼烛始终身形未动，只冷冷地站在火光边缘，瞧不清她脸上是什么神情。

元昊大军一战告捷，攻破甘州，夜落纥留在城中的家眷尽数被元昊掳获，公主鱼烛亦在其中。之后，元昊置兵戍其地而还。

元昊占领甘州之后，使河西走廊西部的瓜州（今甘肃安西）、沙州（今甘肃敦煌）二州失去了屏蔽。当甘州城危之时，隶属于甘州回鹘的瓜州王曹贤顺，带兵来援，兵至甘州，城已被元昊占领，曹贤顺见元昊军势强盛，表示愿率部归附。在德明同意接受其投降后，曹贤顺又重返瓜州。

甘州首战成功，捷报传来，整个夏州地界万众欢腾，元昊更得德明欢心。

"人常道我儿气势英迈、诸蕃口服，果然不负我望！"大殿之上，德明难掩喜悦，群臣亦膺服。

李德明得甘州、瓜州，喜不自胜，对元昊道："昊儿，为父有你之功，如今灵、夏之右臂成矣！"

之后，德明册立元昊为太子，元昊执掌权柄，权势滔天，村野之人提及亦会遥加拜服。

第三十五章　闺趣

寝宫中的奇珍异宝照得满室雪亮，野利碧珏眉目如画，那场盛大的婚礼举国欢腾，她终于实现了少女时代就埋在心底的成为元昊妻子的愿望，可是内心深处却总有掩饰不住的淡淡哀愁。

凝眸凭窗伫立良久，暮色已苍茫，眼望着又一天结束了。良久，她转首问宫女："王爷何时回宫？"

"回禀王妃，奴才不知，王妃恕罪。"那宫女甚是伶俐，又道："王爷对王妃一向恩宠有加，定是国事太忙……王妃要不早些安置？明日王爷定会来瞧您。"

碧珏从小就想嫁与元昊为妻，如今虽然几多波折，毕竟终于心想事成。当年，私下里向元昊表露过自己的心意，其实他又何曾不知，这样的美好少女对自己情有独钟，自己也不可能没有感觉，只是碧珏偏偏是遇乞亲妹、偏偏是没藏皎皎的小姑子，每每见到她，就像是见到了没藏皎皎。

皎皎之事令他有了从未有过的挫败沮丧之感，对儿女之情从此便也淡了。心中勃发的恨意，却无法、也不愿发泄出来，只是告诫自己以家国要事为重，也将此真真假假的借口委婉地告诉了碧珏。

"没关系，我等。"当年，碧珏一身翠色交领皮氅，立在冬日千里冰凌的黄河边，对他笃定而温柔地笑。

终于等到了今天。等了这几年，虽然知道自己心甘情愿，心底里怎会没有一丝委屈？只是，她知道，笑到最后才会笑得最好——如果这一切都有回报，那么，一切都是值得的。她相信只要自己甘于付出、善于经营，神灵都会庇佑于她，一切都会按照她的意愿发展，她必会得到自己想要的一切。

看着眼前这个诚惶诚恐的婢女跪倒在自己面前，她回过神来，笑道："你何罪之有？是我一时糊涂了。我贵为王妃都不知道他的踪迹，你又怎会得知？"她身段窈窕，转身从璀璨华丽的妆台上捡起一支玉钗，"这个你拿去玩吧。"

那玉钗璀璨夺目，原本就是价值连城的宝物。那宫女慌忙道："井儿惶恐……这些都是王爷从四处为王妃搜罗来的珍宝，奴才低贱，如何消受得起。"

"虽是奇珍，在我眼中却并不比一声关切来得可贵。你尽管放心收下。你既在我身边，家中必也是有点指望的，你能帮多少就帮多少吧。"

井儿早已流下眼泪，跪下行礼，"府中人人称颂王妃待下人恩重如山，井儿多次受王妃恩典，感激不尽，实在无以为报……唯愿有幸终生侍奉王妃。"

"不必多礼，我也只是尽点心罢了。你去吧，我想一个人静一静。"

井儿含泪退出，须臾却又折返，面露喜色，"王妃，王爷来了。"

元昊白色身影玉树临风，"爱妃，远远见你宫中只点一根红烛，在做什么？"

碧珏含笑行下礼去，"王爷万福。"

井儿默默关闭阁门，含笑退出，她的眼里一片温情，对命运安排自己遇到这样的良主无比感恩，怎会知道，有朝一日，自己会为王妃献出生命。

灯下美人笑容纯真，元昊不乏欣慰，"爱妃离了家乡天都山，在兴州可还住得惯？看你近日眉尖略带忧郁，可是想家了？"

"王爷此言有几处小小谬误。"碧珏娇声笑道，明眸流转，衬着通臂红烛，如水波潋滟。

"哦？"元昊挑起剑眉，极少有人会指出他言辞不妥之处，这小妮子真是妙人，疲累了一整日，闻言不禁来了兴致。

"其一，碧珏嫁入府中已有大半年，王爷总是爱妃爱妃地称呼碧珏，这与碧珏心中所望有些距离。"

元昊点头道："夫人说得是。还有呢？"

"其二，王爷所在的地方便是碧珏的家，无论草原荒漠，哪怕是天涯海角，对碧珏来说都别无二致。"

"其三，若说碧珏似有忧思，也只因夫君政务繁忙，又时常无法来瞧碧珏，无力为你解忧，碧珏心中忧愁，又不会隐匿内心所想，一不留神就将此种心绪表现出来，让夫君更加挂怀……真乃碧珏之罪。"

元昊大笑，拉过她的手，放在自己宽大的手掌中轻轻拍着，"我说了一句你就有十句等着，娘子真是聪慧。只是，聪慧的娘子，也必然有想家的时候吧？来，给为夫说说……"

　　碧珏眸中一暗，低声道："什么都逃不出夫君的眼睛，臣妾确也有些想家。"见元昊望着她的眼眸，似有某种渴望在深深的心海里倒映，"想叔父、想哥哥……还有嫂嫂。"

　　碧珏知他过去那段心事，但她心中以为，眼下时过境迁，木已成舟，如果他明白，作为她嫂嫂的她，如今与哥哥琴瑟和谐，而他们野利一族，又是大夏不可缺少的栋梁。她不想似寻常女子那般藏着掖着或刻意回避，她不愿有的人有的事成为他们夫妻之间的雷区或者障碍。

　　如果是刺，最好的办法不是假装不知，而是慢慢地软化，找机会拔除。有的话一旦说开了，会比闷在心里更有好处，或许有什么也会变得没什么了。故而，她觉得与其在猜测中躲避，不如有意无意间提到她，把心中的那层纸捅破，时间久了，心结说不定也就解开了。

　　"是啊……当然……会想。你叔父野利旺荣和我义兄战功卓著，自是不必说的。过几日我就要举兵，尚需义兄相助，我已着人请他来兴州。"

　　"真的？太好了！最近我每夜都会梦到哥哥……"话音未落，已听他接着道："说到你嫂嫂……不知与你哥哥相处得可还好？"

　　"我嫂嫂从小就是冷冰冰的，确实不大好亲近。有时整天沉默不语，有时也十分善解人意。可是，无论她怎样，哥哥对她的爱都极深极深，从未减少一分。未嫁之时我大都随着姑妈住，与没藏家少有交往，这几年发现其实她甚为善良，听说她一向乐善好施，天都山很多贫苦人家都受过她的恩惠，还有人称她为活菩萨呢。"

"活菩萨……"元昊若有所思。

碧珏心中感到好笑而悲凉，她虽是女人，面对皎皎时也会感觉有一道炫目的光，一种幻灭，似乎有某种魔力……嫂嫂闺名皎皎，是哥哥从少年时就在梦里呼唤的名字。

他沉吟半晌，目光望向窗外深邃的夜空。

"说起来，你我有缘结为夫妻，还有嫂嫂的功劳呢。"碧珏顺着他的目光望向遥远夜空。

"哦?"他回首望她，眼波渐渐冰冻。

"夫君忘了? 那年哥哥大婚，恰逢你出战后又到宋国去了，直到婚礼即将行毕之时，你风尘仆仆地出现，我们才知道你策马千里不分昼夜赶来观礼，一见新人，你说'为什么不等我?'众人都赞你和哥哥兄弟情深。当时嫂嫂不知怎么了，可能怕你义兄没等你到就行礼，怪他不守信，兄弟二人倔脾气犯了会打起来吧。我记得很清楚，她的脸白得像一张纸……竟然晕了过去……"

"是吗?"他的声音似有若无，目光望向不知名的某处，像是穿越了时光。

"几日几夜连续策马奔驰，本就体力不支，又猛喝了数十坛烈酒，你也昏睡了过去……手还往我哥哥所在的方向直直伸去，可见兄弟情谊之深啊……"她盈盈笑着，"真是好笑，一场婚礼，嫂嫂和小叔子都晕过去了，其实哥哥也差不离了……大家手忙脚乱地想唤醒你们两个，但你们竟然像是约好了一样，都兀自沉睡不醒……"

"有人说定是中了邪，要请巫师驱魔。哥哥说不要打搅，让你们休息吧……其实我也觉得是冲撞了什么神灵。嫂嫂黄昏醒来，直愣愣地望着帐顶，说的第一句话竟是要我进去。"

"她要你进去……说什么？"他倏然转首，目如寒星。

"嫂嫂并非故意冲撞你——她从锦被下抽出手，拉住我的手，缓缓对我说：'妹妹，我身子弱，几年内怕是不能为天都大王生下孩儿的，我们天都山什么都有，就是有些冷清了，缺的就是孩子的欢声笑语……我们党项女儿不知矫揉造作——你也到了出嫁的年龄了。你兄妹父母早亡，我和你哥哥有责任为你择一良婿。小王爷气度不凡，本是人中之龙，你又如此美貌，与他定是佳偶天成……我会对和你哥哥说，给你向小王爷提亲……'说到最后，饶是她大方率真，却也羞红了脸颊。"

"她……真是这么说？"

"嗯。"碧珏道，"她说什么哥哥从来没有不准的……你忘了么？第二日你醒来，哥哥为了让你高兴，亲上加亲，把这事告诉了你。我也是哥哥最心爱的人，父母早亡，叔父又一向听哥哥的，哥哥愿意把我许给你，就是表明愿意野利家与王族血脉相融、福祸相依。听说，你沉默了一会儿，说……"

"我说，我早有此意，只是要再等几年，等我多建军功再来娶你……我们……就能走得更近了……"

"夫君，看来你还并未全忘。只是，我有一事不明——当时，你为何沉默那许久？是，看不上碧珏么？"

"怎么会？"元昊似在叹息，"人都说野利碧珏是天都山珍宝……是人间罕有的佳丽……我是怕，仓促之间，委屈你了……"

"夫君言重了。只要跟着你，就是我在这人世最大的幸福了。只是……"

"只是什么?"

"只是,我怕是要让嫂嫂失望了——她曾说过要我为天都山增添欢乐……我……成亲都一年了,还没动静……"

元昊的眼中闪出血红的暴怒,"她……你嫂嫂真这样说吗?"

"夫君,嫂嫂只是担心自己无法尽快孕育子嗣,她是好心。"

话声未歇,他已近乎暴戾地吻上她娇艳的唇,将她打横抱起。他的气息铺天盖地像旋涡一般将她裹挟……

"好,我成全她。既然她定要这样说,我们就多生几个孩子让她看……"如梦的迷乱中,他在耳边呢喃。

她自知是了解他的,请将不如激将。除去心中的刺,不如剜掉那块腐肉。

激滟的烛光满室摇曳,她的唇边浮起一抹笑意。

第三十六章　静好

宋天圣七年（1029年）春二月，李德明向辽为元昊请婚。元昊起初不从，直言不愿受别国封赏、更不能为其驸马，后不知何故，竟又爽快答应了。

宋天圣九年（1031年），辽圣宗死，其子宗真继位，是为兴宗。十二月，辽兴宗封宗室女为公主，嫁元昊；封元昊为驸马都尉，爵夏国公。

宋仁宗即位以后，与宋真宗一样，以尊孔崇儒、因循苟且为国策，对李德明准备称帝立国的活动持忍让态度。

某日，天寒地冻，满目萧索，元昊身着单衣，率数万骑以迎亲为名，屯驻于宋府州边境上。时知府州折惟忠率麾下备御，令部下切勿妄动。是夜，阴云密布，狂风大作，四匹受惊战马向折惟忠营中狂奔而去，凄声嘶鸣，四处乱窜，折惟忠不为所动坚卧不起，只命人："把马拿住！"

元昊紧盯对方大营，半晌偏过头对随军而来的野利遇乞道："义兄以为如何？"

遇乞沉吟道："折惟忠好生聪明，看来宋军已有准备，恐怕此次不和咱们玩。"

元昊点头，"待本王下次会他。"挥兵退去。

回到天都山休整一夜，次日午饭后，遇乞打马下山办理事务。没藏皎皎在窗下专心挥毫涂着什么，突然觉得哪里不对，一抬头，碰上元昊痴痴的目光。

"嫂嫂……为何不歇午？我记得你小时候可是最贪晌午觉的……"他心中虽有千言万语，此刻竟不知说什么好，像是没话找话地说。

"那些习性早就没了。"她已从霎时的惊慌中缓过心神，"王爷请回吧，夫君片刻就回转的。让他看见误会了，不好。"

"怎么？"他桀骜的眉头一挑，"你真的这样绝情，咱们竟是连一句话也说不成了？"

她垂目无言，案上新画墨迹未干，他隔着窗子瞧得分明，只见画中美人彩裙拖地，鞋尖半露，怀抱琵琶，双手弹拨，神态宁静安详，悠悠道："可是这喜好丹青的习性还是未改——你当时留给我的那些画笔，还一根不少地在我书房里搁着呢。"

她抬起头，望着他的目光里竟有泪光，耳边听他絮絮道："心里有什么，笔下画什么……这画中女子这样的神色——这样的绝世容颜，还这般耐得住寂寞——想来必是心中无情——这些年过去了，妹妹果然练得一手好功力，就是我大夏顶级的画师也未必有如此妙手……"

"王爷，"她美目一瞪打断他的话，"您还有要事处理，请回吧。"

元昊没料到她会这样，从未有女子如此对他，猛不丁吃了个"闭窗羹"，说不清是生气还是好笑，自己也觉得这样杵在这里不像话，只咬牙霸道地撂下句话："总有一天，我要你画出不同的画儿来……"

片刻之后，皎皎对适才进屋的那人温言道："云罗，把你的画拿来我瞧瞧。"她知道，刚才云罗在外面，元昊不让知会他来了。云罗从自己房中取来画，慢慢铺开，是一幅江南水墨，娟秀中颇有气象。皎皎不禁点头，道："嗯，这样运笔没错。"

云罗自从被元昊"送给"没藏皎皎以来，本是带着"刺探情报"的使命的，但与皎皎相处日久，初见时她高傲冰冷的感觉渐渐被和蔼可亲所取代。她渐渐感觉到，皎皎其实对元昊用意心知肚明，却从未询问，也并无猜忌，反而坦诚相待。闲暇时，常向她学习汉文典籍，知道她也喜好丹青音律，十分高兴，尽己所能地将自己所学教她。"我虽不敢教你，咱们两个在一处切磋倒是好的。"而云罗知道，皎皎的技艺已然十分超群。

更让云罗没有想到的是，皎皎并不似想象中的拒人以千里之外，反而对她及其他宫人时时处处颇多照拂。元昊本对宋朝宫廷十分好奇，将从宋廷宫中出来的宫人养在宫中，时常极有兴味地听他们谈宫中遗事。上行下效，其他贵族家中也常有宋朝宫人或平民，相互教习，大多颇为和乐。

这种相知相契的感觉渐渐累积，再加上她外冷内热，又极为善良体恤，云罗已经快要忘记自己当时为了元昊而在内心许下的痛苦的初衷。遇乞忙时，两人时常朝夕相伴，渐渐萌生出了姐妹般的感情。元昊倒有几次亲自或遣盛吉来问她，询问有关皎皎的一切，云罗不会说谎，吞吞吐吐左右为难的样子倒把元昊惹笑了，"早就该知道，云罗姑娘和她是一路人——任是谁都会被她策反的……行了，不逼你了，省得到时候她来找我算账，倒显得我是个外人了。"自一开始，云罗就知道他的秘密，但他却不知道她的秘密，这秘密，直到许多年后，她为他而死时，他才得以体察一二。

　　在天都王妃身边久了，云罗知道，她十分的娴雅贞静，常常一整天不言不语地独自读书作画，对权柄从无兴趣，府中大小事务也一概不管，更遑论作威作福盛气凌人。这样清淡的性子，云罗极是欣赏，但她做梦也没料到，有一天，她会看到一个判若两人的没藏皎皎。

　　"我知道你有很多疑问，"皎皎道，"你一定也想知道，为什么我对他那样冷淡。咱们如今情同姐妹，我也不避着你——他让你到我身边来，自有他的用意。你也不必为难，顺着自己的心意便是。只是，如果你愿意，我想办法送你回父母身边，回到你原本的生活里。

　　"外人都羡慕天家王族的显赫，却并不知道他们的不幸，没人相信他们心底会有那些常人不会体会到的痛……除了战争，一些心机、一些斗争，不知什么时候就会要了一个人的命……就如同我，现在很幸福，很平静，但也不知道什么时候，命运拐角处会隐藏着一只巨兽，把我咬碎……

　　"而他，注定是天子。正如大妃所说的，男儿如果想要做一番大事，就不可被困于情。他对我的执念，或许会影响到他去完成命定中的事。我是个无欲无求的小女子，只想过平淡的日子，不能让他继续这份不该有的执念。本来，以我们从小一起长大的情分，就不该如此。但是，我不得不这样——他是那种有执念的、吃软不吃硬的人，如果他感觉到我的温度，会加倍回报我，但对我来说，就变成了烈焰，会把我们每个人烧伤……我不能给他丝毫幻想。"

　　不愿给元昊丝毫幻想的没藏皎皎，在天都山的皎皎风光中，在野利遇乞的无尽关爱中，琴瑟和谐，岁月静好。如她的心愿，过着与世无争、平静恬淡的日子。

　　阳春新绿，白雪红梅，转眼几度春秋。

第三十七章　白姥

三年后。

野利碧珏小睡醒来，本能地伸手摸向身侧，竟是空的，倏然起身，侧目见白姥慈爱地逗着怀中婴儿，见她醒来，走到床边笑道："王妃，宁令哥世子真是俊美呐，比宁明世子更像他爹……这眉这眼，和昊儿简直是一个模子刻出来的，真不愧是昊儿的儿子。"

"是吗？"碧珏宽慰一笑，"多谢嬷嬷。您是太子乳母，一手把太子带大，把宁明带得极好，眼看着会走路了，现在又这样无微不至地照顾宁令哥，有时候连着几日几夜都不睡。我真不知怎么感激您！"

碧珏素受元昊宠爱，在宫中身份何等尊贵，又是天都大王嫡亲的妹妹，此时却如此温柔恭谦，白姥极是受用，脸上带着发自内心的笑意。

因这白姥为元昊乳母，一直陪伴在元昊身边，元昊对其几近以母视之，多年前就免其行礼及尊称，要求诸王妃也以家人待之，并赐侍女服侍，整日养尊处优。故而她在太子府中地位极高，有人私下里甚至将她与元昊生母卫慕氏相提并论，可见其优宠之甚。

　　"王妃说哪里话？老身受王妃的恩典已是数不清了。"这话一向自负的白姥等闲不会说出口，此时倒是发自肺腑。"昊儿吃老身的奶长大，他的儿子还不是一直搁在我心窝里？老身岂会有丝毫见外。"白姥拍着孩子道，"人老了，夜里睡不着，想起他来就能笑出声……别看昊儿先前有几房妻妾——都是不中用的。唯有你，入府才几年，就为他连生了又白又胖两个世子……不枉老身我日日吃斋念佛为昊儿祈福。"

　　碧珏笑道："托您老人家的福。昨儿叫人去戒坛寺，叫他们为佛像重塑金身，我也常去磕头，在菩萨面前为您求高寿多福呢。"

　　白姥喜出望外，笑得合不拢嘴，一叠声道："王妃放心！"宁令哥哭了起来，白姥急得团团转，"世子，怎么啦？好世子，别哭哇……"

　　碧珏看在眼里，笑得韵味悠长。

　　白姥起初对元昊与野利碧珏的长子宁明抱有极大的指望。宁明出生前，白姥一直陪护，但三日三夜过去了，不知怎的碧珏始终仍未生产，几度昏厥，命将不保，元昊府中多年的老嬷嬷房当氏实在忍不住了，连哄带骗把在床边哭天嚎地的白姥拉出产房，孰料白姥前脚刚迈出产室门，后脚才抬起来就听到一声响亮的婴儿啼哭，元昊长子宁明出生。

　　事后，府中人都在传：白姥踏住了王妃产脉，压得宁明世子出不来。一来二去，自有好逢迎的人将这一说法敬献给白姥，白姥大怒，到元昊面前痛哭流涕。元昊怒斥府中众仆役，白姥还是不依，元昊疼惜她，听凭她将所谓主谋找出，白姥使尽手段牵连出数十人来，将她们暴打一顿，统统赶出府去。对此做法，元昊虽不满，却也装作不知，任凭白姥出气。白姥有了王令，使出浑身解数排除异己，尤其把房当氏折磨得死去活来痛不欲生。此后，白姥在太子府中更是权倾天下。

幸得野利碧珏从中调停，又以王妃身份多方安排，太子府中事务实际上皆在她掌握之中，同时又对白姥假以辞色，施以厚待，白姥白得了许多财物，对碧珏敬重关爱远非常人可比。

众王妃对白姥也是礼让三分，白姥人前人后也多少端了点架子，唯独对野利碧珏关爱有加，时时嘘寒问暖，野利妃投桃报李，二人相处竟十分和乐，众妃及下人无不暗自称奇，尤其对碧珏佩服之至。白姥面上对世子宁明仍疼惜不已，实则因了生产时的那桩事，暗中对其甚为不满以至怀恨在心。

元昊与野利氏次子宁令哥出生，白姥更是比别个不同，逢人便说和这位世子前世有缘，就像生平头一次得了凤凰般日夜殷勤捧着。

"还是咱们王妃争气，瞧瞧咱这世子……咱们两个世子，一个比一个眉清目秀、威武雄壮。"白姥望着宁令哥的脸笑成了一朵菊花，"再看看那几个不下蛋的母鸡，理都没人理。别看她们每天都来看咱们世子，别听她们一个个说得比蜜甜，其实心里不定怎么恨呢……"

"嬷嬷不要说笑了，"野利碧珏笑道，"那几位姊妹……也是青春貌美，想好好再乐几年，太子对她们都十分关爱——咩迷慧姐姐不也生了阿哩么？她们母子也是极受太子宠爱的。"

　　"王妃就不必过谦了,"白姥"哧"地一笑,面露得意之色,"咩迷慧和他那个傻儿子?昊儿连正眼都不瞅一眼的,老身打包票——他们没戏!那个咩迷慧,不由得人不生气——动不动含沙射影、阴阳怪气的,让人搞不清楚她的路数,她那张嘴,迟早害死她。那卫慕青蓝虽说前年被立为太子妃,但其实不过仗着是王后的外甥女儿,仗着她们的那点儿家底,从小跟着王后,近水楼台,死乞白赖地硬是嫁给了太子,这几年来肚子就是不争气,到如今都没个一男半女,还动不动想充大,笑死老身了;那索采玉更是嚣张得紧——整天就知道弹个琴唱个曲儿,打扮得人不人鬼不鬼的,成个什么样子!还尽出些怪招。要老身说,太子以前是顾不上收拾她,可你瞧着,总有一天,她都不知道自己是怎么倒霉的呢。倒是那都罗佳,还算是个厚道人,从不出言语,不得罪人……多她一个少她一个都一样,说到底也是个不管事的,怕是个没福的……还有那辽国的兴平公主……哎哟妈呀,可是个盛眼泪的葫芦!瞧她那晦气样,太子都懒得看她一眼。只有王妃你,那可是三千宠爱集于一身呐……太子对王妃可真是独宠,谁看了不眼红咱们?咱们也还得当着心,就是睡着了心里那只眼睛也得睁着……"

　　碧珏听她说得露骨,只含笑听着,拿别的话岔过去。正说笑着,侍女通报众王妃一起来看宁令哥。一时间,莺莺燕燕挤满一屋,欢声笑语中明枪暗箭,一团和睦下隐藏敌意。

第三十八章　公主

入夜时分，碧珏见四位乳娘分别带着两位世子已酣然入睡，回头又瞧见白姥挪动日渐发福的身子捧着手炉往宁令哥的卧房去了。碧珏在窗前默默坐了会儿，只觉得像是丢了什么东西，不由思忖着，却一时又想不起来。索性起身，只带贴身侍女，往东院去了。

虽是初春时节，夜间仍是寒意浸骨。东院植满松柏，更显阴郁。淡泊月影下，室内一灯如豆，灯下人影却良久一动未动。

侍女通报时，碧珏已进了屋。

"公主深夜不睡，又在做什么？"碧珏笑道。

兴平公主正对着一幅画作出神，听侍女通报，立刻相迎，拉着她的手坐于榻上，"又劳姐姐大驾，这个时候还来看我……这样惦记我的，此间怕也只有姐姐了。"

碧珏见她也爱画，心中想到另一个爱画之人，不由苦笑。回过神道："公主过虑了，太子也常问起你——他也只是偶尔得空去瞧瞧宁令哥，也不曾特意去看我。他近来公务繁忙，每夜都是四更才睡，实在是顾不上咱们……其他几位姊妹也都想来瞧你，只怕你向来好静，不愿让人打搅。"

　　"姐姐不必为别人描摹……兴平心里清楚。你我不必拘礼，与你以姐妹相称，心里还舒服些……"兴平公主目光深邃，幽幽道，"我怕人打搅倒是真的，兴平远离故土，在这无人之地，就如同清修一般，倒也干净。"

　　碧珏见她并无契丹女儿的豪爽泼辣，倒似江南女子的含蓄婉约，加之语意凄凉，着实让人感伤，却也无法可想，只得顺水推舟含糊着点头。

　　兴平公主此话一出已觉不妥，幸得见碧珏神色平和，目光流连在那幅画卷之上，似并也不作他想。不由叹道："自我远离故都，到此地以来，姐姐时常相伴，都罗佳姐姐也待我甚厚，我起先以为你们和其他几位王妃一样，不过是做给别人看的……经了几次事，我才懂得了姐姐待我的真心。"

　　兴平公主眉目间皆是寂寥，眼睛望向那画，"画中人这神态……说到底也是无奈而已……纵她有这般姿容，也是寂寞……更何况我仅只是中人之姿，难和众王妃比之万一……"

　　"妹妹可不能这样讲——你身为大辽公主，何等尊贵？我等不过是山野莽妇，只不过是借着太子在不知内里的人那里装个威风罢了……"

　　兴平凄凉一笑，"大辽公主？大辽公主又怎样？还不是一枚棋子，任人摆布？有时真不如那些乡野村姑，她们还可以有很多选择，而大辽公主一举一动都有国法家规管着。太子，也正因我这个大辽公主，做了他最无法忍受的所谓驸马——这样想来，他不待见我，我也是活该，原该没什么好埋怨的……"

　　"妹妹，太子……许是他拘着两国邦交的身份，暂时不愿走得太近，等过些日子，大家熟络了，自然就亲近了。你看你这宫中，吃穿用度，一切都是大夏绝无仅有的，太子有什么好的都会先赏给妹妹……看得我都眼馋了……"

兴平凄凉一笑，起身打量了房中一圈，"这里，就像那金丝笼，华丽精美，却孤独凄凉——有赏赐就是好的么——姐姐命好，不会体会到这种感觉……"说着已滴下泪来。

这话像是什么不知名的东西触动了碧珏心里的一丝疑虑——她何曾不是苦苦求索而不得，何尝不想将那根看不清摸不着却始终悄悄存在的细线完全斩断……一时也有些顾影自怜，怔怔地抬眼望向兴平孤清的背影。

第三十九章　绿洲

凉州（今甘肃武威）土地肥沃，水草丰美，自古备受各民族青睐，号称"凉州畜牧甲天下"。为了将西夏当时的统治中心兴州（今宁夏银川）与酒泉、敦煌诸郡相通，元昊之父德明决意攻占凉州。

西夏自回鹘占据凉州后，李德明一直在策划着攻克凉州，却又担心宋朝政府下令附近少数民族救援凉州，颇感掣肘，故迟迟未曾下手。

显道元年（1032年）九月，德明先派遣吐蕃诸部入侵宋朝环州（今甘肃环县）、庆州（今甘肃庆阳），该地区守将李德十分惊慌，将消息火速传至京城。

宋仁宗即命鄜延路送交书信给西夏以示警告，然而宋使尚未到达兴庆府，德明已先发制人，派元昊率大军进攻凉州，回鹘孤军奋战，抵挡不住猛烈攻势，元昊一举攻克凉州，圆了举国打通西夏与酒泉、敦煌等地通道的夙愿。

当年四月，宋朝刘太后去世，仁宗亲政，罢黜太后任用的宰相品夷简、枢密使张耆、枢密副使夏竦、陈尧佐等人，重新提拔张士逊、李迪为宰相，王随为参知政事，李谘为枢密副使，王德用签书枢密院事，帝国新的中枢神经搭建而成。

同年七月，右司谏范仲淹因江淮地区发生灾荒，请求朝廷派人安抚受灾百姓。宋仁宗命安抚使范仲淹到江淮地区后，开仓赈济，豁免赋税，又将受灾地区人民所食乌味草进呈皇宫以劝谏皇帝节俭养民。同时，范仲淹奏陈八事：戒奢侈，崇节俭；裁冗兵，减官吏，节省财政开支；通商以便利百姓，省掉不必要的土木工程、人事升迁等。宋仁宗赵祯以为提得极好，遂采纳。

德明向宋朝称臣纳贡三十余年，双方在边境上仍有小战争发生，宋出兵，德明即撤退。然德明仍然坚持于每年宋朝重大节日时遣使臣向宋纳贡。

宋仁宗赞赏德明的恭顺之心，宋明道元年（1032年）五月遣使臣带着御旨，册封德明为夏国王，并允许其车马、服饰、旗帜等只比宋朝皇帝低一等，还增加德明食邑一千户。德明被册封后，立刻上书宋朝表达谢意。

这日下朝后，元昊在其母卫慕氏宫中请安稍留后便打马出了王宫。

盛吉跟在后面，不敢多说什么，元昊快马奔驰良久，头也不回地大喝道："哑巴了吗?"

"是……哦，不，奴才没哑巴……奴才的嘴昨天被马踢肿了，轻易不好开口。"任凭盛吉搜肠刮肚，也只说了一句。

元昊扭头看了他一眼，笑道："你这张嘴是该肿肿了。"

"太子仔细手疼。"盛吉脱口而出，又引得元昊大笑。

回到府中，元昊把缰绳往后一撂，早有仆从恭敬接过，左右见盛吉以手示意，均知今日太子心里不乐，都提起十二分的精神小心应对。

一时数件要事交代清楚，元昊步入书房，片刻又踱了出来，对盛吉道："请王妃来陪我走走。"

"可是野利王妃？"

"你倒真是聪明了。"

盛吉讪笑，低头领命而去。须臾，一身绿色宫装的野利碧珏婷婷袅袅微笑着走来。

"太子可是带臣妾往西苑去？"

元昊看了她一眼，"北边走走吧。"

碧珏虽得独宠，元昊却从未曾带她到西苑去过，他仍时常一人到那边独对黄河落日，其他王妃更是无缘。碧珏眼中失望神色一闪而逝，微微偏头看了一眼盛吉，只见盛吉始终默默垂首。

元昊仿佛也并不等她说什么，只携了她的手信步向北苑走去。

时值暮春，园中奇花异草姹紫嫣红，越往里走，林木愈加挺秀，不远处一脉丘陵分外清峻。

碧珏见元昊久久无语，自己只好随意讲些两位世子这几日的趣事给他听。忽见元昊盯着一排枝条灰白、花朵淡红的盆栽沙拐枣出神，便道："您瞧，这花儿倒厉害，冬天冻不死夏天晒不坏——怪道您专程把它从天都山弄了来，没想到仅那两枝，这几年竟长成了这许多，花开的时间还这样长。"

"这沙拐枣又叫头发草，花期可达半年，有清热解毒之功效，治皮肤皲裂尤其见效。南边那些邦国就没这东西。它不但可点缀庭院，花、果及枝叶均可观赏，而且我看咱们可以用它来防风固沙。传令下去，将此物种子收集起来，着人在沙漠地带种植——沙漠虽好，绿洲更是不错。"

身后盛吉赶紧答应了。

元昊又往里走，伸手摸着青杨灰绿色平滑清丽的树皮，抬眼望了望它柔软的枝条和丰满的宽卵形树冠。"青杨展叶极早，在我银夏之地每到初春即萌芽展叶，新叶嫩绿光亮，使人尽觉早夏来临的气息。现在已经这样高了。"

"太子当时命人把它们移栽到王府的时候说过，这青杨一般生于沟谷、山麓、溪边，以前府院中还无人栽培。太子眼光果然独到。"

元昊"哧"地笑了，"你倒是越来越会说好听的话了——它也适宜做高寒荒漠地带的庭荫树、行道树，也可用于河滩绿化、固堤护林。"

碧珏笑道，引袖指去，"臣妾却觉得左边那些好看。"

"那叫四合木，你看它叶子圆润、苍翠欲滴，这样的长相在荒原上可算得上是植物中的美人。你可知道，它原先所在地十分寒冷，能在那样恶劣的条件下存活至今，堪称奇迹。"

"太子最喜欢哪个？"

元昊一指右侧高大的树木，道："云杉，生来喜寒冷。你看，那么冷，那么高，高得遥不可及……"回头望见她眼中的不解，他一瞬的恍惚已然消失。

这些云杉枝条有的粉红有的褐黄，紫红色的幼球果直立着，坚硬而无情。

"也可用来防风固沙吗？"

　　"在我看来，只适于在园中孤植……"

　　"夫君不必感伤，既然如此，我们把它作为庭荫树、园景树也就罢了。"

　　元昊苦笑一声，不再言语。半月之后，天都山收到太子元昊送来的礼物——一些眼下只有王宫中才有的珍稀树种。

第四十章 云冠

一阵风过，林间深处松涛阵阵，槐花郁香扑鼻。碧珏仰面深嗅，转首道："天都山行宫后苑里遍植槐树——虽然槐树普通，但哥哥嫂嫂都很喜欢槐树的清新淡雅。"

"义兄……和嫂夫人确实很喜欢。"元昊见她发间金钗步摇落于地，俯身捡起，拿在手中端详，"你这钗不大好，前夜我睡不着，闲着没事，给你做了个玩意——盛吉。"

盛吉会意，反身往元昊书房疾行。

"你又想家了吗？不知义兄他们可好？甘州之战后就再没见了。"

碧珏想了一想，眼中焕发神采，"太子，臣妾有个请求。"

"讲。"元昊急切道。

碧珏并未在意他目中神色有异，"臣妾是想，许久未曾见到哥哥了，思念至极，但臣妾需照料我们的两位世子，无暇抽身——太子可否叫我哥哥来兴州小聚？"

"义兄部族中事务繁忙，除了战事，一时怕是也无法抽身。"

"夫君有所不知，"碧珏柔媚一笑，"族中诸事繁杂虽是真的，但哥哥岂不能妥善安排处置？别人不知缘由，还能瞒过我去——无非是为着嫂嫂罢了。没有嫂嫂陪伴，我哥哥就是个丢了魂的，别看他生得威猛异常，还真是个情圣——真是好笑。"

"义兄是性情中人不假，但也不曾见他为了女人伤神。"

"哥哥从不到处留情，而是用情至深，这几年来，我看出来了，他心中只有嫂嫂一个女人……"她语意深凉，目光望向林木深处，"有时，我会觉得莫名其妙的担心，我真怕……"

"怕什么？"他追问。

"说不清楚……"她摇头，"只是我梦醒后的胡思乱想罢了——只要太子让哥哥带着嫂嫂一起来，只要她能陪在他身边，我敢担保，无论如何，他一定会来。"

一缕淡薄的笑意在元昊唇边悄然隐现，"此言甚合我意——我也早就想与义兄好好畅饮一番了。"

"夫君还是叫我娘子可好？"

此时，盛吉将一锦盒呈至元昊手中，然后俯首退下，侍立在远处。

元昊打开锦盒，一泊金光浮于掌中。

碧珏讶异，"这是什么？啊？竟是金钗，好漂亮！我从来没有见过！"

元昊微笑，取出那金钗放到她手中，"我为你做的起云冠。"

"起云冠？如云丝般纠集缠绕，九天仙子幻化的美丽……夫君，是专为我做的吗？"

"当然，来，本王……为夫为你戴上。"

她身段本就颀长秀美，立在高大健壮的他身边亦显得婀娜挺拔，此刻微微屈膝，含笑侧首任他为自己装扮。

"太子爷擅造器物，我党项诸部无人不知无人不晓。每每有所创造，太子都不吝教人，便于子民生活娱乐。从文武官员到贩夫走卒、从迁客骚人到闺中红颜都选自己中意的争相效仿或购买。有这样睿智的太子，实乃我党项黎民之福。"

"你可真是懂得投桃报李——我也只是举手之劳而已，只是你戴了个发冠，又何必特特地给我戴个高帽？也不觉得难为情。"

"夫君先勿取笑，臣妾还有一请求。"

"你说。"

"这起云冠既是夫君特意为我做的，我想请夫君着人将这消息散布全境，以满足臣妾虚荣之心，并且请夫君下令——这起云冠只许我一人佩戴，天下所有其他女子，都不得仿造佩戴。"

碧珏眼中满是热泪，如秋水粼粼，抬首热切凝望着元昊，他沉默地望着她，眼中瞳仁黑白分明，最深处是谁也读不懂的幽深。这一刻分明只有一瞬，却像是半生那样长。

他终于说："好。"

她粲然一笑，刹那间天地间如繁花盛开。起云冠在她如云的乌发上，闪着万丈光芒，夺人双目。

这年九月初十，太子府中数百仆役人人都忙得不可开交，人人脸上却喜上眉梢——天都山贵客明日将至，太子十分欢喜，对下人的赏赐竟比大节里还多几倍。

次日正午，天都大王及王妃率部下仆从一行五十余人抵达太子府，太子举行隆重迎接仪式后，又以义兄之礼另设家宴。宴毕，太子元昊请贵客入特意为他们布置的楼阁休息，仆从众人也分别妥善安置了。

"太子万福金安。"她抬起头来，竟是云罗。

　　"云罗姑娘免礼。"元昊急忙伸手将她扶起，"本王心事向来不与外人言，但对姑娘却愿意以诚相待。姑娘甘愿为元昊充当内应，这份侠义之心元昊不会忘怀——请放心，令堂令慈均已妥善安置，等这段时间过去，会尽快让你恢复自由之身，去做你想做的事，过你该过的生活。"

　　云罗心中酸痛，只得勉力道："谢太子垂爱，救命之恩，民女无以为报，如此举手之劳，也是心甘情愿为之，实不曾有半点不耐——只是，民女愚笨，想必是要辜负太子了。"

　　元昊闻言，微微一笑，"不妨。我早料到，她不会轻易向外人吐露心事，更何况你是我找来送到她身边的，她更是多了一层戒备。"

　　"并不完全如此……天都王妃待民女一派坦率亲近，未曾见外，更不像有何遮拦。她一举一动安闲自在，所言所行从容洒脱，像是她心中从来都如此剔透，可是民女却什么也看不清……民女在教她汉话时无数次对她察言观色，也未窥得分毫。短短数月，她不仅汉话已与民女无异，在其他汉族教员的点拨下，汉文辞赋、绘画、音乐亦是更加非常人可比了……从未见过像王妃这样的女子……"

　　元昊沉吟半晌，转视云罗，"姑娘辛苦了——让姑娘做这样的事，真真对不住了。"

　　"不，请太子就将民女安置在天都王妃身边。借太子洪福，这段时间，民女得以追随在天都王妃身边，深感平静宁和，这份惬意是此前从未有过的……民女愿意一直服侍在她身边——同时，期待以后能为太子尽绵薄之力。"

第四十一章　偶遇

　　日落时分，元昊慢慢踱到东苑林间，不住往后张望，盛吉从未见他如此心焦，自己也莫名急躁。好在片刻之后一女子身影从远处林间由仆妇引着迤逦而来，这才放下心来。

　　天都王妃没藏皎皎接到野利碧珏邀请，到其宫中一叙。行至两排瑰丽楼阁之间，就在她仰头观望之际，仆妇一闪身竟不见了踪影。

　　没藏皎皎心中虽然一沉，却仍是不慌不忙，缓步从容向前行去。

　　"嫂嫂。"有人低低叫了一声，素来清亮的嗓子像是哑了。那声音似是讥笑又是自嘲。

　　"不敢，"她低首侧身让道，娇美婀娜的身姿从容不迫，那腰肢盈盈不堪一握，"太子请。"

　　银红撒金的长衫在夕阳里闪着幽暗的光，竟刺得他的眼睛生疼。

　　他月白的长衫被晚风吹起一角，在她眼底轻轻地翻飞。她身侧所佩香包上，素雅折枝墨梅无知无觉。

　　那身影带着巨大的沉默横亘在面前，她本洒脱恬淡，此刻却有些局促，竟还有些怯意。而脑海中闪现的霎时的清明却让她的呼吸平稳了很多。见他仍旧伫立，她举步侧身从他身边蹭了过去。

堪堪远去了，元昊心中一阵隐痛，一只手从后面被他紧紧捞起。

她目如点漆，却隐有光华流转，"放手。"

他五脏六腑快要冒出火来，"为什么？"

她不语，别过脸去。不远处，夕阳一点点往山那头沉下去了，她的心也一点点沉了下去。晚风清凉，拂在人脸上却丝毫不觉得舒畅。

空气似乎凝滞，不知哪里传来清脆的一声鸟鸣，紧接着又是一声，两只鸟一前一后追逐着，飞快地掠过去了。

"为什么？！我在问你！"

她紧紧咬着嘴唇，蓝宝石耳坠的一点寒光在她的发际似有若无地闪耀，衬着她绝美的脸庞，却让人觉得分外凄凉。

他心中悲苦难言，她却仍倔强地沉默不语，加大力道要抽出手来，才发现自己是多么无力。他的手干燥温暖，一如年少初见时在郁香扑鼻的槐树下，他定定望着她俏生生地立在花树下，那夺目的明媚一时竟让素来能言的他平生第一次无言以对……

只要他看了一眼的女子，没有哪个不争先恐后地巧笑着拜伏在他脚下，王侯之子的威严他是尝惯了的，他只向她伸出手去，万没料到，她却轻移莲步往后退去，雪莲般的脸那样动人，却依旧冷若冰霜。

"皎皎……"

　　他默然伸出左手将她的脸扭过来面对自己，"论出身，我终比遇乞高出许多，他虽霸王一方，我乃党项王侯之子；论迟早，我比他先见到你，我就不信你对我一点情意都没有……当年，我满心以为你必会等我……等我回来迎娶你，让你成为万众瞩目的女人、世间最幸福的女人——可是，你竟然没有等我，你竟然成了我义兄的妻子、成了我的嫂嫂——为什么?!"

　　情之一字，如此令人惊痛，再智慧高深的人，在其面前也变得幼稚低级，他听到如此可笑的话竟从自己口中脱口而出，不禁自嘲地失笑。

　　"太子说笑了，"她冰凉的声音如空谷中回旋的一缕风，"只要太子愿意，天下女子莫不倾心相待，皎皎只是一个普通女子，怎敢妄想僭越?"她顿了一顿，此刻夕阳似也暗淡了一分，"更何况，除了臣妾夫君，臣妾并未与其他男子有任何约定，当然也并无背信弃义之说。"

　　他只觉得周遭景物皆在移动，自己竟是无依无傍、无处立身，千言万语竟是再也无法开口，只怔怔地望着她，那雪白的肌肤、那映着万点夕阳碎金的明眸、那绝世的身姿，分明近在眼前，却又远在天边。

　　"臣妾还要去见野利王妃，恕臣妾先行告退。"也只是一个恍惚，她已抽身过去，再一次从身边错过。他回望她娉婷的身影顺着游廊越走越远，心底也一寸一寸凉了下去。夕阳终于完全沉了下去，天边幻起的万千红紫终被薄暮无情取代。

第四十二章　治国

　　显道元年（1032年）、宋明道元年十月，夏国王李德明突发急症去世，享年五十一岁，在位二十八年，赠谥号为光圣皇帝、庙号太宗，被葬于嘉陵（今宁夏贺兰山）。

　　西夏派遣使臣向宋朝告哀，宋仁宗为此停止视朝三天，并同大臣一道在一个特设的殿堂素服对德明的去世表示哀悼，同时追赠德明为太师、尚书令兼中书令。宋仁宗还任命开封府判官朱昌符（因朱昌符正生病，便由侍御史孙祖德代替朱昌符）为祭奠使，内侍省押班冯仁俊为副使，赏赐元昊丧葬布三百匹、绢七百匹。

　　十一月，元昊嗣位。宋仁宗赵祯授李元昊为定难军节度使和西平王，后又加授兼中书令。宋派工部郎中杨告以旌节官告使、朱允中为副使前往西夏颁布诏书。二人晌午抵达兴州，迟迟未见到元昊真容，直到傍晚时分，才得以见到。

　　但见元昊头戴顶冠，冠上镶满华丽的纹饰，身穿交领上衣，外披绣花宽袖大衣，下系裙，腰系大带，坐于高殿之上，有如天神下凡。拜受诏书后，元昊起身对其左右臣僚道："先王大错，有如此国，而犹臣拜于人耶。"满堂中人人尴尬，均不敢答，只得把头埋得更深。

随后宴席间，杨告等隐约听到某种声音浩浩荡荡汹涌传来，一浪高过一浪，不由侧耳倾听，分明是东屋后千百人打铁、锻铸、磨兵刃之声。众人面面相觑，无不惊骇。

元昊见状笑道："朕平日里总觉得这耳边过于清静，无甚意味——这声音可否稍助你我宴请之兴？"

杨告等人早已汗水涔涔，谁也不敢接话，回朝后亦不敢上报朝廷。

李元昊继位，以臣属于宋为辱，废除唐、宋所赐李、赵姓氏，改姓嵬名氏，自号"兀卒"（乌珠），久而久之，民众亦称其为乌珠，意为青天子。

宋明道二年（1033年），元昊称应避其父"德明"名讳，遂改年号为显道，开始使用夏自己的年号。

同年三月，元昊为统一境内居民发型装束，推行党项族的传统发式，以利于作战。遂颁布秃发令，自己率先剃了头发，命令境内所有居民必须秃发，并下旨"凡三日内不遵从命令秃发者，杀无赦"。

此令一下，境内"留头还是留发"之议论不绝于耳，三名豪酋之子披惯了洒脱的发辫，不信刚刚继位、急需众豪强扶助、自称"兀卒"的元昊真会为此杀他们，因此仍旧我行我素。第四日，他们照常将长发梳理打扮得光鲜亮丽，上街招摇，孰料一队亲兵赶至，当街下兀卒口谕："许众共杀之。"随后，兵士应命将三颗带发头颅悬挂于城楼之上，供万人观瞻。一时人人胆寒，无不服膺。

同年五月，元昊将兴州升为兴庆府（今宁夏银川），扩建宫城殿宇，预作国都。

同时建有汉制和党项两套官职，设中书省和枢密院，分掌文武两班，因而使他这个以党项族为主体的政权中，党项同汉族人士有较好的合作。党项族在元昊继位以前，是以帐族较大的首领为长官，只设有蕃落使、防御使、都押牙、指挥使等职。

元昊所设的政治制度受宋朝影响极大，官制的设置基本上模仿北宋。中央行政机构有：中书省、枢密院、三司、御史台、开封府、翊卫司、官计司、受纳司、农田司、群牧司、飞龙院、磨勘司、文思院、蕃学、汉学等。地方行政编制分州、县两级，在特殊的政治中心和军事国防要地有时也设郡、府。中央机构的官职，中书令、宰相、枢密使等"皆分命蕃、汉人为之"。由党项人担任的官职，以蕃号命名，有宁令、谟宁令、丁卢、丁弩、素斋、祖儒、吕则、枢铭等。

同时，在与庆州等边界接壤处，各族首领凡管三五百人者，元昊还设置观察使、团练使等官职。

这日朝堂之上，元昊与文武诸官议事毕，转顾野利仁荣，道："自朕记事以来，夏夷之争始终不绝于耳，近来又引起众爱卿议论纷纷，敢问先生有何见解？"

野利仁荣乃西夏著名学者，系党项族野利部人。在朝野享有崇高荣誉，是元昊身旁的主要谋士，也是夏国的精神领袖。

"一王之兴，必有一代之制……昔商鞅峻法而国霸，赵武胡服而兵强。国家表里山河，蕃汉杂处，好勇喜猎，日以兵马为务，非有礼乐诗书之气也。惟顺其性而教之功利，因其俗而严其刑赏，则民乐战征，习尚刚劲，可以制中国，驭戎夷，岂斤斤言礼义可敌哉?"

"妙极！先生正说到朕心坎上了！"元昊拍手道。

野利仁荣这些主张，成为元昊立国的基本方略，也对整个民族文化的发展起到了至关重要的作用。

此时元昊又道："人道我大夏万事俱备，但依朕看，如今却有一样东西是我们所没有的，先生定然早已想到了。"

"臣愿遵从乌珠睿见，为我大夏创制文字。"

第四十三章　造字

"如欲与宋、辽平起平坐，如若在各国之间表奏往来时没有自己的文字，会低人一等、逊人一筹。无文字，不仅不便于交往交流，也妨碍我们各项事业的发展。"这日，元昊对野利仁荣说，"我党项信奉佛教，我们皇族也都是虔诚礼佛之人，用党项人能听懂、看懂的西夏文翻译佛经，更是一大功德，亦会对弘扬佛法带来极大助力。我们自己文字的创制势在必行。"

党项族原本过着"不知稼穑，土无五谷""畜牦牛、马、驴、羊以食"的游牧生活，逐水草而居，生产力水平低下，无赋税，也无文字。内徙后受到各民族特别是汉族文明影响，社会经济与文化有了长足的发展，元昊在西夏建国前打造了稳固的政权。党项族历经数百年辗转迁徙，不断吸收融入了其他民族的先进技术与文化，加速了本民族的封建化进程，社会发展快速，对外交往频繁，亟需有可以记录本民族语言的文字来彰显国威。

元昊任野利仁荣为谟宁令（天大王）之职，仿照汉字的形体结构"六书"（即象形、指事、形声、会意、转注、假借）搜集、整理、创制西夏文字。

野利仁荣数年之间独居一楼悉心钻研，元昊时常亲往讨论，常常至夜深。夜幕之中，书楼之上，烛光映出二人切磋学问的身影，如剪影般立体而生动。

野利仁荣听取元昊意见，仿照汉字特点，创制出党项族历史上特有的蕃书，史称西夏文。他奉命演绎的蕃书"成十二卷，字体形方正，类八分"，约6000字。

西夏文字形体方正，笔画繁冗，结构仿汉字，又有其十分独特之处。第一眼看去，西夏文字与汉字极为相似；细看之下，却无一字相同。此文字特立独行，如同西夏王牌之师"铁鹞子"一样，冷酷、严肃，丝毫不拖泥带水，行笔如刀锋般利落果决，同时又给人赏心悦目、高深莫测之感。

"遵乌珠授意，我大夏文字用点、横、竖、撇、捺、拐、拐钩等组字，斜笔较多，没有竖钩。单纯字较少，合成字占绝大多数。两字合成一字居多，三字或四字合成一字者少。合成时一般只用一个字的部分，如上部、下部、左部、右部、中部、大部，有时也用一个字的全部。会意合成字和音意合成字分别类似汉字的会意字和形声字，约占总数的百分之八十。部分译音字由其反切上下字的各一部分合成，类似拼音字。有的字以另一字的左右或上下两部分互换构成，两字多为同义字。象形字和指示字极少。书体有楷、行、草、篆，楷书用于刻印，篆书见于金石，行草用于手写，均是极美的……"一日，在书籍堆得满坑满谷的书楼，数日不眠不休的野利仁荣双眼布满血丝，因过度疲劳而嘶哑的声音中，却是难以抑制的激动，元昊的眼眶也湿润了，颤抖的手拂过那些特立独行的文字，如同拂过世间最罕有的珠宝美玉。

野利仁荣与元昊等人为创制西夏文字呕心沥血，夙兴夜寐，三年始成。

这日，野利仁荣安排士子将写有所有西夏文的巨幅卷轴从大殿顶部缓缓铺展、落下，一个个遒劲饱满的西夏文字跃入眼帘。那一刻，元昊、遇乞、碧珏、皎皎、文武百官都惊呆了，目光热切，群情激动，人人胸中洋溢着澎湃的爱国之情。接下来的数日内，如此情形也出现在夏国的各个角落。

夏大庆元年（1037年），西夏文字演绎成书后，元昊下令把野利仁荣所创制的"蕃书"尊为"国字"，在国内推广使用，规定"国中艺文诰牒，尽易蕃书"。在外交文书中，凡与宋朝的文书交往，采用汉蕃文并列，而与其他少数民族文书的交往，则采用双方蕃文并列。

同年十一月，元昊又设立蕃字、汉字二院，分别掌管与北宋、吐蕃、回鹘等来往的文书。蕃、汉二字院的设立，使西夏文的应用推广到西夏的邻近地区，进一步扩大了西夏文的使用范围，并以法律的形式确立了西夏文字在夏国文化中的地位。

野利仁荣是党项精英，具有强烈的民族自尊心和责任感，他坚决反对"用夏变夷"，即用汉文化取代党项民族文化的全盘汉化方针。野利仁荣主持在夏国内建立蕃学，并亲自主讲蕃学，培养了不少精通蕃汉学的人才。野利仁荣还倾注大量心血，把汉文的《孝经》《尔雅》《四言杂字》等书译成西夏文，以此推广西夏文字，发展西夏文化。野利仁荣在改定本民族礼乐、建设本国官制等方面，同样有许多重大的贡献。因其卓越的贡献，被夏国人尊为"圣贤师"。

后人作《颂师典》西夏文诗歌，赞扬野利仁荣造字和办学的功绩："各有语言各自爱，各有文字各自敬；吾邦亦有圣贤师，伟大名师数野利；天上文星东方出，用字引导西方明；招募弟子三千七，一一教诲成人杰。"

夏天授礼法延祚五年（1042年），野利仁荣去世。

元昊三临其丧，恸曰："何夺我股肱之速也！"赐富平侯。夏天盛十四年（1162年），仁宗再次追封野利仁荣为广惠王。

野利仁荣创制的西夏文字，曾在西夏王朝所统辖的今宁夏、甘肃、陕西北部、内蒙古南部等广阔地带中，盛行了约两个世纪。

西夏文字在西夏国被广泛使用，应用于官署文书、法律条令、审案记录、买卖文契、文学著作、历史书籍、字典辞书、碑刻、印章、符牌、钱币，以及译自汉、藏文的佛经等。西夏文是西夏文化之精华，对它的使用在整个西夏时期从未间断过。西夏灭亡后，其后人在一定范围内延续使用西夏文字至明朝中期，成为探寻西夏后裔踪迹的有力佐证。元明两朝，西夏文字仍在一些地区流传了大约三个世纪。到了元代（1227年）时，另称河西字，且其文化并未完全消失，元代人用它刻印了大批佛经，明初时期亦曾刻印西夏文之经卷，明朝中叶，还有人以西夏文刻于经幢。

第四十四章　雅乐

这日，西平王李元昊于宫中举行宴会，文武大臣及要臣家眷等受邀前往，野利遇乞也携眷在座。

因宫廷乐官早已接到旨意，务必将实力尽数拿出，以服众人，因此铆足了劲来表现，但考虑到乌珠不喜奢华，遂根据情况选中等偏上规模演绎。此时六百名彩衣霓裳舞女翩翩起舞，唐僖宗时赐给党项首领拓跋思恭的小驾鼓吹已由八百一十六人交错奏响。一时满堂音节悠扬，曲目款款奏起，令人心旷神怡，大有唐朝遗风。

"天都王可知这鼓吹来历？人员如何分配？"元昊面带微笑聆听天籁齐鸣，悠然问道。

野利遇乞微一沉吟，"回禀乌珠，此鼓吹全套共有三驾，大驾用一千五百三十人，法驾用七百八十一人，这是小驾，用八百一十六人。以金钲、节鼓、搁鼓、大鼓、小鼓、铙鼓、羽葆鼓、中鸣、大横吹、小横吹、觱篥、桃皮筚、笛为乐器。乐队阵容的确较为庞大。"

元昊颔首，转顾遇乞身旁没藏皎皎，"听闻嫂夫人近来为乐队日夜操劳，今晚尽可随意些——夫人对这乐制有何看法？"

众人目光聚集在没藏皎皎脸上，只见她穿杏黄色大翻领窄袖宽松式回鹘裙装，戴一顶玲珑剔透的桃形金花冠，宽鬟掩耳，紫色水滴般小小的猫眼耳坠垂至耳侧，如出水芙蓉遇于江心，美艳不可方物，吸得人的目光都挪不开。她却丝毫不在意他人目光，淡静一笑，轻声道："我党项人擅长歌咏，五代时常到中原贸易，在市井中醉则联袂歌其土风。党项音乐经五代至宋朝，时隔百余年，五代之际，朝兴夕替，制度礼乐荡为灰烬，唐节度使有鼓吹，故我夏国声乐清厉顿挫，犹有鼓吹之遗音。只是……"

元昊目中精光凝聚，轻轻挥一挥手，乐声敛去，满室皆静，"只是……本王替你把话说完——党项乐曲的确源远流长，先父德明王时，我部与北宋关系良好，对其礼文仪节，律度声音，无不遵依宋制。正朔朝贺，一律沿用唐宋典式。但本王以为，乐曲弹唱的是人心，最朴实的心意才最值得珍视，咱们原先所用的琵琶、笛、箫等，以击缶为节就很好，什么样的情感不能用它们来表达——中原的音乐不足以效法，王者制礼作乐，道在宜民。蕃俗以忠实为先，战斗为务。若唐宋之缛节繁音，吾无取焉。"

一番话语调低沉，却不乏慷慨激昂，众人肃穆倾听后，不约而同举杯喝彩。哄然大笑中，四目相对时，一丝似曾相识的心有灵犀如眼中火苗般闪现，似痴似嗔。她很快转过脸去，微笑着将遇乞为她斟上的一杯果酒一饮而尽。

没藏皎皎颇通音律，教习天都山乐坊深得乐官信服，元昊与遇乞商量后请她为西夏宫廷乐坊编排曲目。她起初谢绝，后经野利碧珏巧言相劝，终于答应下来。因与云罗相处日久，汉文日益熟练，又发现云罗也喜好音律，遂与她朝夕研磨，将夏、汉音乐融会贯通，编排出不少精彩曲目，尤其以三弦、六弦、琵琶、琴、筝、箜篌、管、笛、箫、笙、筚篥、七星、大鼓、丈鼓、拍板等为特色。令乐宫歌伎同习，同时令士兵传习歌唱，又令其中优秀者在百姓中普及推广，不少西夏人、汉人能同时以两种语言唱歌。

　　一段时间下来，规模可观，形成"万里羌人尽汉歌"的壮观景象，为世人所传颂。北宋上至皇亲国戚，下至平民百姓，对优美神秘的西夏音乐如痴如狂者不在少数，以至于后来，宋神宗元丰六年（1083年），皇帝召见宋夏边境米脂寨投降的党项乐人四十二名，让他们在崇政殿奏乐。

　　后来，西夏在此基础上成立了专门管理音乐的机构，名为"蕃汉乐人院"，在行政机构中属第五类，西夏蕃乐与汉乐两种音乐并存，相遇成趣。耐人寻味的是，西夏音乐并未因西夏的灭亡而终止，相反对元朝音乐的发展起了很大的推动作用。蒙古兵起于沙漠，音乐相对较为简朴。蒙古王朝建立后，亟需一种既适应当时迅速发展的政治、军事形势，又有北方民族特色的音乐。由党项族上层贵族推引介绍，蒙古王朝采用了西夏旧乐，即为元朝制乐之发端。

　　此后，元朝又兼采其他民族音乐，然而西夏乐仍继续使用。元世祖至元十年（1273年）以后，每年在大明殿启建白伞盖佛事时，就用河西乐（即西夏音乐）。当时仪凤司掌管汉人、回回、河西三色细乐，每色各三队，共三百二十四人。仪凤司下设专门管理河西乐人的机构初名昭和署，至元十七年（1280年）设置，至大四年（1311年）改名为天乐署。

　　元昊不断推出改革，某日当廷下旨，"令国中悉用胡礼"，将九拜改为三拜，革五音为一音，在国中流行。此为党项一次大改革，对夏前期有重要影响，直到一百多年后，才有了较大变化。

　　与此同时，元昊大力发展经济、文教，特别重视发展农业，修整秦汉两朝的水利设施，在贺兰山东麓一带废弃的古渠上开凿新渠，被后世称为"昊王渠"。

　　1036 年九月，元昊实行征兵制。军队分为"正军"和"抄"。男子年满十五为丁，即隶入兵籍。每遇战事，根据部落大小出丁助战。征兵之法为：每二丁中取正军一人，每四丁中抽二人为"抄"，每一正军配二"抄"。正军专门从事战斗，"抄"则随军担负杂役。

　　为加强对境内广大党项族、汉族和其他民族人民的统治，增强军事力量，根据西夏地广兵多的具体情况，元昊与遇乞等人商议后，分"国内诸州计之总兵五十余万"为左、右厢。

　　一日朝会上，得到元昊示意，遇乞出列，朗声道："立十二监军司：左厢神勇军司，驻弥陀洞（今陕西榆林市东南）；祥祐军司，驻石州（今陕西榆林市横山区东北）；嘉宁军司，驻宥州（今陕西靖边县西）；静塞军司，驻韦州（今宁夏同心县东北）；西寿军司，驻柔狼山北（今甘肃靖远县北）；卓罗和南军司，驻卓罗城（今甘肃永登县南）。右厢朝顺军司，驻克夷门（今宁夏银川市西北、贺兰山东）；甘肃军司，驻甘州；平西军司，驻瓜州；黑山威福军司，驻兀剌海城（今内蒙古鄂托克旗北）；白马强镇军司，驻娄博贝（今内蒙古阿拉善左旗吉兰泰）；黑水镇燕军司，驻汉居延城（今内蒙古额济纳旗南）。每一监军司设都统

军、副统军、监军使各一员，由党项贵戚豪右担任。另设指挥
使、教练使、左右侍禁等数十名，由党项和汉族人分别担任。"
此后实际战事中，每有事于西，则自东点集而西；于东，则自西
点集而东；中路则东西皆集，调动灵活，作战机动，效果非常。

　　元昊大刀阔斧地进行军事上的全面改革。景祐三年（1036
年），他完善军制，组建了一支编有擒生军、侍卫军、地方军的
50余万人的强大军队，西夏帝国渐渐崛起。

第四十五章　战将

　　宋景祐元年（1034年）十二月初，陕西走马承受公事上报朝廷："元昊举兵攻唃厮啰，请下陕西，预为边备。"宋廷从之。次年十二月辛亥朔，秦州走马承受又报。

　　次日，宋廷以唃厮啰为保顺军节度观察留后，岁给俸钱，令秦州拨付。并遣员外郎刘涣告谕唃厮啰，使攻元昊。

　　唃厮啰乃昔日强盛的吐蕃王国赞普后裔，本来生于高昌，少年时代被一个羌人当作"奇货"带到河州（今甘肃临夏），知道其身份后，当地人名其为"唃厮啰"，吐蕃语是"佛之子"的意思。当地吐蕃诸族重血统，唃厮啰被拥立为"赞普"。

　　后来，渐渐成人的唃厮啰与拥立的吐蕃酋长发生内讧，自行出走，后在青唐（今青海西宁）建立起政权，附近诸族纷纷归附，有众数十万。唃厮啰一直接受宋朝册封，采取抗夏附宋的策略，常年与西夏兵戎相争。

　　西夏政治势力兴起之后，特别是李继迁迁都西平（今灵武）之后，党项政权即处于甘州回鹘、吐蕃和宋、辽之间。为了解除同宋、辽大国抗衡的后顾之忧，元昊登上政治舞台伊始，就采取积极扩张的政策，对势力相对弱小的回鹘、吐蕃发动了战争。除了征讨甘州回鹘之外，元昊先后又袭破河西重镇凉州、沙州、瓜州和肃州。如此，元昊便完全控制了河西走廊。

1035 年，元昊遣大将苏奴儿出兵攻占唃厮啰境内牦牛城（今西宁西北）。

一身戎装的苏奴儿骑在高头大马之上，微抬起头斜睨着巨兽般匍匐在暮色中的牦牛城。旌旗在晚风中扑扑作响，迎风平平铺展，桀骜的一角指向黛青的长空，天幕上一弯新月散发着诡异的色彩。

"众将士听令，稍后以我马鞭为号，随我进攻，直取牦牛城！"苏奴儿大手一挥，闪着寒芒的宝剑直指长空。

"大帅请慢，牦牛城中毫无异动，末将恐其中有诈。不若按乌珠吩咐，再见机行事。"

苏奴儿跟随元昊身经百战，何曾有过大的失误？眼见军功即将斩获，却被副帅如此劝阻，心中甚为不悦。但见副帅言之凿凿，一时竟无言以对。

眼中闪过来时元昊眼中莫测的神色，心中竟是一凛。

临行前夜，他在府中后院独饮，元昊不期而至。元昊虽贵为王侯，但因其素来与要臣亲近，苏奴儿又是与其出生入死的旧部，无外人在时更显亲密，元昊偶尔也会便装来访，因此苏奴儿此时也不甚意外。

"将军神勇无比，誉满大夏，何以如此失魂落魄？"元昊缓缓转动酒盅，仰起头一口喝干，"必定是缺了位将军夫人——你一直未娶妻，究竟看中了谁家女子？只要你开口，此番征战回来，我定会以皇家之礼为你将她迎娶到你府中。"

苏奴儿闻言，定定望着元昊，久久不语。

元昊极少见到这位骁勇战将脸上有如此落寞的神色，四目相对，也不禁一怔。元昊眼中寒芒一闪，眯起眼睛，静静地等待他开口。

苏奴儿握着酒杯的右手愈捏愈紧，鲜血终于从宽大的手掌渗出。

"末将就是不服天都大王！"

他自肺腑深处发出的声音如焦雷般在元昊耳边炸响。元昊捏着酒杯的手隐着极大的力道，又像是搁在棉花上。

"末将平生只有一个心愿：能与她过活，哪怕一日，也心满意足……"

元昊的身子已靠在椅背上，那目光冷漠，竟是他平生从所未见。"本王倒未料到，你竟有这样的心思。"

"大王！乞请大王改末将为此役先锋，末将誓死夺下牦牛城——如若不然，甘愿血溅沙场，马革裹尸！"

元昊深邃的目光盯着他，一动不动，终于笑了，眸中却无一丝笑意，"好，将军定会得偿所愿。"

此时，晚风吹起，这话却突如其来在苏奴儿耳畔响起，一种不祥的预感极速地布满四肢百骸，一瞬间他有些恍惚，像是突然明白了什么。

不顾副帅劝阻，苏奴儿当先一骑闪电般率军向牦牛城疾驰而去。

第四十六章　自刎

苏奴儿一军遭到吐蕃军队的强烈反击，兵败后自刎的消息传到夏宫时，满堂皆惊。夏国将士虽重军功，但在战役中失败了也极少有自杀之举，更何况苏奴儿骁勇善战，乃元昊身边一等一的战将，此举更是令无数人匪夷所思。唯有元昊端坐于堂上，阴着脸不说一句。

党项兵败，宋、辽、吐蕃等诸方势力均以为夏兵数月内定然难以缓过气来，孰料仅半月后，元昊竟亲率数万大军深入河湟地区寻找战机，猛攻牦牛城。然而打了一个多月，党项兵也攻不下坚城。元昊用计，诈称要和吐蕃人和谈，待其守城主将开城门准备宴饮盟誓时，元昊突然进攻，纵兵入城，大肆屠杀。

此次御驾亲征，即以天都王野利遇乞为主将，杨守素等文臣随往。天都王及王妃恩爱非常，那是举国皆知的事，因此此次长期作战，王妃没藏皎皎随行，便也不是什么令人惊诧的事了。

只是那王妃所到之处，虽极少露面，偶尔的惊鸿一瞥，也足以令观者目瞪口呆，浑然忘记身在何处。因此军中有胆大之人戏称，有天都王妃随军，再艰苦漫长的仗也值得打了，就是战死，灵魂也能带着一缕香气而去。

　　元昊进攻青唐，前后将近200日。这日行军至吐蕃赞普所在的青唐城外五十里，天都王野利遇乞知王妃整日默读佛经，行军途中的马车里、行营的毡帐内，莫不如此，此刻见她示意无需侍女伺候，净手焚香后，自行从行囊中取出佛经，安安静静坐于帐中一角，半阖美目，娇唇微微起伏，无声默诵。她着一身雨过天青色交领长衫，极是素淡安然，在她的影响下，业已皈依佛教的云罗静静陪伴在侧，默默诵读。

　　"夫人辛苦了。"遇乞步入良久，并未打搅她，待得告一段落，云罗起身离开，自去帮皎皎处理事务。遇乞心中疼惜，凝视她半晌，慢慢踱至她身边，缓缓坐在她身侧，"行军如此凶险劳累，我为了一己之私，一味执念，只是想着不愿与你分离……让你受累了。"

　　没藏皎皎抬起双目，对他微微一笑，"臣妾只怕，不知何时，会为夫君带来辛苦……"

　　他的眼睛直直望向她心里，见他不明就里，她自悔失言，又道："有夫君相伴，无论身在何处，日日是好日，何苦之有？正如你所说，此次行军旷日持久，若你行军在外，留我一人在家中守候——那份苦累才让人受不了。"

　　遇乞只觉一股暖流缓缓注入全身，不由伸过手去，握住她纤纤素手，贴在胸口。"得妻如此，夫复何求。"他喃喃自语，心中却有丝丝不祥的阴霾闪过。

　　遇乞目视她手中佛经，悠悠道："近来你总是日夜诵读，何事让你心中难以安宁？"

　　没藏皎皎叹息一声，垂目道："还是被夫君看出来了——行军打仗，敌我各有伤亡……我虽盼望我军尽快凯旋，但……无论敌我将士，人人都是父母精血凝结而成。王侯贵胄也好，寒门子弟也罢，人人都有父母妻儿，都有抛不下的牵挂，哪怕是死在远离家乡万里之遥的刀戟之下，一缕魂魄也还是要挣扎着回到家中去看看……多少人无辜丧命，令人不忍细思，每自想来，心中惊痛难当……天下苍生你争我夺，究竟为的什么？那些土地、财富、权势数百年后谁又能始终拥有？刀光剑影，白骨成堆，真是让人不忍思及——想必就连佛祖看到这些，心中也难以安宁吧……"

遇乞爱怜地抚摸着她黑缎般的秀发，"我的夫人就是这样，从来心心念念的都是天下苍生，都是……别人。你能为自己多想一想吗？"他抬起她近日消瘦的下巴，一双乌沉沉的眼睛无辜而哀伤，他的心中一痛，"人各有天命，生老病死的这档子事自有佛祖去操心。我的娘子管好自己，每餐多吃点儿、每夜多睡会儿，别让为夫担心挂念——娘子放心，为夫定会辅助乌珠尽快平定战局，早日带娘子回家——如此，咱们就是为天下苍生着想、出力了。你说是也不是？"

没藏皎皎不由嗔笑，"你整日里就会拿我这个闲人寻开心。"

遇乞笑道："娘子既觉得心慌，不妨随我到外面走走，散散心。"

"还是算了，行营中女流不宜走动——不管美丑好歹，天都王总算有个娘子在身边陪伴解闷，将士们见了会更加思念家中妻小，那又是皎皎的一桩罪过。"

"不妨的——我早就知道你会这样想。此处行营我已经安排好了，咱们营帐之后有条小路，直通不远处的青海湖，四周警戒极严，夫人不必担心安全，为夫也无需害怕别人看到你这张任谁见了都走不动路的脸。"如此说笑着，已携起她的手，出了毡帐，顺着小路往帐后去了。

第四十七章　婉转

越往前走地势越高，二人回望行营，只见大大小小的毡帐循着地势错落分布，或行走或伫立的将士遍布整个连营，辎重、旌旗有序分布，比他们帐房略高的东北处，是乌珠元昊的金顶王帐。帐外数十名虎贲乃元昊自党项诸部豪酋子弟中遴选出的侍卫亲军，此次出征，更是从优中选优。此刻他们笔直肃立，虽然如雕塑般沉静无语，然而那份气势却远远地动地而来。

白底金边的帐帘也如入定的老僧变化而来，兀自静静地一动不动。

"乌珠连日来十分劳累，今日没有战事，也该好好歇息歇息了。"遇乞凝视金帐良久，缓缓道。回眸望去，她已转身往前徐徐行去，像是并未听到他适才所言。

此时正值暮春，青海湖一碧万顷，水鸟云集，景色之壮阔令人惊心动魄。越往前行，越觉满目春意浩荡。忽闻一道洞箫从巨大的芦苇丛里渐渐吹起，悠扬婉转中隐着令人心痛的忧思，水面波纹起伏，似在为之唱和，箫声渐次粗犷雄浑，直欲乘风破水而去。

遇乞夫妇听得入神，此时四目相对，遇乞道："莫惊，此处已为我军连营所在，定然绝无歹人——听那箫声似含悲情，应是哪个思念妻小的将士，待我过去看看。"

没藏皎皎脸色已然发白，"夫君，不如我先行回帐。"

他一把拉住她竟似颤抖的手，"有我在，你不用怕。你听此曲格调深远凝重，吹奏之人必是胸有丘壑，所虑深远。行营之中竟有这等人物，倒是出乎我的意料，不妨与之结交。"

他拉起她冰凉的手，绕过密密匝匝的芦苇荡，眼前一人已目光冷冷地注视着他们，目光交汇处，俱是惊疑。

野利遇乞忙迎上前去行礼，"不知乌珠在此，请恕罪。"

"不妨，倒是我惊扰了义兄和嫂夫人。"元昊不经意间转视同在行礼的没藏皎皎，见她螓首低垂，那一抹粉颈湿软如玉，直欲醉人。

"不必多礼，此刻又无外人，我们大可随意。这些日子在军营里，实在有些憋闷了。"

"乌珠可是想念碧珏了？"遇乞笑道，"碧珏原已准备好了，要随乌珠出征，临行前却又不来了，还是放不下两位小王子。"

"的确如此，碧珏有意随我们同来。只是我思前想后，宁明和宁令哥还小，虽有白姥等嬷嬷照料，毕竟离了母亲，也是不妥的。现在看来咱们此行这样旷日持久，不知何时才是归期，她没来，倒是对的——她即便来了，也不见得开心。"元昊略略一顿，又道，"嫂嫂在军中，没有亲近的女眷一起说说话，怕是有些寂寞了——云罗姑娘为何没有同来伺候？"

"臣妾和云罗几年来相处甚好，以姐妹相待，料此次出行甚久，原让她回家与爹娘团聚，她执意同来，也只得随她了。"

他眼中映着她的双目，波光潋滟，似有宝光流转，比那浩荡的湖水更光彩、更夺人心魄，令人难以移开双目。她只淡淡地立在水边，离他们两人都有一定距离，目光悠远，望向湖水，像是遗世独立于另一个不可触摸的时空。

"嫂夫人待人，还是这样体恤。"他的话中只有她听得出的讥讽与辛酸。她闻听此言，也只淡然一笑，笑容里有着只有他看得懂的嘲讽与反抗。

那笑让他想起，年少时的那个仲夏，她俏生生立在后院巨槐之下，空气中是沁人心脾的槐花香，金色的阳光被树影筛碎斑驳地映在地上，她抬起头来微笑，那笑容清纯透明，那般诚挚而灿烂，少年的他调皮地骑在树上，大笑着向她摇下满树槐花。

只是此刻，那双激起千尺水色的眼中毫无笑意，只淡淡道："多谢乌珠垂询，臣妾有夫君相伴，并未感觉丝毫孤独。"

他唇边闪过一抹近乎狰狞的桀骜，也只是一瞬，便也笑了，随意"哦"了一声，"那是自然。"

毕竟这是行营之中，虽是戎马倥偬之中偷得浮生半日闲，但又怎会真的得闲。大夏两个最有权势的男人自然而然地谈起了战局。她仍静静立在水边，像是山水画中淡远的人，竟是似有若无，而湖边风起，她青色的裙裾随风起伏飘落，遇乞言谈之间亦频频转顾，目光中爱怜眷恋之情呼之欲出。元昊握着玉箫的左手默默搁在伏倒的芦苇上，青筋暴起，隐着极大的力道，那股似冰炭激荡的愤懑激流几欲冲破胸腔，却终是被他化解于无形。

第四十八章　千帐

　　此后元昊与遇乞统兵进攻安二、宗哥、带星岭诸城。战局日渐危急，诸将士日夜商讨战术，排兵布阵，几不得闲。

　　这日在带星岭下驻军，安顿好军中诸事后已是二更时分，诸将才各自归营，草草睡下。没藏皎皎一直等在帐中，服侍遇乞睡下后，自己却仍未感觉有丝毫睡意。辗转反侧多时，耳畔呼呼的风声刮得人心神不宁。她怕自己这样折腾会惊醒遇乞，心中又是那般沉重，索性披衣而起，胡乱拿了件斗篷披在身上，慢慢踱到帐外。帐门口左右各四名虎贲，一大半都鸡啄米般扶着兵器打瞌睡。她轻声示意两名睡眼蒙眬的侍卫无需多言，尽可小睡片刻，自己转过帐篷，站在夜色中的旷野上任冷风吹起自己长长的黑发。

　　此时已是初秋，旷野上月高风寒，齐腰深的野草随风摇曳，说不出的寂寞凄凉。数十里连营中，大大小小无数帐篷星棋分布，绝大多数帐篷里都点着酥油灯，远远望去一灯如豆，星星点点的烛光宛如九天星辰随意洒落凡间。夜深千帐灯，竟是这样悲凉孤独。

　　月光与烛光交相辉映，将她久久立于风中的影子拉得老长。

风吹动她妖娆的长发，那腰身盈盈不堪一握。

东北方略高处的金顶大帐里原是亮着灯的，不知什么时候已经悄悄熄灭了。元昊侧卧在虎皮褥子上，深夜读兵书是年深月久的习惯，适才看得倦了，揉揉眼睛，不经意间拉开身侧帐篷上的搭扣，她清冷孤独的身影映入眼帘——自以为什么都可以放下，不如随她去吧，只要她过得好，只要她幸福……只当她不存在……万没料到，仅这深夜里无意中的一瞥，仍会这样痛彻心扉。

元昊翻身站起，白色帅袍已披在身上。党项尚白，白色更是元昊钟爱之色，并将其作为帝王的御用之色。那帅袍上用金线密密绣着怒吼的飞龙，双目圆睁，栩栩如生，几欲破空而出。

"大王！"斜里居于侧帐的盛吉不知何时俯身挡住去路，"请大王三思——大王或许忘了，那边，是天都王野利遇乞的行营。"

元昊微微一怔，眼中阴冷的两点光令盛吉不寒而栗，盛吉仍是硬着头皮挺立在当地。

"哦，是了，我倒是真忘了——你去，把她请来。"

"那是天都王妃，奴才哪有那个能耐？便是有，给奴才一百个胆子，奴才也不敢啊。"盛吉赔笑道。

"你没能耐？这帐上什么时候凭空多了个带搭扣的小窗子？偏巧还在我需要的地方？"元昊失笑。

"回禀主子，那是因为奴才见帐篷上无故开了道口子，这风越来越冷了，怕主子着凉，就自作聪明做了个搭扣。再则主子夜夜读书，眼睛定然十分累，还可用来给主子歇歇眼。"

"那你说——我该怎么做?!"元昊一声怒吼，震得帐篷嗡嗡响。

"奴才不知，奴才也不敢说。"

元昊锐利的双目直直盯着他，良久回过身去，"哦，你倒是聪明得紧。"盛吉忙走近，帮他脱下帅袍。月光透过那小窗照进来，半明半暗中，元昊低低笑了起来。

第四十九章　浅笑

此时，唃厮啰遣部将安子罗以十万人断元昊后路，元昊带兵昼夜奋战，安子罗战败，士兵溺于宗哥河及饥饿而死者过半。元昊乘胜进抵河湟，唃厮啰见寡不敌众，乃坚壁鄯州，暗中派人探虚实。

实则此时，元昊军中也因长期作战，粮食匮乏，饥饿而死的士兵与日俱增。元昊意图再战，在野利遇乞等大将的劝解下，同意撤军。

这日傍晚，没藏皎皎在帐中抄经完毕，将《妙法莲华经》用一方素净软帕包好，放在随身行囊之中，这才听得外头来往走动，一阵压抑的喧哗。

云罗在一旁收拾书籍行李，见她偏过脸来望着她，便微笑道："王妃，听侍卫说，今夜咱们要渡宗哥河了。"

皎皎道："宗哥河水深水浅变幻莫测，咱们从何处渡河？"

"听说乌珠早有妙计。"

皎皎"哦"了一声，再没言语。半晌道："大王呢？"

"大王在乌珠金帐中议事。"

须臾，遇乞回来，见皎皎立在帐幕深处默默无语，走近微笑着揽过她的双肩，"夫人在为何事忧心？"

"我党项将士久居塞北，十有八九不通水性——乌珠……可曾派人仔细勘测过河之处？"

"这是当然。以乌珠之智，怎会有此疏漏？已经安排好了——夫人什么时候开始为这些事操心了？"

"臣妾知道军国大事内眷不能妄议。只是，那唝厮啰绝非常人可比，万一在我军渡河之时使出什么诡计……我军将士长期在外，粮食用度又已奇缺，如遇突袭或阴谋，必成衰兵。"

遇乞思索片刻，"所言极是，我这就去见乌珠……"

他抬步走向帐口，她终于拉住他，"你不要去！"他回头望着她的眼，那瞳仁明亮漆黑，仿佛埋藏着他不知道也不想知道的秘密。

她低下头，声音几不可闻，"乌珠决定的事，没有谁能劝得了的。这个时候，劝阻的人可能会有杀身之祸——你不要去——或许，是我多虑了。"

他满心酸楚甜蜜，拉着她的手将她拢在双臂中，一瞬间，她独特的幽香充盈整个怀抱，几缕发丝痒痒地停在他的耳畔。遇乞一切都不愿细想，终于低低道："你放心，只要我在一天，定会保你周全。"

她如受惊的小鹿般疑惧地抬眸望着他，他也微笑地回望她，四目相对，近在咫尺，却又生怕永远别离。她的目光却又闪烁了，他抚摸着她的黑发，让她依旧伏在他的肩头，"今夜咱们就要过河了，你可是只地地道道的旱鸭子。"

她没有说什么，在他怀里铺天盖地的安逸柔和中，强自按下心中疑惑，嘴角浮起一抹悲凉浅笑。

第五十章　风云

　　当日夜间渡河时，党项兵原在河中浅水处插旗为标志，万没料到，唃厮啰暗中派人将标旗移于深水处，又等得党项兵半数过河时突然展开大战。加之次日凌晨落了秋雨，天空闷雷滚滚，那雨越下越大，数万残兵眼见同袍一夜之间枉死水中，毙命于敌方刀戟下的更是数不胜数，血流漂杵。众人征战日久，此时北望家乡，思念父母妻小之心痛不可抑，数人怀抱同袍尸身默默饮泣良久，三五士卒终于按捺不住，在风雨中往来奔走，悲号哭泣，一时间，天地变色，风云含悲，山川万物莫不凄惶。

　　回望宗哥河边死亡枕藉，没藏皎皎泪水哗哗往下流，悲不自胜，几欲昏厥。战后军中事务异常烦琐，遇乞百忙中抽空回来两次看她，吩咐云罗及其他侍女将她扶入帐中休息。她躺在狼皮褥上，像一个无助的婴儿，却只闭目不言，大颗大颗的泪珠顺着脸颊不住往下流淌。

　　自此，没藏皎皎无法原谅自己因一己之私，心存侥幸，更加虔心拜佛，日日佛前祷告，且终生放生、食素，为死难将士祈福。

　　两日之中，元昊金帐紧闭，送饭内侍个个如履薄冰进去，在碗碟摔碎的哗啦声中惊慌退出，有的头上还添了被砸的伤痕，自此无人再敢入内。

黄昏时分，元昊金帐巨兽般沉默。他如常斜倚在惯用的虎皮褥上，闪着寒芒的屠龙刀透过厚厚的毡毯刺入地中，他久久一动不动，终于慢慢解开身侧小窗搭扣，几缕月光射入，照在对面驼毛毡上沉睡的盛吉身上。

"你起来！"元昊突然像往常一样轻斥。

回答他的只有冰冷的无言和帐外怒吼的北风。

昨夜率军过河时，唃厮啰趁元昊部属误入深水，溺毙无数，乱军之中搭起冷箭，对准元昊胸口张弓便射。元昊从未遭此暗算，胸中勃发的怒意将他魁梧的身躯生生撕裂，五脏六腑烈火烹油般沸腾，手中屠龙刀更是比往日凶狠残暴万倍，魔兽附体般堪堪将数名敌将头颅斩去，鲜血正兀自喷涌，元昊眼中却殊无快意，那喂饱了剧毒的冷箭破空而来之时，元昊已然是防不胜防。冥冥中神奇的感觉告诉他身后致命的威胁已然无法闪避，电光石火间，元昊心中冷笑："苍天！你竟要亡我？"

"扑！"毒箭插入身体，那西域奇毒"入魂散"果然名不虚传，一口紫黑的鲜血已从口中喷出。却是盛吉飞身抢上，挡在元昊身前。

元昊扶住盛吉立时瘫软的身体，目眦欲裂。又一箭射来，眼看就要射中元昊身体，元昊的一把大刀闪电般将其格开。

明亮月光下，岸边巨驼上盘腿安然而坐的唃厮啰瞧得清楚，倒吸一口凉气，低沉暗哑地念了声佛，"我佛慈悲！竟是要庇护他么？"一丝幽深的笑意浮起在他脸上，一只耳下沉重的金环微微震动，嗡嗡回响，如末世的菩萨端坐云端。

"这次佛祖也救不了你了。"又一支冷箭已在元昊扶起盛吉的一瞬破空而出，"你素以凶狠著称，却未曾料到我以加倍的凶狠对你。"唃厮啰嘴角微噙笑意，等待着元昊像他忠心的奴才一样瞬间化为魂魄。

"叮"，一把银色光剑如同吸附了此刻皎皎月华之精魂，在千钧一发之际格开毒箭，一名黑盔黑甲的士兵飘身闪至元昊眼前。

饶是此刻月亮躲到云层之后，而唃厮啰目力极佳，此时看得分明，大惊失色，也只是一个恍惚，便于大队人马更为凶残的搏杀之中消失了踪影。

月光下，黑盔士兵不知何时入得帐来，向元昊俯身行礼。

"你是谁？"元昊低哑问道，旋即笑了，"我认得你。是你救了我——可是，尽管如此，谁给你的胆子擅闯我金帐？你可知道，没有我的命令，擅闯者，死！"

"大王要杀便杀，死有何难？只是盛吉已往生，数万将士亦已往生，请大王送他们上路。属下代帐外数万兵士恳请大王带所有活着的人继续上路。"

元昊紧紧盯着他，沉默不语。

"顶撞大王，臣死罪——请大王节哀，不能让他们枉死。"黑盔士兵突然拔剑就向自己颈中刺去，屠龙刀已然出鞘，凌空将剑射落。

"本王的刀还是有点用处的。"元昊的声音微带笑意，"告诉本王，你叫什么？在何人手下任何职？"

"属下名为保宝吃多已，只是大王军中一名最普通不过的步卒。"

然而，谁也没想到，就是这个名不见经传的小小步卒，日后却成为元昊最为信任的护卫，也成为一直清高自许的没藏皎皎的情人，而她最终也因此事丧命。

"从此刻起，你是本王的侍从官。"

保宝听命而下，冷峻的脸上是不被察觉的一丝冷笑。

"盛吉，你快起来！"此刻元昊似是怒极，声音嘶哑，却如嘶吼。元昊自小有他相随，如影随形，此时悲伤不已。

盛吉躺在床上，一动不动，还有一丝气息，而军医看过说伤势太重无药可救，就连巫医也说无力回天。但他仍有一口气不曾咽下，定是有未了心愿。

元昊思索良久，对昏睡不醒的盛吉说："我知道，你在这世上只有一个弟弟，我已经派人去接了，过几日他就到这里来看你。"半晌，盛吉的手指似是轻微地动了动。

"快，快去请天都王妃身边的云罗姑娘！"

云罗到来与元昊见过礼，元昊见她眼圈也是红的，道："云罗姑娘，和他说说话吧，本王还有些政务要办。"

这些年来，盛吉对云罗的好谁都看在眼里。元昊每次去天都山，他一次不落地跟着，自己还创造机会往天都山跑，不就是为了看云罗？

云罗对他只是客气而温和，时间久了，经不住他的水磨功夫，却也只是以朋友相处。非但未曾回应他的情意，还劝他不要在自己身上浪费时间。幼时的预言如影随形，不曾在她心底淡去——正因她对盛吉也有好感，又怎能将祸事引到他身上？而她不知道，也许按他的心意，与他远走高飞，或许不会在后来如预言般命丧皇家。

云罗在床边低低地、一声声地唤着他，不停地与他说着这些年来他们在一起的快乐与忧伤。以往那些琐碎的事，现在想来，竟是一种难得的幸福。

盛吉的手指与眼皮又动了动……半晌，竟然慢慢清醒，慢慢睁开眼来……

第五十一章　机锋

这日元昊与部属在帐中议事毕，独留遇乞攀谈，见日已西斜，道："碧珏大概就到了——请嫂夫人也去见见吧。她在信中多次提到想哥嫂了。"

"想念妹妹倒是真的。大王尚在军中，何以将碧珏也叫来了？必是大王伉俪情深，不见不行了。"遇乞笑道。

元昊但笑不语，遇乞回自己帐中请没藏皎皎。须臾二人并肩出来，没藏行礼，神色淡然如常。

三人率贴身侍卫沿连营行至西北山谷前的山道口，举目四望，夕阳遍染。时已深秋，但见万木萧条，落叶随风而舞，萧瑟秋风乍起，人人心中各怀心事，望着远方山道竟都默默无语。

远处"得得"马蹄声踏破无边寂静，一抹流动的火红飘入眼际，原是一身披红袍的劲装女子，英姿飒爽骑在黑鬃马上，身后八名骑兵分别侍卫两列，风驰电掣奔来。

转眼已到近前，那女子眉目如画，发顶金丝起云冠流光溢彩，正是王妃野利碧珏。她翻身下马，动作潇洒利落，"大王！哥哥！嫂嫂！"声音清脆悦耳，入得各人耳中精神都不由一振。

碧珏上前拉住元昊的手，"大王！想死我了！"

瞥见遇乞嗔笑示意，遂向元昊行礼后道："臣妾参见大王！大王万福金安！"众人撑不住都笑了。

"我猜你日落时分必到——必是日夜兼程了。怎得这样心急？"元昊笑道。

"若不是听大王信中叮嘱照应着后面车中那位什么贵客，我今日晌午必定早到了，还能磨到这个时候？"

众人这才知后面还有人，皆引颈望去，只见一华贵马车辚辚驶来，四周随从众多，可见身份尊贵，只是不知车中坐着的究竟是何人。

碧珏已娇笑着拉住遇乞的手，"我在家日夜想念哥哥，哥哥好狠的心，竟都舍不得给我多写几封信。"又转顾没藏皎皎，"嫂嫂，你可真有福，无论哥哥到哪里，都会把你带在身边。"

"王妃说笑，王妃若是也一同随军，必是日夜思念两位世子。纵是这里再好，牵挂之心如何能排遣？必是早喊着要回去了。"皎皎微笑道。

"正是，还是嫂嫂了解我。"姑嫂执手悄声叙别情。

此时那马车已行至近前，仆从掀起车帘，一名女子下得马车款步行来。但见她体态妖娆，正是绝色西域女子。

"回鹘公主受累了。"元昊抱拳朗声笑道。

"哪里。"但见那回鹘公主傲然挺立在众人眼前，夕阳下如一抹血色蔷薇瞬间绽放，一双美目仿佛目空一切，却只在元昊一人身上打转。

"亡国之女何以配说累？不过是一枚棋子罢了。"

"言重了——公主怎么不问你这枚尊贵的棋子会用在何处？"

"何处都无妨，有我鱼烛选择的余地么，大王？"鱼烛眼中柔情波动，丝毫不理会众人惊诧的目光，"鱼烛还要多谢大王这段日子对鱼烛的关照，派人侍候我，日日锦衣玉食，倒也不错。此次又得以坐着马车、由王妃护驾，来与大王相会，一起欣赏这塞外无限风光……"

"妖妇住口！"碧珏手中马鞭啪的一声甩得脆响，"我堂堂王妃为你护驾？笑话！不错，大王是派人照顾你饮食起居，你可别会错了意。你是什么东西？竟敢在此口出狂言！你可别忘了，败军之女的下场，往好里说，归根结底，也只是仆妇罢了；这要一定往坏处想么……"

"王妃！"元昊道，"回鹘公主是客，又千里迢迢来到我连营军中，必定已经疲惫了——来人，请公主到营帐中休息。今晚设宴，为公主接风洗尘。"

"谢大王！"鱼烛焕发异彩的脸如春花迎风般犹自带笑，斜睨一眼碧珏，"王妃适才说得没错——败军之女的下场确实很凄惨，大不了如我一样，是个死字；不过世事多变，普通人家的媳妇失了丈夫的心，要多可怜有多可怜，失宠的王妃只怕会凄凉得无法言说、难以想象……"

"你！"碧珏气极，她虽向来能言善辩，却从未如此时这般与人言谈之间夹枪带棒恶语相向，尤其是此话刻薄锐利，正戳中了她的痛处。不由握着马鞭的手微微发抖，见着元昊脸色，那一鞭子还是不能如愿打下。

但听一女子淡淡道："久闻不如一见——回鹘公主真会说笑，我党项女子跟男儿一样，个个视家庭爱侣如生命，即便是山野村妇，也不会像异族女子竟然人前轻薄自贬身份；更不用说我大夏王妃何等尊荣华贵冰雪聪明，怎会受挑拨之计——公主如此聪慧，既将自己比作棋子并安之若素，必也晓得有些事情命中注定你当为之——公主请吧！”

一番话淡然说来，口齿清澈，字字无情，却又仿如水激冰石，悦耳动听，人人不由听得呆了。

“你是何人？”回鹘公主花容失色，随即一笑，“我知道，这位是天都王妃。果然非比寻常，难怪……”她娇笑着看了一眼元昊，笑笑，“好，看来你们已经替我安排好了，败在你们这样的人中龙凤手里，鱼烛——甘之如饴。”

第五十二章　虎目

次日傍晚，苍茫暮色中，两个女子立于连营前的山坡上，即将枯黄的芨芨草在晚风中哗啦啦地响。

"嫂嫂，我在宫里那帮人面前整天都得装着样子端着架子，生怕别人见我弱小欺负到头上来——有些话也只能对自己最亲的人讲讲——那索采玉仗着娘家权势，不把其他嫔妃放在眼里，就是见了我也爱搭不理的。大王外出打仗这段日子，我们都急得什么似的，她倒好，每日只知在自己宫中设宴欢歌——许多次我都想去灭灭她的威风，转念想到你对我的叮嘱，就暂时忍下了。但是那个贱人，迟早是我的心腹大患，必得除掉。"这几年，碧珏眼看着哥嫂相濡以沫，对皎皎的戒备之心早就减了几分，二人相聚时，便也不由得向她说出心里话。

"王妃不可轻举妄动——"皎皎却是不知为何，总与她隔着一层，"索王妃的个性素来如此，率性而为，倒也不见得有什么想法；再者说宫中嫔妃再出格，自有大王处置——此事你绝不能动手。"

"嫂嫂怎么人前人后还一口一个王妃——如若你定要和我生分，我是不是也得叫你一声天都王妃啦？"碧珏嗔道，"咱们姑嫂

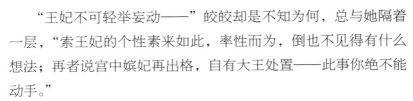

交情别人比得了么，咱们至亲的人都是哥哥。虽说我看得出来，哥哥少了你是万万不行的，但如果真没了我，也不见得他会高兴——且不说看在哥哥的份上，单只说我对你掏心掏肺的情谊，你心里还不知道吗？"

"王妃哪里话，撇开遇乞不说，你我素来情同姐妹，我又何尝不真心把你当亲妹妹看？只是如今大王四处征战，立国称帝也为时不远了，王妃你说话间就可母仪天下。我是什么人，无论如何也不能人前人后对一国之母一口一个妹妹吧？你我无人时乱叫闺名，现如今也是大大不妥了，早晚是个改，不如趁早叫熟了，到时也不尴尬。"皎皎望着无垠天际，浅笑道。

碧珏咯咯直笑，去拧她的脸颊，"偏你这张嘴不开口时打死不吐一字，开口时最是能说会道，任谁都得败下阵来，便是我也说不过你。"

二人正说笑着，远处一纵人马欢呼着疾风般奔来，当先那人滚下马鞍，大笑道："你们看看，本王今日所获如何。"元昊回头道："侍从官！"

保宝吃多已也已翻身下马，"大王箭法如神！"将一庞然大物从大队人马中拉至前列，现场仆妇惊叫四散，众侍卫自是着力护着两位王妃。元昊有意无意间朝皎皎方向望了一眼。

元昊身侧遇乞浑然不觉，哈哈大笑道："大王帐前的带刀侍卫说得一点不错，大王今日战果辉煌，真要好好庆祝一番。"

只见一只巨大斑斓猛虎双目中箭，饶是无法视物，又被绳索套着，依然目眦尽裂，呼呼喘着粗气四处扑窜，王者被夺去双眼的无尽懊恼痛恨，仿佛要将它的躯体生生撕裂。

众随从常年居于深宫，何曾如此近距离地见过这等猛兽，一见之下，无比恐慌，仓皇回避。碧珏虽历来胆大，此时却也难免惊吓，无意识地就要拉着皎皎后退。孰料皎皎镇定自若，反手握住她的手，绝美面庞上并无半分惊骇，一如既往地从容淡然。

只见空中一道银光闪过，那猛虎痛叫不止，却是无法再四窜了，元昊屠龙刀已将它巨掌死死钉在地上。元昊大笑道："你们怕什么，有本王在，还会让这畜生伤了你们不成？"

遇乞笑道："大王神勇，定可率领我大夏男儿早日凯旋！"众将士纷纷行礼恭贺。

元昊挥挥手，保宝吃多已会意，与众将士抬着其他所获猎物欢呼着先自回营。经过皎皎身边时，保宝不由得多看了两眼，走过好远，又回头望了望她，只觉得那身姿已然镌刻到了他的梦魂深处。

众人见这虎皮华彩斑斓，不由啧啧称奇，碧珏笑道："正好给大王新制一件外袍，穿起来再威风不过了！"

"不如制成褥子还保险些——省得你走在我身后，别人还以为我怕你！"元昊道。

众人一听，捧腹大笑。

元昊走上山坡，南望远方连绵群山，缓缓道："吐蕃如这猛虎，我军征战已久，将士早已疲惫不堪，为今之计不能强攻，只能智取。"他回头望着遇乞，"义兄可另有良策？"

遇乞与皎皎对视一眼，笑道："大王妙计已定——避其锋芒，攻其弱点，大计可成，何需其他良策？"

碧珏急道："是什么？你们打得什么哑谜？怎能瞒我一人！"

　　元昊回视皎皎，"嫂嫂以为呢？"

　　皎皎并不看他，依旧目光沉静，淡淡道："吐蕃唃厮啰如这猛虎，回鹘公主鱼烛便可作他双目。"

　　"她以绝色自傲，怎能轻易做野兽双目？"碧珏道。

　　"这正是她的可悲之处。"皎皎道，"也是咱们的可幸之处。"

　　元昊在宗哥河遭唃厮啰阴伏后，潘罗支旧部往往归唃厮啰，又得回纥族人数万，唃厮啰坚据西通青海之鄯州，是与高昌等国贸易之通道，唃厮啰因此富强。唃厮啰最终败于元昊，皆因祸起萧墙，内患使然。

　　唃厮啰原娶李立遵之女为妻，生二子瞎毡和磨毡角。李立遵死后，李氏失宠，被逐至廓州，贬为尼姑。唃厮啰二子叛离：瞎毡占据河州，磨毡角悄悄带着母亲占据邈川。唃厮啰十分震怒，却也无可奈何，与爱妻乔氏徙居历经城。

　　元昊一边重赂唃厮啰二子使之离间，一边引诱其豪酋。宰相温浦奇的儿子伊实济噜拥兵万余，暗中归附了元昊。

　　李德明在位时，甘州回鹘夜落纥可汗朝贡于宋，常被李德明出兵截获。吐蕃宗哥族感念宋恩，时常帮助回鹘援送其使臣。后来，唃厮啰见过夜落纥之女鱼烛后，日思夜想欲娶其为妻，未能如愿，遂相仇视，不复互助。此时唃厮啰做梦也没想到又会在乱军之中得到夜落纥之女鱼烛，引以为生平一大奇遇，如获至宝，百般殷勤。

　　鱼烛自知元昊对她无意，如不顺他意必死无疑。她料定此后必如萍漂流，又不愿速死，早已拿定了随波逐流、逢场作戏、过一日便享受一日的主意，只要锦衣玉食夜夜笙歌，由谁来奉承对她来说都别无二致。因此唃厮啰枕边夜夜吹着他不自知的危险的风，作为日渐被肢解的吐蕃首领，他拽着曾一度空前强大的王朝一步步滑入深渊。种种因素，最终导致吐蕃分裂，因着设计安插下的这枚棋子，元昊心头大患自此除去。因天都王妃献计有功，元昊特赐佛经百卷、名家字画数十幅、珠宝若干。

第五十三章 破碎

夏广运元年（1034年）深秋。十月，大地山川一片萧瑟。黄河奔涌而去，落日在城外静静悬停，山川万物尽数笼罩在一片血红色的光晕里。

元昊立在城头，烈风吹动他的白衣黑发，他紧抿着嘴唇，脸色铁青，一动不动。

那日，因着连续数日的噩梦无法安眠，夜半时分，卫慕皇太后的寝宫仍点着灯。听得仆从通报，卫慕皇太后心中一惊，手中佛珠也似千斤重般捻不动了。横一横心，卫慕皇太后很快镇定下来，笑容满面地对来人道："昊儿，夜深了，怎么还不安置？难不成是想娘了？"

一身白色家常衣裳的元昊，神情萧索，似是披着最深的夜色。"娘……"他已然扑到她打坐的蒲团旁，"孩儿这几日夜夜做噩梦，梦着黄河水变得血红……上面还飘着许多人的尸首……那情景十分恐怖……孩儿寝食难安……莫不是有不好的事情要发生？"

卫慕氏望着他泛着泪光的眼睛，心中十分惊惧，却极力不表现出来。他自小极少这般脆弱，此时看来，却又有着无法言喻的桀骜与鬼魅，眼睛充着血，她竟不敢细看自己的儿子。

"会有什么事呢。"她竭力淡然道，"一定是你操心军国大事，连日来太过劳累了……不用担心——佛祖会保佑我们的——娘每日每夜都在为你祷告……"

"是吗？"他目光呆滞，瞧着母亲手里紧捏的紫檀佛珠，一颗又一颗，年深月久地抚摩，已然光可鉴人，而母亲的手，什么时候已经如此苍老了？他伸出手去，缓缓握住母亲微微颤抖的手，"娘！孩儿有什么事都会来找娘，娘有什么事，想给孩儿说的吗？"

她突然感觉他的手渐渐加重了力道，一股直击心脏的力道，冷而硬，像是一条带着毒液的蛇要往心里去。她终于将回避着的目光与他急切的目光相遇，母子二人就这样在夜半的无人的深远宫殿的佛像前默默对视，仿佛过了一万年，又仿佛只是一瞬，卫慕氏终于道："孩子，快回去歇着吧。娘……很好，什么事也没有。"

他的手渐渐冰凉，慢慢地，抽回手去，慢慢地，站起身，"真的没事吗？娘？"

做母亲的已然半阖了眼睛，缓缓摇头，"真的没事。孩子，你去睡吧，娘也要歇着了。"

而此刻，昔日白浪滔天的黄河，已然变成了一片血红，数百个尸体辗转飘浮其上，极是狰狞惨烈。

元昊在建国称帝的道路上大刀阔斧地铲除着荆棘，改变了许多旧有的传统和习俗，不可避免地触动了一些旧贵族的利益，招致他们的激烈反对。夏广运元年（1034年），元昊生母卫慕氏的哥哥——银夏贵族卫慕山喜阴谋杀死元昊，夺取政权。未料事有不机，被人告密。元昊先发制人，搜捕卫慕氏一族多人。将首恶卫慕山喜沉尸河底，全族一个不留，全部处死，尽数扔进黄河。

残阳如血，黄河如血。站在城楼之上，狂风吹动白袍，仿佛遮天蔽日，却分不清身穿白袍的那人究竟是神祇还是恶魔。

没人敢上前打扰他。盛吉深深低着头，影子般悄悄呆立在不远处。元昊偶然间瞥来的目光，似乎隐藏着一丝探询与依靠，而他即使看不清也能清楚地感受到，盛吉的眼中，是恐惧，是不安，是惋惜，是欲言而不敢言的无奈与纠结。

"有什么话，你说。"元昊没有回头。

"奴才……"他终于鼓起所有勇气，"奴才希望乌珠……不要做将来后悔的事……"

元昊突然感到彻骨的寒冷，耳边似有若无传来女人悲惨的哭叫声。

将来后悔的事……将来后悔的事……

如同一句魔咒。

他却凄凉地笑了，声音中尽是坚硬，"去吧……"

"大王！……"盛吉失声，跪倒在地。

而眼前的那个人，变成一道巨大冰凉的石墙。他知道，任凭他如何呼喊，此时此刻，任何声音也无法穿透。

"滚下去！"元昊怒吼，转头道："侍从官！"保宝吃多已近前，"属下在！"

"他不去，你去！"

保宝当即领命而去。

"乌珠，卫慕皇妃请见。"下人来禀。

元昊发出一声冷哼，"举族造反，她还有脸来见我？"

"大王！求你看在这些年的功劳上，放过卫慕族！放过姑妈！放过我们母子吧！"那垂死尖叫的声音渐渐拔高，似能穿透人的耳膜，直透云霄。

"姑妈"两个字，如巨石在元昊心上碾过。卫慕青蓝是元昊生母惠慈敦爱皇太后的娘家侄女，是其舅父之女，元昊表妹。此时的求情在元昊看来显得十分牵强而可笑。

元昊没有回答，亦没有转身，只疲惫地挥了挥手。一阵杂沓的脚步声，架着那声音远去了。

"放过你们？谁放过我！"他的脸扭曲成了暴徒的模样。

"大王，天都王妃求见。"保宝禀报。

"我说过，谁都不见！"一腔怒火正欲发泄，"天都王妃"四个字在脑海中回旋，紧绷的声音松弛下来，"她来做什么……让她上来。"

最后一道晚霞斜射在城楼之上，金光万道，晃得人眼晕。起风了，她婷婷袅袅行来，整个人似乎就要随着秋风消融。他怀疑自己眼花了，因为她的眼中竟然带着温柔的笑。自从少年时的笑容在记忆中定格之后，分别了这么久，这么久，多久她没有对自己这样温柔地笑过了？

抛开一切的顾虑，抛开一切的错过，抛开一切的羁绊，在秋风呜咽的高高的城楼之上，他将她搂在怀中，脆弱得像一个孩子。

"皎皎……皎皎……我该怎么办？"

"放过其他人，放过其他所有人。"她的语气温和而坚定。

"可是，他们竟然举族串通起来对付我……要置我于死地……舅舅、表兄弟一家……几家人……全家……我最依赖的卫慕氏一族……竟然，还有我的原配妻子……我的亲生母亲……他们……她们，怎能这样对我？"

"他们是错了，错在对权力的痴迷与执着。罪首已经被处死，那么多人也已经被沉河了——他们得到了最大的处罚。剩下的人，让她们在痛苦中活着，难道不是惩罚吗？"

"宁可我负天下人，不可天下人负我！我不能让他们这样对我，而不付出代价！我不能任凭他们这样贬低我、侮辱我，却还让他们活在这个世上！如果今天我放过一个，那么明天，又会有另一个来这样对我！如果现在我心慈手软，他们将来只会恩将仇报，变本加厉地对付我！这样的错误我不能允许任何人再犯！"

她轻轻挣开他的怀抱，慢慢替他整理好白袍，看着他的眼睛，那眼中尽是无穷无尽的暴戾与孤单，她温言道："别人错了，咱们不能也跟着错。不要再错下去了，不要做将来让自己后悔的事。"

"不要做将来让自己后悔的事。"

刚才盛吉也这样说过，他突然明白，只有对自己最亲最好的人，才会关心自己将来的处境，而非仅仅是替其他人的生死与利益考虑。他突然明白过来，原来，这些年，她并非表面上的那样冷若冰霜，以至于自己都怀疑当年的一切是否仅存在于自己的臆想之中。原来，她是关心着他的。

母亲……侍从官保宝已经去了……

他突然想起了什么，解下自己的战袍为她系上，狂奔下了城楼，留下她一个人茕茕孑立于风中。

惠慈敦爱皇太后的寝宫向来安静平和，低调奢华，而此时，却在深秋渐渐聚拢的暮色之中显出诡异的死寂与凄凉。

空无一人的庭院里，侍从官天兵般屹立在侧，盛吉跪倒在门前，元昊跟跄着奔来，到此处已是气喘吁吁，未及调整呼吸，一声"娘"叫出口时已然喑哑得近乎无声。

"娘呢?"他问盛吉。

回应他的却是足可灭九族的对帝王充耳不闻的无力而坚定的沉默。盛吉一动不动，匍匐在地上，像是变成了一具人偶。

深远漆黑的大殿深处，仿佛什么都没有，又仿佛聚集着所有的神灵与妖魔。

元昊脚底发软，不知自己如何鼓起勇气走到了大殿的极深处，走到了卫慕皇太后日常安详礼佛的蒲团前。

一只银壶滚落在蒲团边，些许液体洒落出来，地毯已被灼烧掉一块，呈现出模糊而斑驳的纹路。

卫慕氏的嘴角慢慢渗出一道发紫的鲜血。她半张着眼睛，望着元昊。

"娘!"他失声痛哭。

"孩儿，娘对不住你。"她的声音中透着竭尽全力的苦痛。

"娘，为什么？您为什么要这样？您不是说，我是您唯一的孩儿，您在这个世上最值得珍视的珍宝吗？您对孩儿的爱难道是假的、是装出来的吗？您为什么要联合舅舅这样对付我？我可是您亲生的儿子啊!"

"昊儿，对不起。"卫慕氏的气息渐渐减弱，"你是娘的孩儿，但卫慕一族是娘的母族。娘不能看着他们铤而走险……娘只是想帮着他们……没料到他们要置你于死地……"

他没想到，直到此刻，娘还在骗他。

"娘！你回来！无论卫慕一族对我做了什么，无论您对我做了什么……你回来，你不要走！"

生命已经一点点从身上抽走，卫慕氏在最后的恍惚时刻，用尽所有的力气，抚上元昊的脸颊，"我糊涂了，我怎么能忘了……我的昊儿，才是上天命定的，西夏最伟大的君王……"

那只枯槁的手终于无力地垂落下来，在仿佛一瞬间锈迹斑斑的地毯上，再也一动不动。

殿外，保宝对呜咽着的盛吉冷冷地道："我知道盛吉大人怪我心狠，可是我有什么办法？乌珠的命令我能不遵从吗？"

"难道你就不能再等等吗？难道你不知道乌珠会后悔吗？"

"我不知道，我只知道，军人的天职是无条件服从命令——无论这命令是对是错！"顿了顿，他用只有自己才能听得到的声音道："我知道，乌珠，如果今天我把毒酒呈给太后，你会恨我没有让你尽孝道；但是如果今天我不把毒酒呈给太后，你会恨你自己竟然软弱到没有将想置你于死地的人送入地狱……与其让你恨自己，不如来恨我吧！与其让你恨一世，不如只恨一时吧！乌珠，一切的惩罚与报应，我都愿意为你承担……"

谁也不知道，多年前，保宝就对元昊十分敬仰。他崇拜他，也嫉妒他，希望成为他那样的男人，手握天下，一句话即可定人生死；却也不希望成为他那样的男人——他作为君王，竟连自己最心爱的女人都得不到。

他要做到他没有做到的事。而此刻，他只能做他的马前卒，只能做他的棋子。但他相信，总有一天，会日月反转，会达成夙愿。那一天，她终将会成为他的。

这起宫廷秘闻随着一场突如其来的秋雨变得晦暗不明，而天下人都知道的是，元昊将生母卫慕氏处死，后立庶母讹藏渠怀氏为"乌尼"（意为太后）。

当时，因皇妃卫慕氏有孕在身，故将其幽囚于别宫。西夏内部斗争的激烈和元昊的残忍被广为传播。

次年，卫慕青蓝在清冷荒凉的别宫里生下一个儿子。元昊得知后，倒也欢喜，叫人将孩子抱去。卫慕青蓝本以为可借此翻身，却未料到没过多少日子，一天黄昏，她做梦也想不到的旨意传来——元昊令人将她当即处死。

卫慕青蓝如遭五雷轰顶，怒骂不止，来人道："王妃就别为难奴才了，奴才担保不让您受罪，您早些上路，奴才也好交差。"

卫慕青蓝激愤之余自知今日必死，渐渐不再挣扎，冷静下来，对来人道："好吧，我不为难你们，我只有一个愿望：别让我稀里糊涂地走——告诉我，谁想害我？"

那行刑之人家中娘舅曾早年受过卫慕家的恩典，本来心中就念着旧情，这个差事也是无法推脱，原先就打算给她来个痛快的，此时，也知她难逃一死，说了什么也只有鬼知道，叹口气，挨在她耳边悄悄说："王妃千万别怪奴才——奴才也没亲眼见亲耳听——说是'她'对大王说了句：'此子貌类他人。'……"说着，悄悄在她眼前伸出一只手，是个"五"。

　　卫慕青蓝如遭雷击，知道他说的是元昊的第五个、却是最得宠的妃子——野利碧珏。

　　卫慕青蓝的脑子如同渗了胶，竟是一动也没法再动。只见碧珏轻启丹唇，用其独特而甜美的声音说着："此子貌类他人……此子貌类他人……"声音越来越大，越来越响，越来越暴戾，最后竟是在嘶喊。卫慕青蓝竟是什么也无法再想，突然，有个念头蹿出来，"我的孩子……"

　　那行刑官望着她也觉得心里酸楚，叹口气，低声道："奴才也不瞒着王妃了，您的孩子——小王子，已经去了。您早些上路，兴许还能追得上……"

　　卫慕青蓝目眦尽裂，未待他说完，已然瘫软在地，留在世间的最后一句话是："野利碧珏，你好狠……"

第五十四章　死谏

夏大庆二年（1037 年）正月某日，元昊在朝堂之上笑道："张元、吴昊，去年你二人投奔我大夏，出了许多良策；去年咱们还改革了礼乐制度，设立夏汉二学院，颁行新制夏字；又译了汉籍《孝经》《尔雅》等书……本王十分欣慰。今年，咱们也该有新动作了。"

几日后，元昊向宋上表，请求派使者去五台山供佛，请宋廷派使臣引导保护，并发给馆券。宋仁宗见元昊有求于己，心中高兴，不顾一些大臣反对，欣然同意。

元昊如愿，十分得意，按计派野利遇乞前往，探寻河东道路，却未料到天都王妃没藏皎皎执意随行。过了上元节，元昊亲自为他们送行后，当日傍晚，屏退所有公务，独自一人坐在东苑冰冻的黄河边，望着千里冰凌。

次日天未亮，便亲率将士往边境名为金汤的地界阅兵誓众。

宋环庆路总管司探得消息，惊诧不已，快马加鞭上报朝廷说元昊"计欲侵疆"，宋仁宗急忙下诏，令环庆路加强防备。

三月大地回春，草长莺飞，元昊一反常态，主动入贡于辽。此举意在探察辽国动静，以便确定己方行动。

　　兴平公主三日后才闻知此讯，当夜驱尽奴仆，一人幽闭于内室痛哭不止，野利碧珏数度叩门温言相劝，才渐渐止住。此后数日内也只在碧珏劝导下略略进食。元昊听闻，冷笑着不发一言，也不曾去探视。

　　"为何在这宫中，爱妃独独对兴平关照有加？"元昊挑眉道，"这，可不像爱妃的风格。"

　　不知什么时候，他对她的质疑已然不再压在心底而是表现在言语之间了。两人都在想，究竟是他变了，还是她变了？

　　碧珏不愿戳破这层纸，强笑道："臣妾对宫中众女皆是一样的。只是兴平，孤身一人从辽国到大夏来，少人陪伴，定是心中孤苦。臣妾有时觉得看到她就像看到自己……就难免有物伤其类之感。"

　　"你！"元昊不防她竟这般直白地说出来，冷哼一声，拂袖而去。

　　这些年来，尤其是他们的第三子薛埋早夭，她的心里时常不痛快，有时她的话虽然尖锐，他却无从辩驳，对她竟有了又敬又怕的感觉，这种感觉无法排遣更无从消散，最终使他内心产生了些许懊恼，这懊恼是对她，也是对自己，也由此渐渐衍生为某种厌恶与恨意。

　　碧珏何等冰雪聪明，岂会感觉不到元昊态度之转变？这么多年来，她的心中只有他，而他，却总是将自己的一颗痴心辜负。她终于不得不面对这个事实：无论他如何对她好，如何对她百依百顺，她终是知道，在他内心深处，永远有另一个女人，永远为那个女人保留着一个别人无法替代的位置——甚至是，一方他人无法撼动的天地。

她对"那个女人"有着复杂的感情。

这世上，傻子都能看到，卫慕后族的倒台，对她野利碧珏来说，是坐收渔翁之利的美事，意味着她不用处心积虑便可扫除最大的障碍，而皎皎却劝她收手……

碧珏终于明白，卫慕皇太后当初之所以舍弃更有才华、更得元昊真心的没藏皎皎而选她作元昊侧妃，并非自己更美貌、更活泼、更开朗，而恰恰是自己不如皎皎更为元昊所心爱，自己更容易被牵制。

从小，没藏皎皎便是自己仰慕之人，及至后来，她成为自己至亲的至爱。

哥哥对皎皎的深爱，别人不明了，自己却是素来了然于心的，为了哥哥，她不能视其为仇敌。她以为，即便少女时代有那些传言，即便这些传言的主人公是自己从小爱慕的夫君，有哥哥在，那个她打心底里视为嫂子的女人，身心都只会在哥哥身上——哥哥，是多么好的一个男子啊，他值得这世上最好的女子、最好的姻缘、最好的日子。

哥哥与嫂嫂的伉俪情深，绝不是表演出来的。如果嫂嫂明修栈道，暗度陈仓，以哥哥之睿智，不会不知道——而哥哥对嫂嫂也是无条件的信任与宠爱，令她这个妹妹常常心中含酸。

哥哥的聪明才干，不亚于元昊，一直以来，他却甘于为元昊鞍前马后、冲锋陷阵，而二人之间除却君臣之谊、多年的兄弟之情外，那种旁人无法窥视的微妙的敌意甚至仇恨，只有血缘至亲之人能感受一二。而这，都与那个女人有关。

可以说，这么多年来，皎皎的一举一动，一颦一笑，无不牵动着这两位人中豪杰的心。

可是，碧珏却不愿也不敢面对，更不敢捅破这一切——她不能输，她已没有回头路。

这些年来，她已经走了这么远的路，走得这么辛苦……

也许，人间的所谓情意都是虚假的，只有自己心中那个至高无上的宝座，能令她重拾曾经刻在骨血中的自信、能为她铺就通往未来的路。

为了自己，为了自己的孩子，她没有退路。

这些年来，为了稳住皇太后的心，她在皇太后面前竭力装傻充愣，凡事力求如皇太后所愿，从不觊觎卫慕青蓝正妃之位。虽然元昊对她比对卫慕青蓝更宠爱，但在皇太后面前，她极力克制着，凡事也从不越过卫慕氏去——只因为，她知道，无论元昊与其娘舅家发生了什么，无论如何，皇太后都是元昊的亲娘，只要皇太后在一天，卫慕后族的势力就不会消散。

终于，等来了元昊出手这个千载难逢的机会，而那个女人，却不知以何高深莫测之言语，诱得说出"敢谏者死"的元昊改变主意，诱得下定废除母族势力的元昊最终差点改变心意……

那么，在那个女人心中，她野利碧珏又算什么？即便她与两个男人纠缠不清，难道从来不曾为她碧珏考虑分毫？

在她心中，夫君李元昊是个盖世英雄，如今他的宏图伟业即将实现，不远的明天，他亦能问鼎天地，自己便可母仪天下。

为此，她告诉自己，必须等待，等到那一天，一人之下万人之上，所有人都须听命于她，看这世上，谁敢对她说个

"不"字。

八月仲夏，宋环州境内惊现带有信件的箭头，上称环州知州高继嵩将叛变。

转眼间消息传遍边境，有大量兵士备好家伙就等一声令下前去捉拿叛贼，恰逢大将韩琦正在巡边。

貌若潘安的韩琦紧紧盯着手中箭镞良久，突然笑出声来，"元昊，你聪明得过头啰！"下令军中再有妄议者，立斩不赦，仍命继嵩知环州。

九月，天高云淡，秋草金黄，贺兰山中的满眼秋色异常壮美，元昊聚集境内各族首领在贺兰山下歃血订盟。

元昊登高台号令群雄，随后朗声道："鄜延路是我夏州贡使赴宋汴京的必经之路，我等对此路无人不熟知，若攻宋，必先拿下鄜延路。朕之意：由德靖、塞门、赤城三道并入，一举杀入宋境！盟约既订，有敢谏者，死！"

一时欢呼如雷，山鸣谷应。

然而即将出兵前，元昊金顶大帐前却有一女子身影如一抹随时就要消融在日光中的影子般淡雅伫立。元昊挥挥手，近前仆从尽数垂首退去，他急忙步出帐外，亲自为她挑起帐帘，她却低垂蜍首，并不进帐，也只几句话便转身而去。

元昊目送没藏皎皎身影渐渐转入天都大王营帐之中，那漫山遍野的秋色也不及她夺目锥心，天地之景色似乎在一瞬间仿佛失去了所有光彩。

良久良久，他慢慢回身踱入帐中，懒懒卸掉铠甲，像是自言自语："她说得对……未建大号，不足以服众。"怔怔地望着金碧辉煌的帐顶，赤足凌空站立的彩绘菩萨手持净瓶默然微笑，像是有千言万语，又像从来只愿亘古无言，只悲悯地望着众生，那双细长的眼睛恍惚中竟幻化成梦魂深处她秋水般的明眸，清冽无情。

不知过了多久，他终于对帐外金刚般守护的侍从官保宝吃多已道："告诉诸位酋长，取消今日进攻——大家尽情于贺兰山中会猎吧。"

碧珏知晓其中隐情后，大为不快，忍不住对一旁追着宁令哥喂饭的白姥说："一个女人家，如何可以对爷们的军国大事指手画脚？大王也真是有点魔怔了，怎么可以仍然如此听信她的话！"

"老奴就说那女人是个害人精！表面上清高，肚子里不知藏了多少坏水呢。王妃以往总想着以德服人，可有的人呐，你越对她好，越是以为你怕她，拿她没办法，越是顺着杆子往上爬！"白姥对着地上啐了一口，"那女人把天都大王管得死死的，还嫌不够，这又打上大王的算盘了。要老奴说呀，王妃对她过于心慈手软，以后可得留个心眼。这种女人不得不防——留不得！"

碧珏皱眉思索，手中捏着一块宋廷来的战国美玉摩挲把玩，此刻那璎珞不知不觉间已被她撕裂。

第五十五章　不答

元昊叔父山遇惟亮、山遇惟永兄弟，在西夏建国前，分掌左右厢兵。这日朝堂过后，山遇惟亮又闯入元昊书房，照例口干舌燥地说了一个时辰，元昊只闲闲地斜倚在狼皮床上，笑而不答。

惟亮见状，深重地叹口气，最后道："中国地大兵多，关中富饶，环庆、鄜延据诸边险要，若此数路城池尽修攻守之备，我弓马之技无所施，牛羊之祸无所售，一二年间必将坐困。不如安守藩臣，岁享赐遗之厚，国之福也。"

元昊此时已起身踱至满墙书架前，背对惟亮，随手抽出一册兵书，惟亮并不曾看到他手上青筋隐隐暴起。仍要继续灌输他认定的真理，元昊侍从官保宝近前起奏"宋使求见"。

惟亮暗自纳闷，宋使何时到境自己竟一无所知，转念又想必是自己数度苦口婆心的规劝终于有了效果，宋使秘密前来，怕是乌珠急于讲和也未可知。难怪这次元昊不像以往自己谏言时那般不耐烦，相反竟是难得的心平气和——想是这侄儿会给他这忠心的老臣一个天大的惊喜？惟亮如此一想，顿时满脸欢欣，却见元昊侧首怒道："放肆，不见我叔父大人在此？任凭是什么使节，哪怕是天王老子派来的，也不见！"

惟亮急忙行礼道："乌珠莫要责怪侍从官大人——乌珠，接见宋使要紧！接见宋使要紧！老臣告退。"

望着惟亮欣然远去的背影，元昊的脸渐渐变得阴郁，不知不觉竟将那本自己平日极爱的兵书扯成两半，"糊涂老东西！不说与我同心协力，只会坏我大夏千秋大事。整日里尽在我耳边说这些话，若非是我叔父，早死了一千次！保宝，刚才你做得好——免得我落下个当场弑杀叔父的恶名——留下我这好叔父，还有大用。"

当夜，元昊另一叔父山遇惟永接到夏王元昊密诏，要求急速入宫见驾，房当夫人惊惶起身，极是担心，多少话哽在口中，却只道："老爷……"

惟永回首望见老妻惊慌之色，想起这些年来深夜入宫夫人每每如此惊心，一时心下也不由叹息，却只温言道："夫人莫担心——乌珠还有用得着我老汉的时候。你好生睡着，我片刻即回。"

房当夫人知道最近一些大臣因反对元昊攻宋，被斩杀的斩杀、流放的流放，自家老爷与他兄弟也一向不主张与宋为敌，又是在乌珠急欲脱宋自立的节骨眼上，一个不小心，便是万劫不复……想来都害怕，哪里还能睡得着？却又无计可施，眼睁睁望着更漏直到东方泛起了鱼肚白。

披着熹微晨光，惟永果然平安回来，房当夫人松了口气。细看夫君竟是一脸疲惫绝望，心中焦急，"老爷，出了何事？"

惟永跌坐在榻上，只是瞅着自己的双足默然不语，房当夫人急忙上了热茶，惟永亦不喝，终于对房当夫人一一道出。

房当夫人大惊，茶盏失手滑落。惟永望着满地碎瓷水渍，"看来夫人定会让我依言行事。"

房当夫人目光悠远，"惟亮大哥之官爵，当然是无数人梦想得到的，我们虽然不再有此妄想，只是那'俱族灭矣'四个字太令人惊心——只是，尽管如此，大哥一家，咱们不能不救。"

"夫人！"惟永惊疑回望，"难得夫人此时此境亦与老夫同心。老夫愧疚至极呀！"

房当夫人却笑了，"老爷何愧之有？我16岁在草原甸子深处放牧，到了你手中，随你享了近50年荣华富贵，何曾受过委屈？"她脸上的娇媚让他想起岁月风尘深处那艳丽火辣的少女，因常年日晒而紫红的脸膛，辫子黑油油的能掐出水来，那时的草原像在遥远的天际，风吹草低，满眼皆是说不尽的欢畅……那样无忧无虑快意纵横的日子到哪里去了？怎么转眼间就鬓已斑白？

"再者，老爷听我一句——切莫埋怨乌珠。他生来怀抱万丈雄心，打在娘胎里就立志当个不受管制的王。他殚精竭虑这么些年，好容易有了如今这局面，用宋人的话说就是万事俱备，只欠东风。且不说他一生认定的这志向妥当与否，在他看来，咱们这些个当老将、老人的，非但不与他同舟共济，还时时处处扯着他的后腿，他蹬也蹬不得、甩也甩不掉，他心里的难过未尝就比我们少……"

稀薄的晨光中，相伴一生的贵族老夫妻相拥悄声啜泣。

黎明时分，山遇惟永从偏门悄然进入其兄山遇惟亮府中。密室里，惟亮脸色蜡黄，紧握的双拳隐着极大的力道，却又那般无力。兄弟俩久久无语，惟亮终于道："万没料到乌珠如此待我……我……为今之计，我只有转投南朝（指宋廷）……"

"南朝无人不知乌珠所为，将不信兄，兄必交困。"惟永劝道。

"事已至此，无可奈何！若南朝有福，则纳我矣。"

第五十六章　投奔

　　当日午时，宋夏边境金明县都监李士彬收到惟亮遣人带来的元昊所发诰、敕约降，并附有价值数万珍宝。知延州郭劝得知此事，追问缘由，李士彬早已将财宝移至自己私库，矢口否认，表示未曾招纳山遇惟亮。

　　九月己酉日，鄜延路钤辖司上报宋廷，说已令李士彬推却，不接纳山遇惟亮。朝廷下诏："钤辖司及环庆、泾原、麟府等各路谨斥候，如山遇惟亮复遣人至，但令士彬以己意约回，务令边防安静。"

　　惟亮得到密报，对惟永叹道："这一诏令，足见我弟所言南朝无人实实有理。"惟永一时无言以对，惟亮又道："然而此时箭在弦上不得不发，你嫂嫂与你子侄都愿与为兄远走南朝，只是老母亲……"

　　惟亮与惟永乃同父异母兄弟，惟亮之母独孤氏见儿子枯黄着脸走进屋来，仍未停下手中织毡活计，缓缓道："任何事情，我儿都按自己的打算办吧。我已年过八十，不能跟你去了。这驼毛毡再有一炷香的时间也就全织好了，你带着上路吧……为娘也活够了——我生养了这一大家子，舍不得离开这个家……我儿就把我和这家一起烧了吧！"

惟亮泪如雨下，知母亲素来言出必行，不敢拂其命，待其织完最后一缕驼毛，涕泣纵火，望着冲天的火光几欲昏厥，部将都劝："大王亲兵眼看就到了，再不走就来不及了！"终于携其妻野利罗罗、子阿遇及亲属32人，带着数十万珠宝、数百名马往宋境仓皇而去。

九月戊戌日，惟亮一行至保安军。知军朱吉报与知延州郭劝。郭劝听闻后，独自望着中堂上"正大清廉"四个斗大的正楷，闷闷地坐了两盏茶的工夫，遂叫人请钤辖李渭来商议。

"自德明纳贡四十年，有内附者未尝留——这规矩不能坏在咱们手上——咱们担不得这个恶名声。"

李渭摇头晃脑道："郭大人真不愧为进士出身啊！果然机智超常！"

"哪里哪里，李大人进士出身，更该景仰。"

李渭面露喜色，呵呵笑着，却连连摆手口称"哪里哪里，不敢不敢"。

二人如此这般商议良久。

次日二人接见了惟亮，惟亮慷慨陈词，二人紧盯着他，默然不语。

惟亮诧异，说到最后只觉得嘴唇上像是挂了铁，堂上两位大人仍是只听不说，他也只好紧闭了嘴巴，等待他们如何应答。却只见二人对视一眼，对他摆摆手让侍卫带他下去休息。

惟亮在阴暗的下处炕上对发愣的妻儿道："大王曾说，那知延州郭劝虽为政清廉，但满头满脸全是书生气，只会照条办事，

不懂形势是瞬息万变的，也毫无权变的机智；说那铃辖李渭虽也
是进士出身，历任原、环、庆三州知事，但既不知怀柔之略，更
不晓备御之方……当时我还当他是信口胡说，如今看来，大王的
眼光真是又狠又准。遇上这两个腐儒，难道上天真的要绝我！"

　　在妻儿的失声痛哭中，惟亮一筹莫展，万般无奈，只能连连
叹息。

　　那边李渭道："适才山遇惟亮所讲元昊不轨行为，但不才觉
得，元昊猖獗之至，是因其祖宗规矩的日渐败坏而更加彰显的，
并非只是在山遇这件事上。自德明纳贡四十年，其长内附者，未
尝纳之。国家于德明父子如抚爱、哺养的婴儿，岂有毫发负者
哉！"李渭踱着方步，仰天一望，随即回身又道："今天若纳其亡
人，使其取直以为称，是中国大信之子、含容之德，由吾辈所亏
损也！"

　　郭劝沉吟半晌，默然点头。

　　二人即命边境诸将拒收纳之，同时上奏朝廷。时宋廷内，碌
碌平庸之辈满坑满谷，御敌无方，自卫乏术，故而下诏"务令边
防安静"，但求苟安外别无他想。

　　此时惟亮一族居于简陋小院亦不可得，连日来风餐露宿投靠
无门，如今又断了衣食，妇孺哭闹不止，惟亮仍不肯回夏境。郭
劝命监押韩周用械具控制惟亮族人，押送去兴庆府。惟亮在院中
痛哭呼冤。

　　元昊得知惟亮投降宋朝后大怒，亲自率兵出驻宥州，以备宋
师。韩周押送惟亮到达宥州求见元昊，元昊传下话来不接受叛
徒，几度不得见。傍晚时分元昊侍从官保宝将其引入元昊狩猎之

处，等待良久，见元昊身着锦袍、头戴黄色胡帽，英姿飒爽傲然坐于党项马上，一黄衣夏服女子随骑在侧，美艳之中别有一番英气，正是王后野利碧珏。

碧珏见惟亮等人皆被铁镣锁住，就要下马，元昊一只手已将她的手轻轻挽过，"无论是谁，只要背弃我大夏，从此便不再是我族人，更不配做长辈。王后乃一国之母，切莫有一丝怜悯。"碧珏望着他，默然点头。

元昊回身对韩周道："延州诱朕叛臣，朕当引兵赴延州，于知州厅前接受。"

韩周从未如此近地接近元昊，本就心惊胆战，听他如此一说，额上直冒冷汗，强自镇定下来，颇费口舌，说尽好话，元昊才道："念在你远道而来为朕羁押叛臣辛苦了，就给你个面子吧。"于是勉强接受。

韩周刚松了一口气，却听元昊又道："大夏男儿没有一个是怕死的，却最忌讳叛徒将其腐朽恶臭之气带到国土之上，想必此时叛徒心中也只想向国谢罪——朕就成全了他。"当即令从骑将惟亮等人射杀。

第五十七章　风声

次日，宋廷得知元昊就在边境，遂紧急加强边防，调知庆州赵振知环州，调高继嵩为环庆路钤辖兼知庆州。

黄昏，行辕之中。元昊与将士议事毕，独留遇乞一人，见人皆退出，起身舒展魁梧身体，笑道："这些天憋屈死了，义兄还记得年少时你我纵马山川何等自在快活吗？如今，看来是不能了。"

遇乞道："放眼数万里江山，皆在大王手中，只要大王愿意，又有何不能？大王立志称帝，这几年费了不少心思，手头也差不多了，只是眼下这边境上的那些豪强，也得收拾收拾。"

元昊听他将话题引到军务国事之上，心中苦笑，回头叫："侍从官！"

保宝当即从门外现身，"属下已将宝物打包好了。"

"何等宝物？要制服这些酋长，等闲的可作不了数。"遇乞道。

"抬个样子上来，打开，请天都大王看看！"元昊来了兴致。

保宝已着人抬来一箱物事，打开一看，只见满帐生辉，趁着悄悄四合的暮色愈加璀璨，原是实足的金银冠珮隐饰，华彩辉煌，分外耀眼夺目。

"另有甲骑数千随后就到。"元昊道，"这些好礼，送给他们，该够了吧。"

"没有比这个更让他们欢喜、更令我们踏实的了。"二人相视哈哈大笑。

遇乞又道："大王这个侍从官极是聪明。主子什么都没说呢，他已经知道要的是什么。得此战将，真是有福。"

"正是这话。你不知他给我省了多少事，心思不必说，武功比盛吉还强些。"

提到那个名字，元昊神色有一瞬的黯然，须臾恢复如常。元昊以毒酒赐死其母之事后，恰有一批佛经需去宋朝求取，盛吉便自请带其兄弟前去办理。"盛吉和谁都好，就是不知为何，与保宝怎么都处不来，也不知两人上辈子结了什么仇怨……也别尽看我有得力的人，听说你府上也有两个人物——尤其是那个理财神人李守贵，听说十分了得。"

"的确如此，整个天都山的账本都在他肚子里，替末将省了不少事，难得还十分忠诚。"

"哦？怎么讲？"

"大王知道的，末将在账目上从不留心，据郭师爷他们后来说，管账的原本有个暗门能大捞一笔，因为是老账，府里有了点变动，可谓神不知鬼不觉，那李守贵还是堂堂正正分毫不差地秉公办了。"

"倒是个奇人——听说长得也不错？你不怕天都山的姑娘们不待见你了？"元昊笑道。

遇乞只当是玩笑，也笑了一笑，话题不知怎的引到了没藏讹庞身上。两人都笑道："这个人，这几年怕是富得连宋朝的顶级商贾也眼红呢。"

不知为了什么，两人同时又都沉默了。一瞬间只是四目相对，又都极快地别过脸去，半晌无语。只听帐外起了西北风，风声呜咽，不知在诉说什么难言的幽怨。

不日，财宝甲骑送到边境诸酋手上，豪强莫不欢欣鼓舞，对元昊俯首帖耳，日夜操练积极备战。

知环州赵振得知情况后，派志士悄悄以金帛诱取之，以破其势，得冠珮银鞍三千、甲骑数百。赵振告知附近各州采用此法，但都不听。于是东茭、金明、万刘诸族胜兵者数万人皆为元昊所得。

元昊极有雄略，他在黄河以北布军七万，以备辽国；在盐州路布兵五万，以备环庆等地的宋兵；在宥州路布兵五万，以备鄜延等地的宋军；在甘州路布兵五万，以备吐蕃和回鹘。同时，简选擅长射箭的壮士五千，号为"六班直"，以充御林军。

紧接着，元昊又率大军在吐蕃境内昼夜不息转战四方，四处攻城，虽然吐蕃的青唐都城未被攻下，元昊仍旧取得瓜州、沙州和肃州三个战略要地。南还时，元昊怕吐蕃兵蹑追，又举兵猛攻兰州诸羌部，并于凡州筑坚城，以免他日后侵宋时吐蕃兵会从他背后进击。

当时，吐蕃首领唃厮啰利用地利歼灭了部分西夏军队，元昊又通过征战，基本达到了当年他立下的"北收回鹘锐兵，南略吐蕃健马"的目标。元昊虽先后占领了甘州和凉州，为了消除后顾之忧，此后几年中又继续向河西一带用兵。元昊统治时期，西夏的疆域扩展至"东尽黄河，西界玉门，南接萧关，北控大漠"上万余里的范围。大夏帝国从此驰骋纵横于中国历史舞台之上，谱写出了一曲波澜壮阔的英雄史诗。

第五十八章　称帝

夏广运三年（1036年）七月，元昊相继攻占瓜、沙（今甘肃敦煌市西）、肃（今甘肃酒泉市）诸州，随后以肃州为蕃和郡，甘州为镇夷郡、置宣化府，凉州置西凉府，为建立摆脱宋、辽羁縻的封建割据地方政权奠定了更坚实的基础。

至此，元昊拥有了夏、银、绥、宥、野、静、灵、盐、会、胜、甘、凉、瓜、沙、肃数州之地，他自居兴州，依山阻河，于宋宝元元年（1038年）正式称帝，时年三十岁。

元昊自即位以来，用六年时间，为称帝立国做准备。夏大庆三年（1038年）冬十月甲戌日，元昊用大臣野利仁荣、杨守素之谋，在都城兴庆府南郊戒坛寺筑台受册，即皇帝位，定国号大夏，史称西夏。

元昊为世祖始文本武兴法建礼仁孝皇帝，改元西夏天授礼法延祚元年，任命野利仁荣、嵬名守全、张陟、张绛、杨廓、徐敏、张文显为中书令、密使、侍中等职，主管谋议。任命杨守素、钟鼎臣、嵬名聿荣、张延寿等为官计、受纳诸司长官。又以野利旺荣、野利遇乞、成逋克成、卧移尝多、如定多多马、窦维吉等分驻十二临军司，统领各地驻军。其余部下皆授官有差。

即位后，元昊励精图治，"明号令，以兵法勒诸部"，对党项诸部进行了更为严厉的控制。同时，恩威并施，常以狩猎为名，每有所获，"则下马环坐饮，割解而食，各陈所见，择其所长"，很有亲民作风。之后，元昊对西夏内部的官制下大力气进行改革，设立了中书、枢密、三司、御史台、翊卫司等一系列详尽的府衙，分由汉人、党项人统管，并分设蕃学和汉学，培养后备人才。在中央官制方面，元昊大多搬袭宋朝官制。

元昊即位后除改名为"曩霄"以外，又自称"嵬名兀卒"，即党项语的可汗号（"兀卒""乌珠"在党项语有"青天子"之意）。"嵬名"之意，后世众说纷纭，据欧阳修所记，应是拓跋鲜卑"元"姓的党项音译，是拓跋鲜卑的"皇族"姓（北魏孝文帝改制时，把"拓跋"皇姓改为"元"姓）。

元昊称帝建国的消息传到宋室，有如晴天霹雳，朝野哗然，宋室上下极为震怒。十二月，宋即诏陕西、河东绝其互市、废保安军榷场；后又禁陕西并边主兵官与属羌交易，以期采用经济封锁办法扼杀西夏政权。宋遣使约唃厮啰攻西夏，进其为保顺军节度使。

元昊立妃野利氏为宪成皇后，立子宁明为皇太子。此后，元昊前往凉州祀神，祈祷神灵保佑帝国福祚绵长。

夏天授礼法延祚二年（1039年）春，正月这日，贺兰山下别苑为，元昊正着家常衣裳与碧珏、遇乞夫妇等在院中饮酒，得知消息后一哂，"他们是等着看朕的墨宝呢。"环顾在座诸人后满饮一杯。没藏皎皎避开他的目光，落在远处宫墙之上，那连绵起伏的灰色瓦片，孔雀绿与宝石蓝的琉璃在春日的阳光下闪耀着夺目的光泽。

元昊将酒碗往后一扔，"拿笔来！"自有内侍急速取来。碧珏起身，照元昊素日所好，浓浓地研了墨。元昊略一沉吟，提笔便写，须臾已成，那笔迹酣畅淋漓、潇洒不羁，遇乞近前念道：

"臣祖宗本出帝胄，当东晋之末运，创后魏之初基。远祖思恭，盖拓跋之远裔，当唐季率兵拯难，受封赐姓。祖继迁，心知兵要，手握乾符，大举义旗，悉降诸部。临河五郡，不旋踵而归；沿边七州，悉差肩而克。父德明，嗣奉世基，勉从朝命。真王之号，夙感于颁宣；尺寸之封，显蒙于割裂……"

"臣偶似狂斐，制小蕃文字，改大汉衣冠。衣冠既就，文字既行，礼乐既张，器用既备，吐蕃、塔弹、张掖、交河，莫不从伏。称王则不喜，称帝则是从。伏愿以一坺之地，建为万乘之邦家……"

众臣在一旁看着，不住咋舌。

当日元昊派使臣去宋境，宣告自己称帝。使臣穿戴大夏官服，有司请他改换服饰，使臣直至东华门才肯换装。

宋朝廷对西夏的上表讨论了几天，以诏书形式做出答复。

元昊接到"诏书"后，是夜灯下给遇乞看，遇乞道："先指出陛下称帝是冒陈世系，辄改岁元；又谴责陛下违背先皇誓表——坏尔考之约，孤本朝之恩。忠孝两亏，今古为恨；最后把陛下立国归罪于左右，且希望陛下洗心向善，改向怀昔……永绍世禄，长为国藩。真是恩威并施、情真意切。"

二人相视大笑，不屑一顾地将那抹明黄投入近旁跳跃的巨烛火苗中。

元昊上表请求宋室予以外交承认册封称号时，遭到了宋朝的严词拒绝，并下诏褫夺其官爵，关闭榷市，告示贴满边关，重金悬赏元昊首级。对此，元昊引为儿戏。

夏天授礼法延祚二年（1039年）五月，元昊按照唐宋典式制定朝仪，规定正朔朝贺，六日常参，九日起居。无论朝贺、常参还是起居，均由党项人任职的宰相押班，其余文武大臣依序列朝，"谒舞蹈，行三拜礼""有执笏不端、行立不正、趋拜失仪者，并罚"。

党项族从唐、五代以来，选拔官吏没有一套固定的方法，元昊称帝后，建立蕃学，开始实行以科目取士的科举制度，改变了过去官属由世族相传或幕府迁擢之旧制。蕃学的建立和科举制度的实行，对于抑制豪强贵族势力的扩大、提高党项族地主阶级的文化水准和巩固西夏的封建政权，具有积极意义。

九月，元昊以中书省不能统理日常事务，又在中央政府机构中增设尚书省，置尚书令，"考百官庶府之事"，进行汇总处理。同时，改宋制二十四司为十六司，隶属尚书省，分理六曹事务。从此，西夏官僚体制亦逐渐完备。

在军事方面的改革也在大刀阔斧地进行，元昊对西夏军队花费诸多精力进行整治与重新编制。他以黄河为标界，在西夏国内把军队划为左、右两部厢军，设十二监军司，分别命以军名，规定驻扎地，健全了西夏军队的指挥体系。同时，元昊开发了几个新兵种：铁鹞子、擒生军、卫戍军、泼喜军。铁鹞子又称"铁林"，乃西夏最精锐的骑兵部队，配以最良的战马，最精的盔甲，总人数三千人，分为十队；擒生军，是西夏为了在战争中俘掠对方百姓专门成立的部队，为西夏首创，人数极多，有十万之众；

卫戍军是西夏禁卫军，共五千人，皆为西夏贵族子弟充任；泼喜军是"炮兵"，主要在攻城时用抛石机协助进攻，人数最少，共两百人。此外，令元昊自己颇为得意、被外界传为最富于心机的一种军制，是元昊特意挑选被俘汉人组成"撞令郎"（此后的蒙古人也采用过），以这些"伪军"为先头部队，让其冲在本族主力军队前面充当炮灰，最大限度减少西夏党项兵士的伤亡。

元昊立国之初，西夏总军力已达50万人，不算大战役时从各部落征民为兵的人数。元昊当国时，西夏可谓全民皆兵。

元昊很早就明白"士者国之宝，儒为席上珍"。暗中派人潜入宋境，以重金购买被宋仁宗释放的宫人，养在宫中，以便从他们那里了解宋廷的"朝廷刑赏，宫闱阴事"。

第五十九章　大略

　　元昊曾多次在朝堂内外自夸其坚实的军事后盾，对心腹大臣说："令朕心甚慰的是，朕拥有一个由汉人组成的智囊团，这是其他族类的君主所没有的。"西夏立国之初，"主谋议"的六个人，除嵬名守全是党项人外，其他均是汉人：张陟、张绛、杨廓、徐敏宗、张文显。教诱元昊以"大略"侵宋的主要人物也是汉人：张元、吴昊。

　　此二人，宋史仅以模糊言记载："华州有二生张、吴者，俱困场屋，薄游不得志，闻元昊有意窥中国，遂叛往，以策干之，元昊大悦，日尊宠用事，凡夏国立国规模，入寇方略，多二人教之。"久试不第的两人，自恃胸中文韬武略，本欲投靠宋朝边境献计献策立功名，却一直不受重视。

　　不第后，二人赶往边关，雇了几人拖着一块大石板在前面走，石板上刻着二人嗟叹怀才不遇的诗句，他们两个人跟在后面，吟诗大哭，希望以此引起边关统帅的重视。边关统帅接见了他们，引他们入大帐聊了一会儿，大概是觉得话不投机，又把这两人送了回去。回到家乡后，张元因琐事被县令打过一顿板子，此次侮辱让他下决心投靠西夏。

气愤之余，二人联袂逃入西夏。

临行前，路过一个项羽庙，二人"竭囊沽酒，对羽极饮，醇酒泥像，又歌'秦皇草昧，刘项起吞并'之词，悲歌累日，大恸而遁"。醉酒之际，张元哭着说："我张元并非毫无忠君爱国之念的人，只是我如此这般不堪，我的君、我的国，弃我如敝屣！我的才干远高于朝堂之上那些庸碌之辈，而只要这些人当政，我便永无出头之日。与其在那样平庸的日子里将我的天赋消磨殆尽、如蝼蚁般默默无闻，不如去死。为了证明我的才华与抱负，内心无论怎样痛苦，却只能走远了！"

二人到达兴庆府（今银川）后，天天在一家豪华酒馆痛饮，又在粉壁上用笔墨大书"张元吴昊来此饮酒"，被西夏暗探发现，连夜押往元昊处。元昊知此二人不凡，便亲自审问，怒问二人："怎敢犯我名讳？"

张、吴二人非但丝毫不惧怕，反而高声道："你连自己姓什么都不在乎，何必在乎名呢！"这句本会惹来杀身之祸，倒把元昊说住了。他觉得心中某处隐隐生痛：唐朝五代直到宋初，无论姓李还是姓赵，皆是中原王朝的赐姓——何时才有真正属于自己且被广为认可的姓氏？

元昊听出了话外之音，不以为忤，意识到此二人或许能够为他带来些什么，遂亲去绳索，引两人入室深谈。三人相谈甚欢，十分投机，从此，张、吴二人成为元昊的重要谋士，享受尊荣，这与他们在宋朝时判若云泥。不到两年，张元就当上了元昊太师、尚书令兼中书令，权位相当于宰相。元昊攻宋的许多谋略皆出自张元，好水川之战、定川寨之战，都有张元参谋之功。

　　张吴二人在西夏的得志凸显出元昊对延揽人才的极大重视。宋臣富弼说："元昊则早蓄奸险，务收豪杰。"连宋朝一些怀才不遇的举子，也不时投奔西夏，他们知道前面的张元、吴昊在西夏受到重用，也想名留青史，纷纷效仿，此类人被正史称为"历史上最有人格魅力的'叛徒'"。

　　张元、吴昊二人熟知中国历史和军事战略，力谏元昊进取关右之地，占领关中，向中原腹地挺进。同时与辽国联合，让契丹人在河北进袭宋朝，最终使宋朝两面临敌，"一身二疾，势难支矣"。此类策略，皆可一剑封喉，如果成功，宋朝便有亡国之忧。曾有人问他，无论如何，宋朝都是故国，何以这般无情？张元的懊恼之情写在脸上，恨恨道："莫道书生空议论，头颅掷处血斑斑。"

　　张元曾作诗《雪》，其中吟道："战罢玉龙三百万，败鳞残甲满天飞。"被后人认为颇具气象。

　　元昊知道，如要强大，必得极力吸纳优秀人才，否则必得衰亡。张元这般的人，只为自己的抱负而生、而死。宋朝容不下他，他大夏却能。

　　"张元确是背叛了国家，但宋廷刻板庸碌的科举制度，文官集团心照不宣迫害挑战庸碌规则的优秀人才，才是张元不得重用、被迫叛逃的原因。对张元来说，彻底灭掉大宋的江山，让那满朝瞧不起他的庸碌之辈彻底品尝漠视他的苦果。听说宋朝有官员后来说'张元这种人，我朝损失了一个，就是损失了半个国家。'明白得迟了！这样的人正可为我所用！"元昊对碧珏笑道。

　　张元叛逃西夏，屡献攻宋之策，但宋仁宗并未缉拿其家属，反而赐其钱米，希望张元能被感动，回头是岸。但张元没有回头。官员在朝堂上骂张元，说他已是铁石心肠，任何恩惠都无法动摇。宋仁宗无法理解张元的心理。

宋庆历三年（1043 年），元昊与宋朝和谈，张元坚决反对，元昊与辽国开兵打仗，张元知道西夏永无灭宋机会了，彻底绝望，终日对天叹息，几日后忧愤而死。

第六十章　演变

元昊称帝立国，宋举国皆惊。宋夏沿边一带的诸多蕃部也面临着选择，如何归属便是他们的当务之急。

夏天授礼法延祚二年（1039 年）二月，庆州柔远寨蕃部巡检珏威招诱西界白豹寨都指挥使裴永昌率族归附于宋，宋授予裴永昌补三班借职，本族巡检。

三月，宋巡逻士兵拾得一套锦袍、银带，内有一封约金明寨都监李士彬叛宋投夏的书信。

此事在宋军中引起一片哗然，宋诸将皆疑士彬，唯副都总管夏随道："此乃元昊行间尔。士彬与羌有世仇，若有私约，通赠遗，岂能使大家知道！"乃召士彬来一起饮酒，让诸将解除对他的猜疑。

李士彬感激万分，数日后亲率部将攻击夏军，将俘虏的夏兵斩首。

四月，元昊准备出兵攻宋朝延州。

此时，宋朝在西北主事者，一是泾州知州夏竦，二是延州知州范雍，此二人皆"加兼经略使、步骑军都总管"，手握西北方面人、财、物、军权柄。

夏竦是力襄宋真宗"天书封祀"的"五鬼"之一，极富才干，有远谋。对当时西夏形势，他曾说："继迁当太宗时，遁逃穷困，而累岁不能剿灭。先帝惟戒疆吏，谨烽堠，严卒乘，来即逐之，去无追捕。然自灵武陷没，银绥割弃以来，假朝廷威灵，西夏所役属者不过河外小羌耳。况德明、元昊相继猖獗，以继迁之穷蹙比元昊之富实，势可知也；以先朝累胜之士较当今关东之兵，勇怯可知也；以兴国习战之师方今沿边未试之将，工拙可知也……若分军深入，粮糗不支，进则贼避其锋，退则敌蹑其后，老师费粮，深可虞也。若穷其巢穴，须涉大河，长舟巨舰，非仓促可具。若浮囊挽绠，联络而进，我师半济，贼乘势掩击，未知何谋可以捍御！"

夏竦针对西北边境形势，进呈了十条建议：一、教习强弩以为奇兵；二、羁縻属羌以为藩篱；三、诏唃厮啰父子并力破贼；四、度地形险易远近、寨栅多少、军士勇怯，而增减屯兵；五、诏诸路互相应援；六、募土人为兵，州各一二千人，以代东兵；七、增置弓手、壮丁、猎户以备城守；八、并边小寨，毋积刍粮，贼攻急，则弃小寨入保大寨，以完兵力；九、关中民坐累若过误者，许人入粟赎罪，铜一斤为粟五斗，以赡边计；十、损并边冗兵、冗官及减骑军，以舒馈运。

西夏人都谓夏竦人奸，而此十条建议都言之凿凿，"宋朝廷多采用之"。但当时朝中大臣与边境将领，"多议征讨，反以竦为怯"。夏竦之不得志可见一斑。

踌躇满志的元昊以个人才智、群臣鼎力及举国激愤，渐渐将西夏引向强大。宋廷多位大臣数度献计"荡平西夏"，然当时不仅宋边弊端重重，整个宋朝"将不素蓄，兵不素练，财无久积""外无骁将，内无重兵"，好像一个大瓠芦，"外示雄壮，其中空洞，了无一物"。"自元昊僭越，因循至于延州之寇，中间一岁矣。而屯戍，资粮不充，穷年畜兵，了不足用，连监牧马，未几已虚。"而宋臣刘平却在此时上书，欲乘元昊国势未强，用鄜延、环庆、泾源、秦陇四路兵马，分两道攻江、宥等州，自以为"不期月而人心自定"。

　　这日，元昊正凝目写一封书信，得报时正看此封书信，对适才进帐的遇乞笑道："这人叫刘平不是？听听，如此莽撞无知，亏他取名平字。"一边下意识地盯着遇乞一如既往刚勇平静的面容，一边手中悄悄下了力道，将一篇情真意切的告白在掌中揉成一团。遇乞分明看见，却佯装不知。

第六十一章　计取

西夏建国后翌年，李元昊为立国威，意欲宋朝承认西夏国家的合法地位，着手对宋边境展开进攻。消息传至宋廷，宋仁宗及文武百官无不惊骇，满朝耸动，哗然唏嘘之声不绝于耳，但无一人想出制敌之策。

仁宗惊恐地望着百官，久久说不出一句话。而此时西夏军队士气却极为高涨，多次向宋境发起进攻，并连连获胜。

又一次的捷报快马传至西夏王宫时，元昊正与诸将在暮秋的旷野里行猎，春风得意的笑声里是舍我其谁的骄傲与狂纵。当晚大碗喝酒大块吃肉的篝火晚宴后，诸将风流云散、各自归寝，元昊留下野利遇乞等心腹大将在王帐中密谈战事。

一天的喧嚣过去，元昊被高涨的热情燃烧的身心渐渐安静下来，斜倚在虎皮褥上，目光有意无意间掠过遇乞，若有所思，思绪随着跳跃的火苗起起伏伏，不知想起了什么，对一武将进言竟似充耳不闻。诸将见状，皆不敢再出声，遇乞神态自若，似是浑然不觉，却亦不置一词。

"啪"的一声木炭爆裂，元昊回过神来道："你适才说什么？"目光如电，似是带着一丝冰凉的凛冽，望向遇乞，又似是看到了他俩之间的另一个人。

"末将并不曾说什么。"遇乞躬身淡然道。

元昊不是滋味地哦了一声，随即强自按捺心中怒火，恢复常态，与诸将逐一商讨局势。

一番定夺后，元昊起身立于满墙的牛皮地图前，用一根踌躇满志的手指指向地图上的某一标志，"这，就是我们下一步的目标。"

"延州？"另一将领在他身后有些意外，"乌珠圣明。延州乃宋朝西北边境重要军事重镇，得延州便可长驱南下。乌珠自小在边境跑马，对一地区山川地形自是十分熟稔……只是要取延州就绕不过金明——不是末将怯战——那金明寨的铁壁相公，可是个极其难缠的主儿，末将以为乌珠会把他留在最后再收拾他……"

"朕等不到最后了，就是要尽快会会那个被传得神乎其神的什么铁壁相公。"

夏天授礼法延祚二年（1039 年）年底，元昊命西夏军队进行试探性进攻，攻击宋朝的保安军。本以为费不了多少力气，没想到士兵纷纷败退，有人大嚷："宋军里冒出个天神一样的将领！"遇乞到军前细看，只见那人身先士卒，披散头发，面带一狰狞铜面具，出入兵团之中，皆披靡莫敢当。

"狄青，果然是个人物。"遇乞已知此人乃此时保安军巡检指挥使狄青，极为善战，在此役中把西夏军打得溃败而走。

元昊闻言，勉强笑道："幸亏我们也只是声东击西，目标是攻金明寨，进攻保安军只是佯攻罢了——这个狄青，能载史册啊。"元昊极少在众人面前称赞人，更何况是敌军兵士，因此，狄青经此一役，在西夏的名声也极为响亮。

　　狄青，字汉臣，汾州人，善骑射，多武艺，在皇家御林军服役。元昊称帝后，狄青以"延州指使"之官职被发往边疆效力。"时偏将屡为所败，士卒多畏怯。"狄青自请常为先锋。四年之间，狄青身经大小二十五战，身中八创，"破金汤城，略宥州"，又屠灭叛服无常的岁香、毛奴、尚罗等蕃族部落，勇猛果决，恩威并施，颇有大将之风，"敌莫敢犯"。

　　此后，狄青由经略判官尹洙推荐给负责西北边事的韩琦、范仲淹，二人一见奇之，待遇甚厚。范仲淹亲自将自己研读的《左氏春秋传》赠予狄青，励劝道："为将不知古今忠义之事，只不过是匹夫之勇。"狄青感动且铭记，折节读书，悉通秦汉以来将帅兵法，由是更加知名。日后，在宋皇祐年间，狄青率军击破侬智高叛乱，回朝得封枢密使，此为后话。

　　夏攻保安军，狄青击却之，一时举世皆知。夏复攻宋南安承平寨、陇干城，夏白豹城寨主、都指挥使裴永昌以族叛附于宋。宋诏唃厮啰击西夏，元昊夺金明寨之心更为坚定。

　　金明寨位于延州北，乃是延州北部之门户。金明寨守将都巡检使李士彬，生于当地，其先世三代均为金明镇使。宋大中祥符二年（1009 年），李士彬袭位，直辖十八寨。士彬自小英勇善战，名动边境，元昊早有耳闻，此前多次战争中与之交战，各有胜负。

　　说来此事也并不稀奇，只是元昊见士彬并非浪得虚名之辈，果然骁勇异常，纵使他心高气傲，见此神勇对手，心中难免有瑜亮之感。此时已然称帝，正待要找个对手过过瘾，便有了一较高下的冲动。

　　山川险要的金明寨中，李士彬满面肃穆，背转过身。院中是刚刚被杀的西夏来使，淋漓的鲜血渐渐渗入黄土地中，凝成紫黑的冷漠。在一生戎马的李士彬看来，两条鲜活的异族生命为他的忠心爱国做了最生动的注解。

　　夏天授礼法延祚三年（1040年）正月，西夏牙校贺真率部众来降。年轻的将领脸上身上数道瘀紫的鞭痕，想必受尽屈辱，面上难掩激愤，"那李元昊名为西夏皇帝、自称盖世的英雄，实乃奸佞小人，残暴无比，丧尽天良，竟连罪臣的妻子和妹妹都不放过……贺真与他不共戴天，定要手刃此贼，食肉割皮方解我心头之恨。"

　　李士彬部将闻言皆义愤填膺，独士彬沉吟不语，命人将其安置在驿馆休息。随即亲笔报知延州范雍，请求将他们"徙置南方"。次日接到范雍回信："讨而擒之，孰若招而致之。"不仅如此，还对此类夏兵赏以金帛，并将他们安置在李士彬属下。

　　由此一来，西夏来降者日多，直辖十八寨中皆有。士彬起初派人细细打探过他们的底细，均被细作做实，但仍颇为疑虑，后见此类夏兵安稳柔顺，充作军中苦役也毫无怨言，反而甘之如饴，勤勉劳作，与所属部下相处甚为融洽，得众人交口称赞，遂渐渐放下心来。

　　而同一时期，士彬与西夏交兵之时，所遇将士，皆不战而走，纷纷退避。士彬十分疑惑，质问俘虏，答曰："吾士卒闻铁壁相公名，莫不附胆于地，狼狈逃走，不可禁止也。"

　　士彬闻言不由放声大笑："李元昊啊李元昊，亏我一直把你当个英雄，原来竟是个浪得虚名的竖子，白白养了这么一群草包，我李士彬为国建功的时候到了！"他一向骄傲自持，自此更是目空一切，以至"严酷御下"，下人多有怨愤。

无巧不巧的，这些心中不满的将士都在此时收到元昊数量不等的金帛，并许之以爵位。

某日贺真去见范雍，向其表明"改过自新，归命朝廷"的意愿，范雍十分高兴，厚礼馈赠贺真。又将先前斩杀的西夏士兵首级入殓、安葬，并以官府名义进行祭奠，对贺真的信任日甚一日。

一夜月明星稀，贺真离开延州，来到金明，先前归降的夏兵及被收买的宋朝将士在夜色中悄悄汇集于贺真身边，夜风渐起，隐于夜色中的身影渺不可辨，不知在说些什么。

日光熹微时，贺真刚刚离开金明，元昊大军便自土门路进兵攻打保安军。其实，此乃元昊声东击西之计，表面上攻打保安军，实则欲取金明寨。

金明寨有兵十万人，分驻十八寨，兵力甚强，李士彬排兵布阵以待夏兵。范雍却下令，命其分兵守三十六寨。士彬之子李怀宝进谏："虏将大举入寇，宜聚兵以待之，兵分则弱，不能拒也。"

范雍不听。士彬素来忠君，对上级的唯命是从在他看来也是其中不可或缺的一部分。因此遵命严兵备战，等了一天，仍是不见动静。

此时李士彬立马于黄帷寨，苍茫暮色中似有顿悟，料定原是夏兵惧怕其名头不敢来，遂放松了警惕，夜间解甲而寝。正睡得迷糊，梦中他手执元昊头颅一步步登上宋廷白玉的台阶，君王满面赞许含笑立于台阶尽头……想到自己三代忠良，一腔热血果真未曾白白抛洒，梦中也不禁热血沸腾。

忽闻有人大叫："夏兵攻进来了！"遽然翻起，只闻兵戈声四起。原来元昊乘其不备，在诈降和暗降将士的内应下，已攻入寨城。士彬梦中惊醒，连声叫道："快牵我的战马来！"

早已吓得魂不附体的忠心属下拼了老命，只在混乱中给他找到了一匹断了缰绳的瘦马。士彬及其子来不及应战，就成了西夏俘虏。元昊未失一兵一卒，兵不血刃便占据了坚不可摧的金明寨。

士彬被俘后，暗中命心腹军主赤豆携珠宝及其母、妻二人火速逃往延州。范雍起初以为夏军进攻不过是虚张声势而已，此时方知金明寨已失。正恍惚着，西夏军已长驱直入，将延州围了个水泄不通。范雍这才如梦初醒，却无半分应敌之计。

李士彬被元昊带回夏国后，割耳而不杀。士彬忍辱偷生，梦想着能脱离牢笼，终有一日能再次为国建功立业，在无比的郁闷中日思夜想，在关押十多年后，卒于西夏。

第六十二章　鏖战

夏天授礼法延祚三年（1040年）正月初一，夏境出现日食，元昊谋士张守素进言："日西先有一珥，此吾军胜象也。"

元昊目视苍穹冷笑，踌躇满志之意溢于言表。当夜与遇乞等将领商议后，决定攻取延州。

西夏军队攻克金明寨后，大军直抵延州城下。此地因延川、宜川、洛川三水于此汇合，故谓三川口。

延州处于茫茫群山之中，依山为墙，延河纵贯南北，分城为二。此时城中将弱兵寡，毫无战备，只有钤辖卢守勤及部下数百人。卢守勤见大军压境吓得肝胆欲裂，向范雍哭诉，请求速调都监李康伯来援，李康伯死活不来。范雍无奈，只得下令紧闭城门，自己身披甲胄，呼号民众一同日夜守城。

环庆副都部署刘平接到范雍檄令后，得知元昊将由土门路进兵，立即整装率所部三千人自庆州出发，马不停蹄连续行军四天，到达保安军，与保安军鄜延副都部署石元孙合兵增援土门。二将会合后，顾不得多言，立即合兵向土门进发，途中和蕃官报告：金明已落入西夏兵手中。范雍檄令再度飞马送达，命二人速回军救延州。

　　军中将士经过这番行军折腾早已人困马乏，不免有怨言，刘平道："义士赴人之急，蹈汤火如平地，况国事乎？"众将士面露愧色，二人立即引兵返回保安军，昼夜兼程，向延州急进。日落时到达万安镇，二将领兵先发，令步兵继进。是夜，二将兵至三川口西十里扎营，先遣骑兵趋延州。

　　同时，刘平派人督促邻近同袍向延州进兵。时鄜延路驻泊都监名为内臣黄德和，率兵二千余人屯保安军北碎金谷，碎金谷巡检万俟政、郭遵各率本部分屯，范雍皆召之为外援。

　　刘、石、黄、万、郭于马铺会合后，五将合兵数万骑，结阵向东行军。天刚擦黑，探马来报，延州于此地还有三十里，刘平下令驻兵整军造饭。一时饭毕，继续前进，稍后到达距延州二十里的地界，见数百株巨柳枯枝在暮色中迎风摇摆，无比肃杀，一问之下，诸将得知此地名为"大柳树"。

　　此刻北风乍起，吹得巨柳呼啦啦响个不停，天上半轮明月将夜色染得半明半暗，忽见一骑飞马行至军前，待走得近了，诸将士才看清原是"急脚子"，料定必是范雍所遣延州来使。果不其然，来使传达范雍口令，称范雍已在延州城东门奉候，但是暮夜入城，恐有奸细乘机混入，令队伍分批入城以备万一。

　　刘平、石孙元二将一听，忙唯诺听命，遂下马调拨军队，每一队走出五里，再放一队，如此将及一更时，已放行五十队。此时二将隐隐觉着哪里不对，回顾询问"急脚子"时，哪里还有人影？诸将大惊失色，对视一眼，方知中计，火速遣人侦察，探报不刻便回：延州城上并无灯火，先遣队伍不知所终。二将极为震惊，部下亦相顾骇然，急忙整队前行，行至距延州仅五里的五龙川时，未曾遭袭，军中人心才稍稍平复。

　　时值大雪过后，平地雪深五寸有余，天寒地冻，满目凄凉，兵士思归之心更盛。突然，四面山谷间鼓角之声惊天动地，烟尘漫天，竟是十万夏兵从天而降，云集于眼前，将三万宋军四面合围。刘、石二将惊恐之余安抚兵士，告之监军黄德和率兵三千居大军之后屯于娘娘谷，去五龙川不过五里，可在后方解围，属下方勉强镇定应战。

　　两军对峙于河水两岸，夏军于水东布偃月阵，宋军于水西亦作此阵相对。之后，夏兵涉水渡河变为横阵，延州西路都巡检郭遵与忠佐王顺二人逼近敌阵，无奈攻不进去。刘石二将与其一起拼死进攻，斩杀夏军七百人，夏兵退而蔽盾为阵。宋军趁胜再攻得胜，且夺其盾，夏军被杀及溺水而亡者近千人。副将见刘平在搏击中行动渐渐吃力，定睛细看，才发现他左耳及右胫皆中流矢，面上却不见丝毫痛楚之色。

　　此时暮色初起，宋军见对面河畔稍远处夏军主力仓皇撤退，仍有不少将士及战马逃避不及，落在后面。一些将士立功心切，争相掳获，及至近前才发现尽是老弱兵士及受伤牛马，一时后悔不迭，兵阵大乱。此时夏军尽出精锐乘机猛攻，势不可挡。

　　万分紧急之时，只见一员大将策马率众杀出重围，正是郭遵。郭遵至后阵黄德和处求援，黄德和在马上哆嗦着直摇头。郭遵见其畏惧不敢进兵，又急赴延州求救。范雍闻言也是大惊失色，口称"守城重要"，不肯出兵，钤辖卢守勤早已闻讯，干脆闭门不出。

　　郭遵压下心中怒火，告诫自己只道延州确也无兵可遣，掉转马头又反身杀入重围。

夏军以轻兵杀入宋军之中，宋军被迫退却。黄德和缩在阵后观望良久，此时见军稍却，急率部下退保西南山。众军见状，紧随着纷纷退去，一时宋兵溃不成军。

混乱之际，刘平命其子刘宜孙急追黄德和。刘宜孙领命，赶上去抓住黄德和的车辔拜求道："当勒兵还，并力拒战，奈何先奔？"

黄德和气急败坏地甩开他的手，"快，现在逃还来得及，我命令你先火速逃到甘泉，以便掩护我，备我不时之需！"说着策马而逃。

刘宜孙赶回时，得知戍守鄜延路的骁骑左第一指挥使郭能也临阵退走，自己部下亦有军士临阵退逃，刘平遣亲兵执剑仗将此等士卒截住，得千余人，力战以拒。如此拼死转战三日，夏军退还水东。

刘平遂率众退至西南山，立七道栅栏以自固。

当夜，夏军遣人自称送文牒者，刘平料定必为刺探军情之奸细，开门引入后二话不说即杀之。四更时，忽闻夏军环寨大呼："如许残兵，不降何待？"

刘平高声道："汝不降，我何降也！明日，救兵大至，汝众庸足破乎？"

次日破晓时，四面山中杀声震天，原是夏军蜂拥而至合击宋军，双方当即展开激战，宋军气势渐弱，不少兵士不由萌生退意。只见一人一骑冲入夏军阵中，战马同主人一样英姿勃发，一时杀伤数十人。

　　夏军勇将杨言定睛一看，还是郭遵，不由大怒，即命随从不得助阵，一人上前抵挡。郭遵手持近百斤的铁杵，打马就冲过来，杨言正要开口，脑袋已被砸得粉碎，两军将士皆惊呼。

　　郭遵面不改色，持枪挺进，一时所向披靡，无人可挡。

　　原来这郭遵早在前日黄德和溃逃时，心中惊怒交加，早抱了为国捐躯之心，独自出入敌阵如入无人之境，此时更是有如神助，竟有万夫莫挡之勇。宋军士气大增，得以暂时退却，郭遵又回马持大矛殿后。

　　元昊骑马立于山坡，看得真切，冷笑两声，"可惜了这员虎将，奈何不能为我所用。伤我这些兵士，看来留不得了。"回头对左右如此这般交代了一番。

　　有将士当即持索立在高处，就要绊倒郭遵坐骑，郭遵左右挥舞，尽数将索斩断，夏军纵容郭遵深入，待得元昊指令即攒兵张弓就射，战马扑倒，郭遵中箭身亡。

　　郭遵浴血奋战之时，刘平与石元孙巡阵东侧，一时固若金汤。元昊与遇乞商议后，命人将宋阵冲开，截而为二，宋军溃败，刘、石二将寡不敌众被俘，所率部队全军覆没。

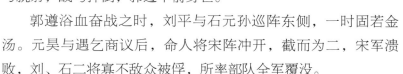

第六十三章 智谋

元昊站在三川口高坡之上，目视兵士打扫战场，转顾苍茫落日，露出王者的笑容，余光里遇乞指挥若定、挥洒自如，元昊心中又涌出一丝烦闷。

刘、石二将被俘后，宋军中传言刘平在西夏兴州非但没死，还在西夏娶妻生子。然而直到数年后，石元孙被西夏释放回宋，众人才从他口中得知刘平被俘后当即绝食，面对劝降者不住高声叫骂，遂遇害，年六十八。因此有人说，刘平在军中素以寡谋闻名，然其忠勇实则可嘉。

三川口之战中，宋援军被夏军全歼。夏军乘胜集兵于延州城下。城中守将范雍日夜忧心如焚，将士皆无退敌之策。如此苦挨七八日，眼望着延州城危如累卵，诸人只能相对唏嘘，束手无策。

夏军放言今日午后就破城，宋军更是一片哗然，恐慌至极。黎明时分，范雍愁肠百结，悻悻走在城墙上，见一人手持大刀目视前方威武肃立，范雍仔细辨认，认出此人乃任指挥使的一个老将，此时此刻，他怎会有如此沉静坚决之态？范雍呆看半晌，不免心中纳罕，上前与之交谈。

"我在边关守城已将近五十年，遭围城已数次，其势有近于今日。房人不善攻，我可以担保今日万万无虞。若有不测，请斩我首！"

范雍更为惊诧，对此人所言虽不全信，却只觉此等声威乃这些时日里来从所未见，不由热血沸腾，心下暗想：就算以此来壮人心也未尝不可，至少也是聊胜于无。随即召集众人道："延州，西夏入寇之咽喉也，如将不守，则关辅皆危。"

众人先是漠然相对，渐渐面露些许期待。范雍又面对郡南嘉岭山祈祷。突然彤云密布，瞬间鹅毛大雪纷纷落下，气温骤降，天气奇冷。此时西夏士卒露宿于郊外，被薄衣单，冷得直打战，遂军纪松弛，无心再战。元昊也深感诧异，下令撤围退兵。

宋军振奋，范雍深信此乃山神有灵，即以宋迁官员身份封此地山神为威显公。

某日子夜，范雍着便装，提了一壶老酒，行至那老将孤独的营房，见他未点灯，正独自一人就着雪光默默擦拭大刀。

"有人对我说过，当日你敢妄言，万一不验，须伏法。你难道没想过吗？"

"君未之思也，若要城陷，何暇杀我邪。我当日那样说，哪里是有半分把握？也只不过是安慰众心罢了。"

范雍目瞪口呆，想到堂堂大宋边将在敌兵围城的危急时刻，根本无力退敌，只能将所有希望寄托于不知所在的神灵身上，宋军之弱可见一斑。一时思绪纷纷，茫然无措，哑口无言。

三川口之战，再度彻底暴露了宋朝西北边防的空虚和边关将帅的无能。宋官员田况论及此次战役时说，延州被围是范雍挑起的。也有官员进一步说，此种说法虽然不尽确切，但也可见范雍对西夏所采取的策略确有重大失误。

夏军退兵后次日夜里，元昊一人喝了半晚闷酒，终于按捺不住，提着酒壶往后营走去，且叫侍卫不必跟着。无星无月的夜里，北风呼啸，大雪搓棉扯絮般绵绵地下着，整个十里连营尽数拢在雪幕之中。

元昊掀开遇乞营帐，暖气往脸上一扑，一室皆春，一瞬间清丽侧影已映在自己眼中，元昊只觉得呼吸一窒。

"嫂嫂竟在营中？"元昊声音紧绷，自己也说不出是兴奋还是伤感，"义兄，你可真会金屋藏娇，只是未免隐藏得太深沉了。"

没藏皎皎原是学着汉人在烹茶，野利遇乞含笑望着她，只如寻常夫妻一般，却更多了些甜蜜与无言的默契，此时早已站起来对元昊行礼。

"乌珠言笑了。"遇乞笑道，"皎皎也是几日前才到的，本欲面见御驾，只怕打搅。每日只在帐中读书罢了。"

元昊含笑，目光流转中，那样的明眸皓齿，仍是梦魂深处最深的痛。她却只是温婉一笑。

"有些日子没见了，今日不必拘礼，咱们只当随意聊些家常。"

说了一回碧珏及太子与世子，还有宫中事务，然而话题不出十句，还是到了战事上。

"依嫂嫂所见，此次我军退兵，除了气温突降，还有别的吗？"元昊望向皎皎。

皎皎转视遇乞，他正望向自己，便从容道："回禀乌珠，的确还有两个缘由。"

"哦？愿闻其详。"元昊真的来了兴致，连遇乞也是微微一怔。

"其一，我军转延州时，鄜延路副总管许怀德自东路阻击，所统兵仅数千人。至延州东，见我军人马数万，不免惶恐，随后却大声惊呼：河东广锐军若干指往某处，令折家藩兵几万骑往某处。我军疑宋援军大至，故引退。

其二，我军攻金明时，宋朝廷下令，诏命麟府路驻泊兵马铃辖、知府州军事折继闵出兵牵制。那折继闵攻入我夏境，破我寨堡二十余座，斩我将士数百人。另有数路宋兵大肆斩我将士，以数千兵破我数万兵士，我军兵势被分，故而退兵。"

元昊微感诧异，"女中诸葛，竟然洞察此中奥秘。"

"臣妾并无过人之处，只不过隔岸观火，侥幸看得清楚些罢了。"

元昊闻言微笑，意味深沉地望了她一眼。

夜间歇下，遇乞揽过皎皎娇俏的肩，"夫人适才对乌珠所言，怎的未曾对我讲过？我虽也知战事如家事，总是好事不出门，坏事传千里，只是和乌珠一样，总是存着一些侥幸，别人未必知道。还有……夫人难道不怕乌珠闻言不快吗？"

"事已至此，再对你提起，你无可奈何，只是徒增不快；对他说，也只因他向来自负，掩耳盗铃之事也做了不少，也只是提醒他此事可作前车之鉴。至于是否生气，随他去吧。"

遇乞虽知她对自己当得上情真意切，然而她不惜忤逆圣意，似是对元昊有一种"责之切"的异样亲厚之情，又听她口中轻描淡写地说出了几个"他"字，心里却是闷闷得不好受，一时心中不是滋味。但听帐外寒风嘶吼，大雪将整个人间裹成了白茫茫一片，他不再说什么，只是把她再搂紧了些。

第六十四章　告捷

西夏在三川口战役中大胜，却并未达到威逼宋朝承认其合法独立之目的。不久，宋庭得知元昊改姓"元氏"，宋仁宗立即于宋宝元三年（1040年）二月，去尊号宝元，改元"康定"。后来有人对宋仁宗进言说，"康定"乃是谥号，仁宗默然沉吟良久。

第二年十一月，又改元庆历。宋仁宗在位时改元九次，其中八次强迫接受书"改元"或"诏明年改元"，唯这一次却特书"去尊号宝元日"，可见宋对元昊改姓元氏之关注。

然而事实上，元昊从未使用过元姓，仍以"嵬名"为姓。他得到消息后，大笑不止，对左右道："偌大宋廷，任凭再凶猛，如今也只是一只病犬，如此好戏弄。"西夏国人皆道此乃乌珠为让宋朝承认西夏独立地位的一个亦真亦幻的法子。

三川口之战后，宋军未得喘息，元昊又分兵攻打安远、塞门、承平三寨。

安远寨都监邵元吉率众苦战。不少将士以为，安远寨位于极边，有三重寨门，易守难攻，应是坚不可摧，遂生轻敌之心。未料不出二日，夏军已攻破二门，乘胜进至三门，宋军大都胆寒不能战，邵元吉大声斥责："此时正是为国捐躯之时，就算死也要把寨子守住。是男儿就跟我来！"

这边夏军料定必胜，已生轻敌之心，却见宋军自寨墙缒下数百兵士，如神兵天降，复夺寨门，拒守数日。

夏军改变战略，分兵出击东西城，着兵士向城中放箭，城上宋军以矢石还击，夏军伤亡者数百，次日引军退去。

不日，夏军围攻承平寨，寨主、监押欲引兵藏匿至深山，待夏军退却后再回来，遂整装躲藏，将出城门时，见一人率数百人当先而立挡住城门。二人看得清楚，此人乃指挥使史吉，遂将"计策"告之，史吉冷笑："如此，兵刚完矣，如城中百姓刍粮何？此往还之迹何可掩？异日为有司所劾，吉为指使，不免于斩，愿先斩吉于马前，不然，不敢以此兵从行也。"

寨主与监押闻言羞愧难当，率兵返城。次日夏兵围城，史吉率众拒守数日，夏兵不胜，退兵。但仍围塞门、安远寨，延州诸将均躲在城中不敢出救。

行军大帐中，元昊闭目倚坐在狼皮褥上，听遇乞讲完战术，点头道："天都大王总是与朕心有灵犀。"

遇乞面对那灼灼目光浑然自若，"眼下当务之急是尽快拿下塞门，此寨在卢子关南，金明北二百里处，是我党项诸部的居地，原本就属夏州。淳化年间，金明守将李继周开至塞门、鸦儿两路，始建此寨，因距延州路途遥远，故路无人烟，抛殊孤绝，最是易守难攻。"

"正因如此，我们更要尽快将故地取回。"

"属下愿为乌珠将其尽快献上。"

"整日待着也是烦躁，宫人心里都烦朕，平白连累他们受罪，朕正想要松动松动筋骨——还请天都王作陪，咱们一块去洒脱洒脱吧。"

元昊自延州退兵驻金明时，即遣其首领约遇、设兀等部藩骑七百余，在塞门不远处驻泊。此时元昊亲率大军攻之。

此时的塞门寨中只有五千宋军，闻讯人人惊悚，不知所措，拼命坚守了近五个月，其间多次向辖迁总管赵振告急，赵振只遣弱兵数百人救援，尽数被夏军歼灭。寨内处处弥漫着末日般的惨痛。

然而就是这种内无强将、外无援兵、眼见就是城毁人亡的时候，城中军民爆发出一种困兽般的斗志，人人目眦尽裂，奋力拼死守城，夏军也大为惊骇，一时间战事陷入僵局。

累月奔袭已然疲惫不堪，加之敌军破釜沉舟突然发力，夏军连营之中气势低迷，众兵士无心再战，思归之心尤甚。一将领从元昊金顶大帐中步出，丰神俊逸气势如云，"适才乌珠已得密报，宋军已弃塞门寨，现仅留数十病残佯装守城，乌珠有令：先破城门者封千夫长、赏金万两！"

夏军欢声雷动，当日傍晚前攻下塞门，将士被俘，粮草甲器尽没。破城士兵发现，寨中仍有数千军民，并非空寨，才知原是元昊为鼓舞士气所作诈语，然奖赏依然有效。

此战告捷，元昊乘胜移军攻安远寨，未料途中竟风雨大作，道路泥泞不堪，处处蓬蒿缠腰，举步维艰。元昊与遇乞商议后，为防延州救兵至，乃设伏兵于浑洲川，以邀击援军归路。安远寨成孤城，陷落亦是意料之中的事。

夏军所向披靡，元昊志得意满，又分兵攻取栲栳、黑水等寨。

第六十五章　名臣

　　塞上秋来早，满目落叶枯黄，映衬着天高云淡，大块大块的云彩在碧空之中是翡翠的颜色。金风习习，玉露冷冷，无边秋色与浩淼的水波相连，秋水寒凉，在秋风中起着层层涟漪，远远望去似有烟雾笼罩，竟是水天一色，看不分明。这幅萧瑟悲凉的秋来塞外图让目睹之人无不起思乡之心，唏嘘感叹。

　　行营中，将士们见安抚使在水边独自一人徘徊，都知他实在疲惫不堪，加之他面对难题素喜一人默默思量，故而并不去打扰。

　　这安抚使正是日后写出"先天下之忧而忧，后天下之乐而乐"千古佳句的一代名臣范仲淹。此时他身影更加孑然孤傲，心中却不无悲凉。此时范仲淹任陕西经略安抚副使兼延州（今延安）知府，与韩琦一道主持防御西夏军务。

　　入了夜，近侍见桌上简单的食物也只是略动了动，知道大人必不会再吃了，叹息着收拾了去。

　　"把酒留下。"内敛沉静的声音自窗边响起，一灯如豆，范仲淹正就着在秋风中摇曳的灯光读书。

　　"大人，这几天您忧心的事多，吃得又少，这酒还是少喝点吧。"

"不妨。"范仲淹伸展胳膊洒脱一笑，"老夫这身板还算结实，姑且留着还有用。不必担心。"

"大人，属下已将西边碉堡上的赏月阁打扫干净，今儿月亮又大又圆，大人向来喜欢看它，不如现在上去，权当散散心吧。"

范仲淹一笑，"多谢你，倒是知道我们这些酸腐文人的习气。"扭头望着半天中一轮明月，那月色极好，一圈圈融融的光晕，直照到人的心里。放在平时，登高望远何等快意，只是此时，登高纵目、观赏月色，还得借酒消愁，来排遣这漫长孤寂的秋夜。

夜里，秋风刮着窗棂哐哐地响，近侍起身关窗，见大人屋中还亮着烛光，他正挥毫泼墨，不知写些什么。次日清晨，屋中已无人影，定又是趁早视察军务操练去了。桌上铁画银钩的一阕《苏幕遮》仍是墨迹未干，近侍不禁念道：

"碧云天，黄叶地，秋色连波，波上寒烟翠。山映斜阳天接水，芳草无情，更在斜阳外。

黯乡魂，追旅思，夜夜除非，好梦留人睡。明月楼高休独倚，酒入愁肠，化作相思泪。"

此词在军中不胫而走，自有多才之人为其编曲，将士纷纷传唱。黄昏里薄暮下，也终随归乡大雁传唱至北宋，闻者唱者听者无不为家国、为远征之人感叹，泪湿衣襟者比比皆是。

夏天授礼法延祚三年（1040年）八月，范仲淹、葛怀敏奉诏，驱逐夏军出塞门。

这日都监周美待诸将议事离开大帐后对范仲淹道："大人，

贼新得志，势必复来，金明当要冲，我之蔽也，今不亟完，将遂失之。"

范仲淹目视周美，欣喜道："果然将才也。"因而嘱令周美重修金明城。数日后，夏军果攻金明，于延州北三十里结阵。

周美率兵两千力战，同时邀请援军，而直至傍晚，援兵仍未到达。周美遥望夜空，随即下令将部队转移至山北，设下疑兵。夏军以为宋援军到达，引兵而去。

稍后，夏军出艾蒿寨，到达郭北平，双方开始夜战。突然，夏军但见满山军旗，火光冲天，惊惧而走，宋军获牛羊铠甲数以千计。此后，夏军又攻金明，周美引兵由虞家堡并北山而下，将夏军击退，募禁兵筑万安城而还。

此后两军又数度作战，各有胜负。

宋朝从未中止过扫平西夏之决心，但宋夏一直没有固定的边界，宋军守势长期被动，边防战线过长，防御面过广，庞大的守军粮饷已是不堪承受的财政负担，而分兵防守更造成兵力分散，临战则以寡敌众，难免常败。

韩崎与范仲淹均为一代名臣，在赴任西北边防之前，均政绩不俗。

此前三川口大败后，宋廷追究责任，罢张士逊相位，吕夷简接任。同时，宋廷又命韩琦为陕西安抚使，协助总统西北防御的陕西经略安抚使夏竦，又任范仲淹为陕西都转运使。范仲淹此前与吕夷简不和，被斥为"引用朋党"，贬至饶州、越州等地为官。正因韩琦力荐，得以被重新起复担当大任。不久后，宋廷又下诏任韩琦和范仲淹同为陕西经略安抚副使，韩琦主管泾原路，范仲淹主管鄜延路。二人在不同辖区采取一系列战略，使得元昊在延州一带不易得势。

范仲淹到任后改变御敌策略。此前，敌军来攻之时宋军军官总是最小的武将先出御。范仲淹对此深恶痛绝，"将不择人，以官为序，取败之道也"。他大阅州兵，简选一万八千精锐，分六将领之，日夜训练，量贼众寡，使更（轮流）出御。如此，既通过战斗练将，又通过实战练兵。还派人四处修建防御堡垒，并建鄜城为康定军，加强抵御西夏的军力。

西夏人纷纷道："今小范老子（范仲淹）腹中自有数万甲兵，不比大范老子（范雍）可欺也！"

夏天授礼法延祚三年（1040年）九月，元昊连下乾沟、乾福、赵福三大军事据点。韩琦命时任环庆副总管的宋将任福率兵七千，夜行军七十里，突袭白豹城，击败驻守的西夏士兵。夜漏未尽，抵城下，四面合击。天明时，破其城，纵兵大掠，焚巢穴，获牛马、橐驼七千有余，委聚方四十里，平骨咩等四十一族，焚其积聚而还。鄜州判官种世衡也审时度势，急率军赶赴距延州东北二百里外的宽州，筑垒营墙，起清涧城，右可固延安之势，左可致河东之粟，北可图银（州）夏（州）之旧。

庆历元年（1041年），鉴于元昊攻势转剧，宋仁宗遣使向夏竦问计。夏竦当时主持西北军政要务，派副使韩琦和判官尹洙诣阙入对，呈上攻守两个方案，请宋仁宗选其一。宋仁宗时年三十二岁，正值青壮，正是血性之时，认定要对西夏展开攻势，不顾朝中大臣反对，"诏鄜延、泾原（两路）会兵，期以正月进讨"。

范仲淹上奏，认为正月塞外大寒，应慎重行事。宋仁宗思虑良久，下诏让西北诸师"应机乘便"，择时向西夏进攻。

是攻是守，韩琦与范仲淹各执己见。

范仲淹认为，"战者危事，当自谨守以观其变，未可轻兵深入"，主张防守；韩琦认为，如果一味固守，将士必无进取锐志。而且，元昊"倾国入寇，不过四五万（军士），老弱妇女，举族而行。吾（守军）逐路重兵自守，势力分弱，故遇敌不支。若大军并出，鼓行而前，乘敌骄惰，破之必矣！今中外不究此故，此乃待贼（西夏）太过。屯二十万重兵，只守界壕，中夏（华夏）之弱，自古未有！"

韩范二人同出晏殊门下，私交甚笃，然而在对夏战略上，意见却完全相左。

这日接到韩琦书信，又论及此事，范仲淹起身就着窗外春光细阅，只见上面写着：宋朝在西北仅正规军就至少二十万，而西夏"精兵不出四五万"，只守不战必使士气沦丧、军费糜耗，主张集中优势兵力，寻找西夏主力进行决战，应打速决战。

范仲淹摇头苦笑，对同僚道："韩大人此言差矣。宋军人数虽多，但缺乏强将精兵，战斗力差；西夏军人数虽相对较少，但兵精马壮，战斗力强，加上西夏境内山川险恶，沙漠广袤，其都城兴庆府又远在黄河以北。如果贸然起兵深入，势必会造成粮草辎重的补给线过长，极易被西夏割断。倘粮饷不济，就必有被歼之虞，故而不宜贸然深入敌境、大举进攻。

"但是，夏国经济力量薄弱，粮食不足，多数战略及生活物资均需从外输入，这又是其致命弱点。只要宋军加强训练，实行坚壁清野政策，努力修固边城，伴以经济封锁，在元昊大举进攻时扼险坚守，这样西夏军必会无隙可乘，劳师无功。长此以往，西夏的穷兵黩武必然造成本国经济的严重危机，军队的战斗力也会逐渐消亡，宋朝就可不战而屈人之兵。然后进取绥、宥，占领茶山、横山，完全控制这一战略要地，就能有效控制西北局势。"

范仲淹提出了一整套以防守为主的军事战略，随即挥毫回信，墨迹酣畅淋漓，语调铿锵。

然而韩琦又是何等人物，怎会轻易改变自己良思之策，他一直在酝酿鄜延和泾原军联合主动出击，他上奏宋仁宗道："吾逐路重兵自为守，势分力弱，遇敌辄不支。若并出一道，鼓行而前，乘贼骄惰，破之必矣。"

宋廷对此的态度基本上摇摆不定，派了使者尹洙到了鄜延路统帅范仲淹那里，要求出击。但范仲淹的态度更是毫不含糊，他坚持认为时机不成熟，要等到明年春天出兵。

尹洙见他坚持己见，不禁叹息道："范公这就不如韩公了，韩公曾说过'大凡用兵，当置胜败于度处'。"

范仲淹立即道："大军一动，关系万人性命，竟可置胜负于度外吗？"

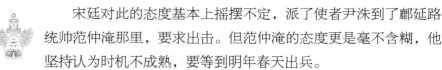

范仲淹与元昊就"请和"之事明里暗里颇多较量。

韩琦在新春之际先接到了开封的训令，问他为何不按计划元月出兵？韩琦只好派任福进京陈述泾原路的军事现状。任福尚未出陕西，便传来警报：夏军在折姜会区域集结军队，经天都山侵入了宋朝边界，直指泾原路的渭州，领兵人正是元昊本人。

第六十六章　心结

　　元昊出征前，夏宫里自是有诸多事情需要打点。野利碧珏事必躬亲，难免劳累，身体不适，请了御医看过后，在暖阁小憩。白姥给她递上茶碗，道："皇后娘娘，您也该歇歇了，天寒地冻的，整日忙得脚不沾地，伤身。"

　　碧珏望着日渐苍老却仍然对权力极度渴望的白姥，笑着沉吟了一会儿，"还是嬷嬷疼我。"便叫人当即传来得力的女官，交代她们帮衬着白姥处置一些事情，自己也好歇几天。

　　白姥心里暗喜，脸上也掩不住得色，嘴上却不断推辞着。碧珏心中好笑，但知她无论怎么样，对宫里的事倒是真正上心的，虽然对下人刻薄些，但事情一向做得周全，尤其对宁令哥　更是尽心，在自己眼皮底下，给她点权力使使，料她也翻不起大浪。

　　更何况无论如何，元昊对白姥这个奶娘始终比对亲娘还信赖，她这些年来能宠冠后宫，白姥确也没少出力，最终能登上后位，如果白姥从中作梗，怕也不会那样顺利。再者，自己这些年恩宠日隆，对人对事确也过严了，此时找个人替自己挡挡怨气倒也是好事。

　　一番布置后，都安排妥当了，见白姥还没走的意思，只拿眼瞄着在旁边服侍的井儿。碧珏虽早已视井儿为心腹，一句"不妨事"未出口，转念一想，白姥向来多疑，今日不知有什么说的，别让她多心才好。便对井儿道："你去把哥哥上次从吐蕃给我带来的唐卡取几张过来，我睡醒了瞧瞧。"井儿心里明白，只装作浑不知情，乖巧地退下了。

碧珏听到白姥时不时提起野利遇乞，言辞中颇有不平之气。原来白姥的一个干儿子曾在军中因玩忽职守被遇乞按律处罚，在白姥面前痛哭流涕。白姥仗着身为元昊乳母、又在碧珏身边侍奉多年，叫人去向遇乞说项，没想到遇乞并未搭理她，仍是秉公法办了。白姥气得四脚朝天，那干儿子更是怀恨在心，不时在白姥面前说看到天都山财务官李守贵与天都王妃没藏皎皎背着人在一起又说又笑。白姥便在碧珏耳边如此这般说了。

碧珏也早知道白姥对哥哥心中不快，也未言明，此前想着自己对她假以辞色，多给些财物权柄，想必她再怎的气量小，也能平顺了。没想到她至今仍心存芥蒂，听她越说越不像样子，心中厌烦，脸上却仍笑着，"嬷嬷，您老到底想说什么？"

"其实也没什么特别的。"白姥欲擒故纵，"老身……听说，天都山这些天悄悄从各处搜集了好些上等的白鸽，不知在弄什么。"

碧珏心想，还以为什么大不了的事呢，"养几只鸽子玩也不是大事——哥哥做什么一定是有他的打算。"

白姥被这不软不硬的话噎了一下，心知这是给她递话呢：我哥哥的事你少说。想了想，道："正是，天都大王的事老身可插不上嘴——只是，好像不是大王在玩，是那个嫩得透水儿的王妃在玩呢。"

见碧珏拿眼瞧她，大着胆子道："皇后娘娘，老身没把自己当外人——听说，那个没藏王妃让天都大王给她费了老劲儿弄些个鸽子，这还不算，还让咱们乌珠也给她找……她也真能张得了口。想当年，她要学汉话写汉字，不就让咱们昊儿给她从半道上截了个汉人叫什么云罗嘛，她们整日里疯天疯地的，把个天都山搅得乌烟瘴气不算，还时不时地跑来昊儿这里献媚……"

　　"嬷嬷！"碧珏不由动怒。有些事情不能说，不想说，不愿说，不敢说——怕一说，一切都变样了，或者果然是那个样子……这些年来，她不愿去深思、不愿去深究。若不是因为哥哥……哥哥爱皎皎如珍如宝，如若伤她，他必不会原谅自己……

　　至于元昊……从少女时代起，关于他们的传言从未断过。只是她以为，他们两对佳偶成婚之后，就如天上的鹰和水里的鱼，一切难道不该路归路，桥归桥吗？皎皎有哥哥那般的呵护疼爱，为什么还要来招惹她的夫君？如果皎皎不恰恰是哥哥的妻子，她怎会坐视？原本想着，只要时间慢慢过去，一切就好……只是那块萦绕心头的阴影越来越重。只是，她向来敬重皎皎，从不招惹她，皎皎为什么不敬重她，偏偏要来招惹她？

　　虽说白姥向来爱生是非，但这无风不起浪，连白姥都听到什么风声了……碧珏心中一口恶气涌上来，剧烈地咳起来。白姥也慌了，不敢再言，井儿进来殷勤服侍着。

　　虽然不许白姥多言，碧珏仍是暗中叫来心腹密探，不出半日，回报说"天都大王近日确实搜集了数百只白鸽，供王妃取乐……而且，乌珠听说后，也着人搜罗了一些，前日里一并送去给王妃。"

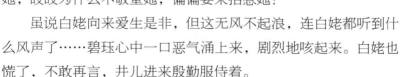

　　心中仿佛塞了一块石头，碧珏只觉得外头的冷风吹得自己骨头疼，暖阁里丝毫挡不住风似的。当晚，元昊与诸将研究完出征事宜，得知皇后请他到其寝宫的人已经在外头候了两个多时辰了，本已十分疲累，却仍来看碧珏。

　　二人说了些太子与世子教习的事，又说了些不相干的话，元昊道："你有什么事，直说吧。"

　　碧珏叹口气，似乎无意间随手拿起案几上的起云冠，对着烛光照了照，但见巧夺天工，金光璀璨，映得一室皆春。元昊心知她的意思，却也不点明，笑道："这样的好东西，只有王后才配得上。"

　　碧珏心中一暖，娇嗔道："那为什么，你寻了些漂亮的白鸽，不给我玩，反倒给别人了呢？"

　　笑容渐渐从元昊脸上隐去，却也看不出不悦，"我道是什么事呢——皎皎……你嫂嫂和你哥哥，近日找些鸽子在天都山喂养，你也想玩，要多少有多少，有什么大不了的？"见其眼中闪着光，知道终究也瞒不了，正色道："我只告诉你——这事，只有你、我、你哥嫂四人知道——这与军国大事有关，切莫再由着他们胡说了。越少人知道越好——小心误了大事。"

　　碧珏知道这次他没搪塞，军国大事……想到肩上的责任，她还能说什么。只是，军国大事……他们三人知道，竟然瞒着她，竟然直到她误以为有什么事时，才不得已告诉她……一向只是他们男人研讨密谋的军国大事，没藏皎皎竟然也赫然在列。而他们，她的丈夫，她的哥哥，竟然允许这样的事情发生，而不告诉她……

　　她的心里如同钻入一条小蛇。

第六十七章　埋伏

李元昊决意与宋军决战。

这日点集十万大军，兵分四路，入宋境后目标攻占渭州，却先派人到韩琦那里请和。韩琦道："无约而请和者，谋也。"命诸将戒严，并命速请环庆路副总管龙神卫四厢都指挥使任福前来，又对随从说："即刻收拾，我这就赴镇戎军。"看出随从的诧异，便道："镇戎军后便是渭州城，我得迎头拦住李元昊。"

韩崎急调镇戎军守军，又招募八千勇士，此外调泾州都监王珪四千五百人、都监武英钤辖朱观部队数千、都监赵津的瓦亭精锐铁骑两千人，总兵力约一万八千人，将此精锐全部交予任福。

韩琦并未下令与西夏军正面决战，只是在任福出发前交代：自怀远城经得胜寨（今宁夏西吉东南）直趋羊牧隆城（今宁夏西吉西北），出敌之后对西夏军发动攻击。各堡垒相距才四十里，道路便利，辎重在近，审时度势，能打就打，不能打就"据险置伏，要其归路"。韩琦成竹于胸，相信此计可使宋军立于不败之地。"及行，诫之至再。又移檄申约，苟违节度，虽有功，亦斩！"

而任福未等各路人马集齐就出发了。曾经大破黑山威福军的镇戎军都监桑怿被任命为前锋，都监武英带领后队军马，到了怀远城捺龙川，镇戎军西路巡检常鼎、刘肃带领帝国精英"弓箭手"赶到。任福接着带兵西行。

仓促之间，韩琦为此役立下了一个尽可能稳妥、但又杀机四伏的布局。他自己处于最前线，足以鼓舞军心，以镇戎军来消耗西夏军锐气，任福等人机动力量游走边缘，可在外线等待机会。

而此时的任福热血沸腾，夜屠白豹城的血光与快意仍让他兴奋不已，恨不能重现那份纵情肆意。

二月十日，任福率几千骑兵，以桑怿为前锋，杀向怀远寨，次日到达。刚刚喘了口气，最新战报飞送而至：附近的张家堡正发生激战，镇戎军西路都巡检常鼎、刘肃与西夏军遭遇。

任福只觉得血往头上冒，仿佛浑身的真气就等着这样一个释放的契机。他霍地站起身，脱下外袍，率军就冲了出去。一张军令飘然落地，正是韩琦亲笔，字迹刚劲清晰："……苟违节度，虽有功，亦斩！"

韩崎给任福的使命是隐藏，而非第一时间杀敌。然而任福自认所部乃宋军精锐，事实也正如所料，宋军士气如虹，不费吹灰之力将数百西夏军杀了个落花流水。西夏军沿六盘山向好水川主力集结地点逃窜，丢下辎重无数。

任福下令追击，一口气追逐了三天。二月十三日晚，人困马乏，行军口粮短缺，必须休整。任福命令全军停下，得知此地乃羊牧隆城东南方数十里外的一片滩涂地，名为好水川（今宁夏隆德）。

此刻，任福已然偏离了韩琦确立的西行路线。他带领前军桑怿的骑兵，常鼎、刘肃的"弓箭手"沿六盘山向南奋勇追击，行至笼杆城北好水川驻扎，后军朱观和武英驻扎龙落川，而精锐的王珪军和赵津军列阵于姚家川西侧，宋军实际上分成了三股兵力。

后军督粮官耿傅写信给任福要求小心为妙，武英也提出敌人很可能有埋伏，任福不以为意，下令各路人马次日转向好水川口会合，从而向原定的羊牧隆城开拔。

这一夜，任福伫立山岗，远望家国方向，畅想着即将到来的胜利，心中踌躇满志。目光所及，前方便是羊牧隆城，主帅指示的位置就在眼前。友军也增援到位，朱观和武英就驻扎在附近的龙落川，与好水川只隔一个山头，相距五里。还有羊牧隆城，那里有勇将王珪，是此前在镇戎军城下痛击西夏军队的悍将。刺探情报的宋军尖兵来报，声言西夏兵很少，任福等人顿失警戒之心，他便派人到龙落川联络朱观、武英，相约明早汇兵，一起追击，势要吃掉败兵。

次日，任福全军早起，出六盘山沿好水川向羊牧隆城前进。这时，另一方向，朱观、武英部也拔营而起，两军基本平行，并未在第一时间内会合，只为尽量快速行军，追击西夏军队。一路疾行，前锋桑怿带领的先锋营经笼杆城北追到了距羊牧隆城五里之地。

其时，元昊率十万大军，已经沿瓦亭川南下，在好水川、姚家川西侧的谷口设下埋伏，先前西夏"败军"，就是引宋兵深入的"诱饵"。

此时正值初春，积雪之下，万物冰冷。然而山谷中已有野兽渐渐苏醒，不怕冷的鸟儿也偶尔一声啼鸣，却更衬得周围诡异的安静。

几拨探马久久未回，桑怿的心不由悬着，抬眼望去，四周群山如嗜人的鬼魅般大张着巨口。

"将军，前方有数只封闭严密的泥盒。"属下禀报。

桑怿急心催马前往，果见谷中道旁有数只二尺见长的白色泥盒。细听之下，内有跳跃扑腾之声，似有物在其中。兵士俱疑惑，不敢打开。桑怿跳下马，并未轻易打开。

此时任福至，问道："为何停止？"

桑怿道："将军您看，此处泥盒，不知何物？"

任福看了看泥盒，也是大惑不解，便道："将泥盒打开，看看是何物？"

众兵士忙上前将泥盒一一撬开。原来每只泥盒中藏有白鸽百只，泥盒开启，白鸽霎时全部腾空飞起，盘旋于宋军上空。

任福大叫："不好！此乃信鸽！"话音刚落，山谷四周号角齐鸣，杀声震天，响彻好水川。以信鸽为诱，实乃元昊原创，前无古人，后无来者。

那日，辽远悠扬的鸽哨声渐渐升入高空，地面上西夏军队潮水般涌了出来，一眼望不到边。正是李元昊亲自带队的十余万人马，与上次三川口之战格局颇为相似，两万余宋兵在境内面对数倍敌军。

"有埋伏。"桑怿冷冷道。

将士人人心中惊惧，如此险境，几人内心能真正悍然无畏？连战马的鼻孔也张得极大。

任福勒住马头，大声道："切勿惊慌，稳定阵形。"

此时三个浑身血污的军士跑来，上气不接下气："将军，不好了！我们被包围了！"

此时，西路数万夏军骑兵正缓缓逼近，南路夏军铁骑也正排山倒海地急速接近，离谷地不到两里，好水川南麓的夏兵一眼望不到边。

那一刻，任福来不及细想此刻情形是如何形成的，来不及细想自己到底是恃勇而进还是自陷死地，也来不及细想如此强悍的西夏军队直捣镇戎军与渭州之间的六盘山附近、进入宋朝泾原路腹地，作为将军，自己为何竟然丝毫不知情……

千百个疑问如蛛网般纠结在任福的脑海，却是一个也抓不着。眼前一闪，原是前锋桑怿已率军冲了上去——他为何如此？

不错，定然是桑怿意欲争取时间，让他能布置军队，结阵自保，任福想。只有这个念头他能确信。

第六十八章　激战

宋军未及布阵，战场已然沸腾。桑怿的前锋部队在浩瀚的敌军浪潮中显得如此孤单，瞬间被淹没。

桑怿大吼一声，马鞭指着不远处高地："大家随我杀出去，攻占十字山高地，阻隔敌军攻势！"

桑怿为人极为正义且十分骁勇善战，在军中颇有威名。有一年在地方任所，遇到大水，桑怿准备用船把二廪粟装走，见有百姓避水，便弃粟用船装人，上百人因而获救。还有一次，遇到枢密官吏的勒索，被其义正词严地拒绝："我没有，就算有也不给。"

此时将士们见他如此，也跟着吼："冲啊，杀出去！"

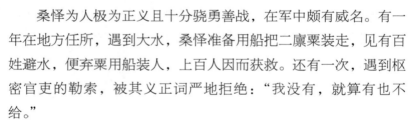

然而，就在骑兵纷纷调转马头，战刀凌乱出鞘之时，突然对面流矢如雨，万箭齐发，飞蝗般迎面扑来。桑怿的马极快，箭矢却更快，三支利箭已穿透桑怿胸膛，他在马上摇晃了一下，右手挥舞的长刀在空中不甘心地停住，仍是无可挽回地栽下马来。

兵士见曾经骁勇无敌的大帅出师未捷身先死，竟然就这样倒下了，一时个个都愣在那里。夏军杀声震地而来，人人随着大地颤抖着，他们不由得回过神来，声嘶力竭地吼叫着冲向密密麻麻的铁鹞子军——也许，那里正是他们的归宿。

一阵血肉横飞的厮杀，数千将士的鲜血涂满了山谷，西夏铁鹞子也有数百骑的伤亡，短暂整队后继续铁桶般压向宋军阵营。

与此同时，那边的斜坡上，常鼎、刘肃率怀远骑兵拼死向上冲杀，而夏军在高地南侧隐蔽多时，此时奔突而起冲上高地，拉弓放箭，而怀远骑兵既无重甲也无盾牌可蔽身，只是凭着匹夫之勇奋力拍马向前，不避惨烈的伤亡硬往上冲。双方展开白刃战，惯于翻山越岭步战的西夏兵攀过山梁从南坡掩杀过来，双方士兵个个杀红了眼，见人就砍，逢人就杀。鲜血淌在冰冻的雪地上，很快就结成了殷红的冰。常鼎战死，刘肃则将其余兵力分派在高地边缘，继续艰难作战。

宋军已然陷入劣势，在一马平川的山谷地，任福只能亲自冲锋，连儿子任怀亮在战斗中落马也无暇顾及。

从辰时至午时，战斗持续了四个小时，双方呈现胶着状态，又过了两个时辰，宋军崩溃。

任怀亮带队冲向十字山之时，希望据险而守谋得转机。而当宋军疯狂冲向高山，突见在山头上竖起一面二丈余的军旗，上面是一个西夏文的"昊"字。

元昊高坐在西夏宝马之上，阴郁地冷笑。

只见那军旗向左指，左边的伏兵起；向右指，右边的伏兵起。夏军始终居高临下，向爬到半山腰的宋军潮水般压下来……任福在乱军之中眼睁睁看着桑怿和自己的儿子相继战死，很多士兵纷纷坠崖，更是死伤无数。

败局已定，无力回天。任福只觉得头脑中一片空白，此时一个声音在任福耳边响起："将军！你快单独逃走吧，或许还来得及！"

任福回过神来，偏过脸盯着那个熟悉的脸看了半天，这才想起来此人是他的亲信小校，名叫刘进。

任福双目渗着血，抬头看天，不知天空是在他的眼里变得诡异还是被这漫天鲜血染得通红，他百感交集，竟说不出话来，片刻方道："吾为大将，兵败，以死报国耳！"言罢挺四刃月牙刀铁简决斗，身中十箭，面受两伤，最后一枪从他的左颊刺入，铁简坠地，任福摸了摸其中装着的一件公文，"还好，它在。"然后自扼咽喉而亡。

任福部全军覆没，战斗却更为激烈，五里之外的姚家川成为焦点。朱观、武英部行军到此，几乎与任福同时被西夏军伏击，但他们运气好些——先是意外地得到了增援，渭州都监赵律奉韩琦的急令率领2200名骑兵从南方腹地处赶来，恰好赶上战斗。另一方面，元昊正围攻任福，尽最大力量尽快吞掉宋军主将，无暇顾及他们。此时，如若夏军合围，集中兵力攻击，宋军便再无半点侥幸之机。

元昊见宋军战败，当即派出数千人马切断其退路。

宋将王珪、赵津得知战事，率军赶来援助。王珪号称"王铁鞭"，是宋朝著名的勇士，曾亲手斩杀两名夏军高级军官。在与夏人作战中，夏军一位骁将一枪直刺王珪胸部，伤其右肩。王珪用左手以杵将其脑袋打得粉碎。又一敌将快马赶来，一枪刺过去，王珪竟一把夹住了他的枪，用鞭击杀。敌军大惊，慌忙撤退。王珪曾率三千骑兵击败数倍西夏军，宋仁宗御赐其金牌，可先斩后奏。

其时王珪为羊牧隆城都监，五里之外的好水川发生激战时，他立即带兵杀将出来。他与主战场里的将士不同，本不必战死于此。他赶到时，西夏人阵势已成，铁桶般把任福部围在当中。王珪疯狂冲击，意欲杀进去将任福救出来，而此时四千余人面对十万之众，如何才能杀进重围？

好水川一战前王珪预感不妙，对家人道："此番作战凶多吉少，我杀西夏人太多，他们不会放过你们，你们赶快逃跑。"安顿了家属，王珪再无顾虑。

此时来到阵前，远远隐约瞧见任福的战旗未倒，王珪便带领精兵拼死杀向重围欲施援手，手下顾望不进者，王珪即下令将其阵前斩首，仍带头冲锋，无奈兵力太少，不能撼动夏军阵脚。

王珪深知士兵们终究是血肉之躯，绝大部分的士兵面对如此战局难免失去斗志。

王珪默默地跳下了马。

不少士兵松了口气，以为将军也放弃了战斗。而更多了解他的将士却更为忧心地望着他。

只见震天动地的喊杀声中，王珪下得马来，跪倒在地，东望拜了数拜，道："非臣负国，臣力不能也，独有死报尔。"说完翻身上马，手持赖以成名的铁鞭冲向西夏人的坚阵，杀死数百夏军。连续激战，拿铁鞭的手掌开裂，鲜血直流，战马也先后因为中箭更换了三次，王珪仍然奋勇击杀，锐不可当，一支利箭射中其眼部。王珪身负重伤，被士兵抬回营帐，当晚因伤重而死。

后军都监武英也在苦苦作战，宋夏双方又激战了四个时辰，宋军补给不足，弓箭消耗殆尽，元昊见宋军强硬，便又继续增兵施加压力，宋军东边的步兵阵被攻破。武英曾于张家堡小胜中"斩首数十百"。此前夏军佯装败北，武英认定有埋伏，但任福等不听。

参军耿傅亲自督战，武英见大势已去劝耿傅撤退，可耿傅装作没听见，继续战斗。武英急道："君文吏，无军责，奈何与英俱死？"话音刚落，武英立即后悔，他知耿傅是位文官，但更是一位勇士，怎会临阵脱逃？其祖父昭化就是个烈士。耿傅仍未言语，反而挺身向前，指挥士卒继续抵抗。然西夏兵无穷无尽般涌来，耿傅最终战死于乱军丛中。

武英拼命杀敌身负重伤，无法再指挥战斗，很快宋军被击溃，武英弓箭用完，与赶来增援的赵津壮烈殉国。

惨烈的战争之后，夕阳如血，照得漫山遍野的鲜血发出冰冷的紫色光芒。数年之后，但见好水川头白骨冷。

第六十九章　哀痛

激战主场，宋军没有生还者。姚家川逃出朱观和千余名士兵，极幸运地找到了一座废弃的城堡，以墙为根基，以强弩四面射击。将近夜晚，宋军兵马钤辖王仲宝带援兵赶到，救出朱观。

日落之时，战场披着一片血红的薄暮，与地上早已冰冻的鲜血交融在一起，一派悲怆凄凉景色。天色将晚，纵目之处，宋军尸横遍野，短短一天之间宋军泾原路帅司中的名将们损失殆尽。

好水川一战，宋军几十员大将、一批优秀军官除朱观外全部阵亡，泾原路一万八千人马几乎损失殆尽。消息传出，"关右大震"。

然西夏也伤亡惨重，"宋诸将力战，至死不肯退，夏兵虽胜，杀伤亦相当。故攻刘璠堡不克，还屯天都山，令游骑剽掠仪、秦二州属户"。元昊眼见惨胜，王仲宝赶到战场后，他下令立即退兵，再不接战，拔营出宋境，回天都山休整。

此战后，宋军在界边寺上发现了这样一首诗："夏竦何曾耸，韩琦未是奇。满川龙虎举，犹自说兵机。"落款是"大夏国太师、尚书令兼中书令张元随大驾至此题"。

此时硝烟散尽，余事却未了。韩琦在镇戎军驻地第一时间引咎自责，先上书自劾。上书朝廷，把败军之罪都揽在自己身上。

任福、王珪诸人，皆是以禁卫军官起家的大将，宋廷对阵亡将官各有赠谥，抚恤甚厚。

夏竦派人收拾宋军尸体，于任福衣装中得韩琦嘱诫诸将的公文，上表称好水川之役失败责任不在韩琦，是任福违规，擅自行动，与韩琦无关。可韩琦作为战区统帅，终究罪责难逃，掳其泾原路主管官职，降一官、知秦州。

韩琦回军路上，将至渭州之时，阵亡将士家属数千人披麻戴孝，举着灵幡，抛洒纸钱。有人攀住韩琦的马头痛哭："韩大人，我儿随你出征，现在大人你回来了，我的儿子在哪里？"有人则向空中哀诉："你们先前跟从韩招讨出征，现在韩招讨回来了，你们都不在了，希望你们的亡灵也能跟韩招讨一起回来！"

哀恸之声震动天地，韩琦泪如雨下，再也说不出话来，掩泣驻马不能进。一手下部将默视良久，终于道："大人节哀！大人何至于伤心如此？"随后从容起身缓缓对众人道："好水之败，错不在韩公，诸将力战以死。噫，趋利以违节度，固失计矣；然秉义不屈，庶几烈士者哉！"

众人无语，怔怔望着此人，但听他继续道："各位将属，你们的亲人当初一腔热血奔赴军营，追随韩公奋勇杀敌，何曾有过半点贪生怕死的念头。纵使主帅失策，但他们战死沙场，乃是为国尽忠；诚然打了败仗，却丝毫不曾有损于烈士英名。他们败得壮烈又有意义！你们的心情韩公怎会不知？韩公爱兵如子，那是天下皆知的。自战败以来，他没有一夜安然睡过一个时辰，他心里的痛会比天下任何一个人少吗？将心比心，今日大家如此这般拦道质问，你们的亲人、那在敌军刀下的数万战士也会觉得自己死得不值，也会将自己当成冤魂，我们要让他们情何以堪?!"

众人闻言，怔怔良久，转顾对望，哭声再起，纷纷跪于韩琦马前，泪眼相望，天地变色，草木含悲。

范仲淹闻此，也叹息道："此情此景，再难置胜负于度外!"一时百感交集，提笔一挥而就，是一首《渔家傲》："塞下秋来风景异，衡阳雁去无留意。四面边声连角起，千嶂里，长烟落日孤城闭。浊酒一杯家万里，燕然未勒归无计。羌管悠悠霜满地，人不寐，将军白发征夫泪。"

当初韩琦在泾原路奋战之时，范仲淹也在做着努力。开战之前，元昊派人分别向宋朝的鄜延路、泾原路请和，提议停战和谈。范仲淹心知不大可能，却仍尽礼接待来使高延德。

此时的高延德身份颇为尴尬，因他曾是宋朝的降将，被视为"叛徒"。范仲淹却热烈欢迎，表示对其带来的和平意向极感兴趣，并亲笔回了一封给元昊的信，信中问元昊："可知何以立国? 以仁获之；如何国祚绵长? 以仁守之。"晓之以理动之以情地说，我大宋皇帝对西平王抱有厚望，知道你受小人挑拨，最终定会迷途知返，我劝你重新接受宋朝的爵位和赏赐，这才是光明前途。

范仲淹派将军韩周陪高延德回西夏，希望面见元昊商量和谈事宜。然而韩周一去一回四十多天，在西夏以最高规格被接待，却只是见到了西夏高官野利仁荣，连元昊的影子都未见着。韩周差下人打听元昊何在，下人好不容易和馆舍杂役混熟了，答曰："听宫里上夜的外甥说，乌珠最近迷上了鸟儿，这些天都在天都山忙着养鸽子呢……"

韩周回来时，带着一封极长的"国书"，共有26页之多。宋史中并未明确记载其内容，《范仲淹列传》中也未记载，只含糊地说："书辞益慢。"宋人多说："可想而知比先前的谩书还要趾高气扬。"

据史料记载，当时西北百姓这样传颂范仲淹："军中有一范，西贼闻之惊破胆。"而面对这个烫手的山芋，他也有些为难。尽管无礼，仍需上交。范仲淹想了一想，将26页长信中的20页当着西夏使者的面烧了。使者当然明白其中真义，更加敬佩。

使者走后，范仲淹凝视着剩下的6页纸，想了又想，将其重写润色，教人誊写后呈给大宋天子。随侍惊道："大人……定会有人称此乃对皇上不忠……这可是大罪。"

范仲淹道："以诚待诈，为的就是和平。如果将谩书原样呈上，必然龙颜大怒，后果更加不堪。"侍从还要再劝，却见他沉吟不语，摆摆手，示意他们如此去做即可。侍从又怎会不知其中真义：虽说宋朝文臣无死罪，范仲淹自忖此举必然凶险，却宁肯自己回去当地方官，也不愿使战事升级。

人心雪亮，虽然受到朝中不少人诟病，宋朝人却仍推崇范仲淹，只因多数人看得清其本心。

经修改的谩书呈上之后，知道实情的皇帝与一些大臣十分愤怒，便有人当即打着"人臣无外交"的旗号讨伐范仲淹——别说是谩书，就是降书顺表，范仲淹都犯了欺君之罪。宰相宋庠等人提议，将范仲淹砍头。朝廷下旨，调查范仲淹与西夏通使焚书之事。

自然有人反对。参知政事、官吏克星杜衍在朝堂上道："我

朝正缺能办事之人，范公一直恪尽职守……此情此景，谁能保证
不犯错？"话一出口，群情激昂，各抒己见，一时僵持不下。

第七十章　思量

范仲淹后来称："我先前与元昊通书，意在诱谕其归顺。任福军败，元昊来书悖慢，为臣以为，朝廷如见书而不能讨，则辱在朝廷。故而我当着僚属之面焚毁来书，以使悖慢之辞不得见于朝廷。"话虽有理，宋廷仍降范仲淹官一等。

庆历元年（1041年）秋，宋廷免去夏竦的西北统帅之职，"分秦凤、泾原、环庆、鄜延为四路，以韩琦知秦州，王沿知渭州，范仲淹知庆州，庞籍知延州"。分别领兵命将，以抵御西夏的进袭。夏竦此人，"雅意在朝廷，及任以西事（西北抗夏），颇依违顾避，又数请解兵柄"。因此，宋廷让他改判河中府，他自己也乐得接受，其本意是复返汴京做执政。在西北三年，除了上奏"十事"之外，夏竦基本没有任何建树，而且外出巡边还在军营中带美婢玩乐，几乎导致军变。

韩琦因战败被降职，战后帝国西北各堡寨交通断绝，局势更为紧张。

当世及后世不少人指责李元昊侵略成性，元昊对诸将说："朕不毁灭他们，他们就会来毁灭朕！朕别无选择！"

战后，元昊在庆功宴上当众让遇乞分析宋夏三次大战皆以西夏胜利告终之原因。遇乞从容答道："乌珠总兵数虽少于宋军，但每次大战皆集中优势兵力，五指成拳，以人数之胜，一举歼灭宋军一部主力，此其一；反观南朝（指宋朝），战线拖沓，兵源分散。"众将互视，不禁点头。

"其二，知己知彼，百战百胜。无论是宋军的动向以及作战地形，我军皆事先成竹在胸，宋军数次贪功冒进，连间谍、尖兵侦知的情报都百分百不实，岂有不败之理？其三，游击战术，转战不疲。乌珠常常声东击西，偏师屡出，令宋军如坠云里雾里，乖乖中计。"众人忆起酣战时的刺激，拍手大笑，欢声雷动。

宋廷对战争失败的原因自然也有一番思量。南宋叶适《始论篇》说："（宋）太祖惩唐季藩镇，削其兵柄，收其赋入。一兵之籍，一财之源，一地之守，皆人主自为之也。然专其大利，而受其大害。废人而用法，废官而用吏，禁防纤悉，大与古异。威权最为不分，故人才衰乏，外强中弱。"可见，宋朝重文抑武现象乃开朝就立为国策的"原则"，矫枉过正，日后终成衰弱之源。

痛定思痛，韩琦曾对好友道："从三川口到好水川，再到定川寨，我军三战皆败北，西夏军三战皆胜。元昊指挥西夏军，每以设伏诱敌为惯用之计。三次战役，西夏军无不是在首先了解战场敌我态势，把握战机，迅速占据有利地形之后，集中局部优势兵力，张网以待，掌握宋军贪功心切的心理，引诱其贸然进入口袋阵内。而后先以骑兵部队进行试探性冲击，目的在于打乱宋军阵脚，使其茫然不知所措。继则强弩如雨而下，再复以实施突然、迅猛的突击，一旦打开突破口，便迅速向纵深、翼侧机动，最后分割围歼，可谓协同周密。

　　"刘平、任福和葛怀敏三将，无不是贪功冒进，倍道趋利，致使部队疲于奔命，欲退不得，欲罢不能，招架之力也几乎丧失。最后一旦遇伏，遭遇西夏军主力，便只能精疲力竭、仓促应战了。在对敌作战中，如果有利地形先为敌人所占领，我后于敌人而匆忙奔走去应战，那么，我便处于疲劳被动而易为敌人打败的不利态势。孙子曰：'后处战地而趋战者劳。'此三战证明，地形之利弊，是影响战争胜负的重要因素。先敌占领有利地形，使自己处于以逸待劳的地位，无疑是争取主动、摆脱被动的重要一着。

　　"元昊利用广漠原野，我进他退，我驻他扰，我疲他打，我退他追，消耗我军战力，进而窥得良机，选择我薄弱或孤立之时，集中优势兵力，占据险要胜地，以诱我，务求全歼我军。

　　"元昊又安排多名细作刺探我军军情，战场形势尽在其掌握之中。同时，联合辽国牵制我大宋，利用我方与辽之间的矛盾从中牟利。而我方，处处受其掣肘，命将非人，加之一直存在于军中的种种积弊，此战岂有不败之理⋯⋯"

　　西夏之渐渐强盛首先体现在军事上。自称"青天子"的元昊改定军制，建置新的兵种，"铁鹞子"是西夏最著名的重骑兵，战斗力极强，人数约有3000人，装备极其精良，乘善马、披重甲，作战时锁于马上，虽死不坠。除日常作近卫军仪仗外，战时更是冲锋陷阵的"前军"；"卫戍军"则是从党项贵胄子弟中挑选能骑善射者组成的轮番宿卫的军队，计5000人，号"御园内六班直"；此外，还有极少数"陟立旋风炮于骆驼鞍，纵石如拳"作为炮兵部队使用的"泼喜军"；负责专事俘掠牲口的十万"擒生军"。步兵、骑兵为主，辅以炮兵、"擒生军"、侍卫亲军诸军，多兵种合成的虎狼之师一时风头无两。

　　这日，元昊站在兴庆府城头上举目凝望。北有大辽，南有吐蕃、大理，西有高昌、于阗、龟兹，东有大宋。

　　大夏该何去何从？

第七十一章　攻防

好水川之战后，宋朝采取守势。为加强西北防务，在陕西正式划分秦凤、泾原、环庆、鄜延四路，以管句秦凤路部署司事兼知秦州韩琦、管句泾原路部署司事兼知渭州王沿、管句环庆路部署司事兼知庆州范仲淹、管句鄜延路部署司事兼知延州庞籍，并兼本路马步军都部署、经略安抚沿边招讨使，分区守防，各专其职，负责各路军事。

经过五个月的休整，元昊决意率军攻下宋河东路黄河西岸的麟、府、丰三州。

彼时夏宋交界极长，宋朝国土最北端，乃河北东路的丰州城。向下偏右，即传说中杨家将起家时的火山军城，再向下，依次是府州城、保德军。左边，即西边偏下，即麟州城。

元昊道："想当年太祖战绩辉煌，若不是当年突降暴雨，还有那个有头脑的太原张进；还有一次就是那个不出世的名将曹玮……太祖当年差点就攻下麟州。此次绝不能放过良机。"

群臣中有人道："乌珠，此时西北边疆正是盛夏天气，又闷又热。我部多为游牧民，北风像刀子一样割在脸上倒不觉得怎样，只是在这蒸笼样的草甸子里日子没法过，哪里还有半点操刀子砍人的心呢？"

元昊哈哈大笑，"没错，我们诚然会热、会渴，但是，他们会比我们更热更渴，这何尝不是最佳战机！"

丰州城、麟州城、府州城乃宋夏交界，其间是一连串的军寨，是它们互为依托的生存命脉，连绵成一条悠长的国境线。一旦攻下，可以以黄河为界，与宋对峙。

此时宋朝北方战线已荒废30余年，澶渊之盟条约之一即宋、辽双方均不在边界增兵、修城，宋朝北方军力疲软不堪。

七月，元昊突然围逼麟州城，向导乃麟州蕃部乜罗。宋境内党项熟户原本并无与元昊私交之心，然均被守边军事主管怀疑"非我族类，其心必异"，猜忌日深，忍无可忍，主动投奔西夏。

城外蕃汉边民见西夏军队来袭，聚首于城门请求入城，然并代兵马铃辖康德舆闭门不纳。边民无奈，有的投降，有的被杀，人山人海堵塞城门。

骄阳似火，城中极其缺水，城内一片恐慌茫然，欲派人求援而不得。知州苗继宣出了重赏，一个士兵从人群中站了出来，当夜穿上元昊亲自设定的西夏军服，说着党项语晃晃悠悠，一路打着招呼就出了连营。

宋朝炸锅，一连串命令紧急下达，中书省、枢密院在军队分立的机制下，以最快的速度签发文件，请皇帝确认，把开封城内的京神卫等20个指挥使单位派往河北路。

名将高琼之子高继宣火速赶去救援，其驻地乃是山西并州。行至天门关附近大河之前，突遇大雨，河水猛涨，黑夜降临，兵士在雨中瑟瑟发抖。高继宣愁眉不展，叹息不止。回头命令杀猪宰兰，摆上香案，跪在滔滔河水边："老天在上，河神在下，如若我大宋还能保住麟州城，就让这大雨停下来吧！"

言罢跪于雨中，凝望迷茫远空。凌晨时分，那雨果真渐渐停了下来。高继宣率部渡河，再急速行军一日，于黄昏时分接近西夏乇营。暮色降临，隐约望见麟州城头旗帜在风中飘扬。

有部下建言：城未陷落，兵士连日奔驰已然十分疲惫，先休整一夜，明日再战。然高继宣沉吟道："不能再耽搁——传令，谁还能打，随我夜战西夏人！"

该部下因听闻高继宣之父高琼曾做过禁军的殿前指挥使，在澶渊之役时名头较响，然则是个地痞无赖出身。此时又见继宣如此冒进，没有半点宋朝正规军的模样，心中十分忐忑。

高继宣精选一批勇士，于天黑透时亲自带队，摸向西夏军营。

半轮明月照在金帐之中，李元昊却并未熟睡。暗夜里杀声四起，死尸枕藉。未久，声音低了下去，兵士来报宋军撤退。

元昊失笑，"小小一个高继宣？就凭他区区几人，想撼动我十万大营？真是不自量力。"顿了顿，又道："不过，此人倒是有点志气，我喜欢。只是手底下是一群无用的老爷兵，半瘫痪的货色……他也算是壮志难酬。"

高继宣本想擒贼擒王，突袭元昊，未料遭此惨败，血战败走，回营后累得倒头就睡。次日清早起来，马上下令就地征召边民，"此地边民之强悍闻名遐迩，想必元昊也畏惧三分，何不为我所用？告诉他们，此时卫国就是保家，西夏人杀到家门口了，该怎么办，让他们想清楚。如果愿意，立即予以厢军身份，禁军待遇。"

　　不出一日，两千精壮边民聚拢了来。高继宣将其命名为"清边军"。三日后将元昊围城部队引出数万，一路追杀到三松岭。此地均为山地，惯于一马平川骑兵作战的西夏铁鹞子难以施展。两千多"清边军"杀气腾腾冲将出来，恶战之后，几万西夏正规军被斩杀一千余人，重甲骑兵踩踏者叠成小山。

　　在分兵追击高继宣的同时，元昊率众开始攻城。"守麟州之人王凯，此人来历比高继宣还要显赫，乃当年征服蜀川王全斌的后人，是真正的将门子孙。看来这又是一场硬仗。"他忧虑道。

　　王凯亲自督战，"这次咱们要让西夏人的软肋露出来。元昊虽勇，然而此前，并未正面攻破过我大宋州府级城池。这次一样不能！"

　　血战之后，李元昊下令退兵，放出话来——麟州城下我西夏折损三万人，务必尽快班师回朝。

　　王凯失笑："这次元昊又是想迷惑谁？"

　　西夏军游走于亘长国境线，各府州郡散布其间，此时大都胆战心惊，不知元昊会不会心血来潮选择自己开刀。正惊疑不定间，元昊突然掉头扑向府州。

　　麟、府、丰三州鼎立，府州最强，西夏大军一路势头极其凶猛，将麟、府之间重要军寨宁远寨攻破，宋军全军覆没，主将王世亶、王显阵亡。再进兵城下，把府州四面团团围住，强攻猛打。

　　而府州人非但不惊慌，反倒觉得正中下怀。

　　府州城依山而建，面临黄河，牢固险峻，如一座庞大鹰巢，东南方向有水门，滔滔天然大河取水护城，优势天成。

府州城乃折氏藩镇，从后晋、后汉起即独占此地，自筹赋税，俨然一方君主。自唐以来，世为麟府州节度使。折氏一门代有名将，在宋、辽、夏、金共200余年间始终活跃。《宋史》载："折氏据有府谷，与李彝兴之居夏州初无以异。太祖嘉其响化，许以世袭，虽不无世卿之嫌，自从阮而下，继生名将，世笃忠贞，足为西北之捍，可谓无负于宋者矣。"

此时折家军人虽非鼎盛，传至折继闵只有6100人，然生来刀尖舐血的边境生活铸造了他们始终警醒的双眼与身躯，其战斗力与最强的禁军相比，丝毫不逊。

第七十二章　惊心

折继闵立于城楼，北风在耳边呼啸，目送滚滚黄河东流而去，强敌不日就至眼前，胸中自有一番感慨。

"将军，此处风大，不如回房稍歇。"

"子云又去围猎，定然已知敌情，可曾返回?"

"尚未。末将心里着急啊。"

折继闵一笑，"不妨，张将军何等英雄了得。咱们不必为他操心。"府州城土生土长的张岊最初没有一官半职，不知用了什么法子，当上了个小牙将，任务与官职接踵而至，张岊遇到了一个大难题。

宋天圣年间，刘娥太后主政，西夏一高官阿遇之子私逃至宋朝避难。阿遇大怒，将麟州附近宋朝边民掠回数百，带回西夏，以易其子。

宋朝将其子放回，然边民却不得归。安抚使非常愤怒，欲派人前去交涉，然举目望去人人低头，眼观鼻鼻观心。一人出列朗声请求出使，安抚使定睛一瞧，正是小牙将张岊。

"你行吗?"

"小的试试。"

"要多少人？"

"人多了聒噪，小人一人即可。"

张岊只身前往，阿遇得知十分纳闷，来了兴致，叫人好生招待，只不谈归还边民之事。张岊也不问，每日只管吃饭、睡觉、打猎，十几天下来倒像是个地道的西夏人了。阿遇更加奇怪，亲自前来宴请。

但见满桌珍馐，与先前简单食物天壤之别。张岊似未察觉，只管大吃大嚼。阿遇一挥手，屏风后早有侍卫突然张弓搭箭对准张岊。

张岊抬眼瞧了一眼，理都没理，继续大快朵颐。倒把阿遇又愣住了，眼瞧着他吃饱后起身伸个懒腰躺倒在小榻上，不过须臾就鼾声大起。

侍卫人人惊惧，自有细心人近前观望，与阿遇四目相对无比诧异："大人，这位将军真的睡着了。"

次日阿遇与之一起打猎，两只兔子旋风般自草丛中跑出，毛色雪白，极是伶俐矫健，阿遇不由大叫："快射！快射！"众人连忙弯弓搭箭，仍是迟了，只能眼睁睁瞧着那双神兔消失无踪。堪堪此时，"嗖嗖"两支利箭破空而去，兔子无声倒地。张岊早已将弓背到身后，倒像无事人似的，"可怜啊可怜，今日又造孽了。两位兔子兄，原谅小的吧。"

次日张岊返回宋境，身后是兴高采烈的边民，还有上百只顶级的牛马驼羊——这是感念其胆量与功夫的阿遇大人送给他以示敬意的礼物。

张岊立功受奖，得了个官位：来远寨寨主。

众人哄笑道："张岊，看你这寨主怎么个当法！"

当时来远寨被西夏占领，寨主自然是有名无实的，是个不折不扣的荣誉头衔。张岊在嘲笑声中也仰天大笑，当晚便带了九个人去"上任"。当夜手杀伪首领，夺其甲马，把来远寨夺回，作了名正言顺的寨主。

当时，张岊年仅18岁。

如今近20年过去，少年张岊进入壮年。其战绩不局限于府州周边，而是辐射极远。元昊第一次侵宋，鄜延路三川口之战前后，张岊曾率折家军远程助战。折家军击破拉旺、阿儿两族，张岊一人射杀数十敌军，阵斩其军主鄂博，全胜而回。

此时元昊兵临府州城下，折家军首领为折继闵，张岊则是军中灵魂。

元昊扎下行营，休整后择时攻城。府州城经数百年经营，几乎没有破绽，经分析，元昊选择了山崖下的一条小路，此处确乃相对薄弱之地。西夏兵悄悄爬上去，惊天动地滚下来——但见城上滚木雷石，箭如雨下。

元昊命令攻北城。折家军主将折继闵亲自上阵，浴血厮杀，城下尸体达一千多具。元昊看到了府州城的软肋——较矮的西南城墙。

元昊命令北城继续攻击，拖住城防主力，同时派兵抢占西南城墙，一旦冲击成功，铜墙铁壁的府州城就会沦陷。

西夏兵突如其来蜂拥而上，转眼间矮墙下就堆满了人。此时城里城外喊声震天："城要破了！"

城头上枪林箭雨，几千人挤在一起厮杀，万分危急。此时一人"乘陴大呼"，正是张岊。他命令两人夹住一人，在城头之上形成另一道血肉防线，无论如何都要挡住敌人，伤亡惨重至极。

"将军！请您速速退下！"军士于血雨腥风中大叫。

"为何?！"

"您的眼睛！"

张岊右眼下方已然中箭，身上连受三处刀伤，却只嘿嘿一笑，继续带兵搏杀。

次日黎明，淡白的太阳照着满目鲜血，天地间是一种无力的悲哀。当一切散尽，城墙上血迹斑斑，只是一片默然无言。

元昊退兵。张岊昼夜守于西南城墙，局势稍稳，而新的问题又出现了。

府州地处西北，自古为干旱之地，虽然城外黄河流之不尽，而城内依然缺水。

这日张岊命令开城，叫百姓随意出去挑水。百姓惶恐，不敢出城，张岊道："我张岊以项上人头担保——西夏人绝对伤不了诸位父老乡亲！"话音未落，率军出城，与远处西夏军队遥遥相望，府州百姓中有勇者纷纷出城挑水回家。

元昊知道后，大笑不止："这个张岊，真乃人杰！府州城又臭又硬，姑且先让张岊坐镇吧。咱们理它作甚？"

元昊当即引兵退去，连夜去攻丰州，府州被围七日而解。夏军积尸蔽野，弃甲胄弓矢数万。元昊却令人放出风声，说夏军死伤仅三万人。消息传到宋仁宗耳朵里，仁宗一哂，对辅臣说："此谋者非骄我，即从缓诸路牵制之兵尔——令鄜延部署司严饬边备。"

三城之中，只剩下丰州还没试过。陕西都总管陈执中以为丰州隘陋，乃元昊诱西路兵马之计，不让泾源路出兵，元昊轻易拿下丰州。

元昊将丰州周边的永安、来远、保宁三座军寨占领，修建琉璃堡储存大批物资，以此作为支点，为河北路内的各处西夏部队输送给养。于麟、府两州交界线修建了建宁寨，以此切断麟、府两州联系及宋朝东京开封与麟、府两州的往来，以使它们彻底孤立。

时值八月酷暑，炎热无比，麟、府两州物资、水源急剧消耗。军民生活用度亦奇缺，更可怖的是战备物资眼望着也快用完了。

"纵然他们可以取到水，但是只要咱们把通往城池的所有道路都掐死，他们何以为生？物资、粮食难道要从天上掉下来吗？金城汤池，非粟不守，这次倒要看看他们饿着肚子还有什么法子。实在撑不住，出来野战才痛快。"元昊对遇乞道。

而野战正是此时宋朝要害。然则若不野战，围困的结局可想而知。

宋朝援兵、粮草都在路上，然而道路枢纽被堵，如何运得进去？河北军事主管康德舆任命一府州将领为麟、府道路巡检，要求其将麟府之间道路打通，把朝廷运来的物资送过去，拨人马五十骑。

张岊接令当即带兵疾驰出了府州城。

"将军，那康德舆大人不知安的什么心，这样的重任只给咱们区区五十骑？怕是他想留下兵力保护自己吧。还口口声声给您戴高帽，说什么：既然将军神勇无敌……呸！"

"怎么，难道本将当不得神勇无敌四个字吗?"张岊在马上大笑，疾风吹动他的战袍烈烈翻卷，未等对方回答，"休要多言，咱们只管好生把差事办了，方才是折家男儿！"

张岊已然知晓参与此次护粮行动的，除了清边军王凯，还有麟州城里的一位传奇人物，即那日与西夏兵闲聊着就混出重围求援的那位，名叫王吉。现已是麟州城指挥使，三方兵士达六千人。马蹄急风卷暴雨，张岊于青眉浪地界找到宋廷物资队伍，由太监宋永诚带队。不多时，王凯的清边军赶到，王吉队伍未到。

三人商议先将物资送往麟州，此处乃西夏骑兵时常出没之地，随时可能遭遇，真是步步惊心。果然，刚合兵没走多远，远处黑压压铁流般近万人的西夏兵团静默以待。

第七十三章　勇悍

　　两军相遇，激战展开，西夏军团兵士异常兴奋，他们最喜欢荒原作战，没有城池的阻挡，冲锋的马蹄中都带着快意，一瞬间就将张岊与王凯分割开来。

　　而边民出身的清边军也勇悍非常，双方激战在一起。乱战中副将一声惊呼，张岊正被六名夏兵包围，刀光剑影，砍杀不止，但见一支利箭破空而来——一切都来不及了——整支长箭贯穿张岊头颅！

　　必死无疑了！

　　然而目睹者无不惊骇——却见张岊伸手狠狠将箭拔了出来，随手扔在地上，不顾血流满面，冲向一众目瞪口呆的夏兵。

　　副将这才看清，那支箭，将其脸颊射了个对穿，虽未伤及致命处，却当真是凶险无比。众人豪情顿生，群情激愤，拼死作战。西夏军亦被震慑退走。

　　宋军重整军容，向麟州城进发。

　　张岊提醒众人，前方会更加危险——元昊不会放过每一个野战的机会，夏军随时会扑回来。

　　果然不出所料，刚到兔毛川，但见漫山遍野伏兵四起，目测之下总有三万人。而此时，宋军兵力仅只增加了麟州王吉。

　　王吉亦是西北战场的传奇人物，他也曾迅速完成从士兵到将军的历程，却比张岊更不走运。张岊空有战绩，终生不得高官，他却连高名也未得到，但这一切都无损于一些懦弱宋将难以望其项背的勇士风采。

　　兔毛川一片旷野，无遮无拦，面对五倍于己方的强大军团，且是一个全骑兵主力，刚刚经历了生死大战的士兵们难免心惊。张岊虽勇，但毕竟如此重伤，就算继续战斗，也无多少胜算……

　　天色暗了下来，四野茫茫，有风呜咽而过。有人当场哭了出来，众人回过神来一看，正是护粮监军太监宋永诚，他边哭边从身上抽出一条白绢就要找树自挂东南枝，然而这里哪有一棵树？他只好无奈地往自己脖子上一道道缠。

　　"三位将军，诸位兵士——大家莫要唾弃咱家——不是咱家怕死：人生下来谁不死？大不了就是一死，怎么说也得找个垫背的捞个本儿呀。可是刚刚那场血战咱家就受不了啦。满地死尸，满地断臂残肢，到处都是血肉模糊……军爷们胆量大，咱家可真是忍受不住了。祝诸位杀出重围，为国立功——咱们就此别过吧！"

　　如此奇异场景，大家不知如何反应，一时都呆在那里，只听一阵爽朗大笑，原是面目全非的张岊。大家这才哄笑声四起。

　　"你们笑什么？"张岊道。

　　"自然是笑监军过于懦弱贪生怕死啊！"有胆大的已然喊了出来。

　　"切莫耻笑监军大人——蝼蚁尚且贪生，大人只不过说了实话——倒是个真性情！痛快！"

一旁王吉道："监军大人怕死不了了吗？等我出战，我输了，你再死不迟！"

一骑已然如飞矢冲出，正是王吉。但见他稳坐于马上张弓搭箭，瞄准后只发一箭。

顷刻间夏军潮水般骚动，原是带兵主将已被射死。

只见王吉已扔掉弓弩，甩掉铠甲，杀入战团之中。往来冲突，毫不停顿。如一团烈火燎原，又如一个带刺钢刀挥舞出汪洋般的影子。

王吉纵横战阵，所向披靡，夏军万没料到主将就这样毙命，一时大乱。宋军趁势追击，将对方逼至一处悬崖，摔死者近万人。

元昊知道麟州城得到给养，便加紧围困。"送来的粮食再多，也有吃完的时候，朕就不信耗不过他们。"

与此同时，宋廷有人说了，此次送粮损失过大，得不偿失，如果每次都如此那还了得。不如退守保德军，以那里为最后防线。

退守保德军，正意味着放弃河北三城。

元昊得知消息对遇乞道："这正是宋朝的执政本色。看看那些文武百官的样子。咱们已经至河东了，兵力虽多，也是消耗得厉害，他们陕西方面并未承受多大压力，陕西四路与河北路又离得这么近，他们为什么就不敢发兵支援？"

"正是如此。先前和咱们抢后桥寨、白豹城，那还有点样子，如果这次再这样，也算是一出围魏救赵。一旦那样，咱们也得抽调些军力回防，对麟、府两州的压力自然会减轻许多——乌珠，咱们这是替谁说话呢？"

两人相视大笑。

面对如此战局，此时的北宋朝廷的确无招架之力，徒然满朝唏嘘而已。一位先前名不见经传的书生站了出来。

河南临濮人张亢，字公寿，进士出身，做过一系列判官、推官、大理寺丞，是正宗的文官。西北战火纷起时，他被任命为镇戎军通判。同僚均将其视为一介文弱书生，孰料他的军事奏章一封快似一封递向开封，所议者战役的方方面面无所不到。自有大批的人进言张亢真乃纸上谈兵，百无一用。

无人理会的张亢适逢母亲去世，相关朝廷官员见状十分欣喜，急忙请他回去守孝服丧。不久西北战事吃紧，一批名臣也束手无策，朝廷下令张亢戴孝作战，哪里有危险就到哪里去。由此他便从知州、通判等文官，成为都铃辖这样的武职。

此时张亢为并代都铃辖、管勾麟府军马事，乃河北三城这片基本被抛弃的地区军事主官。

府州城已与外界断了联系，仅凭黄河天险及折家军勇悍才得自保。百姓人心惶惶，不知出路。

一日黎明，夏军在城外不知何处，府州城门紧闭。突有单人独骑至，呼叫开城，守城人当然不敢开，外头是西夏大军纵横的敌占区，这人是打哪来的？只听来人将所授敕牌出示城上，大声道："我乃新军马也，开城！"

张亢入城后便下令百姓采薪刍，汲涧谷之水。夏军骑兵时常出没抄掠汉田，因州东焦山有石炭穴，筑东胜堡；下城旁有菜畦，筑金城堡；州北沙坑有水泉，筑安定堡；均置兵以守。折家军不再固守，随时外出保护物资进城；城中军民人心安定，再不慌乱。

　　然而城内禁兵战败后毫无斗志，张亢便在当地招募役兵。对边民道："诸位对这方圆百里每一处地形都极为熟悉，待在城里久了，难免闷得慌，请诸位也学学夏兵出去打劫吧，有什么招使什么招，只要有夏兵脑袋就算数。"

　　众人不敢信。可正所谓富贵险中求。有几人暗暗盘算好了，当晚对府州周边官私小道、草丛树林中的夏兵游骑下手，对方眼前一黑就丢了性命，首级被宋边民拎着，于次日清晨当作请功凭证上缴。张亢也毫不含糊，当即将自己身上的锦袍脱下来送给第一个来请功的人，作为额外荣耀。

　　宋禁军眼睁睁地看着大笔现金竟被"无知边民"抢走，深感惭愧，百味杂陈。"我顾不若彼乎？"皆愿一战。

　　而张亢的法子还没用完。给了大把现银不算，又让边民们纵酒赌博，纵情欢乐，禁军们一旁瞧着更是大惑不解。

　　此时张亢才道："诸位想打仗吗？想快活吗？这事极是容易——只要屠了琉璃堡！"

第七十四章　易帜

"大人，早前元昊为了长期围困河北，建起了该处西夏军用物资集中地。那里不但物资丰厚，守备也极严，称其为元昊在河北地区之落足据点也不为过。我方于此绝对劣势中主动出击，拔掉这肉中刺，实在是万分凶险，又有几成把握?"有禁军将领问道。

"不错，琉璃堡是元昊的毒牙，然而也正是他的七寸。咱们就是要跟他斗一斗。"

某夜，张亢派出的探子，无声无息爬过草地接近琉璃堡寨墙观察动静。

但见大堆西夏兵在烤火，天南地北地聊天，而其中一个老兵的举动着实古怪。只见他将一块羊髀骨扔进了火里，让其受火焰燃烧而裂，然后拿出来观看裂纹走向及颜色。那探子也是个颇有见识的，知道这和中原古代从殷商时就沿用龟甲占卜异曲同工，此刻只要会分析，就能判断出吉凶祸福。

那举止沉稳的老兵眯起眼睛看了又看，突然大惊失色，大叫："不好！明日当有急兵，且趋避之!"众人皆笑道："汉儿皆藏头膝间，何敢至此? 你这老棺材瓢子，吃饱了撑的，在这里说笑话！"

　　那探子闻言心中震撼，悄悄又退回，连夜赶回府州。张亢一听当即道："怎么能让他们全算了去？哪里来的明日！"于是火速部署，连夜起兵，旋风般杀了过去。

　　禁军中有将领心里嘀咕着：这个文官真是异想天开。想把咱们往虎口里送吗？

　　张亢知夏军无备，深夜引兵袭琉璃堡，大破，斩首二百余级，其余夏兵扔下堆积如山的珍贵物资仓皇撤离。

　　张亢捣毁琉璃堡，于步驼沟附近新筑一寨子，取名宣威寨，正是西夏兵必经之路。探子来报，此时麟州城情况恶劣至极，城中无水，被围近20天，"黄金一两易水一杯"。

　　张亢决定亲自护送物资上路，并打通麟、府两州生死通道。然此时其所带兵力仅三千余人，且府州城也需留下守军，高继宣的清边军不知去向，比上次联合护粮情景更加凶险。

　　然而张亢还是上路了。一路上战斗不断，张亢与士兵满身血腥日夜前行，西夏兵一直未能将其拦住。至柏子砦时，数万骑兵在这里严阵以待。又是一场十倍于己的伏击。

　　正如三川口、好水川一样，此次夏兵以逸待劳，静等人困马乏的宋军送上前来，加之此次宋军毫无撤退余地。一则绝大多数乃步兵，二则有那些生死攸关的珍贵物资。一路舍命护送过来，怎能就此舍弃？

　　形势十万火急，张亢镇静道："我等已陷死地，前斗则生，不然，为贼所屠无余也！"战士皆奋力，准备背水一战。

　　此时，忽然间狂风大作，飞沙走石。

乘此良机，张亢身先士卒率所部浴血斯杀，夏兵自相蹂践、赴崖谷死者不可计数。宋军顺风进击，斩首六百余级，夺马千余匹。

宋军士气大振，修复麟、府二州间被夏军所毁之堡寨。建宁寨据二州之中，最是险要。夏军怎肯任其修茸，多次出兵争夺，两军遂大战于兔毛川。

西夏兵远远就望见宋军旗帜，只见两面大旗迎风招展，一面为"万胜军"，一面为"虎翼军"。张亢部下万胜军大都由禁军充任，虽然名头更响，然西夏兵也知道其乃金玉其外，败絮其中，兵士大都为东京城里调来的禁军公子哥，还有一些市井子弟组成，疲软不能战，素为夏军轻视，戏称其为"东军"；而虎翼军大都乃清边军之类的当地边民，勇悍善战，为夏人所怯。

夏兵自然争先恐后杀向万胜军，兔毛川再次血肉横飞。然而夏兵惊奇地发现，一群软蛋货色的"东军"着实啃不动，还异常凶悍。搏战良久，短兵继进，夏军异常惊疑，大惑不解。

张亢哈哈大笑，将万胜军旗帜换为虎翼军，夏军这才发现万胜军其实正是虎翼军，张亢将两军旗帜对调。

此时，飞蝗般的利箭从山后射将出来，西夏骑兵哪里有半点防备，纷纷倒地。定睛一看，领兵的正是张岊。

张岊如先前任何时候一样，一马当先冲了出去，他胸中燃起的杀戮之心与报复之火，令他觉得格外痛快……

兔毛川一片血海。夏军崩溃，战殁两千余人。元昊撤兵回国。

张亢率军向麟州前进，连筑清寨、百胜、中堠、建宁、镇川五座军寨，麟州路始通。

第七十五章　围攻

麟、府、丰攻防战中，夏军失利，元昊不甘心，回国后未曾停止思量。

夏天授礼法延祚五年（1042 年）闰九月，深秋时节，兵强马壮之时，张元建议元昊向镇戎军进攻，最终目的是经渭州长驱直入，进击关中地区，"东阻潼关，隔绝两川贡赋，则长安在掌中矣"。元昊亲率大军趋宋镇戎军（今宁夏固原）。

此前，西夏中书令、枢密使野利旺荣受元昊之命遣教练使李文贵赴青涧城，对知延州庞籍表示，夏王言用兵以来资用困乏，人情便于和。庞籍怀疑此乃元昊缓兵之计，扣留李文贵，使其数月不得归国。

元昊不见李文贵回来，与国相张元商议。张元道："中国精骑并聚诸边，关中少备。若重兵威胁边城，使不得出战，可乘间深入，东阻潼关，隔绝两川贡赋，则长安在掌中矣。"元昊也正是此意。遂在天都山点集左、右厢兵十万，分东西两道，一路出刘璠堡，一路出彭阳城，合攻镇戎军。

此时宋夏边境，宋设置五个防守军区，北线双方已交战的麟府路；西线由北至南乃鄜延路、环庆路、泾源路、秦凤路。元昊知鄜延路庞籍、环庆路范仲淹、秦凤路韩琦精于防守，且均有战功，因而选择从军备力量较弱的泾原路下手。

泾原路经略、安抚、招讨使并知渭州（今甘肃平凉）王沿，乃大名府馆陶人（今山东定陶人），出身进士，曾因兴修水利，有善名。

此前在天都山，家宴后，遇乞道："这个王沿倒有些意思，他曾对宋朝皇帝说，在宋辽边境上不用禁军，以招募土人代之，这主意与夏竦、范仲淹在两线以土兵代东兵的法子一样。"

元昊道："这算有点脑子。不过朕还听说，王沿书生气很重，爱钻牛角尖。据说他任陕西都转运使时，朝廷想着要减轻前线运送兵粮的担子，要各防区缩减常驻边防军队数量，让那些用不着的军队撤回去歇着。王沿觉得这样会削弱边防，给咱们可乘之机。可他不明说，直接上报陕西可一次撤回到内地好几万人，报告交枢密院，枢密院管事的是李咨，觉得这也太耸人听闻了，就给他发了回去，要各防区重新摸底把人头算好再上报。王沿不仅不上报具体人数，还说：军机大事你们这些大人物在朝堂上决定就结了，用不着再让我们这些小人物平白说来说去的；我们说了，你们还不照样说不对吗？李咨恼了，向西边头儿上奏，王沿就被降职了。"

而后来宋仁宗又将王沿起用，是因丰、麟、府之战中，时任山西并州知州的王沿上奏说：丰州孤悬于塞外，应及早放弃，将兵力撤回来。仁宗正犹豫间，丰州真的丢了，知州王馀庆等皆战死。此事让仁宗心目中的王沿变得颇有远见，便派其知渭州。

王沿到任后即加强渭州的防御能力，此前渭州城池较小，驻军难以容纳。王沿便在城西五里筑了新城墙，扩大城防区域，此举在后来防守元昊大军掳掠渭州时，的确显示出效力。

元昊自率主力在两翼的保护之中南下，途中派出多股疑兵，其中先派两股，每股人马都在五千以上，这些兵力若要攻城定然打不下来，却也不至于一下被防守宋军吃掉，目的只是将寨堡宋军困在里头。疑兵见到宋军重要寨堡就围打，打不下来留下一部分兵马监视，其余的再向前进。因此，王沿接到多路警报。最早的警报便是刘璠堡和彭阳城。

王沿即派大将葛怀敏从渭州出发，越过六盘山，到前线各堡寨统一作战。葛怀敏时任泾原路经略、安抚、招讨副使，兼泾州知州。王沿命令葛怀敏每到一处宋军寨堡即停下，观察敌情后，再做行动。这样可逐寨视察兵力防守情况，遇有紧急情况临机处理。

葛怀敏之父葛霸，乃太宗、真宗朝名将，屡立战功，葛怀敏以其父荫得官。

葛怀敏在莱州当团练使时，曾镇压过兵变，"尽诛其党"。曾上《平燕策》，大议收复被辽人控制的"幽燕十六州"计划，仁宗皇帝也因此侧目，召他入朝，印象极好，并将本朝已故大将曹玮甲胄赐给他，葛怀敏名声大噪。

葛怀敏曾镇守宋辽前线霸州，传有谋略。时霸州天旱，城中水塘的水干，辽国使节来访，葛怀敏担心辽人发现城中无水乘机发兵围城，便事先命人将河水引入城中池塘，塘水尽满。辽使见葛怀敏早有准备，遂不敢妄动。

而范仲淹认为他"狷懦不知兵"，王沿倒对他较为欣赏，王沿之子王豫却认为此人不堪将才，建议王沿上奏朝廷将其撤换，王沿不听，坚持重用葛怀敏。

葛怀敏与王沿事先商量好路线，进军宋军瓦亭寨，王沿劝他就留在瓦亭指挥战事，然而他认为此地离刘璠堡尚有一百余里，便领驻扎于瓦亭寨宋环庆路都监刘贺部下五千兵马一同继续北上。刘贺部下皆为"蕃兵"，乃由边境各其他非汉人部落招来的兵员，有羌人、吐蕃人及党项人各色人等。

行至瓦亭寨北八十里地时，葛怀敏再次停留。调集离此地十里左右的镇戎军知军曹英及赵珣、向进、刘湛等将领，多路人马约一万之众，打算进一步北上，增援正受围攻的宋军寨堡。

此时刘璠堡（今宁夏固原清水河畔）虽仍在宋军掌控中，但已有一部分西夏军越过刘璠堡，进到定川寨（今宁夏固原市原州区中河乡上店子村）北面宋军修筑的长壕之前。此地离镇戎军只有18公里，离第背城约23公里，即当时步兵行军半天的路程，情况紧急。

葛怀敏于行营内点将：第一路由向进、刘湛带领一千人出水西口；第二路由曹英率兵继续增援刘璠堡；第三路由赵珣率军赴莲花堡；第四路由葛怀敏和刘贺率军赴定西堡。

此时在渭州的王沿建议葛怀敏留在第背城，葛怀敏不听，继续统兵北上。

向进、刘湛未到西水口，于赵福堡遭遇众多夏军，向、刘见兵力不敌，只得退往向家峡。赵珣、曹英于途中得知赵福堡敌情，便改变方向，即刻奔赴赵福堡，然而探马又来报定川寨北出现夏军五千人。

葛怀敏命赵珣与曹英两路人马和他自己与刘贺五千人马直赴定川寨，于正午在定川寨与寨主郭纶等会合。

九月二十一日，葛怀敏刚刚与诸将于定川寨会合，即见四周涌出无数西夏兵马，拔栅逾壕，四合进攻。夏军又阻断定川水泉上流，截断宋军水源。葛怀敏无奈出寨，布下军阵。夏军猛攻中军，宋军不动。夏军掉头，又猛攻东北隅曹英一军。忽然东北黑风吹起，宋军迎风列阵顿时大乱，军阵遂溃，兵士掉头往定川寨里奔逃。

曹英面中流矢，倒身于城壕之中，葛怀敏手下亲军见之亦奔骇。宋军纷纷回逃，正于阵前指挥的葛怀敏被溃兵挤下马，踩踏几死，亏得卫士拼死抬回寨中，良久乃苏。宋军逃回寨内，据守城门，杀掉不少夏兵，夏军稍却，然而宋军已无斗志。

入夜，夏兵在寨外四面举火，高呼着要宋军投降。

二更时分，葛怀敏在寨外大营之中讨论下一步方案，葛怀敏道："定川寨乃小寨，容不下多少军队，且如今水源也被敌军断了，大军还能坚持多久？"众人明白，其意乃全军结阵而行，放弃定川寨，经安西堡撤入镇戎军。其他将领没有什么不同意见，唯赵珣认为应迂回行军，建议退往更南的笼杆城（今宁夏隆德），他担心敌军在镇戎军方向有埋伏。葛怀敏不听，执意要直接突围奔赴镇戎军。

赵珣气恼，与葛怀敏激烈争执，被众人劝住。

第七十六章　突围

葛怀敏起身道："黎明大军结阵，听见鼓声后南行突围！"

黎明时分，葛怀敏发现大军纹丝未动，根本未做撤退准备。葛怀敏翻身上马要自己南下，被士兵拉住缰绳劝解；他命令骑兵先前进突围，骑兵队长禀报得进城去取草料，遂无影无踪。葛怀敏气极，命令马上行动，有亲兵仍拉着他的马缰绳不让前进，葛怀敏挥剑要砍士兵，士兵哄散。葛怀敏策马沿着寨壕内缘向东南方向冲去，身后是十几名军官。

在东南角的寨壕前，宋军发现西夏军早已切断退路，以逸待劳，从四面冲杀过来。激战过后，葛怀敏、曹英等将领十六人，全部宋朝官兵近万人，皆力战而死。

击败葛怀敏率领的宋军，西夏军取得大胜，元昊"长驱抵渭州，幅员六七百里，焚荡庐舍，屠掠民畜而去"。诸路宋军坚壁固守，范仲淹亲率兵六千来救援，知夏兵退去乃还。

宋军战败，夏境举国欢腾，有朝臣贺道："从东京的宋官家到满朝衮衮诸公，就是前线的夏竦、韩琦、范仲淹将帅，天下英雄尽入乌珠彀中矣！"元昊听闻喜悦之情溢于言表，又转顾遇乞问："依天都王看来，西边（指宋）为何输？"

遇乞道："当日宋太祖因唐末五代藩镇之祸，用赵普之计开尚文贱武政策之滥觞。认为武夫是靠不住的，兵权需握在可靠的文臣手中，这便成了赵宋开国以来祖宗家法。他们又承平日久，尚文贱武，猜忌武臣，轻贱军人，遂使军乏良将，营阙锐卒。人人心中各怀款曲，一心想着如何分权，忘了专权专责也是有必要的。他们机构冗繁，官员庞杂，人浮于事，将不知兵，兵不知将。韩琦也曾说过：'沿边总管钤辖下指挥使臣甚众，每御敌皆临时分领兵马而不经训练服习，将未知士之勇怯，士未服将之威惠，以是数至败恤。'以不经训练服习之众，对训练有素、斗志旺盛的我大夏精兵，不是送上门来找打又是什么。兵法说：'卒不可用，以其将与敌也；将不知兵，以其主与敌也。'想必他们现在好歹也想起这句他们的古训了。"一番话，说得满堂欢笑，人人与有荣焉。

数战连败，宋朝政治、经济受到重创，朝堂民间处处皆是气馁懊恼之声，自认为泱泱大国输给小国颜面无存，朝野上下都思忖着这究竟是怎么回事，却苦于无计可施。

元昊听闻，笑道："西边也真是死脑筋，早些承认咱们大夏不就完了吗？非得逼朕和他们斗几个回合。他们伤了元气，咱们的日子也好不到哪儿去。"

宋夏战端大开之后，两国兵戎相见，宋停止了对夏的银、绢、钱"岁赐"，边境榷场自然关闭，西夏所产青白盐等特产无法入境贸易，原先需从宋朝大宗进口的粮食、绢帛、布匹、茶叶及其他日常生活用品奇缺，物价飞涨，西夏经济受到重创。

贸易切断，受苦最大的自然是西夏境内百姓，及至民怨沸腾，兵源近乎枯竭，处处唱起了"十不如"歌谣。元昊虽数胜，然死亡疮痍者相半，人困于点集，财力不给。

长期战争使北宋军事上的弱点暴露无遗，连续损兵折将使朝廷无法承受，全国各地爆发了很多起农民起义，处境堪忧。

经三年多的战乱，夏、宋双方均陷入兵疲财竭的困境，人困民分，人心厌战，双方统治者不得不想到罢战言和。

"虽说西边毕竟算是地大物博，可咱们也未必怕；不过朕昨夜想过了，百姓心心念念想着的还是过几年安稳日子，只要他们不跟咱们闹，还是以和为贵的好。"某日元昊道。

此时，西夏日益强大，辽也感到了威胁，加之兴宗早知元昊与其姐兴平公主不睦，心中有了芥蒂，同时也有心借着夏宋对立，从中渔利——辽从宋那里每年多得银、绢等其他物资各十万。怎能眼见实惠不至？因而主张西夏停止对宋争战。元昊当然知其中利害关系，对辽不满，夏辽联盟裂痕早就暗暗生长。然而为免两面受敌，元昊也感觉必须与宋朝讲和。

"有人说朕是个武夫，整日就想着打仗；其实他们哪里知道朕的苦心？难道朕就不想让子民安居乐业吗？难道朕一定要像他们所说的穷兵黩武吗？咱们偏不让他们说准了——咱们的国力他们也瞅了个十有八九了，也胜了这许多，宋人看中的无非只是面子，不妨就给他们个面子。"

其实元昊的日子着实难过，只是嘴上不说。既然心里想的都一样，夏宋双方便开始互相试探着议和。

战后，双方都有议和意向，却不能立即开始。其中缘故无非还是在讲"面子"。元昊以胜者形象出现，若想让他主动提出议和，没有可能；而在赵宋眼中，元昊乃背信弃义的叛逆之徒，天朝大国若就此与李元昊议和，名不正言不顺，何以面对世人？

辽国在此时就显得十分重要了。辽一度以西夏宗主国自居，与宋又以兄弟相称，夏宋战争最得益的即为辽。辽兴宗向宋提出：西夏与辽乃"甥舅之亲"，宋与西夏开战应先向辽国通报，同时提出宋在宋辽边境修建长城、增加边军，此乃向辽挑衅，宋应割让晋阳、瓦桥关以南十县土地给辽。

"岂有此理！西夏主动挑起战争的，我朝被迫应战，为何要向辽国通报？他辽国又不是我大宋的宗主国！"多位宋臣气极，力主不要理会。

宋仁宗担心夏辽成掎角之势夹击宋国，便答应每年多给辽国 20 万岁币，只要辽不再要求晋阳等十县，同时希望辽对西夏施加压力，促成议和。

夏天授礼法延祚六年（1043年）正月，辽兴宗派大臣耶律敌烈和王惟吉到西夏，要求元昊停止发动对宋朝的战争，同宋讲和。

元昊当天接见辽使，表示同意罢兵与宋议和。辽又派使臣到宋东京，对宋仁宗说和。

宋仁宗无奈道："如果元昊能称臣，即使他称帝也没有关系。如果他能改称单于或者可汗，那就再好不过了。"下令庞籍负责此事。

庞籍接受诏命，想到元昊在定川寨之战后正意气风发，此时派人去讲和，怕是得不到便宜。

议和是大事，但天朝的颜面，也不能不考虑，如何处理？

有个人的身影出现在他脑海。

第七十七章 议和

庞籍招来仍被扣押的李文贵，对他晓以大义，"我国富有四海，虽偏师小衄，未至大损。汝一败，则社稷可忧也。"又说，"你回去告诉你的主子，如果他能悔过从善，称臣纳款，以拯救彼此的人民，朝廷必定会比以前更优待他的。"

李文贵说："这也是我国百姓日夜期盼的，您能替我们向朝廷求情，之后彼此休兵，我们怎能不感激您呢？"

庞籍告诉李文贵，只有有了正式的表章，他才能上报朝廷。

李文贵回到夏国，向李元昊禀报。元昊见如今宋主动开口，自然乐得顺水推舟。将王嵩从地窖中放出，好生安抚，又派李文贵带着以野利旺荣的名义写的书信，与王嵩同至延州，与庞籍议和。

元昊并未写庞籍所要求的表章。

"让朕给他们写表章？真是笑话。朕之所以不惜工本和他们周旋，不就是让他们睁眼看到咱们大夏的威严，朕也是名副其实的皇帝吗？如今要朕做这种事情，且等着天下乌鸦都变白了再说吧。"

元昊附上一封书信。在信中仍称帝号，且有"如日之方中，止可顺天西行，安可逆天东下"之句。

庞籍看到李文贵带来的信，未贸然回信，禀报仁宗。仁宗担心再生出事来，命令庞籍速给元昊写信招抚，不得有误。庞籍只得照办。然而对野利旺荣如何称呼着实让他头疼。

野利旺荣在西夏官居太尉，封号"宁令"，汉语"大王"之意。庞籍心想，太尉乃是皇帝才能封赐的官位，野利旺荣是"叛逆"元昊那边的人，如果称他为太尉，即间接承认了元昊帝位合法。

庞籍思考后，如此这般解决了这个问题——既然来信自称宁令或谟宁令，便这样称号好了，反正都是西夏官名，不如不置可否，如此沿用。仁宗也觉得两全其美。

庞籍回信表示一定要有正式的使者带着表文前来才能上报朝廷，且必须取消皇帝称号。夏天授礼法延祚六年（1043 年）四月，元昊正式派六宅使、伊州刺史贺从勖和李文贵带着他给仁宗写的信前往。

贺从勖率众到达延州，对庞籍等人道："契丹使者到本国，向本国转告宋侍郎梁适到契丹所说的话：'南北两朝已经和好，只有西界还不安宁，你们辽国与西界有联姻，所以请你们谕令他们早早议和。'所以本国派我来上书。本国有自己的国号，因此不能上表。"

贺从勖语调缓慢从容，话虽不多，却是极有分量，众宋官一时说不出什么。

庞籍心中冷笑——说了半天，无非就是不想称臣罢了。便命保安军判官邵良佐打开元昊来信，抬头写的是："男邦泥定国兀卒曩霄上书父大宋皇帝。"

果然元昊认仁宗为父；"邦泥定国"即"白高国"，"兀卒"即青天子；"曩霄"乃元昊为自己新改的名字，此前即自称姓为嵬名。

庞籍知道仁宗讲和的下线是元昊称臣，而此时元昊只称"男"不称臣，庞籍只能表示名分不正，不敢向朝廷呈报。

贺从勖想了一会儿，慢慢道："子事父和臣事君是一样的，请允许我到开封面见天子，如果天子不同意，我们再回去商量。"

庞籍心想如此尚可，便上报仁宗称元昊此次来信虽然并未称臣，但使臣言辞恭顺，可以考虑让其入京觐见，之后朝廷再派使臣到西夏，元昊必会称臣。

仁宗便下诏：夏使来京，沿途所过州县务必要隆重接待，各州通判须亲自到驿馆慰问。

庞籍即命邵良佐陪同贺从勖等人一同进京。

到了汴京，京城迎接的人从贺从勖处取走那封书信，将他们安排在都亭西驿，却没有议定中的皇帝亲自接见。

这里头有个缘故。关节点在于资政殿学士富弼。他认为，元昊尚未称臣，皇帝即接见其使臣，名不正言不顺。仁宗思索再三最终决定，由枢密院出面召见贺从勖，提出宋朝议和意见：一、带来的书信里有一字犯了圣祖的名讳，不能进呈皇帝，原书退回；二、李元昊在信中称"男"，虽然态度较为恭顺，但即使是父子也须称臣。如果今后李元昊进表称臣，那么朝廷就考虑册封其为夏国主；三、允许西夏自置机构，自任官员，宋夏之间使节往来礼仪与宋辽礼仪相同；四、岁赐西夏银二万两、绢二万匹、茶叶三万斤，每年逢李元昊生日和十月一日赐给，西夏可以到边界来领，但是数目不变；五、允许开设保安军榷场；六、允许西夏在乾元节和正旦的时候进奉；七、两国在沿边修筑堡寨须维持现状。

贺从勖说兹事体大，要回去请示元昊。仁宗即命邵良佐以著作郎之职出使夏国，与贺从勖一起返回夏国商议。

七月，元昊又派如定聿舍、张延寿、杨守素等人与邵良佐一起赴宋，提出增加岁赐、割地、不称臣、解除盐禁、自立年号等十一项条件。

双方争论焦点仍是元昊称号问题，如定聿舍等人带来的上书中，元昊把自己的称号"兀卒"改为了"吾祖"，这在宋朝朝廷引起了轩然大波，许多大臣上书表示反对。谏官余靖说："李元昊此次上书里自称'吾祖'，这是在玩弄我大宋朝廷。古时候那些少数民族首领自称单于、可汗，这都没什么问题，可现在李元昊无中生有编出一个'吾祖'，他称陛下为父，陛下以后给他赐诏却要称他为'我祖'，这怎么能行呢？"

双方谁也不肯做出大的让步，谈判陷入僵持，元昊在边境上制造军事冲突，给宋朝施加压力，双方开始剑拔弩张，战争一触即发。

蔡襄、欧阳修、韩琦等人都表示，李元昊如果仍是如此态度，绝对不能议和。

八月，西夏使节辞行回国。仁宗又派大理丞张子奭与右侍禁王正伦出使西夏，商谈议和之事。

双方经过长时间争论和讨价还价以后，终于达成了一致意见，李元昊同意称臣，取消"吾祖"称号，宋朝则同意把岁赐增加到25万。

　　次年六月，元昊议和更为积极，并在岁赐方面做出了较大让步。夏宋谈判进展加快，十月，双方签订了和平协议：西夏向宋称臣，宋每年赐给西夏绢十五万三千匹、银七万二千两、茶三万斤，共二十五万五千。十二月，宋朝又册封元昊为夏国主，双方冲突开始逐年减少，两国关系进入了一个较为和平的发展时期。

第七十八章　夏辽

夏天授礼法延祚六年（1043年）四月，辽山西五部节度使屈烈等举部降夏。五月，辽兴宗举兵讨之，元昊出兵援救，败辽兵。

辽国准备大举征伐西夏，已然是要兵戎相见了。元昊之所以一反强硬常态，答应尽快与宋议和，这也是一个非常重要的原因。两面受敌是兵家最不愿看到的，元昊不得不放弃与宋的纠结状态，腾出精力应对辽国。

其实追根溯源，因为赵宋这个共同的危险，辽夏双方在历史上一直较为友好，在李继迁及其子李德明时期，双方就知只有联手方可立于不败之地，因此一度走得极近，甚至多次联姻。辽圣宗耶律隆绪将宗室之女义成公主嫁给了李继迁，辽兴宗耶律宗真即位之初更将姐姐兴平公主嫁给元昊，封元昊为驸马都尉，晋爵夏国王。

然而天下大势合久必分，宋景德二年（1005年），宋辽签订"澶渊之盟"后，这种共同御敌的必要在表面上看来就少了很多，双方渐渐疏远以至敌视。宋天禧四年（1020年），辽圣宗亲率五十万大军伐夏，曾使双方成了水火不容的劲敌。及至此后分久必合，两国为了共同利益也只能续写同盟，尤其是李德明时期，其联辽依宋的国策使得夏与辽又如唇齿相依。

而元昊从来不想向任何一方称臣，作辽的驸马是让他想起来就觉得羞愧的事。

夏大庆二年（1037 年）四月，兴平公主生病而死。兴平公主嫁给元昊之后，长期遭到冷遇，以至忧郁成疾。

兴平公主生病，元昊不仅不去看望，也没有报告辽兴宗。多年以来，对元昊而言，依附辽国本就可耻，再娶个姑奶奶来盯着，令他极为烦闷，故而多有冷落。

兴平公主从辽国带来的侍女曾说："那野利碧珏待公主倒是真心的，还不时送些好东西来。"

兴平苦笑道："那也只是看我落魄罢了，如我得势，她不见得这样对我好了。"

见那侍女一脸不解，继续道："我与她没有利害关系，她看到我不得宠，感觉比我好多了，所以喜欢来看看我。"

那边碧珏明白她的想法，侍女井儿却不满道："奴婢看那兴平公主误会王妃了，王妃是真心对她好，她却并不真的领情。"

碧珏道："她远嫁到此，对她而言，这是塞外风沙之地，语言不通，少有乐趣，心里也是够苦的。谁都知道，我不喜欢大王的那些个妃子，但是独独对她，是有真心的。不知怎么的，每次我看到她，就像是看到另一个自己，心里酸酸的。"

而野利碧珏的这点柔情，无论真假，对备受冷落深宫寂寞的兴平公主来说，无异于杯水车薪，她整日郁郁寡欢，终致重病。病中，兴平公主百无聊赖，日夜抚摸从故国带来的一对小小的铜牛石马，以解忧思。

元昊得知后，也动了恻隐之心，打算去探望她，她却早已心灰意冷，对侍女哭诉道，这些年来，他都没来好好看看她，如今她已病入膏肓，探望又有何用！还不如就让这铜牛石马陪着她。这话说完就拒绝服药，没几日就含恨病逝了。

这话被人添油加醋地传到元昊耳中，元昊勃然大怒："不识好歹的女人！谁让她是辽国公主！本王和她有什么仇，她自己不知爱惜自己，临走时还把这辈子的苦楚全算在本王头上，实在可恶。她既然只喜欢铜牛石马，那就赐给她陪葬！"

因此，兴平公主下葬于西夏王陵的一处陪葬墓中，有一尊鎏金铜牛，身长1.2米，体重188公斤。鎏金铜牛对面，位于甬道西侧的是一件圆雕石马，均为跪姿。后世有人说，元昊借此表示曾长期对辽称臣的抗议与对辽的羞辱。

辽兴宗惊闻姐姐这样死去，十分震怒，当即写了诏书，派大臣耶律庶成带着诏书前来责问元昊。

此时正欲对宋大举进攻，怎能两面受敌？元昊十分恭敬地向辽使赔礼，此后又多次向辽进贡，辽兴宗深知此时也不宜与西夏翻脸，遂怒气稍解。而到宋夏议和之时，元昊请辽出面来促成此事，孰料辽兴宗借此机会向宋勒索二十万岁币，元昊震怒，当下心中有了计较。

夏天授礼法延祚六年八月（1043年），辽夹山地区与西夏接壤的党项部族呆尔族，不愿再接受辽国的统治揭竿而起，辽几次派兵平定均无功，辽兴宗邀元昊同去镇压。战后，兴宗独享战利品。

对此元昊保持沉默，悄悄派兵到辽境，对党项部族进行掠夺，又诱夹山南部党项部落与呆尔族800户投奔了西夏。

辽兴宗派遣使臣来责令元昊归还叛逃部族，元昊拒不遣还。

辽知西夏羽翼已丰，此时都这样嚣张，此后必然不听号令，便积极备战，于边境修筑威塞城、河清军（今内蒙古达拉特旗西南部）、金肃城（今内蒙古准格尔旗西北）等城寨，派兵戍守。

党项呆尔族人对地形稔熟，元昊便派他们偷袭此地，同时也可借此断绝其退路，将他们控制在手，同时小规模作战，与辽军争抢这些城寨。

夏天授礼法延祚七年五月（1044年），辽境内党项部族又发生叛乱，兴宗派南面招讨罗汉奴领兵征伐。叛乱党项部落向元昊请求援助，元昊立即发兵，将辽招讨使萧普达、四捷军详稳张佛奴等大将处死。

辽兴宗闻知拍案而起，传出旨意："扣留所有来辽的西夏使臣；调集各道兵马于西南边境，朕将亲征西夏！"

九月，准备出兵之时，兴宗得知元昊秘密派人潜入，烧了辽军过冬粮草，辽军惊恐异常，兴宗只好暂缓出兵。

十月，辽兴宗亲率十万骑兵出金肃城，同时命皇太弟、天齐王耶律重元为马步军大元帅，率七千骑兵出南路，北院枢密使、韩国王萧惠率兵六千出北路，兵分三路，朝西夏杀来。东京留守、赵王萧孝友率兵于后，作为援军。

十月的黄河水在秋风中犹自滔滔，更显雄浑。西夏和辽国之间以黄河为界，接壤地区为沙漠草原，一向无城堡可守。辽三路大军渡过黄河以后，长驱直入四百多里，未遇任何阻拦，辽兴宗将军队驻扎在得胜寺南壁，等待战机。

元昊先派细作到辽营侦探，被辽军抓获，众军士按辽国风俗"射鬼箭"将细作绑在柱子上以乱箭射死。元昊又亲率西夏左厢军屯聚于贺兰山北开始应战，辽军得到情报后纵兵进击、锐不可当，西夏军屡次抵挡不住，最终被杀得大败，元昊兵败退守贺兰山中。

元昊与宋军打惯了胜仗，初遇和自己实力差不多的辽军，自然压力倍增，尤其是得知辽国的增援部队源源不断进入夏境，俨然要直捣夏都兴庆府。元昊考虑到辽军的优势，自知不能取胜，于是又使缓兵计，派遣使臣向辽兴宗奉表谢罪请降，请辽退兵。

辽兴宗接受了夏国的投降，并派使者回访夏营，实际是为观察动静，查看其有无诚意。在接见辽国使者时，元昊假戏真做，痛哭流涕表示后悔；辽国使者也向元昊重申"纳叛背盟"之可怖，喻以祸福并给予安慰。元昊请使者转告辽兴宗，表示自己愿意悔改，但请辽兴宗暂时退兵十里，自己将拘拿背辽的党项部落首领，亲自到辽营中去请罪并进献方物（指各地方的土特产）。

次日，元昊在辽军大营进谒辽兴宗，连连称罪，还亲自奉上一杯酒为兴宗祝福，在鼓乐声中，元昊折箭为誓，愿夏辽永结盟好，辽兴宗也赐元昊酒，许其自新。

辽兴宗召集部将商议，预备见好就收，班师回国。辽臣萧惠等人却道："夏人忘恩背盟，今天子亲临、大军并集，如若不将西夏一举征服，将来后悔莫及。"劝辽兴宗一鼓作气，扫平西夏，免其日后再生祸患。兴宗考虑之后，听从萧惠之言，令辽军向河曲（今内蒙古鄂尔多斯市境）进军。

第七十九章　反击

元昊见议和不成，辽军此次来势又如此凶猛，便命令部队连续撤退避其锋芒，三次达百里之遥。

行营中元昊明知故问，对诸将笑道："辽军可又'打草谷'了？"按辽朝军事制度，士兵作战时一律自备鞍马兵器、自带粮饷，进入敌境后士卒靠四处抢掠、自筹给养，这种筹措粮草的办法被称为"打草谷"。

"乌珠妙计，他们纵是再有心，也无草谷可打啊！"依元昊计，夏军后撤中实行坚壁清野策略，将沿途房屋与无法带走的粮草尽数烧毁，水井也全部填埋。如此，辽十万大军无法借粮于敌、以战养战，后勤难以为继，人粮马料皆成大难题，尤其是辽战马，因缺草料，病亡大半，剩下的也瘦骨嶙峋。

辽军人无粮、马无草，怎能再战？正在踌躇间，元昊派来"请降"的人到了，辽兴宗答应许和。

元昊却又道："着什么急？看看辽军在危困饥饿之中还有什么办法？过阵子再说。"拖延时日，以便夏军寻找战机，力求全歼辽军主力。元昊估摸着辽军粮草消耗殆尽、马饥士疲、不堪战斗之时，派兵突袭萧惠大营，企图击败辽军。不料辽军有备，萧惠亲督数路兵马掩袭过来，打退了几次进攻。元昊见萧惠勇敢，意识到恋战对自己没有好处，遂率领部队退守河西，列起方阵，持盾而立，迎击萧惠进攻，又被萧惠的骑兵击败。

萧惠指挥辽军兵分两路钳夹元昊，元昊所带兵将不足三千，处在数万辽军的包围中，大有全军覆灭之势，无奈之下率千余残兵突围而出。萧惠趁机亲率先锋随后追击，又命右翼军迅速包抄断其退路。

正当西夏军处于危急之时，突然天空中风沙大起，顿时天昏地暗，百步之内不辨东西，被风沙吹迷了眼睛的辽国军兵，站在原地不能行动。加之辽国人尊崇神灵、迷信鬼神，突然狂风骤起、飞尘蔽日，兵将皆心惊肉跳，一时军中大乱。而元昊已经习惯了自己地盘上风沙乍起的天气，立刻抓住机会，命夏兵全面反攻。连眼都睁不开的辽军，只有疯狂逃命，自相践踏致死者无数。

战败萧惠后，元昊乘胜集中兵力又猛攻辽兴宗御营，辽军大本营守军不多，几个回合便被夏军打得大败。辽军全军溃败，遗弃器械、马匹、仪仗落荒而逃，驸马都尉萧胡觌等几十个辽国贵族大臣被俘获，辽兴宗身边的几个侍卫拼死杀出一条血路，保护其冲出重围。此前，元昊逮着辽国人，往往会把他们的鼻子割了，因此此次辽人一个比一个跑得快，生怕遭此厄运。

元昊本可抓住辽兴宗，但他并未这样做，也未对俘虏的辽国驸马萧胡觌行削鼻之刑。他对身边的遇乞说："也别做得太绝了，给他们留条退路吧。"遇乞笑道："何尝不是咱们的退路呢？"

辽兴宗一路狂奔，总算摆脱追捕，正心有余悸地喘气之时，一个叫罗衣轻的伶官走近，对辽兴宗说："赶紧看看您的鼻子还在不在？"兴宗大怒，"你个不知死活的东西！朕不杀了你留待何用！"命人用绳子把罗衣轻捆在帐后。

众人料罗衣轻必死无疑，没想到兴宗却又下令放了他——兴宗在帐中气极反思，明白罗衣轻并非刻意嘲笑他，而是委婉告诉自己，发动这场战争是错误的。

"朕知道你说那句话并非活得不耐烦了，一心想寻死，你是摸透了朕的心思，知道朕不会轻易杀你。可是万一朕一时想不明白，你岂非见不到明天的太阳了吗？"

罗衣轻苦笑道："皇上既然都认为奴婢懂您的心思，奴婢就一定能见到明天的太阳。"虽是一个战争中的小插曲，但罗衣轻以其勇敢与智慧，成为《辽史》里唯一记载的伶官。

夏辽此次大战，元昊率领在人数上处于劣势的夏军大败十万辽军铁骑，辽兴宗只和少数残兵败将逃了回去，辽国驸马萧胡覩和几十位大臣都成了夏军俘虏，世人闻之，无不大惊失色。没料到西夏人竟如此骁勇，竟将自称不可战胜的契丹人击败。西夏名声大振，夏国精兵被称为勇冠天下。西夏缴获的车马、器用、衣服等堆积如山，辽国运送伤员及亡者的车马，自夏境至辽，于途不绝。因此战发生于河曲地区，史称"河曲之战"。

"乌珠胜而不骄，审时度势，当世无人能敌！"庆功宴上，有人如此赞赏，虽然过于溢美，但李元昊的确配得上军事家、政治家的称号。

元昊于战后对诸将道："虽然此次我们大胜辽国征讨大军，但朕深知我大夏国处于宋、辽鼎峙之中，长远的生存与发展还得靠结盟，相比之下较可靠的盟友还是辽国。"

元昊权衡利害后，为了防止辽报复夏国，留下一条"倚辽为援"的后路，很快遣使同辽讲和，破例免去俘获辽国驸马萧胡觌之刑罚，后在辽兴宗的再三要求下，又将其放归辽国。元昊还按例向辽朝进贡，并将其他俘虏归还。辽兴宗虽心有不甘，但辽军遭受重创，已无力再战，只得"暂从其请"。

至此，拥有雄兵五十万又具有"万里之国"疆域的西夏成为西北地区敢与宋、辽抗衡，使其无法小觑的军事强国，形成宋、辽、西夏三国鼎立之局势，被世人称为"三分天下居其一，雄居西北两百年"。

夏天授礼法延祚元年（1038年），李元昊称帝，其妻卫慕氏及其子死后，元昊立宠妃野利氏为宪成皇后，野利皇后生有三个儿子，大儿子李宁明同年被立为太子。

太子李宁明知礼好学，深明大义，生性仁慈，不喜荣华富贵，笃信道教并幻想以此成仙。李元昊尚武，不喜儒学，宁明却极好儒学。

某日，元昊问宁明："什么是养生之道？"宁明答："不嗜杀人。"

元昊又问："什么是治国之道？"宁明答："莫善于寡欲。"元昊大怒，骂道："你这小子说话不伦不类，不是成霸业的人才。"由此，渐渐不喜欢他，下令太子不许朝见。

太子不以为意，索性专心跟定仙山一个叫路修篁的有名道士学习起气功。1043年，李宁明因练习"气辟"走火入魔，气怵不能进食而死。当时李元昊40岁，李宁明死时，不过20岁上下。

临终前，太子留下遗言："天下荒旱，老百姓生活困苦，希望我死后只穿一白袍下葬，以此来弥补自己未能承担起替父母抚慰天下百姓的罪过。"

元昊见到儿子的遗书，也颇为哀伤，下令依然按太子规格为他举行了隆重的葬礼。并改立宁明之弟宁令哥为太子。

此时，元昊次子宁令哥已为太子，无论是相貌还是性情都与元昊极为相似，故而元昊十分宠爱他。

这日，元昊见宁令哥神采飞扬，修文习武都极有精神头，心下大悦。父子说完朝事得空时，元昊笑问："我儿心情这么好，得了什么宝贝？"

"父王睿智，"宁令哥起身恭谨道，"儿臣还真是得了宝贝呢。"

见元昊示意不必多礼，接着有些羞赧地低声笑道："孩儿……遇到了心爱之人。"

"哦？"元昊闻言也很高兴，"谁家的姑娘这么有眼光？"

"是……那姑娘……等过几日，孩儿这边有定数了，把她领来见父王。"

"好，好，"元昊连声笑道，"我的儿子长大了！你得给父王找个出色的太子妃，将来……才能母仪天下。"

"是！儿臣谨记父王教诲！"

第八十章　谋略

野利旺荣是野利遇乞之堂兄，近些年在皇族中的地位也水涨船高，被元昊封以要职。其人与遇乞一样，颇有谋略，善于用兵。元昊对宋朝发动的三川口和好水川两大战役中兄弟俩出力颇多，帮助元昊击败了宋将刘平、石元孙、任福等人，成为元昊的心腹爱将。也正因如此，宋朝边将对他们恨之入骨，早就想除之而后快，可惜行动多次都没有成功。

宋夏边境青涧城知城种世衡素以有勇有谋著称，多次抵挡住西夏进攻，党项部族皆对其忌惮三分，元昊亦颇为头疼。

种世衡一双锐目四处寻觅一人，却苦于无人入眼。也是机缘巧合，青涧城外金山寺僧人人称"王和尚"的王光信进入种世衡的视野。此人天生一副雄浑武夫相貌，又武艺超群、骁勇异常，且喜游弋，数年间遍历夏国，对夏境内山川地形熟稔于胸。

种世衡在暗处观察王和尚数月后，以上宾之礼将其请来。没几天，就请他领宋军扫荡周边西夏党项部落，每次均大胜而归。种世衡将自己几次战功连同王和尚的一起报了上去，请求帅府授王光信以官职，并为他改名王嵩。

此后，王嵩一切用度几与知城相等，且时有额外馈赠，就连种世衡素来不喜、在青涧城中为禁令的饮酒赌钱，也随他高兴。奇的是这个王嵩却从不提一个谢字，仿佛觉得这一切都是理当如此；有人不服，心直口快且胆大的多次向种世衡禀报王嵩行为乖张、不知收敛，更奇的是种世衡非但不加责怪，反而对此人更为礼遇周到。

然而忽然有一天，种世衡却勃然大怒，命人将王嵩绑了来，喝问道："好你个背信弃义的王光信！亏我种某对你肝胆相照，不曾希求你什么，只望你能为国立功，也算成你一生志向——万没料到，你竟是如此卑鄙小人，竟敢暗中私通西夏！"不等王嵩分辩，即命左右对王嵩大刑伺候，怒气冲冲拂袖而去。

断断续续重刑拷打了二十余天，王嵩险些被活活打死，却宁死不肯招认自己暗通西夏。某日他于奄奄一息中叫人转告种世衡："我王嵩虽不是什么英雄，却也是不折不扣的一条男子汉，周遭百里无论宋人党项人谁不知？我受将军知遇之恩，本愿为你肝脑涂地在所不惜，如今种将军你却听信奸人谗言，如此不分青红皂白，就陷我于不义，我真是看错了你！罢了，事到如今只怪我瞎了眼——什么也不说了，要杀要剐快些来个了断，不用这样婆婆妈妈！"

暗室内的种世衡在黑暗里默默点头，随即步入牢房亲自给王嵩松绑，"兄台果然真英雄！"叫人给王嵩换了衣裳，携着他布满血污的手，将其请到自己卧房密谈。

一番安抚后，种世衡道："兄台并没有半点差池，你没有错，我之前是在考验你。现在我大宋有难，不除西夏永无宁日，我想以兄弟之功去离间西夏君臣……到时候你会遭受到比这更痛苦的刑罚，你能为国保密吗？"

王嵩怔了一怔，随即明白了前因后果，道："王某蒙将军厚爱，享受了这么长时间的荣华富贵，早就想报答将军了，可惜一直找不到机会，为国效力之事我怎么敢推辞！"

一个时辰后，种世衡挥毫给野利旺荣写了一封信，问候其近日是否安康，又问此前私下约定何时决断等。种世衡就着烛光将信看了一遍，将其用蜡密封，藏在王嵩贴身衣服里，并亲自用线缝住。"此信非到生死关头不得泄漏，若实在不得不泄漏之时，你就说大功未成，辜负了我。"然后又重新提笔在空白处画了一个枣和一只乌龟，交到王嵩手中。

王嵩什么也没有问，只是点了点头。一顿饱餐后，王嵩连夜辞别种世衡，直奔西夏。

刚刚越过宋朝边界，王嵩即被西夏兵擒获，口呼要见野利旺荣将军，有十万火急之事禀报，因其格外骁勇，外形又生得奇特，巡逻兵心里已有三分相信，生怕误事，便索性绑了送至边关野利旺荣面前。

王嵩如此这般说了，将种世衡将军的墨迹与枣龟图一并呈给野利旺荣。

野利旺荣冷眼瞧着此图，心里早已换算出此乃"早归"之意，不由得冷笑出声，"我向来敬重种将军，却没料到种将军居然也玩这种三岁稚子的把戏！"猜测此人身上一定带有什么信件，严令王嵩交出来，王嵩左右环顾数次，又说没有，士兵心里都道："还不是想背着我们只给将军一人看。"野利旺荣如何不知，心里又想怎能和外邦奸细单独相处，就不愿屏退左右。

　　野利旺荣只觉得此事事关重大，绝不能大意，命先将王嵩囚下，同时速将枣龟图呈给元昊。

　　图在元昊手中似炮烙般烫手，又像是什么终于被证实般心里有了笃定的相信，元昊并未说什么，只令手下请野利将军带王嵩来兴庆府，也好当面会会那个奸细。

　　野利旺荣当即带王嵩赶往兴庆府，一路不曾歇息，到达后即请求面见乌珠。元昊叫人传话身体不适，请大将军先歇息，容后召见，可先对奸细进行审问，必要时可用刑。野利旺荣不作他想，将王嵩交给枢密院，后又被转入中书省。

　　审问时，野利旺荣又当着一众官员的面要求王嵩把种世衡的书信交出来，王嵩依然抵死不承认有什么密信。兵士就将王嵩外衣脱去，将其绑起来就是一顿乱打，王嵩皮开肉绽满身污血，却一声不吭。众人心下惊异，有人已然相信密信之事真的只是揣测。

　　五日后，王嵩被人拖进一座辉煌巨大的宫殿，双眼红肿充血，看不真切，奄奄一息中抬起头来，只见门上碧油油的绿竹帘子在眼前晃着，同色衣装的宫人人偶般侍立在旁，空气中的威严霸气让人呼吸为之一室，王嵩心道该是"泄漏秘密"的时候了。

　　须臾，有人掀开帘子走了进来，端详他片刻后道："把密信拿出来吧。"

　　王嵩摇头，仍不承认有密信，只听那人大喝一声："看来真没有，留他何用？拉出去砍了！"王嵩觉得时机已到，号啕大哭，"种将军命我给野利大王送信，特意叮嘱我千万不可泄漏。如今我尚未完成使命就死了，是我辜负了种将军！是我辜负了种将军！我不甘心啊！"

元昊亲自将其搀扶起来，"英雄当死得其所，朕不会亏待于你。"王嵩斜眼瞧了瞧身上血迹斑斑的破袄，密信被找出。元昊命人好生款待王嵩，安排他到客栈休息。

元昊不动声色地将密信看完，什么也没说，派心腹将领李文贵假称为野利旺荣手下，去青涧城见种世衡。

李文贵到达后向副将禀报道："野利大王已经看到了王嵩带去的密信，但是看了很多遍仍未解其意，不知道信里说的是不是讲和之事，还请种将军明示。"

种世衡以自己身体抱恙为由，没有当即接见，只命人将其引至客栈休息，并派人每天问安。

来人与李文贵攀谈，聊的无非是兴庆府的风土人情历史掌故，李文贵滔滔不绝对答如流，来人突然问及野利旺荣的饮食起居可否安康时，李文贵未防有此一问，愣了一愣，颇有些含糊其词，难免吞吞吐吐。

某日傍晚，宋兵抓住四个西夏人，种世衡下令将他们堵住嘴巴，从门缝里辨认此人是谁，后分别审问，若敢撒谎者格杀勿论。四个西夏人异口同声都道此人乃元昊亲信李文贵。

种世衡立即将此事报告给宋将庞籍，庞籍认为这是李元昊在试探虚实，暂时将其扣留。

李文贵一去不复返，元昊心中似有若无的猜测如一棵幼苗长成了参天大树——野利旺荣真的背叛了朕，他投降宋朝了。

什么都能忍，唯有背叛，不管此人是谁。元昊遂找了个理由，夺其兵权，并诛野利旺荣全家，"以绝后患"。

种世衡得知后，极为高兴。一手端起茶碗，不知想到了什么，忘了喝，另一只手有一下没一下地敲击着桌子。

第八十一章　腰斩

此时，野利遇乞统领西夏右厢兵马，在天都山与没藏皎皎平静度日。得知消息后，悲痛异常，暗中祭祀。遇乞对元昊没有办法，只得将满腔怒火化为动力，操练兵马，与宋周旋。

祸不单行。他不知道，无意中得罪的白姥，近日逮着机会就会在元昊面前说他的不是。元昊仍如以往那般，面上安抚白姥一顿，于此事上其实内心并不甚在意，然而这天白姥说："野利遇乞在宋朝境内一待就是几天，天知道干嘛去了，或许他想叛逃也不一定呢。"元昊不由得紧紧皱起眉头。

他当然也知道，遇乞常常带兵巡边，或去侦察宋朝防务，有时会深入宋境，在某处待几天。这个秘密对元昊及几位高级将领来说，并非秘密。然而，此时听来却显得尤为刺耳。

种世衡叫来属下，吩咐道："元昊曾赐给遇乞一把宝刀，野利遇乞时常把它配在身上。找个得力的人，把刀弄过来——从苏吃曩处想想办法。"

遇乞与一位精明强干的党项酋长交好，而此人的儿子苏吃曩却总嫌在西夏得到的不够。某日，有宋朝将领潜入夏国"面见"苏吃曩，许以高官厚禄，并取出信物，说种世衡会亲自见他。苏吃囊看到光明大道，既惊又喜，随来人到了宋朝。种世衡果然亲自接见了苏吃囊，告诉他，只要他能将野利遇乞的那把刀带回，就赐他金带、锦袍，并封以官位。

苏吃囊虽为酋长之子，却因父亲一心为国，在钱财上从不上心，他自己并不能捞到多少好处。只不过是一把刀，就能令自己享尽一辈子荣华富贵，何乐而不为？他二话不说就答应了。回去后，央着父亲带他一起去天都山。以往其父带他去遇乞处走动，大都被他拒绝，此次看到儿子长大了，便高高兴兴地答允了。

故交来访，遇乞十分高兴，当晚陪宴，因对苏吃囊向来关爱，知道他父子爱喝酒，随行还带了些美酒，便也陪着他们多喝了几杯。因交好多年，亲信也不疑惑有他，都各去喝酒，没料到没喝几杯都已醉得不省人事。半晌，屋子里只有苏吃囊"醒"了过来。没几日，遇乞的宝刀便到了种世衡手上。

次日，宋夏边界上就有传言如风中之火般蔓延开来："天都大王野利遇乞被白姥诬陷而死，种世衡要在边境上祭奠天都大王！"

种世衡在木板上写了篇祭文，说野利遇乞早就有意回归本朝，以宝刀为信，他能在上次除夕夜与野利遇乞相见，十分高兴，还说野利遇乞内投本朝属明智之举，可惜功败垂成，实在令人痛心。

到了夜里，种世衡命人在祭坛旁边焚烧纸钱，一时间火光熊熊，照亮了整个山谷，引来了西夏的巡逻部队。宋兵把祭文、宝刀和一些金银器皿扔进了火堆后就跑了。

西夏士兵眼看着宋朝人往火堆里扔金银，宋人跑了之后，他

们赶紧灭火，争抢金银器具，看到了保存基本完好的祭文和那把
宝刀。

祭文和宝刀送到元昊那里时，正是夜半。元昊板着脸默默看
了祭文，拿起那把自己亲手送给遇乞的宝刀，指尖慢慢轻抚过冰
冷的刀面……

白姥的话在耳边回响……

没藏皎皎的面容在半明半暗的烛光中摇曳……

过往的岁月在身边流转……

他们还是少年……

他们已成夫妻……

他们是兄弟，是君臣，是同袍，是情敌……

他们怎么都走到今日，成为这样？

忠义……背叛……信誓旦旦……阳谋阴谋……

山崩海啸，呼啸而过……

夜色一点点洇开，元昊一动不动，独坐在夜幕深处——这样
的夜里，皎皎在做些什么？

今晚，为何感觉这样漫长？皎皎不知道，自己为何会这样没
来由地坐立不安，直至后来竟然心惊肉跳……

今晚，遇乞巡边未归，没藏皎皎和云罗译了半晚上的佛经，
莫名地感到精神恍惚，便叫云罗去歇息，自己翻着画册出神——
为何今夜这样漫长？

野利遇乞之兄野利旺荣全家被元昊诛杀之后，遇乞固然极为
悲痛，却并未说过一句对元昊不敬的话，仍是兢兢业业做好自己
所有的事务，甚至是加倍在努力。但是她知道，以前从未有过的

一丝愿望在他心中已经滋生。

她一宿没睡，东方的一线熹微，使她意识到黑夜里的那些胡思乱想会随着晨曦消退，他们美好的明天已经到来。

前日午后，没藏皎皎如往常般在抄经，遇乞穿戴好巡边的衣裳准备出门，皎皎没来由地一阵心慌，想对他说今晚可否不去，却也知道这样不妥，一句话含在口边，最后说："早些回来吧。"

遇乞看出她的不舍，心中一暖，走到她身边，她依偎着他，他摸着她黑亮的长发，轻声道："好。"过了一会儿，遇乞道："事情都安排好了，辞呈也写好了……可以接替我的妥当人选已经有了……今天我再去边关看最后一次……明天，我就回来，带你归隐田园，去过我们真正想过的日子。"

皎皎没有说话，只将脸贴在他的身上，点了点头。没有尔虞我诈的纷争，没有宦海漂泊的险恶，没有暴戾，没有追逐，没有算计，没有躲避……

只有安然的春风，静谧的秋雨，有美丽的晨曦与夜晚，有翠绿的田园与明亮的流年……那是她一直向往的生活，他为了她，竟然真的甘愿做出这样的选择。

遇乞的目光看向书桌上的一幅画，那是她才打了底稿的一张仕女图。

"你总在画别人，此次何不画画自己？"他柔声道。

"我有什么好画的？"她轻笑。

"所有的美人都及不上你的一分美，这幅画算是为夫订下了——这次画你，为我画出我最心爱的女子。"

她轻轻点了点头。

只要过了今夜，一切就都在眼前。

然而，最终，她等来的，是云罗苍白的脸。府中财务官李守贵向来沉静，此时也是怔怔无语，还有惊慌失措的侍卫……

是夜，野利遇乞被元昊夺走兵权，并下令以最为残酷的刑罚当即处死——腰斩。

第八十二章　孤城

种世衡将军与宋朝得知后，极为高兴，在这场惊心动魄的斗智斗勇中，他们兵不血刃，取得完胜。

后世人说，野利旺荣和野利遇乞极有军事才华，助李元昊屡次打败宋军，立下赫赫战功，而且忠心耿耿，多次抵挡住了宋朝方面高官厚禄的诱惑，宁死也不愿背叛李元昊。然而李元昊疑心太重，如此轻易就中了对手圈套，杀了这兄弟二人，这无异于自断臂膀。事实上，他为自己的多疑付出了极为惨痛的代价。

历史的车轮滚滚向前，推动着它的那些力量之中，总有些屈死的冤魂。

噩耗传来，西夏举国震惊，元昊的亲信部队已将天都山控制。但是天都山始终笼罩在一片愁云惨雾之中，除了极个别的人连夜跑了以外，大部分人虽然惊慌失措，却仍守在天都山，山里的百姓也从四面八方聚集过来，人们丝毫也不相信他们的天都山大王如传言中所说的那样会"叛国"，也不愿相信他竟以这样惨烈的方式离开了人世。老幼妇孺的哭声此起彼伏，响彻整个山林旷野。向来平静祥和的天都山一夜之间荒凉凋敝，变成了一座诡异清冷的孤山。

　　没藏皎皎不相信自己的耳朵，不相信自己的眼睛，不相信眼前的一切。如同没有听到这个噩耗，她理了理不知何时已经散乱的头发，走进内室，走到前天答应遇乞为他而作的自画像前，提笔细细画了起来。

　　云罗此刻虽是极度震惊，却更担心皎皎，仔细观察她，见她不疯不癫不哭不闹，只是安安静静地作画。

　　云罗的眼睛也红红的，忧心忡忡地望着那间屋子。王妃已经一天一夜滴水未进，对云罗或侍女的话充耳不闻。

　　终于画完了。

　　本是一张仕女图，画中人儿青葱年少，幸福洋溢在脸上；而此刻，那美人依然是美的，却是一头的白发，却是枯萎了的美……

　　几个亲近的下人看到这画，莫不惊心，以为她会想不开寻短见，都紧紧守着她，盯着她的一举一动。

　　“大哥，我依你的嘱托，把画画完了。你看看……画得好吗？”

　　她端详着画作，良久良久，诡异地笑了笑，突然像是对着自己的灵魂在笑。

　　此时，正是黄昏，夕阳一缕一缕地透过窗棂照进屋里，光线游走，忽明忽暗，她闭了闭眼睛，“大哥，天快黑了，这画，你是不是看不清？”她下意识地环顾四周，不由自主地走到里间。这是一间遇乞特意为她而建的小小的佛堂，多少次他们共同在此诵经祈福，祈求家国和顺，祈求国泰民安。而从今往后，他永远不会这样陪着她了。

　　她突然看到菩萨端坐在那里，惊喜得小心翼翼地捧着画，跪拜在她时常敬奉的那尊观音像前。

观音慈眉善目，平静安然地俯瞰众生。皎皎仍是不哭不闹，如同遇乞仍如往常般陪在身侧，一动不动，一言不发。她空空洞洞的眼睛里没有一丝光亮，没有任何神采，云罗在暗处看着都觉得莫名惊心。

天都山财务官李守贵素来颇受遇乞倚重，此刻极是冷静，很快从震惊与悲痛中恢复过来，问府中得力的武将："天都山大王尸身何在？你随我这就去收。"

这李守贵年轻俊美，沉默少言而忧郁清冷，令诸多女子动心，他却恍然不知，向来专心做事，不仅把天都山一应理财事务打理得极为完备妥当，自己还极有经商头脑，总能洞见商机，在各部族甚至与宋朝的经商中为天都山额外赚取了大量钱财物资。就连以经商谋利而著称的没藏讹庞也在遇乞面前打趣说，自己甘拜下风，多次明里暗里想用重金把他挖去，他都没有动心。野利遇乞十分依赖他，两人之间的感情也极为亲厚。遇乞曾多次为其说亲，都遭到婉言拒绝。

而谁也不知道，这样一个清冷孤高的男子，自小只对一个女子钟情。他远远地看着他们在草原上驰骋嬉戏，远远地看着他们在月下泛舟，远远地看着他们在雪中赏梅……他的心在刺痛，而他知道，他对遇乞的情谊与忠诚是深入肺腑的，她永远不可能属于他。

如今，遇乞竟然遭此大难，他感觉自己的心被割去了一块，而看着这样弱小无助的她，他无所畏惧地站了出来。

得知遇乞尸身已被元昊收走看护起来，李守贵明白再为此事纠结也是无益。此时，天都山贵戚大都吓得魂飞魄散，收拾了贵重财物出逃者不乏其人。这王妃又是个不管事的，李守贵便不待人吩咐，连夜对天都山所有物资、财产做了盘点，因为平时的账目都十分清楚，所以并不太费事。这边云罗和几个贴身侍女也听从他的叮嘱将王妃平日的贵重首饰收拢起来，和李守贵特意为她整理好的大宗票据一起放在一个木匣里，再用包裹包起来。

趁云罗等都在忙着收拾时，李守贵来到佛堂，在菩萨前拜了几拜，低声道："王妃，往者已矣，活着的人还得活下去——大王定是希望您也能好好地活下去……"顿了顿，鼓起勇气说："您想去哪里，无论天涯海角，在下……愿意跟随您、陪伴您、保护您。"

没藏皎皎慢慢转过脸，在黑暗中，静静望着他，这个冷静少言的美男子，仿佛一块随时就要融化的冰，令人想要去保护他，此刻却说他要来保护她。

以往，都是别人说要保护她，元昊说过，遇乞说过，讹庞说过，此刻，却都不能保护她，他却口口声声说要来陪伴她、保护她。

所有说要陪伴她、保护她的，都没有好结果。她不要任何人来陪伴她、保护她。

没藏皎皎没有任何表情。李守贵原本就颇为俊美，此时目光灼灼，心中无比渴望却从不敢、也从不愿多看她一眼的他，此时却敢在菩萨面前逼视她。

第八十三章　追随

　　没藏皎皎被看得不明所以，沉默良久后，轻声道："把那些东西给大家分分，你们想去哪里……都走吧。"

　　"在下哪里也不去……王妃在哪里，在下就在哪里。"李守贵虽然自小在遇乞家中长大，却也是有兄弟父母家人的，而为了这个女人，他愿意舍弃一切。他顿了顿，"在下知道，现在说这些，不是时候。但是——在下只是想让王妃知道，无论王妃想去哪里，想做什么，在下都会陪在王妃身边……我们可以去中原，可以去江南，可以去西域……去任何王妃想去的地方——我这些年自己也做些生意，积攒了足够的钱，全部都可以给王妃……我愿为王妃做任何事！如果王妃想报仇……在下也愿意舍生取义！"

　　她突然扬手，一记清脆的耳光落在他脸上。"你是什么人？你能为我做任何事？你能为我夫君报仇？好啊，你去，把我夫君给我叫回来！去啊！你去啊！"丧夫之痛，使她心里的恨意如巨浪滔天，使得她整个人如同这波涛里有一叶小舟，随时可能倾覆。

　　不是没有想过报仇，不是没有想过以命相搏，可是，他既然走下了这步棋，怎会没留后手？在他强大的力量之下，她不得不考虑天都山乃至野利家族、没藏家族。那样做，无异于以卵击石，多少热血儿女的前途乃至性命将因她一人而断送。

这不是遇乞想要看到的，一定不是。

从未这样失态过，而此时此刻，她像一只困兽，那目光几能噬人。

夕阳的最后一缕光线照在他的脸上，他笑了笑，"是在下失礼了。大王往生，请王妃节哀。眼下是非常时期，机会稍纵即逝，乌珠定会很快有动作。是走是留，请王妃早拿主意，在下会一直侍奉王妃。"

云罗那边收拾停当已即刻赶来，她是何等眼明心细之人，早已看出李守贵对王妃的用心，然而此人自小被称为"理财神童"，生意上的天赋也极为出色，为人处世也挑不出一星半点儿错，一直颇受遇乞重视。

听到王妃怒斥，云罗知道定是李守贵冲动之下说了什么，本欲叫他远离王妃，但无奈此人在天都山的时间比她们都久远，算是名副其实的"老人"了。再加上此人精明能干，极有威信与号召力，虽对王妃别有心思，却一直极力按捺，对大王也是忠心耿耿，从不生事。此时是非常时期，更是需要几个死心塌地的人在王妃身边以备不测。

听到动静，云罗跑进里屋，见没藏皎皎披头散发伏在地上痛哭，一副失魂落魄的模样。原来人们说的是真的，天仙般的人也经不起人世这般生离死别的折磨。

就在所有人都以为天都山"树倒猢狲散"的时候，元昊的紧急谕令在第一时间已然随先行到达的御林军传来——天都山兵权及一切权力归元昊所有，天都山一切照旧，不得以各种理由侵占分毫，尤其对天都王妃要好生照看，任何人都不可忤逆。

"王妃，咱们是走是留？"云罗待没藏皎皎稍稍平静后，慢慢替她梳着散落一地的长发。

"云罗，你……你的使命已然完成，你为什么不去找元昊……和盛吉？"

"自从那年到大夏来，云罗就是王妃的人。云罗哪里都不去，只有在王妃身边云罗才会感到安宁。"

"安宁？"没藏皎皎若有所悟，"你可知道，如果我要想得到安宁，只有随夫君一起去。我为什么不随夫君一起去？"

"死者往矣，大王更希望生者继续活下去——大王定是给王妃留了话……而且……还有其他人也会带了话来……"

"真没想到，这世上最后一个懂我的竟然是你。"没藏皎皎凄凉一笑，伸开紧紧攥着的一只手，手中的两封信已然被手汗浸湿，"夫君给我留了信，就在佛堂的菩萨前。"她哆嗦着双手，慢慢将那封信抚平，上面一行西夏文遒劲有力："忘记我，忘记过去，忘记仇恨，好好活下去。"

另一封，则是元昊命人秘密送来的，其上是没藏族中几位长老的笔迹，安慰她节哀顺变，不以野利乱臣为念，没藏全族还需要她。字字句句虽是宽慰，实则警告——如果她不爱惜她的生命，元昊将以全族为她陪葬！

在这样雾里看花的威胁面前，野利遇乞的叮嘱显得格外温柔而痛心。他早就料到这一天有可能到来。这是他的遗言，他的愿望，也是他的要求。他从未对她提过任何要求，今生唯一一个要求，她不愿违背，也不能违背。

天都山一些素来与遇乞亲近的族人来找皎皎，与她商议对策，云罗依言出面安抚，都让回去了。

有位跟随皎皎多年的老嬷嬷悄悄对皎皎说："王妃，天都王对咱们都是非常好的。但现在说一千道一万，他已经不在了，咱们得为将来着想。恕老奴直言，乌珠此举，多半是冲着王妃来的。

"多少年了，他都对您念念不忘，想必此次也不会错过机会……无论如何，他对您的情意是不用说的——依老奴看，这也是上辈子的宿命和缘分，须得此生了结。您也不必过于执着了。如今，别说跑不出去，就是冒险跑了出去，也未见得比在这儿时过得好……不如等等看，看看情势再说。"

皎皎明白她的意思，若在平时，早一通呵斥。只是她是多年的老人了，不便发作，只道："我这里还有些体己，云罗正在给你们分别包起来。嬷嬷照顾我这些年，辛苦了。你们还有家小，不必随我冒险。等过了这几日，将来你们是去是留，想必都是可以自己做主的。嬷嬷无须顾念我，请自便吧。"

几位老嬷嬷知她素来都是定了心思不会听人劝，但也无奈，叹息着退下了。

"你们几个想好，如果你们走，我不怪你们；如果你们决意跟着我，那么我们走。"

是夜，没藏皎皎带着几个愿意与她生死相随的侍女及侍卫，其中就有誓死追随、死也不愿意留下的李守贵，一行人打算趁着夜色离开天都山。

　　而此时，天都山已被围得水泄不通。

　　"外头尽是兵，一只苍蝇也飞不出去，我们怎么走?"云罗急
道。

第八十四章　殉情

没藏皎皎望了眼窗外的夜色，又凝目挨个看了看身边的这几个人，叹口气，道："随我来。"

此时正在遇乞为她而建的书房里。此处布置得极为精巧雅致，直通到屋顶的书架上摆满了各种珍贵典籍。只见她拧开一尊置于角落的琉璃鸱吻的头，轰的一声，挂着五彩唐卡的一面墙壁赫然裂开，一道暗门出现在眼前。

原来，遇乞几年前为了以防万一，特意在没藏皎皎的书房里修了一条极为隐蔽的秘道，连着通往天都山后山外几里的一处隐秘山洞。此事除了他二人，只有几个心腹知晓，故而此时，众人都面面相觑，只有李守贵心中早已猜到。

一行人护着皎皎进入秘道，李守贵从里面启动机关，将书房恢复原样。几个侍卫打着火把，照应着众人顺着时缓时陡的台阶一路而去……

晨光熹微之时，一行人终于走到洞穴尽头。侍从小心翼翼地拨开掩盖在洞口的杂草，鱼贯而出。

此处林深树茂，加之冬日阳光暗淡，更显得清冷诡异。一行人走出危崖，顺着山路往前走去，却见一队黑衣蒙面人一字排开在此守候，阵阵杀气扑面而来！

盛吉因与元昊侍从官保宝吃多已不睦，自请去宋朝求取佛经，返回之后，因要对这批佛经进行整理，而天都王妃没藏皎皎处珍藏着大批孤本，如要自为系统，必得放置一处对照编译，遂又到天都山附近的一处译馆，其弟盛祥也一同到此。

盛祥乃是一名十分热情爽朗的男儿，不久便与当地僧众十分熟稔。在一次外出游玩时，被毒蛇所咬，幸得当地一少女坎儿所救，并在其家中养伤几日，与坎儿一见钟情，几日相处下来，早已各自心许。痊愈后回到天都山，与坎儿不时相见。但坎儿家并不知晓他哥哥是元昊身边的红人，只知他是外来人，摸不清门路，便不同意。而盛祥也是个极有自尊的人，并不认为这有什么可说的。

实则，这坎儿便是眼下大夏皇后野利碧珏身边一等侍女井儿的同族表妹。本来因着碧珏那层关系，加之家族原有的地位，他们家也不至于住在深山，只是坎儿母亲有多年旧疾，有这山里的水土、空气、草药养着反而比在寨子里好很多，故而她家后来仍在此间落户，等病好了，还是要回去的。

一日，坎儿与盛祥相会时，对他说："你真的爱我吗？你可愿与我生生世世相爱？"

"那是自然，你还怀疑这个吗？"盛祥柔声道。

"那好，在这世上，我们既然不能相伴，那我们何不去另一个世界，生生世世相爱相伴？"坎儿眼中是热切的渴盼。

党项人的感情浓烈，他们表达爱情的方式也相当激烈。当青年男女相爱到感情极深之时，他们推崇的并非举行婚礼，而是殉情，当时很多党项人认为只有这样才是极致的"男女之乐"。当年轻的男女殉情后，他们家里人也不会感到悲伤，而是把他们的尸体找到后用彩绸包好，外层再用毡裹扎，杀牛设祭。然后立一个数丈高的木架，将二人的尸体放在上面，传为"飞升上天"。男女两方家族在下面击鼓饮酒，尽兴而散。

盛祥也是党项男儿，少年热血，又是情窦初开，此时见心上人有如此决心，可见对他的爱慕之深，便也心潮澎湃，激情满怀，当下道："当然愿意！"

坎儿十分激动，两人紧紧拥抱在一起。

"那咱们，就今天？"

"好！就今天，就现在！"盛祥声道。

坎儿开怀地笑了——终于要和情郎生生世世永不分离了！

"不行，现在不行。"盛祥突然想起了什么，醒悟道。

坎儿以为他反悔，恨声道："你！骗我！"

"没骗你。我只是突然想起，哥哥月前又到宋朝购买佛经了，如若前次我没受伤，也是要跟去的，我需得跟哥哥告别，至少得给他留封书信。他是我在这世上唯一的亲人，他怕牵连到我，说伴君如伴虎，一直把我安置在别处，我们兄弟俩聚到一起才没几个月。"

"哦，是这样啊。"坎儿破涕为笑，"那你给你哥哥说声也是对的。"

盛祥点点头，盛吉归期未至，加之自己如若把想法告诉他，他必不会同意且定会阻挠，便写了封信，叫一同伴待哥哥回来后交给他。之后，便与坎儿找寻合适的地方，两人都希望在一座风景优美的地方往生，找来找去，便在与天都山后山相连的一座山峰上找到了一处理想的殉情之地。

盛吉那边的事情出乎意料的顺利，加之此次出行没来由地心慌意乱，就快马加鞭提前回来了，到那译馆惊闻野利遇乞被元昊腰斩，目瞪口呆，当晌没回过神来。这些年来，他最担心的事情还是发生了。

乌珠这次是中计，也并非完全中计，也是下了狠心了……只是，可怜那天都王妃没藏皎皎，还不知难过成什么样呢。还有——云罗！不行，虽说现下天都山已经被管制，他得想办法去见她们。

而盛祥跑哪儿去了，怎么还没露面？与盛祥要好的那个小同伴，此前就觉得盛祥这段时间来魂不守舍似乎偷偷谋划着什么，此时便急急地把那封信交给盛吉。

盛吉一看，更是魂飞魄散。当即顾不得其他，连夜便领着一大拨人到天都山后峰去寻找。

这边与盛祥四处找寻心仪的殉情之地时，坎儿无意中指着某处悄悄说："祥哥，你知道吗？此处与天都山是通着的——我阿哥曾挖过。你可别告诉别人……"

盛祥对此也有些吃惊，这里竟然有一条密道通往天都山！此时却也失笑："我告诉谁去？咱们这马上就要上路了。"

"也是，"坎儿笑了，一派纯真，"那我还可以告诉你个更大的秘密：我表姐——就是当今皇后身边的一等大丫头井姐姐，不知从那里听说天都山在挖秘道，前次便来过，特意问清了这个出口。看那样子，以后必是有什么事情呢。"

　　盛祥虽然年纪尚小仍很懵懂，但天生伶俐，加之在哥哥身边跟了这段时日，也学了不少，明白了一些事情。他也听闻眼下天都大王遇乞被乌珠处死了，此时听到这个惊天秘密，又想到哥哥一直在乌珠身边，怕是也会受到此事的牵连。越想越不对劲，越想越觉得哥哥有事，自己不能此时去死。

　　坎儿看到他脸上阴晴变化，以为他事到如今又反悔了，心里在生气，"你后悔就拉倒，我自己去！"说着就要跳下不远处的山崖。

　　盛祥赶紧死死拉住她，如实对她说了自己的顾虑。坎儿仔细看着他，突然笑道："我没有看错，我的情哥哥是个重情重义的人！我们不能那么自私，只想着自己的永生永世，也得为亲人眼下的事着想！咱们去告诉你哥哥！"

　　盛祥听了十分感动。心中担心此时哥哥还未回来，这事不好办，又想着回到译馆说不定能联系上什么人。二人便手拉着手往译馆跑去。半道上，远远看到一队人马打着尚未熄灭的火把，正是盛吉一路寻了过来。

　　盛祥拉住坎儿将她藏在一处树洞里道："这里人多，情况不明，你先躲躲，千万别出来，一会儿我来找你。"坎儿虽然十分想与他在一起，但知他遇事头脑灵光，这样安排必是不错的，便点头答应，悄悄坐在树洞里等他。不一会儿，困意上来，竟然打起了瞌睡。

　　这边盛吉正气急败坏地要发作，盛祥迎上去，顾不上说别的，拉过他，悄悄地把坎儿说的事情说了。盛吉想了一想，知道兹事体大，现在去向谁报信，已然是来不及了，情势危急，一刻也耽搁不得。

　　此时天色转亮，有眼尖的远远看到一队黑衣人从那边小路悄悄过来，盛吉便命众人当即躲在暗处，因着对地形熟悉，倒也处于主动。眼瞅着那队黑衣人埋伏在秘道的山洞出口，似乎在等着什么。盛吉更是坚定了自己的想法，看了眼自己这个傻弟弟和——傻弟媳，心里不禁感念佛祖慈悲，自己还能为乌珠做点事。

第八十五章　守护

没藏皎皎一行人出得洞来，那队黑衣人便掩杀过来。李守贵虽不甚习武，却也不胆怯，示意云罗等护着皎皎，便与那几名侍卫搏杀起来，眼见很快处于下风，李守贵胳膊上鲜血渗出。

千钧一发之际，后方的茂密树林里，又杀出一队人马，和李守贵里应外合与黑衣人搏杀在一起，虽然武力上并非对手，却胜在人多，且杀声震天，只这阵仗就已将这队黑衣人弄懵了，一时死伤不少。那为首的担心引来更多山民，无奈地打了一声呼哨，带头突围撤退而去。

众人见他们逃窜，有人欲上去活捉几个，盛吉道："群寇莫追！且让他们去吧。"

盛吉当下安排众人回去，只留盛祥与坎儿与皎皎见礼，一时事情来龙去脉俱都清楚了。

"那么，究竟谁要害你们？"坎儿听了半天，忽然道。

人人沉默，但人人心知肚明，显然是当今皇后野利碧珏要趁没藏皎皎落难之时杀她以绝后患。

元昊派人围住天都山，碧珏知道皎皎会逃走，先前遇乞修秘道之事，连她都没有说，偶然间听井儿提到此事，便留了个心眼，猜测此次必会派上用场，便派人来此守候。未料到又阴差阳错，上演了这样一出。

他们一行人经过一场恶仗都已疲累，便在树下坐下，已然松懈下来。正叙着话，突然一道冰冷的寒光射来，眨眼间就要打入皎皎身体，电光石火间，只见云罗扑到皎皎身上，而下一瞬间，却见一把毒镖已然插入盛吉后心，竟是盛吉在最后一刻护住了她们！

不远处的树丛里，先前逃逸的那伙黑衣人里为首的那个不甘心就这样败北而逃，此刻带着剩余的几人悄悄折返，以为这次必会将那没藏王妃除去，也好回去复命，万没料到竟是这般情况，此刻目露凶光盯着他们，终是担心再次被山民围攻，只得趁乱逃走。

这些年来盛吉的情意云罗自然知晓，他明里暗里对她的关照与抚慰令她在异国他乡感到温暖。然而盛吉知道，她的心不在他这里，他也不敢去奢望。而对云罗而言，渐渐体会到多年来的那份不该有、甚至于异想天开的执念改写了自己的一生，如果从头再来，她不能确定自己是否仍会义无反顾地选择这条堪称荒唐的路。年轻时的决定，改变了她一生的轨迹，要如何才能为自己自圆其说？

而幸好，她在命运的引领与自己的盲目选择下，在自己的"情敌"没藏皎皎的身边，渐渐找到了平静与宿命——人生就是这样神奇，一个人，总会发现自己正做着原来的自己所想象不到的事情。

而这一切，是她自己的秘密。她告诉自己，既然命运将她引入这个地方，她希望能对身边的人显示出自己的作用，而非以一个怨妇的姿态每日躲在阴暗的角落顾影自怜。

因而，怀着这种隐秘的心结，不知是否有所察觉的没藏皎皎享受着云罗从痛苦中培育起来的忠诚与保护，不能不说这是她的一大幸运。

人世间，总有一些人，本身就是命运的宠儿，在别人眼里，似乎他们什么也不做，便可得到自己想要的。对他们自己而言，却又是千般掣肘，万般不如意。

云罗以为，自己至少可以长久地享受着盛吉的守望与呵护，直到永远。

此时，一众人围住盛吉，人人慌乱。皎皎面色苍白，云罗已然哭出声来，"盛吉！盛吉！你没事吧？"

盛吉瘫坐在地上，在她的怀抱中竭力挤出一丝笑意，用目光安慰着她。

那镖显然是喂饱了毒，此时盛吉的嘴唇已然发紫。坎儿自小在深山中长大，认得各种毒虫毒蛇，家中父兄又都是识毒高手，认得此乃剧毒"入魂散"，一旦见血便无药可救，更何况此镖插入后心半寸许，知道已然是无力回天了，看着盛祥急切的目光，只是摇头。

"哥哥！我背你，咱们去找大夫！一定能医好！"盛祥不愿接受哥哥就这样死去，要将他抱走，盛吉一口黑紫的鲜血吐了出来，染红了云罗的衣衫。他自知命不久矣，只是虚弱地看着盛祥，对他摇头。

"真可笑，我随乌珠不知上了多少次沙场，没死在外族人手里，没料到，如今……死在自己人手里……我不能为大夏建功立业了……祥儿，你要替为兄……"

那盛祥是个老实人，不会隐藏自己的所思所想，此时看了看身边的坎儿，欲言又止。盛吉何等聪明，心中本已猜到八九分，眼下更是坐实了弟弟的想法。党项人虽以殉情为荣，但他却不愿弟弟年纪轻轻如此行事，勉强挣扎着喘了一口气，定定地望着他："你，不许……我……不许你……"

此时大家俱已明白，因而当他悲伤的目光转向皎皎与云罗时，二女都极为感伤地说："你放心，我们不会让他们走那条路的。"

盛吉虚弱地笑笑，使出最后一丝力气要去拉起云罗的手，云罗流着泪握住他的手，他说："你们跟着王妃……走得远远的……不要回来……"

"你，怪我吗？"

"不，"他断断续续道："我怎么会怪你……我只是遗憾，我们……错过了多少好时光啊……"他的眼睛仿佛望向远处，望向已经过去的岁月，"我……还记得，第一次见你的时候……那个时候，小王爷，王妃……我们……"

说着，他的声音渐渐变小，终于微不可闻，他的手从云罗的手中滑落下来……

当日晌午，当元昊亲自抵达天都山时，震惊且恼怒地发现，天都山王妃已凭空消失，不知所终。有人说她已"畏罪自杀"，有人说她散落民间，不知去向。

毕竟那日山洞外遇袭之事人多眼杂，消息仍是传到了元昊耳中。一队神秘黑衣人不但妄图截杀没藏皎皎，还杀死了盛吉。元昊震怒，派人暗中查访，将那剩余之人全部设计格杀。属下问如何处置背后主使，元昊默然半晌，"这事，留给朕自己处理吧。就说没有证据，找不到主使之人——任何人不得泄露消息，否则格杀勿论！"

盛吉墓前，元昊怅然伫立，慢慢洒下一杯酒，"你说过，此次到天都山把手头的事理完了就回到朕的身边，而你终归还是离开了朕。"这个从小在自己身边长大的人，与其说是仆从，不如说是亲人，是兄弟。战场上，他曾为救他而重伤几乎不治；战场下，他又为救他最心爱的女人而死。他对他的所有决策从来都是无条件的服从，从来都将他当作自己的天，唯他马首是瞻。对他因生母要杀他而将生母毒杀又公开表示反对，对他重用凶狠阴鸷别有居心的保宝吃多已而无声反抗。在当时的元昊看来，这不过是不必要的妇人之仁或是矫情多疑，而这一切，也都只是为了有朝一日他不后悔，为了帮他躲开将来不知从何处发来的暗箭的伤害。

只是这一切，盛吉都不能为他做了，不知他躺在冰凉的坟墓里，是无知无觉，还是万事皆知。

元昊命人为盛吉重修坟茔，隆重厚葬。

碧珏得知后，惴惴不安了好些时日，却不见元昊来问罪，前次派去的武士离奇被人暗杀，看来是没有留下蛛丝马迹，悬着的心也渐渐放了下来。

只是，那没藏皎皎，未免命也太好了。她如今在哪里呢？她暗中派人四处打探。

第八十六章　寻访

元昊派一支亲信在民间四处寻访月余，都没有没藏皎皎丝毫消息。

亲信头目帽斜震云怀揣着元昊亲自画的一幅画像，又加紧找了些时日，这日终于来报："乌珠，在兴庆府的首饰铺里找到了——却也不能保证。"

"什么意思？"元昊听到消息从椅子上站起来，此时又蹙眉道。

"年龄上好像……比画像中的年轻许多。曾在天都山侍奉的人也弄不明白是不是本人。"

"少废话，人在哪里？"元昊很不耐烦，想了一下，又到后殿换了平常的衣裳，随着帽斜震云到了后苑。

一女子被反手缚住，口中塞了纱布，正在挣扎，那眼，那眉，那身形，不是没藏皎皎却是何人？

见元昊怒视，帽斜道："这女子口中不住叫喊……"女子开口的瞬间，当即尖声喊道："何人如此大胆！我是将来的太子妃！谁敢动我，我教他全家不得好死！"

此女之美艳酷似没藏皎皎，却显然比皎皎更加年轻，而那种嚣张狂妄却是皎皎从所未有的。兵士们听到她口中振振有词地喊着自己是太子妃，心中好笑，有的绷不住笑了出来。

　　元昊心念电转，已然明白了，难怪宁令哥此前说已经有了心爱的姑娘，却不肯带来，他心中隐隐生出一些不快，自己还未将其中款曲揣摩出来，已有兵士急急传报"太子到——"。只见宁令哥风风火火赶来，来不及对元昊行礼，先将那女子拉到自己身后。

　　"父王……这就是没移丹，是儿臣的……儿臣的……"元昊冷眼望着相貌与自己年轻时一模一样、举止气度却迥然不同的宁令哥，失望与愤懑渐渐生起——他在怕什么？

　　元昊眯着眼不说话，似乎就是要看他的窘态。

　　宁令哥嗫嚅着，声音却越来越小。

　　宁令哥因从小与元昊的长相及性情极为相像，颇受宠爱。宁明去世后，元昊将其立为太子，也曾对其寄予厚望，而宁令哥在许多事情的态度与处理上，却令他颇为失望。

　　如果此时，他敢在自己面前坚定而无畏地说："父王，这是孩儿心爱的女子，是儿臣选定的太子妃。"他也会激赏这份勇气，作为父亲，自然也会成人之美。他却只是畏缩着，嗫嚅着，连他探询的目光都不敢直视。

　　元昊从心底生出一抹悲凉的失望。

　　没移丹原以为遭了劫匪，只是拼命叫喊，此刻已将形势看清，虽是站在宁令哥身后，一双妙目却在元昊身上流转——眼前这位，就是那个天神般如雷贯耳的西夏帝王？

　　目光交错之时，她向他一笑，那笑容中竟有与其年龄极不相称的风流妩媚。元昊冷哼一声，掉头而去之时，她诡异地笑着，在苍白的宁令哥身后，如一抹滴血的蔷薇。

元昊看得心头恍惚，便道："把这个女子先带下去。"

"父王，为什么？为什么要把她关起来？有什么理由？你给儿臣说清楚！否则儿臣不许！"

元昊实则并未有关押没移丹之意，此时也不愿辩解，宁令哥的话令他心头火起。

"说清楚？你不许？"元昊目光如电，"朕还在，这里哪有你说话的地方？莫说只是个女子，就是全大夏的女子，朕也有处置的权力！你滚回去，好好闭门思过！"

宁令哥的脸上没有一丝血色，而没移丹的脸上却浮现出一抹笑意。

没移丹原来也是一部将之女，却自小与其他女孩儿不一样，平淡的生活她一天也过不下去。因族中叔伯为太子效力，她便寻了个机会得以与宁令哥身边人结识，最终得以进入他的视野。

太子府中亭台水榭，屋宇嵯峨，激起她深心里尽享荣华富贵的渴求。

宁令哥不但相貌上与元昊十分相似，性情中的执着与固执也如出一辙。没移丹"误打误撞"出现在他的面前时，那样的流光潋滟，仿佛在哪里见过，只是更加风流娇艳，瞬间便使三千粉黛无颜色，心心念念的唯有这一个女子。奈何这女子十分守礼，不让其越雷池一步，宁令哥更加如痴如狂，许诺将太子妃的尊荣给她。

某日，宁令哥带没移丹去见其母后，野利碧珏一见之下，大惊失色，事后对儿子说，不可将此女作为后妃人选。宁令哥虽然隐隐约约感知到一些，却仍问为何不可？

　　碧珏沉默了一会道："娘也说不上来……只是觉得见到这个女孩便心惊肉跳……十分不祥……你大哥去得早，小弟福薄，自小就没了……你父皇如今恩威难测，儿子，现在只剩咱们娘俩相依为命，不可再有差池啊。"说着，扑簌簌泪如雨下。

　　宁令哥与逝去的太子宁明一样，极为孝顺，眼见着这几年父王性情大变，对母后愈加冷淡猜疑，处死舅舅野利旺荣，尤其是腰斩舅舅野利遇乞，给野利家族带来致命打击。母亲一夜之间有了白发，仿佛苍老了十岁。

　　每每想到哥哥，野利碧珏的心就会抽痛，整夜整夜无法入睡。泪流干了，日子还得过下去，更何况还有宁令哥。虽然唯一的儿子眼下是太子，但如今的形势，风云变幻，一个不小心，便有可能万劫不复。她还得强打精神，为宁令哥顺利登上帝位筹谋。

　　这些年来，碧珏如何不知元昊对没藏皎皎的心思及其为她所做的一切，不是没有羡慕，不是没有嫉妒，不是没有恨，只是，因为有哥哥。哥哥对皎皎的爱无以复加，碧珏只希望她能和哥哥同心同德，白首到老，然而，哥哥竟然这样地死于非命。这一切，难道不是那个女人造成的吗？

　　这些年来，她假装冰山美人，却极有心计，将元昊和哥哥的心都牢牢控制住……以前还以为她是真的单纯安静，无欲无求，现在看来，她竟是这般的蛇蝎心肠。哥哥的惨死，野利家的败落，元昊的离心，日渐风声鹤唳的悲惨生活……这一切的一切，都是拜那个自命清高的女人所赐！

　　更令她气结的是，元昊竟然为了保她安宁，不惜令国人惊诧，以那样可笑的方式"保护"天都山，知道她失踪后，竟大发雷霆，鞭打守卫，又着人四处寻访她的下落……

这一切，都像一枚枚钢钉一样一遍遍敲击着她的心，必欲除之而后快。当今之计，只有让宁令哥早日登上帝位，方可获得解脱。到那时，定让那个女人碎尸万段。因此，当一个酷似她的少女出现在眼前时，碧珏如何能不惊惧？那眉眼那体态，正是心中无时无刻不想令其化为齑粉的那个人。

难道这是上天的又一次嘲讽？绝不能让这盆祸水再次降临到野利家任何一个人的头上。正当碧珏想着如何将这无妄之灾引开时，万没料到，他们竟然就这样遇上了。

没移丹虽然对宁令哥也不无感情，然而一见元昊，当即被那种九五之尊掌控天下的权势与舍我其谁睥睨一切的气势所吸引，她意识到元昊第一眼看到她时眼中闪现的渴求，可助她登上更高的台阶，便决心不能错失良机。正如她有意留给元昊的那个意味深长的笑容所预示的一般，她很快制造了机会，"无意间"进入了元昊的世界。

对元昊而言，这些年来对没藏皎皎的魂引梦牵，一切都只是被辜负。而当他终于除去了最大的障碍，本以为，她终于可以成为他的；本以为，他们的全新生活即将开始。却发现，他与她之间今时今日的那道鸿沟也许终生都无法清除。如今，她竟然为了避开他，消失得无影无踪，尽是哪里都找不到。元昊心灰意冷之后，是更为深刻强烈的执念。

第八十七章　如梦

　　这日黄昏，元昊处理完政务，觉得头晕眼花，心中烦闷，叫人取了些酒来独饮，渐渐感到有些醉意，以手支额深深叹了口气。侍从官保宝吃多已见时机已到，便道："乌珠何不到新苑去散散心？"

　　新苑是元昊近期所建，有人猜测是特意为没藏皎皎而建的。此处视野开阔，亭台水榭，格外精巧雅致。尤其一道水流极为清澈，假山、荷池错落点缀。

　　元昊慢慢走着，微风吹起他的白色衣袍，只觉得心头疲惫至极……不经意间抬头，却见没藏皎皎手中掐了一枝梅花，在花影中对他含笑。

　　她什么时候回来的？她终于明白这些年来他的心意了吗？

　　他仿佛回到了少年时光，快步走向她，堪堪走近她时，她低头娇笑，一闪身进了梅花林。馥郁清香的气息令他迷醉，可是她在哪儿？正懊恼间，回头一望，那花树之下，俏生生立着的，可不正是她？

　　这回，绝不能再让她离开他的身边。他一把将她拥入怀中，紧紧地抱着她，生怕她又从此消失。而她非但没有消失，更是从所未见的乖巧柔顺，紧紧回抱着他，生怕他也从此消失。

一阵晚风吹起，略有凉意。他拉着她的手，走到近旁的一间花厅里，这原本就是为她而随时准备的，这里的一切都是她的，随时等着她回来。

竹床幔帐，如水如烟，一室花香，如梦如幻……

他终于将她拥入怀中，肆意温存……

次日清晨醒来，元昊下意识地去搂没藏皎皎，却听到一个陌生的声音："乌珠，您醒了？"

元昊睁眼一看，却见一个年轻女子躺在自己的臂弯里。

"你是何人？"元昊起身，声音里的戒备透着冷意。

"小女子……奴婢……臣妾——没移丹啊。大王您忘了？"

"没移丹……"元昊思索半刻，环顾四周，"怎么是你？皎皎呢？"

"从昨晚到现在，一直都只有臣妾一人服侍乌珠啊，"没移丹故作羞涩地笑道，"只我一人，没有别人。"

元昊怔了片刻，恍然醒悟。想到皎皎，想到宁令哥，心中不是滋味，正在心乱如麻穿衣之时，不料那没移丹竟一把将他拉倒贴在她身上，"乌珠……别走，乌珠对小女子这样好，小女子还想要报答……"

望着近在咫尺的这双美目，似嗔含怨，挑弄撩拨，元昊不禁心旌摇曳，眼前掠过皎皎拒绝的眼神，心中复杂，"你真的愿意服侍朕？"

"愿意！愿意！我愿意！"

"事已至此——朕就成全你！"元昊俯下身去……

你们不是都以为朕是这样的人吗？朕就做给你们看！

没移丹自从上次见到元昊后，如遇天神，心中打定主意，心心念念地想要从此都在元昊身边。前日有人给她捎信，叫她某日某时打扮漂亮，届时会有人接她去新苑。事成之后，对方也不要回报。

对这样的"交易"，没移丹没多想，只要能接近至高之王，只要能走入元昊的世界，自是求之不得。

而这幕后之人，所求的又是什么呢？

此时在元昊心中所想的却是，这个与皎皎容貌如此相似，性情如此不同的少女的出现，令他眼前绽放出烟花般的绚烂。她与她不一样，她大胆奔放，激情热烈，虽然原本知道她极有可能成为儿媳，转过心思却并未多想的他，尤其是每当想到宁令哥那种猜忌防备的眼神，他当初的不屑与气恼便化为将错就错的无奈与快意。

对那少女，元昊其实并不怎样上心，她的一举一动、一言一行他都明白是何意，无非是荣华富贵，无非是权力庇护。而当她娇嗔着在枕边软语时，他感到了从没藏皎皎那里想得而得不到的虚荣与满足。

"我的天神，只要在您身边，别的什么，小女子都不想要了，就什么都不怕了，就死而无憾了……"

"从小到大，我第一次心里有了一个男人，我心里只有你，只要你一个男人！……"

作为父亲，对宁令哥，元昊是有愧疚的。这个儿子自小像他，自宁明离世后，对他更是恩宠有加。元昊也终于能明白，当年父亲对他的关爱与宽容。而随着宁令哥年岁渐长，身上的叛逆与急躁却也令他颇为不满，加之如今的表现，更是火上浇油。

元昊新纳没移丹的消息传出，众人震惊。宁令哥崩溃以至号啕大哭，在太子府邸中肆意摔毁元昊素日所赐之物，最后竟执剑砍杀昔日十分爱惜的珍稀花卉树木……

野利碧珏得知没移丹之事后，自是十分震怒。无论她是否喜欢没移丹，她是儿子的心头好却是谁都知道的事实，元昊竟然公然如此，摆明了没有把他们母子放在眼里。若在以前，她怕是会闹得天翻地覆，只是，这些年的深宫浸染，权力血腥，她早已明白，那样非但于事无补，说不定还会惹来雷霆之怒。叔父仁荣早已过世，哥哥遇乞与表哥旺荣的悲惨遭遇就像是心头深处的一根刺，拔也拔不出来，野利家的地位一落千丈，宁令哥这个太子也是做得如履薄冰，如今不可再因这些事耽误继位之事。虽然看着宁令哥伤心欲绝，自己心里也一口气堵得难受，也只得打掉牙齿和血吞了。

"那没移丹既然已与你定情，如今又转向你父王，看来也是个水性杨花的东西，不要也罢，省得将来烦心。我儿切莫有所动作，娘这就打听着给你寻个比没移氏更好的太子妃。"碧珏耐心安抚宁令哥。

宁令哥道："母亲你错怪阿丹了！她是个最纯洁不过的女孩！定是父亲强行……强行霸占她的！我不管！孩儿心里只有她，只要她来当孩儿的太子妃！孩儿非她不娶！"

碧珏听了心中竟有一丝苦笑，真是个情种，和他父王一样！

这日，宁令哥背着母亲来找元昊，一进门就跪倒在地，哭着说他母后一人伤心难过，连夜哭泣，求父王去陪母亲……

　　元昊皱眉看着一把眼泪一把鼻涕的儿子，极为失望。心想这必是皇后教着来的，又反感至极。元昊这些年对皇后野利碧珏又敬又怕，她时时事事管着自己，这些年野利家出的事没有扯到他们母子头上，也算是关爱有加了，她非但不知感恩不知收敛，此时竟然如此教唆儿子！自己乃一国之君，三宫六院实属平常，阴差阳错中纳了没移氏，一个帝王，任凭什么女人娶不得？还要低三下四给他们去解释吗？还得看他们的脸色吗？

　　"滚出去！你给朕滚出去！"元昊咆哮。

　　此后，元昊不再去皇后宫中。

第八十八章　密谈

兴庆府。

夜色中的没藏府邸，密室里，没藏讹庞正与一人密谈半晌。

"如此，你我携手，各取所需，其利断金。"

元昊侍从官保宝吃多已的脸上没有表情，趁着夜色离开。

当初，宁明为太子时，没藏讹宠没少在他身上下功夫，可惜宁明志不在此，对他不理不睬，英年早逝；如今，时不时地到太子府中拜访，帮其照应着一些事。与宁令哥走得越近，越觉得可以一用。时日一久，宁令哥对讹庞有了依赖之情，每遇大事都会与他商议，请他出主意。

没藏讹庞知道，这些年了，元昊看在他的才智与皎皎的面上，确实给了他很多机会，可是，这些还不够，远远不够……如今，他也安排人四处寻找皎皎下落，却是杳无音讯。

皎皎，你在哪里？

宁令哥被责令在府中思过几日，元昊令保宝去暗中查看动静，带回来的消息令元昊震怒——

"听说，太子现在府中叫人赶制黄袍……"

"我大夏尚白，他怎么喜欢黄的？"顿了顿，元昊警惕道：

"和宋朝皇帝一样的黄袍吗?"

保宝低头。

"孽障!"元昊怒斥。若在以前,元昊早将这不孝的儿子凌迟,年岁渐长,气性也不似年轻时那般暴躁,想了想以往宁令哥还算懂事,此次必是受了奸人的挑唆。

"侍从官,你替朕去太子府中,好好清洗一下太子身边的奸佞,别让他们为非作歹,妖言惑主!"

保宝领命而去,如此一来,宁令哥府中不少人换成了保宝与没藏讹庞的心腹。

元昊呆坐半日,命人叫来没移丹。还未说话,却见那没移丹眼睛红肿,哭诉道:"昨日太子叫人带话来,不让小女子再与乌珠见面,说让我等他……丹不喜欢太子,只……仰慕乌珠……"望着眼前因为委屈而哭得梨花带雨的没移丹,元昊仿佛看到皎皎在哭。

不久后,元昊纳没移丹为妃,赐住"皎月宫"。

此事未与碧珏商议,作为皇后的她,一夜之间乌发半白。

宁令哥得知消息后,在府中痛哭,心中暗暗呐喊:"阿丹,你且忍忍,等着我,总有一天,我会救你于水深火热!"

此前,宁令哥也将这个意思对母亲碧珏说了,碧珏道:"儿子,你怎的这样糊涂?任是谁看不出来那没移丹一副轻狂的样子,那一脸狐媚……你是被她骗了啊……我担心,你父王,也同样……"

"母亲!"宁令哥高声道,"孩儿不信!孩儿不信阿丹是那种人!她说过对孩儿一心一意,她必是受了要挟!"

碧珏无奈地望着宁令哥,两行眼泪夺眶而出,仰天叹道:

"长生天啊，您这是要收了我和我孩儿的命吗？"

元昊与没移丹在行宫肆意快活了些时日，回到兴庆府皇宫打理政务。心中毕竟还是对宁令哥有所亏欠，赏赐了些东西，这日又叫他觐见。

接到旨意，宁令哥又去向没藏讹庞请教。讹庞如此这般地说了，宁令哥眉头渐渐舒展。

进得宫来，随从道乌珠在后园。不知为何，今日随从引路有些怪异。宁令哥正暗自琢磨着，却见远处水榭里梦中的身影一闪。快步过去，不是没移丹又是何人？

这些日子以来，没移丹眉梢眼角皆是得意。此时没料到会突然遇到宁令哥，也很是意外。却见他一段时日不见，更加英俊，心中不由一动。

没移丹见宁令哥急切地快步而来，已经换了表情，与宁令哥四目相对，眼泪便流了下来。宁令哥只觉得自己的心痛不可当，两人抱头痛哭。

"太子，你不知道这些时日以来我过得有多苦！我被困在行宫里，想和你联络也没办法啊！我每日以泪洗面，伤心难过……"

宁令哥道："阿丹，你别哭了，我知道你在他面前……也是没办法，你先忍忍，总有一天，我会把你救出来，让你永远待在我身边！"

没移丹伏在他的怀中，享受着被父子两人爱慕争夺的甜蜜与喜悦。

暮春四月，草长莺飞，夏宋边境的一个小村落。此时暮色四起，依山而建的一座偏僻院落外，晚归的牧童牵着牛慢慢走在回家的路上，远远看到一队装扮奇特的陌生人将这院子包围了起来。

听阿娘讲，这院中住着一队不知哪里来的贵人。这牧童吓得躲在牛后头半晌不敢起身。听大人们讲，住在这院子里的人不像是坏人，一个长得很好看的女贵人偶尔会带着侍女到山里的佛窟拜佛抄经，一个长得很好看的管家时常会带着随从到外面买些东西，做点买卖。对村子里的人倒是乐善好施，时常给贫苦之家送些粮食。除此以外，不与外界联系。今天怎么会有这么多凶神把他们的家给围了？定是出了什么事！

小牧童竖着耳朵仔细听了半天，只见院子里火把亮了，却不曾发出一点声音来，竟像是无事一般，又听到阿娘高一声低一声地在村子那头喊他回去吃饭，便暂且按捺下好奇，嘴里嘀咕着，牵着牛绕着路回去了。

院中，李守贵、云罗及侍女侍卫等人簇拥着没藏皎皎，无言地看着眼前劲装的保宝吃多已一行人。

保宝对没藏皎皎行礼，目视着她的眼睛里有一缕情丝划过，而她依然清冷无畏地淡然看着他，又似乎并没有看他，只是看向前方某处，他竟不敢再看。挪过目光，大有深意地看向一旁的李守贵，对方也以同样的眼神看着他。两个男人在心底较量着。

"在下奉乌珠之命请王妃移驾兴庆府。"保宝的声音在夜风里显得有些不真实。

他终于还是不肯放过她。

说是请，哪里是请。见她如意料之中的不动声色，保宝一笑，刻意放柔了声音，"王妃睿智，必然明白，如果在下请不动王妃，还得烦请大王亲自到此。"

"侍从官的话如果说完了，就请回吧。我不再是什么王妃，也不敢有劳乌珠亲临。我在此间还有些事要做，请回吧。"

保宝吃多已在李元昊身边多年，自是对此间情事极为了解。

保宝吃多已仿佛早就知道她会这样说，微笑着好整以暇地从身上取出一封信，恭恭敬敬地经云罗呈上，低声道："此乃没藏讹庞大人给王妃的家信。"

没藏皎皎心中一震，勉励维持不露声色，看到哥哥独特而熟悉的字体，她心中更是焦急——难道连哥哥也被自己的出走连累了？

她知道，此时的讹庞已被任命为沙州转运使，这个肥缺为其带来大量好处，他也仍是一如既往地聚敛财富。

来信中，讹庞只是叮嘱她多加保重，说自己及家人都好，未曾问及她在何处，更只字未提要她回去的事。而越是如此，她越是能笃定其中有隐情。尤其是讹宠在信尾提到了其子没藏白杉，皎皎眼前浮现出那个异常聪颖伶俐的男孩子谴责的眼神——因为她的缘故，不知给哥哥一家造成何种牵制。事到如今，怎能只顾自己。

她闭了闭眼，转顾云罗，轻声道："叫她们收拾下，咱们走。"

一旁的李守贵从见到那队不速之客尤其是那为首的掏出信函时早知会是如此，心中虽极为不舍，此时却也无可奈何，当下对皎皎行礼道："在下这就向王妃辞行，王妃、云罗姑娘多保重。"

言罢，便要离去。皎皎见暮色中的他青衫磊落，形单影只，心中有些不忍，温言道："先生留步。不知您打算到哪里去？"

"在下一介布衣，天下之大，何处都去得。在下……在宋朝有一二至交，想到那边先看看，混口饭吃。"李守贵理财经商之名声名远播，多处豪酋部族多次聘请都不可得，谁都明白，凭他的才能，在哪里都是难得的才俊，这么说不过是自谦罢了。

"先生既是护卫我出走至此，必也须随我回到故土，再作打算。"皎皎道，"哥哥在信中特意提起，请先生到他府中，有事请教。"

没藏讹庞多次明里暗里聘请过他，奈何他对天都大王忠心不二。此时事世翻转，如果要继续名正言顺地留在她身边，到讹庞府中，倒也不失为一个好去处。略一思索，李守贵便也默然答应。

对皎皎而言，李守贵从小在遇乞家长大，遇乞对人本就友善，待他更如手足。李守贵知道遇乞的一切，也知道遇乞与她的一切，在她身边，他就像亲人，像至交，像他们过去情谊的见证……不知从何时起，她有些依赖于他，就像仍然依赖着遇乞。此时，更是不能让他远离。

第八十九章　重聚

保宝如一道随时会消失的幽灵般静静旁观，李守贵感到一道灼灼目光逼视着自己，他回视过去，却见保宝嘴角挂着一丝冰冷的笑，四目相对，俱是心中了然。

"马车就在外面候着，王妃，请吧。"

没藏皎皎抬头看了看天边夜空中几颗清冷的星子，发丝被微凉的夜风吹乱，显得格外凄美无助。身边的这两个男人，都极力忍着伸手为她轻轻理好发丝的冲动。他们明白，只是这样想，也是对她的僭越。他们从对方的眼神中，读到了相似的心跳。

"不急。"皎皎冷然道，"我还有一些经书需整理，明日再上路吧。"

虽则元昊催得急，但既然她如此说，自是不能勉强。保宝便叫人帮着李守贵一起收拾搬运，未料到还真有不少珍贵的佛经，一大拨人直整理了半夜、装了四辆马车才安置停当。

看了看窗外忙前忙后的一队人马，云罗一边帮皎皎整理，一边道："王妃，事到如今，您还惦着这些佛经，真是难为了。"这些年来，在她身边，知道此番变故亦不是她所愿，只是没有选择罢了。

"看着这些经书，我平静喜乐。这些年来，咱们费了不少心血收集、整理，它们与咱们有缘，把它们带上，在哪里，都一样。"

云罗也是沉稳安详的性子，听到这话，也是心有戚戚。这些年来，自己也将一些事情看淡了。若说前几年偶尔还想着不如家去，而年前父母过世，家中更是没有牵挂。她与王妃投缘，这些年来帮其收录整理佛经，晨夕诵读，心中仿佛找到了归宿。再遇变故，也不以为意。

此时的元昊，默然望着满头珠翠的没移丹仍在不厌其烦地往头上努力地插着一只沉甸甸的金步摇。

虽然相像，却终究不是。

他眼前浮现的是没藏皎皎的脸庞——竟然心心念念地想着的还是她，竟然还是没有办法忘记她。

因为办事素来妥帖而高效，侍从官保宝受命暗中查访皎皎下落，日前回报说此次一定能将人带回，想来现在应该在路上了，怎得这样慢？

被秘密带往兴庆府的马车上，云罗见没藏皎皎手捻佛珠闭目坐着，似在想着什么。一会儿，皎皎睁开眼，看着云罗关切的眼神，道："害你为我担心了。"

"不知王妃是怎么打算的？"

"过去，我一直依附于人而活，依附于兄长、依附于夫君，如今，似乎还得依附于……他。我为鱼肉，他为刀俎。以后，不能再这样，也不愿再这样了。"

到了兴庆府，如今正是暮春，春意融融，城中飞花，街铺商肆，人流如织，一派富丽繁华。没藏讹庞在必经的驿站里为他们接风，看到皎皎清减了不少，讹庞不由眼睛湿润。其他人都退下后，兄妹二人相见，出乎讹庞意料的是，皎皎并不如想象中的孤独脆弱，也不如以往对自己那般热情，问了家人的安好，特意问了讹庞儿子白杉的近况，对自己的经历也并不提及，看似淡淡的。

"我本打算请你住到家里，估摸着……乌珠不答应，见了他看怎么说。妹妹，如今虽然过了紧要关头，但你要明白，咱们家族的前途命运还是掌握在他手中的，咱们得为自己多留条后路，你也该好好保重自己才好。"

皎皎看了他一眼，微笑道："哥哥不必挂心。经过了这些事，难道我还像过去那般痴傻吗？我懂得。"

这话倒是说得讹庞一怔，心里微微吃惊，难道这丫头大了，竟是开窍了？转而一想，不禁暗自失笑。她若是开窍，为了自己为了家族，还这般不知抓住机会，几次三番拼命躲过上龙床的机会，若要再放弃元昊这个靠山，被碧珏等人怎么弄死的都不知道。为了把她弄回来，自己不得不使用苦肉计，写了封那样的信叫保宝带去，她这才听话了些。事到如今，究竟还在等什么，不知道有多蠢，还要怎样痴傻？

皎皎瞥了他一眼，对他这副神色的潜台词心知肚明，却也不争辩，只在嘴角勾起一丝不明所以的浅笑。

讹庞一向自认为阅人无数，什么人什么心，只一眼他便能了然于胸。而对这个妹妹，现在是真有些糊涂了。

保宝进来，行礼道："大人，时候不早了，王妃该进宫了。

此番王妃带着不少新得的珍贵佛经，想必乌珠正等着在下回话呢。"

这话说得巧妙，不但为元昊找了个好借口，也是为自己找的好托词。没藏皎皎第一次端详他，只觉得这人阴险狠厉，身上有种鬼魅的气息，看着他的眼睛，竟是让人不寒而栗。

而那眼睛看向她时，竟是渐渐柔和、温情，仿佛有块坚冰在其中融化，虽则讹庞在旁，却也并不回避。

她冷冷地看着他，突然明白了什么，竟是哑然失笑。

最终讹庞见他们两个人看来看去，完全视自己为无物，自己竟是看不下去了，干咳一声，起身道："既然如此，请王妃上路。"

保宝待皎皎出门，自动落后，与讹庞对视一眼，低声道："请大人莫忘了咱们的约定。"

"那是自然，彼此彼此。"讹庞轻声道，"只是，提醒侍从官大人，心急吃不了热豆腐，小心引火自焚。"

保宝眼中精光一闪，未置可否，只是诡异地一笑，出门去了。

李守贵在院中候着，见皎皎出来，眼中闪过一丝迟疑，终是上前行礼："王妃多保重。"

皎皎微笑着点点头，在云罗等人的牵引下，坐进马车。

没藏讹庞极其仰慕李守贵之才，多次探寻而不得，如今机缘巧合，真是上天垂怜，即刻将其请到府中，委任为大管家，两人密谈到深夜。

不知是为了弥补这些日子以来对皇后野利碧珏及太子宁令哥

的冷落，还是为了欢迎没藏皎皎的到来，以示对野利遗孀的关爱，元昊于当晚设家宴，几个王妃及世子、没藏讹庞等人在座。没移丹听闻后，盛装以待，满心以为元昊必会如这些时日一样让自己坐在身边，却不料直等到日落黄昏，仍是没人请她移驾。派出去的人回话说："家宴已经开始了，乌珠说请贵人自用晚膳。"

没移丹气地将满头金钗胡乱拔下，狠狠地扔到宽大的堆珠砌玉的妆台上。

野利碧珏这几年来沧桑了很多，近来为了太子宁令哥之事更是忧心忡忡。虽然多次对他说过，不过是一个女人，再找更好的便是，切不可为了没移丹和元昊闹嫌隙，否则得不偿失，而宁令哥仍是不听。前些日子一直被元昊下令在府中思过，却说自己无过可思，这不过是变着法子的囚禁而已，最终的目的就是想废太子。

碧珏听他如此说，大惊失色，捂着他的嘴道："儿子！你疯了吗？这样的话被你父王听到那可是会有杀身之祸的！"

"怎么？母亲也觉得他真想杀了我？"宁令哥怒吼，"那就让他杀了我好了！夺妻之恨不共戴天！我早不想再受这个窝囊气了！"

碧珏见他越说越不像话，却又劝不住他，看他被自己生身父亲逼得不成样子，又是替他伤心，又是恨他不争气，又是恨自己如今约束不了元昊，心中百感交集，不禁放声痛哭。

先前听说元昊设了家宴，还特意叫人解了宁令哥禁足的令，久违的喜悦溢上心头——他毕竟还是对他们母子有情分啊！对那个小妖女，也不过是一时新鲜罢了，现在不就已经厌烦了吗？只要他回心转意，只要他能将她的宁令哥作为皇位继承人，要她做什么她都愿意。

　　人逢喜事精神爽，许久不曾打扮的碧珏穿上了新衣，上了当下最流行的妆容，一切停当之后，突然想起一事，忙对身旁喜气洋洋伺候着的人道："井儿，快，把我的金丝起云冠取来！"井儿急忙开箱子找出来，给她重新细细梳了发髻，小心翼翼地将起云冠戴好。

　　"还是皇后娘娘细心，想起来这个宝贝！有了它，娘娘更是光彩照人！"

　　碧珏揽镜自照，面露喜色。

　　"这还是乌珠当年特意为我打造的，还下令，宫中乃至全天下，只我一人可戴。"井儿看着提起当年这段佳话神采飞扬的碧珏，饶是今晚特意装饰仍是难掩疲惫，似乎恢复了些许青春的气息。

　　连元昊也以为皎皎不会出席。

　　因此，当休息沐浴之后的皎皎一身素服出现在宴厅之时，几乎所有人都愣住了。而皎皎面色坦然，神情淡定。碧珏的脸白得像层纸，她才知道，皎皎竟然到了皇宫！碧珏直直地盯着皎皎，像是看着某个不知名的怪物。

第九十章　情义

出乎意料的元昊大为振奋，笑着向大家简要地说明几经周折寻到遇乞遗孀的经过，目视碧珏道："皇后素来与嫂嫂情如姐妹，如今亲人失而复得，一定很高兴吧？"

碧珏胸中如被同时塞进了冰和炭，只觉得堵得难受至极，几乎无法呼吸。若在以前，她怎会容忍如此场面？

她突然发现，自己对眼前这个女人，似乎从没有爱，只有恨。当年，皎皎霸占着元昊与哥哥的心，害得她苦苦等候，那些日子多么难熬只有她自己知道；后来，哥哥因皎皎而死，自己对她的恨压抑不住；如今，皎皎又一次出现，又一次要抢走她的夫君！

遇乞出事以后，她派人要将没藏皎皎一了百了，没想到竟然被她给跑了。她竟是看错了，这个女人一直以来假装手无缚鸡之力，而心机手段着实出人意料。好在事前安排缜密，派去的那些人都是她这些年在野利家悄悄豢养的死士，虽则失利，却是没有暴露。

以为这女人必将如人间蒸发般无影无踪，做梦也没料到她竟会如此之快地以野利天都大王未亡人的角色堂而皇之地出现在皇宫的贵宾之席，还竟然面不改色受之无愧。

看着皎皎的那双眼睛无喜无悲，碧珏满腔的恨意在心中汹涌凝聚。而此时此刻，碧珏却不得不将之封存在心里，只因，如今的她，与那个一手执掌生杀大权的他，有的只是利害关系：他不但控制着她与她家族的兴衰荣辱，还控制着她视之为生命的唯一的儿子的帝王之路与前途命运。

所以，碧珏只能由着他，只能顺着他，只能苍白着脸勉强笑道："臣妾……真是高兴。嫂嫂能回来，是件大喜事！"

没藏皎皎的面容依然沉静如水，微微笑道："谢皇后关心。"

宁令哥并不在意她们之间的明争暗斗，他的心里眼里只有没移丹，此番原本就没兴趣出席这个劳什子家宴，只因想着再见伊人芳踪才到此处，没移丹却没有现身。心知是父亲故意搞鬼，气恼之色在脸上显露无遗，此时又不敢明说，只得一个人喝闷酒。

元昊眼中只有没藏皎皎，哪里顾得上他人的心情好坏。在座诸位各怀心思，偷眼看看这个，再瞄瞄那个，心里盘算着与己相关的个中利害，揣度着事情的发展走向，尤其是对这个这些年来仿佛在天都山销声匿迹的没藏皎皎，更是觉得匪夷所思。

思前想后，事情就接上了。各人不禁在心底感慨这个女人还真是有手段，竟能令乌珠如此，还把皇后硬生生僵在那里只能赔笑不敢动弹，人人心里忙得不亦乐乎。

这顿家宴在各人的思绪万千中度过，大部分人竟是食不知味，人人言不由衷，答非所问。

"依皇后看，把你嫂嫂安排在何处居住较为妥当？"宴席接近尾声时，元昊笑问碧珏。

"臣妾以为，将嫂嫂请到臣妾宫中居住，由臣妾亲自照应最为合适。"碧珏望了一眼皎皎，"我们姐妹也好说说话。"

元昊眉毛一挑，正欲说话，皎皎道："不敢叨扰皇后。既然此番令民女携佛经迁至兴庆府，民女就应在僻静之所静心整理——天都大王在世时，与民女在此地寻有一处别院，还是住在那里为好。"皎皎对碧珏笑笑，"有空，再与皇后叙旧，可好？"

这话说得看似在商量，实则没有商量余地，元昊心道："你呀，还是老样子。"把人放在碧珏那里，他不放心，这样倒也好。碧珏自知此时不可反驳，只得笑道："嫂嫂客气了。如此也好。"

没藏皎皎回到兴庆府的消息传开，即刻成为夏国无数人的谈资。元昊与她的少年轶事已是很久以前的传说了，多数人并不相信过了这么多年元昊竟然还对她一往情深。

从皇宫与权贵那里传出的官方消息是，元昊渐渐想明白，当初是中了宋人离间之计而错杀了野利遇乞、野利旺荣兄弟，心中实感愧疚，派人寻找到流落民间的遇乞遗孀，关照抚慰。

没藏皎皎带云罗及一直跟着她的侍女随从住进了贺兰山别院，安心整理佛经。元昊、碧珏都派了一些人来，名曰看护服侍，实则耳目，皎皎也坦然相待。

这日，一侍女递上一碗茶水，不知为何那茶碗竟在皎皎接手时突然碎裂，那侍女慌乱间不慎将皎皎的手割伤，一缕鲜血从指尖渗出。

那侍女吓得伏地请罪，云罗急得对那侍女道："你怎得这样不小心？"转顾皎皎："王妃，没事吧？"

"不碍事。"皎皎看了那侍女一眼，正是日前碧珏送来的，心里虽然有些猜疑，然而毕竟只是一点小伤罢了，用不了几天就能长好，便对那侍女说："你下去吧。"

那侍女连声谢王妃不罪之恩，急忙收拾破碗下去了。云罗一眼瞥见那残碗上也有一丝血迹，心中也是困惑。唤来管事嬷嬷问询，说是今日茶水上的小丫头有恙，皇后派来的这个侍女一向待人温厚，又颇有眼色，自告奋勇替她顶一个班，没想到会出了岔子。

皎皎若有所思，终究也不是大事，加之事已至此，也并不追究，此事便也就此揭过了。只是，从此后，云罗特意叮嘱，务必使皎皎身边之人都是以往用惯的旧人。

第九十一章　宠爱

元昊赐没藏皎皎华美衣饰，成箱的珠宝玉器，云罗以为她不会要，没想到她竟没有推辞。

看着云罗费解的目光，皎皎一笑："你一定是觉得我变了，变得世俗了？"

云罗摇头，却无言以对。

"曾经，我为情所困，从不看重那些名利权势，只愿一生与郎君相伴，在天都山逍遥终老。可是，遇乞死了，就那样永远离开了我。作为他最亲的人，我却无能为力，只能眼睁睁地看着、忍着。我非但不能保护他，连我自己何去何从，也得听任他人安排。皇后派人来杀我，我也只能依靠别人才得以保全，那种惊惧痛苦，我不想再品尝。经过这许多，我算是明白了，一个没有力量的人，除了任人宰割，别无他路。我不想再做那样的人，剩下的日子，我不能任凭他人对我为所欲为！"

云罗仿佛明白了，为何这些天来，她的穿着也不似往日那样素淡，她似乎正在渐渐变成另一个人。

"我终于明白，那些什么情呀爱呀，痴呀怨呀，都是骗人的，说消失就消失的，说没有就没有的，说走就走，只留给你一颗空空洞洞的心……而此刻我所感受到的，只有这身体的感觉不会骗人——比如这丝绸的华美丝滑，这宝石的温润璀璨，看着就让人心生喜悦。这是他要送的，不是我问他要的。他想送什么就送吧，我想做什么不想做什么我说了算。"

此后发生的事，正如她所说，元昊为其挥金如土，给她以一个帝王所能给予的最奢华的享受。

"乌珠又去见她了？"这日，碧珏在廊前，有一下没一下地逗弄着新养的鹦鹉，教它说话。

"是。"井儿嗫嚅道，看到碧珏又投来一道质疑问询的目光，接着道："乌珠不曾过夜……似乎也不曾有……"

碧珏暗自舒了口气，手下也轻巧了许多，"她整日里做什么？"

"最多的就是整理那些佛经，把汉字译成咱们的夏文。听说她和身边那个叫云罗的汉族女子都很懂这些，两人整日在一起研究。"

碧珏抬头望向天空，入夏了，碧空如洗，万里无云，一阵微风吹来，人的精神为之一振。

"她拜佛，咱们也去拜拜佛。"

当日午后，皇后乘坐一辆颇为简朴的马车，只带着井儿等几个贴身侍女，从侧门出了皇宫，一路往北行去。约莫一个时辰，马车在一处寺庙前停了下来。

井儿搀扶碧珏下了车，抬头一望，"戒坛寺"三字映入眼帘。住持已等候多时，"善哉善哉，皇后娘娘今日得空来了。请！"说着，殷勤地将皇后请了进去。

院中一座佛塔，极具西夏特色，虽不甚高，却是相当威严。

碧珏拜过佛，住持将其请入房中，屏退其他人，密谈了一个多时辰。碧珏满意地点头，笑道："多谢住持。"偏过头示意，井儿便捧上一个匣子来，"这是娘娘的一点奉养。"

那住持见匣子里宝光流转，逼人眼目，心中大喜过望，"娘娘交代的事情，必是万无一失。"

碧珏笑笑，出门登车而去。

三日后，元昊带侍从官等人出门，前往边境视察军务，临行前抽空去探望皎皎，只见她仍是淡淡的，他决定这事再也不能这样拖下去了，回来后要与她好好谈谈，无论如何，得有个说法。

他从怀中取出一物放在她手中，原是一个银制的哨子，玲珑可爱，小巧精致。

"这是做什么？"

"我揣摩着，如今也没什么人敢对你不利，"元昊望着她，轻声道，"你可还记得，咱们小的时候，养过的那只海东青？"

她其实已然猜到，此时只是默然。

"那海东青十分忠心，它的后代也如它一样，到如今，已是四代了，仍然随时听命于我们。"元昊柔声道，"这哨子你随身带着，如有需要，吹几声，它就会来到你身旁，会带着你的消息来找我。"

元昊临行前，照例与侍从比试切磋沙场格斗。因这些年来，凡此等场合，元昊必是命人全力以赴，不可故意谦让，因而众武士也都倾力相较。此次又是意料中的挂了点彩，元昊也不以为意。那武士悄悄退下，将带有元昊一点血迹的大刀送入暗中某人手中。

　　因是要远行，皇后几次请见，元昊终于许可。从二人各自的角度望去，对方都已添了不少风霜之色，想当年鲜衣怒马，青春相伴，那些岁月哪儿去了？一时都颇为感伤。一股久违的情谊弥漫在两人之间，而当话题终于避无可避地点到了另一个女人身上时，气氛仍是渐渐冰冻。

　　对没移丹，碧珏只是烦恼过，担心过，却从未真正害怕过。因而对她的存在与步步高升，并不过多介意。而对没藏皎皎，这么多年来的恐惧与害怕，却在眼前显得格外强烈。而当一提到那个名字，他的身影似乎也变得冷硬起来。

　　"你还要朕怎么做？朕现在时常在想，你曾经那样无欲无垢的眼睛怎么会容得下这些东西？"

　　这些年来，碧珏宠冠后宫，无人敢出头，说到底，都是因为君王的宠爱。

　　"臣妾不明白究竟做了什么令乌珠如此厌弃。"碧珏的声音又轻又远，"这些年来，我循规蹈矩，战战兢兢，自视未曾有过什么大逆不道之事……"

　　"你以为，朕真的不知道盛吉是怎么死的吗？真的不知道你背着朕做的那些事吗？"

　　碧珏未曾料到他会如此说，怔在当场。

　　"朕若非念在这些年来与你的情分，若非念在宁令哥……"

　　"乌珠……夫君，你，便当怎样？"

　　元昊见她眼角闪出的泪光，心中又不免一痛，"朕不想多说。只提醒皇后，朕之所以仍可令天下人尊你为皇后，已是仁至义尽。有些东西，朕年轻时未曾好好珍惜，如今不想再错过。皇后切莫做得太过分，否则，一切由你自己承担。若连累了宁令哥，可别怪朕。"

　　说罢，元昊甩袖而去。碧珏怔怔地盯着他消失的方向，紧紧抿着嘴唇，目光一片冰凉。

第九十二章　情蛊

　　这日，野利碧珏意外地登门了，守门的侍卫不待通报，便将她请了进来。但见这别院十分干净疏阔，淡雅清幽，碧珏对在院中与云罗晒经书的皎皎笑道："嫂嫂这世外桃源的日子过得不错啊。"

　　皎皎知她来者不善，却也未必性命攸关，起身行礼后微笑道："民女别无他常，只能抄点佛经换些柴米聊以度日罢了。"

　　"聊以度日？"碧珏挑眉道，难道凭她在元昊心目中的地位，凭她这个人，真的心甘情愿在此间平淡度日？她不敢相信，也不愿相信。

　　皎皎知道如今形势，皇后必是已然安排妥当，她身边的这几个侍女、侍从，哪里有反抗之力？心中竟也好奇倒是想看看她究竟会拿她怎么办，便淡然道："皇后大驾光临，有何赐教？"

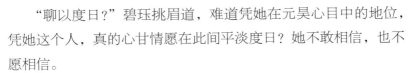

　　碧珏见她连面上的周旋也不屑，心中的厌恶与恼怒更盛，若非顾念着宁令哥那边，如今对这个女人，她恨不得千刀万剐。

　　"好，我们就打开天窗说亮话。既然嫂嫂如此一心向佛，在这荒僻之所也浪费了，不如我替嫂嫂选一处宝刹，嫂嫂专心礼佛，必会大有裨益，也好专心为我哥哥超度祈福——天都王妃，请移驾吧。"碧珏嘴角弯出的弧度，正是一抹不愿掩饰的讥讽。

一众侍卫便要上前拿人。

云罗见眼下情势必是不能转圜，便对碧珏行礼道："皇后娘娘，请准许奴婢将王妃贴身之物稍做收拾。"

碧珏看了云罗一眼，笑道："哦，这位就是云罗姑娘？久闻大名。你可是乌珠亲自选定指派到王妃身边来的女官呢。本宫身边正缺你这样的人才，不如随我回去，也好教教宫里那些不懂事的丫头好好学学规矩。"

"皇后谬赞了，奴婢不敢。奴婢在王妃身边伺候，已然习惯。加之乌珠前日里来，交代过要奴婢帮着王妃把手头这些佛经整理好，下个月祭祀之时就要用的。只怕换个地方，这些事做起来不太顺手。"

"好个有胆有识、伶牙俐齿的女官！"碧珏有些诡异地大笑，转顾皎皎，"难怪这些年来你总是能遇难成祥、逢凶化吉，原来身边总有这样的人在保你周全。本宫本欲放你一马，奈何你敬酒不吃吃罚酒。本宫倒是想问问嫂嫂：哥哥去了，你一个人活着有什么意思！"

皎皎惨然笑道："不错，遇乞去了，我一个人活着确是没什么意思。可是，我不会为了任何人而死，我的生死只由佛祖决定，既然佛祖仍让我留在这世上，任何人都不能为我的性命作主。"

碧珏闻言变得激动："你做主？哈哈，真是笑话！此时此刻，你的性命就在我的手里！"

"既然如此，皇后娘娘为何还与我们说这许多？"

"你！"

碧珏气极："你莫要忘了，我是乌珠的嫡妻，我是大夏的皇后，我的儿子是太子，将来是要登上大夏皇位的唯一继承者！你们算什么东西！任凭你们再如何妖言惑众迷惑君王，也只是一群没名没分的乌合之众！一切都得听我的安排！"

"请问皇后想如何安置民女？"

"你想本宫怎样安置你？"碧珏讥笑着反问。

"民女如今只想与佛相伴，如蒙娘娘抬爱，不如送民女去哪家偏僻寺庙，民女不问世事，专心清修，如何？"

"怎么？"碧珏颇觉意外，她竟然主动要求去寺庙。如此便少了许多麻烦，将来说起来，也方便太多。"你真心愿意？"

"心甘情愿。"

"事到如今，没想到，你我姑嫂还有一件事能想到一起。好！来人，有请天都王妃！"

没藏皎皎脸上浮现出一丝平静的笑意。没有碧珏想象中的反抗、挣扎、哭闹，反而平静地示意随从一切无事，与云罗在护卫的押解下，登上一辆密闭的马车消失在正午的阳光里。

碧珏望着远方，想着已然远行的元昊，捏着华丽裙摆的手指掐出了血痕，她在心中冷笑，"若不是为了宁令哥，我早就……元昊，事到如今，是你对我无情。我本想只将那贱人处置了便可，然而你却不给我留活路。"

次日，便有不少消息灵通人士得知，这段时日炙手可热的没藏皎皎出家为尼。

元昊在边境处理完政务，便返回兴庆府，路上却突发急症，直喊胸口疼痛难忍，口中胡言乱语，以致昏迷不醒。随行太医竟也束手无策，饶是侍从官保宝吃多已平日里极为冷静，此刻也是焦急万分。

在边境勘察商队贸易的没藏讹庞听闻火速赶来，与众人商讨着应对之策，命其带来的巫医为元昊诊治，私下里盯着保宝道："究竟怎么回事？"

保宝现出少有的烦躁："大人这是何意？你我当初结盟之时，在下已然将心中所思所想和盘托出——在下一心只想得到令妹垂青，从未想过要对乌珠不利！更何况，没有乌珠……在下也没有可能以想要的方式走到她身边……"

讹庞虽然早知缘由，心中仍是诧异这人的心思与谋略。

"多谢侍从官大人的坦诚相待。"讹庞拱手道，"是我多心了。这几年来，你我守望相助，在你的帮助下，我也颇多受益。世人皆道我爱财，不错，这点我从不隐讳。钱财是人的胆，谁人心中不爱财？只不过世人大都藏着掖着不愿也不敢说出来、表现出来。可是我不，我就要是赚很多很多的财物！有了财物，什么东西都可以买到，什么事情都有去做的可能。"

"不错。"保宝颔首道，"在下情愿襄助大人，也是因为大人与那些人不同，心中想要什么便只管去做，不会忸怩作态。大人心中所思所想，远非一般商贾之心胸可比。"

"这是你我的共同点。我虽爱财，却也爱国忠君。乌珠是千年难遇的一代帝王，有了他，咱们大夏才可昌盛繁荣，立于不败之地。"对没藏讹庞而言，谋国者得天下，是将来有朝一日的夙愿，而此时，元昊在外，太子无能，手中又无实权，朝中另有实

力大臣把持，各自为政，一旦兵变，大夏将四分五裂，后果不堪
设想。

　　"此刻救治乌珠是刻不容缓之事。"讹庞道，"乌珠这病症来
得如此之急又如此凶险，想必另有隐情。"

　　保宝若有所思。此时，那巫医来报："大人，乌珠是中了妖
族的情蛊。"

　　"什么？妖族情蛊？"众人皆惊。

　　妖族情蛊乃当时最毒的蛊，相传早已失传，世人闻之色变。
下蛊之人为测试或报复心爱之人另有所爱，以其血为引子制作成
蛊。而对其与其心中之人下蛊，中蛊之人一想到自己心爱的人，
蛊就会啃噬其心脏，让其心痛以至于产生幻觉乃至昏迷。幻境中
频遇怪兽恶魔索命之险，如放弃心爱之人，对方与自己都会先后
毒发身亡，而如果熬过这段非人的折磨，与自己心爱之人真心实
意地两情缱绻浓情蜜意，疼痛才会停止，情蛊才会消失，否则便
会双双毙命。

　　"是谁下的蛊？"保宝惊道，心中有丝不祥的预感。

　　"谁最希望乌珠……与他最心爱的人死？"没藏讹庞与其说是
在反问他，不如说在启发自己。

　　二人同时陷入沉默。如今情势，欲置他们于死地，又能恰巧
取得二人血引之人，还有谁？

第九十三章　凤愿

天空传来一阵凄凉的鸣叫，没藏讹庞急忙走到窗前，望向远空，脸上现出又惊又喜的神色，也发出一声长啸。但见片刻之后，一只体型巨大的海东青落在窗台之上，利爪中是一只竹筒，打开一看，正是没藏皎皎的亲笔信。

"兄见字如面。妹中蛊。戒坛寺。"但见字迹急促而凌乱，显然是情况危急之时所写。

保宝的脸上现出复杂的神情，道："大人，得快！"

没藏讹庞等人当即秘密护送元昊前往戒坛寺。

西夏凤行佛教，早在未建国之前，佛教即由汉地传入。其时，王族或权贵常遣使献马求经，建国后亦复如此，先后多次自宋请得佛经。西夏上至帝王下至百姓均崇信佛教，除自宋朝请经及翻译、雕印佛经之外，并致力于寺塔的建设，故境内寺院林立。

西夏都城北郊的戒坛寺，原天都王妃没藏皎皎数日前在此出家。不知为何，这几日突发急症，直喊胸口疼痛难忍，口中胡言乱语，以致昏迷不醒。云罗等人请了诸多大夫竟也束手无策，又叫人请来没藏府中的大管家李守贵，饶是他二人平日里极为能干，此刻也是无能为力。到最后，云罗等几个侍女已然哭了起来。

保宝吃多已先行轻骑回到皇宫，到了碧珏寝宫前，卫侍阻拦，保宝从怀中取出元昊亲赐令牌，侍卫无奈退下。

进得殿内，见碧珏披头散发，自己用滴血的手捏着两个涂满鲜血的小人，正在摆弄。同行的妖族巫师也极为震惊：她竟然不惜反噬自己而使用了妖族情蛊中最为阴毒可怕的蛊术。她以自己的血为药引，使得有刻骨情伤者中蛊更深。

"别怪我……元昊……别怪我……夫君……为了宁令哥，我什么也不在乎，什么都愿意……"她也已然中蛊，乃至疯癫。

毕竟身强体壮，此时毒发间歇中的元昊神智较为清醒，而且这情蛊虽然凶险，一旦有情人相聚，情意相通，破解却并不难。当他屏退他人，独自一人脚步虚浮地慢慢走入偏僻内室时，看到同样略有好转的皎皎匍匐在小小佛像前，身穿尼姑服饰，头戴尼帽，更显得单薄可怜。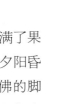

仲春的黄昏，因为外面是一片果林，小小的院落中飘满了果树的花香。角落里一棵槐树开了花，散发出馥郁的芬芳。夕阳昏黄的光线照入室内，影影绰绰中，她像个孩子般依偎在佛的脚下，那样单薄，那样无助。他的心中隐隐作痛，却又有丝丝久违的甜蜜。

原来，皎皎，你心里有我。

原来，皎皎，你是爱我的。

他慢慢上前，跪拜在佛前，跪拜在她的身边，轻轻转过她的身体，她苍白的脸上无喜无悲，一双明亮的眼睛如同暗夜里的璀璨宝石。他看着她，她看着他，两行眼泪顺着脸颊流下。

他将她紧紧拥入怀中。

多年心愿终于得偿所愿。

情蛊之毒强烈如斯，心中潜藏多年的激情强烈如斯，他吻着她的脸，她的发，她的唇……

如此甘美，如此残酷，如此令人意乱神迷……

他的呼吸渐渐急促……

"不要……"

"我要……我就要……我一定要……"

"这，可是寺庙……可是在佛堂……"

"佛祖慈悲。定然知道这些年来我为了拥有你，是多么多么辛苦……满天神佛都会理解……"

天光已经一点一点暗了下来，院里槐花的香气在夜风中竟更为凛冽馥郁，树影摇动，风声飒飒，天地笼罩在一片静谧与温柔之中……

碧珏得知那二人渐渐康复，心灰意冷，明知自己死期就在眼前，想到宁令哥仍未继位，自己如此一着险棋败露，非但不能助他尽早登上帝位，反而拖累得他前途叵测，更是肝肠寸断，万念俱灰。因此，也不进食，更不梳妆，谁也不见，披头散发坐在寝宫阴暗的角落，如一个即将消失的鬼魅。

太子宁令哥在门外道："母亲，究竟发生了什么事，您给儿子说说，天大的事，儿子给您顶着。"

半晌，里头传来虚弱的声音："儿子，你回府去吧，不要再到母亲这里来。母亲对不起你，你不要怪母亲……"说着，失声痛哭。

宁令哥更是着急，但几天来，他打听不到任何消息。宫里众说纷纭，听说父皇和那个先前的天都王妃几天前都中了毒，难道这和母亲有关？他不能相信，一直推崇、依赖父亲的母亲，怎会毒害他？他不能相信，也不敢相信，如果真是那样，那……他也只能替母亲顶罪了。

里头再无一丝声息，宁令哥悲切道："母亲，您不想见人，就先好好歇息，孩儿先回去，您想孩儿就叫人去叫。"又吩咐侍女好生照看。

侍女井儿端着食盒站在门外，哭道："娘娘，您多少吃点儿吧。太子殿下见您这样，他心里也不好受啊。"

里头仍是无声无息，井儿无奈地将食盒放在门前，缓缓转身走到院角，低头又想了一想，仰起脸来看着天空渐渐西坠的太阳，紧紧攥了攥手指。

几日后，元昊回宫，侍从通报皇后身边的婢女求见。元昊这几日心中正在衡量着孰轻孰重，竟是无法下手，此刻倒是想听听那边有何可说，便叫人宣她进来。

井儿入内，伏地跪拜道："乌珠，奴婢该死，前日下蛊之事是奴婢所为——奴婢在皇后娘娘的饭食里下了妖族的药，迷惑皇后的心智。因为奴婢要借皇后之手报仇。奴婢的妹妹坎儿救了天都王妃却被她设计害死，奴婢心中恨不得将她千刀万剐！"

元昊坐于高位，冷冷看着她。

真是如此？

如此也罢！

　　得知情蛊之事，杀意原本早在元昊心中升腾，无奈思之再三，她是自己三个儿子的生母，如今虽走火入魔，但自己毕竟不忍。更何况，眼下还有太子宁令哥。如果将其生母除去，太子身份尴尬，地位必会受到质疑，朝中动荡，家国也将陷入混乱。

　　虽然心中对碧珏的恨意不可遏制，然而，这些都不得不考虑。而这甘愿受罚的侍女，也许正是长生天派来解决这一难题的，是他与她之间的最好砝码。

　　次日，皇后野利碧珏的侍女井儿因私仇蛊惑主母，明知罪责无可逃脱，饮毒酒毙命。

　　皇后清醒过来，痛哭失声，悯其侍奉多年，私下里命人厚葬。

第九十四章　女尼

这日，元昊来到戒坛寺，没藏皎皎正在内室抄录佛经。这寺中住持原先被野利碧珏收买，对皎皎百般刁难，意图强迫其出家，做梦也没料到乌珠竟然亲临，并宠幸了她眼中这个毫无翻身之力的微贱之人，当晚就吓得失了魂魄，卷着多年积累下的金银细软跑了，半路上被保宝安排的人抓获，秘密处决。

当时那没藏皎皎受到挟持，却不待对方出言，自己主动要求出家。

云罗等都苦劝，她道："这都是我的命。如果我能入得佛门，便可化解那许多的孽缘，又有何不可？更何况，在青灯古佛前，我备感平静。你们无须为我担心，只是害得你们因我吃苦。昨日哥哥又来看我，我已托他为你们寻找出路。"

云罗等人哪里肯去，也就陪着皎皎每日吃斋念佛，不问世事。孰料她竟突发急症，几乎死去。幸亏紧要时刻云罗在其寝衣里发现了一把刻有西夏文帝王徽章的精致银哨，想来必是乌珠所赠，便也顾不得那许多，在院中吹响，少顷便见一只硕大无朋的海东青落入院中。云罗自是听过海东青轶事，知晓自元昊皎皎少年时以来，几代海东青往来传递消息的故事。当即将皎皎手书让海东青带去，这才救得他二人性命。

事后，皎皎得知，对云罗极是感激，从柜中取出一个包裹，"你几次救我性命，我无以为报。我在哥哥家中还存着一些财宝，虽知道你对这些个不上心，但这些东西放在我手里也没什么用，不如由你处置吧。"

"云罗在王妃身边多年，王妃就如此看待云罗？"云罗颤声道。

"我当然知道你的性情。可你在我身边陪伴多年，我一直想为你找条出路。而盛吉走了，如今我又是这般境况，你跟着我必不会有什么善终，不如早些为自己做打算。"

"云罗哪里都不去。"

皎皎叹口气，"无论如何，东西先放在你这里。就当我有什么需要再问你要吧。"

"王妃，乌珠对你毕竟情深义重……王妃有何打算？"

那日妖族情蛊化解以后，元昊就要将皎皎接入宫中，却遭到拒绝。

"为何？碧珏辩解说是你自己提出要出家的，我不信。"元昊道。

"确实是我提出来的。寺庙清静，正适合休养。"

"可如今，你我已经……很多年前你就是我认定的妻子，如今你我已然成为夫妇，我就要与你长相厮守。你仍住在这里是个什么事儿？我们如何还能这般咫尺天涯？"

"那日……不过也是为了解毒……"

"什么？"元昊急怒，"仅只是为了解毒？那你告诉我，你若对我没有情意，为何又会中毒？何来解毒之说？"顿了顿，"我明白，你一定是还在顾忌野利碧珏——你放心，她已被我打入冷宫，永世不得出现在我面前，只要你愿意，我可以即刻封你为皇后。"

"不，我不要做皇后，什么也不要。"

"那你到底要怎样？"他困惑了，这个女人，困惑了他的少年，他的青年，他的壮年，他的一生。

她平静地笑笑，拂起他鬓边的一丝乱发，"既然你已完成了年少时的心愿，既然你已经得到了我，可以放手了。这些年来，难道你不觉得累吗？心不动，则不痛。我们都累了，都该歇歇了。就让我在佛祖前得到安宁吧。"

"没藏皎皎！你欺人太甚！"元昊起身，"你以为我只是……只是为了得到你的身体？你真把我当成一个好色之徒了吗？"

不知为何，看到这样的他，她觉得很心痛，知他此时并不明白自己的心意，便温言道："你别急呀。我可不是这个意思——只是如今我是佛门弟子，佛门岂是说进就进说出就出的？你的心意我明白了，就当是为了我，让我先安心休养些时日，把手头这些剩下的佛经整理好，都译成我们大夏文，到时再说，你看可好？"

这样的轻声软语，虽然元昊明知她仍是拒绝了他的提议，而责备的话却是说不出来，只是在她温柔气息中沉醉。

而她的这份温柔，却是从刻骨的伤痛中开出的一朵幻灭之花。她没有质问他是因流言而置遇乞于死地还是因其他什么而下此杀手，即便他告诉她真实的答案，又能如何？遇乞就可以死而复生吗？他与她、另一个他与她，他们今生今世难解的爱恨情痴就可以得到化解吗？

她无法忘记过去，却也只能面对现实。遇乞的死，在她的心上挖了一个大洞，至死无法弥补；而元昊，难道不是她从少女时代起便深入骨髓的痛吗？

遇乞的遗言叫她忘掉过去，重新活过，她知道，如果她辜负了他的心意，他在地下也不会安宁。事到如今，经历过千山万水，元昊的心意，她也不能完全无视。

云罗担心她左右为难，某日谏言道："事到如今，不如就随乌珠进宫去？"

没藏皎皎静默了片刻，声音中带着一丝冷笑："云罗，我说过，从今往后，我的命运不能再由别人主宰——就算是要进宫，也不是以这种方式。"

元昊命人好生关照没藏皎皎在戒坛寺的一切饮食起居，并特意寻了些在佛法经文上的得道之人，帮助她在此间整理翻译佛经。多年的积淀与孜孜以求，多次参与佛法论道，总是力辩群雄脱颖而出，渐渐地，西夏国中一位名为"没藏大师"的女尼声名鹊起，享誉夏国内外。

第九十五章　有喜

　　这日，没藏讹庞叫李守贵给没藏大师送来一批新进的印刷设备。此时，没藏大师已然开始组织人进行西夏文佛经的印刷了。元昊侍从官保宝吃多已恰巧也奉元昊之命为没藏大师送来新购的经卷笔墨等物，二人相遇，都从对方脸上看出了相同的神色。

　　当日，元昊皎皎在内室"解毒"，两人同在寺院，亦是从对方眼中看到同样嫉妒、担心、苦闷、凄楚的神色。当时，夜风寒凉，没藏讹庞微笑着看着那扇紧闭的禅门，心满意足道："今夜……应该没事了。大家也都去歇着吧。"其他人都心知肚明，暗笑着到下处安歇。暗夜里，只剩这二人以看月色为名伫立在后院之中，当时的惺惺相惜，当时的落落寡欢，只有自己与对方能懂。

　　而此时，阳光浓烈，当时的懂得变为防范，当时理解的眼神变为敌对与仇视。

　　他是什么东西，竟然还要赖在她身边?!

　　"怎么，你是没藏大人派来跑腿的吗？送东西的事儿，派个下人来不就行了？何必有事没事往寺庙里跑？"保宝先发难，嘴角是一抹讥笑，"回去禀报没藏大人，就说明晚我会去府上拜会，有要事与他相谈。"

言下之意，甚为明了——我与你家主子是同一水平的人，你只是个下人，没资格与我相争。

"在下一定回禀。"李守贵不卑不亢，好整以暇，"同时，还会将没藏小姐托在下带给没藏大人的这封家信带回。小姐边写信，边问在下，可还记得当初我们在天都山一起酿过的葡萄酒，她现在不得空，让在下有空再与她酿一些……不与这位大人多说了，在下得赶紧回去，安排小姐交代的事……"

这话中的意思也是显而易见——你别在我面前托大，你再有多大官职，与我无关，我与没藏家有解不开的缘，与没藏皎皎更是有着多年的交情，还有共同的回忆，甚至还可以继续共同做一些人间乐事……

两人都没在对方面前讨到好，还被对方气成内伤。两人都不是话多之人，而此时却是体会到了情敌相见分外眼红的内涵，只是这情敌，无凭无据，无来无由，做得也未免有些无趣。

依着保宝的性情，早对李守贵起了杀心，但他知道，皎皎说过，最见不得身边的人自相残杀，如果还希冀将来有朝一日能博得她的垂青，这个忌讳还是不犯为好。

两人在这一点上也颇为心意相通，李守贵想到先前没来由的争执，也觉得没意思，叹道："无论在下与大人何时结怨，向大人赔罪。此时，无论乌珠还是没藏大人，大家都希望没藏大师能顺利将这批经文译出成书。在下一介草民，还望大人多多提携。"

保宝此人向来阴鸷，遇事不露喜愠之色。他从小受尽冷遇，早早地就认定富贵险中求的道理，自己想要得到的东西，都必须去争，去抢，去毫不留情地占有。

尤其是，当他在人群中第一次看到没藏皎皎，他的心仿佛被什么狠狠击中，又仿佛被什么狠狠攫取，他在心中立下毒誓。

而此时，依附且面对着比他强大无数倍的帝王，他羡慕他的权势、他的地位，更嫉妒他的情人正是没藏皎皎。

他的心中是一种病态的占有，他一心只要皎皎，只要王的女人。

而此时，他明白，也许这一切都只会在梦境中才能发生，只能默默等待机会。

这日，元昊到戒坛寺。一个仙风道骨的女尼正在桌案前专心做着什么，旁边的云罗在抄经，绿珠等几个侍女在烹茶打扫，一副其乐融融的居家生活。

"你们倒是一条心，这日子过得美滋滋的。"

"乌珠来了。"她回头一笑，温和的笑意令他的心一暖。这么多年了，只有在她的笑容里，他才能感到真正的安宁。他心想，她难道是他的宿命吗？

"没藏大师这是做什么呢？"元昊凑近，见没藏皎皎正仔细地刻着一方印章，其上用西夏文写着几个小字："诸佛，自在方便，大慈悲。"极是精致，堪称巧夺天工。

元昊道："今日朝堂上，听说外方以为我大夏不识年轮，以草木记之，他们实在是太向往田园牧歌了。如果看到你这些作品，不知会不会羞得满脸通红。"

"我哪有你说得那么好。"皎皎吹掉最后一丝木屑，边收拾边说。

"有过之而无不及。"元昊笑道，"你不知你主持翻译印刷的那批佛经，在朝堂上和民间产生多大反响呢。人人都说没藏大师是大夏佛的使者。"

"我可不是什么大师……"

正说着话，绿珠端上茶点，元昊用了一点奶茶，这是特意为他准备的。在滚烫浓郁的气味中，皎皎突然皱眉，捂着胸口，似乎有所不适。

"怎么了？"

"没什么，可能是有些着凉。"皎皎正说着，突然转身呕了起来，侍女忙上前服侍，转入内室去了。

这边，面对元昊的疑问，云罗答："也没发现有什么病症，这几日似乎身上懒懒的，没有多少精神，也不让请医者，说是无碍，休息下就好了。"

元昊回去后，宫里便来了一个女医，说是乌珠命她来给没藏大师请脉的。

"我并没有什么病。不必这样兴师动众，特意请女医来。"这女医在宫中极有名头，也颇有些手段，与各方权贵相交，混得风生水起。没藏皎皎如此说，其实是不喜她来。

而那女医却以为皎皎夸她是个人物，她本就是个能说会道的，此时更要献些殷勤："没藏大师太过谦了，这是乌珠的心意，更是奴婢的本分。乌珠对您那可是没的说，宫里都传开了，乌珠正命人为您建造宫殿呢，那气派，只有大师配住……"

皎皎听她说得不伦不类，心中一惊，即使自己想避世，仍会被人如此编排，不欲让她再说下去，目视其一眼，那女医自知话稠了，忙道："奴婢也是想给大师道个喜——请大师伸出手来，让奴婢听诊。"

皎皎见此时已然是骑虎难下，只得让她诊脉。

那女医一搭脉，当即跪倒在地："恭喜大师，贺喜大师——您有喜了！"

"你说什么？"皎皎不敢相信自己的耳朵，云罗等人也是又惊又喜。

"千真万确！没藏大师有喜了！"

皎皎只觉得双脚如同踏在虚空之上，飘飘摇摇，一颗心没着没落。

她腹中有了孩儿。

她与元昊的孩儿。

皎皎怔怔地坐着，被女医唤醒，悄声对云罗吩咐了一句，云罗迟疑片刻，还是点了点头。取出一些金银，交给女医："请女医大人切莫泄露消息，只说没藏大师受了点风寒，调理几日便好。"

"这……"女医目瞪口呆，"这天大的好消息，还不得即刻让天下人都知晓啊？"

"照我说的做吧。"皎皎疲惫道。

那女医收了财物，只得迟疑着点头，满怀疑惑地去了。

屏退所有人，云罗道："您真的要这么做？"

"事到如今，我不能只顾自己，得为肚子里的孩儿考虑。"

"让乌珠来处理此事，岂不更妥？"

"宫廷深似海，朝堂多险恶。我不欲这孩子还未出生就搅到那滩浑水里去。"

云罗若有所思："那，我们去哪儿？"

"李守贵用先前乌珠送的那些财物在边境买了些田庄，我们可暂且住在那里，我们先从这里走出去再说……"

"只是要封锁消息怕没那么容易，那女医……"

"她收了钱财，应该还能保守一阵子，但不会长久，咱们得快。"

二人正收拾着，元昊已然走入院中，"你们这是要去哪里？"

原来，元昊见皎皎有恙，不知怎的，冥冥中感觉有异，心中突突直跳，担心她这边有所不报，特命人来诊脉。那女医本是拿人钱财，虽然明知将此等大事报与乌珠，定会有更大赏赐，正在惴惴间，元昊已命人传她面见，亲自垂问，天威之下，那女医哪里敢隐瞒，当即和盘托出。

元昊闻之大喜过望，生怕那边生变，即刻赶来。

没藏皎皎抬眼望了望天空，午后的天空，缕缕柳丝飘飘摇摇，她知道，自己的命运就此改变，或者说，自己终究落入命运的巨手之中。

两两相望，他曾说过，我要让你成为整个大夏最有权势的女人。兜兜转转，这么多年过去了，终于实现了，你还是回到了我的身边。

第九十六章　行宫

夏天授礼法延祚九年（1046年），李元昊在兴庆府建避暑行宫。

当年李德明看重怀远镇风水，认为怀远"西北有贺兰之固，黄河绕其东南，西平为其屏障，形势便利"，此地可控平原、傍山守险，便将根据地从河东的灵州迁至河西的怀远镇，改怀远为兴州，并"大启宫室"。从此，历史上宁夏北部的政治、军事、文化中心，由河东的灵州转移到河西的兴州（即今银川）。

宋明道二年（1033年），元昊升兴州为府，改称兴庆府。宋宝元元年（1038年），元昊称帝，定都兴庆府，正式建立了"东距黄河，西至玉门，南临萧关，北控大漠，延绵万里"的大夏国，创立了西夏国近200年的基业。后来，夏乾道元年至夏大安十一年（1068—1085年）改兴庆府为中兴府。

兴庆府作为党项地方割据政权的都城持续了近200年，其城镇建设空前发展。明代有诗云："当年拓地广千里，舞榭歌楼竞华侈""贺兰山下古冢稠""云锁空山夏寺多"。

元昊在其父李德明所建宫室的基础上，营造宫城殿宇、城池门阙和立国必备的宗庙、社稷，开辟了皇帝"亲耕"的籍田。从

1046年起，李元昊大张旗鼓扩大规模，扩建宫室，修御花园，绵延数里，亭榭台池极其华丽壮观。并在兴庆府周边营建离宫、佛祖院、帝王陵园，兴建高台寺及诸浮屠，城郊还营建了不少城堡要塞，使兴庆府成为西夏的政治、经济、文化中心。

兴庆府的城市设计，受唐代长安与北宋东京建设布局影响。城内有居民二十万，城呈长方形，东西倍于南北，"相传为人形"，护城河阔十丈。河水环绕古城流淌，形成水抱城之势，城内外驻军达十几万人，兴庆府可谓固若金汤。南北各有关城、两门，东西各一门。东曰清和，南曰南薰，西曰镇远，北曰德胜；西南曰光华，西北曰振武。城门上建有城楼。街坊呈棋盘形，街道宽直，有崇义等二十余市坊；皇家手工作坊也集中于城内；宗教场所有承天寺、高台寺、戒坛寺、佛祖院等；游览名胜有城西北部的避暑宫、贺兰山木栅行宫、城西十余里的快活林等；还有居民宅院、驻军营地、仓库馆舍、店铺酒楼及官营手工作坊，其中与建筑业有关的有木工院、砖瓦院、铁工院等，许多称谓保留至今。

兴庆府里皇家的宫殿园林所占面积很大，金碧辉煌、气势雄伟，是重袱的"楼阁"，内有雕梁画栋，厅堂曲径幽深，外有"墙圈""檐袱""抖拱"，宽敞富丽。官署宅第为复瓦砖木结构，普通市民则密集分布于数十个街坊之内，均为土屋或复式板屋，游牧之民则住毡帐。

西夏的建筑业，在李元昊称帝后有很大发展。西夏政权设立了木工院、铁工院、砖瓦院等管理建筑业的机构，并且在《天盛律令》中对各院职责性能做了详细规定。已涌现出石匠、木匠、泥匠、纸匠、漆油匠、雕刻匠、铁匠等与建筑业有关的技术队伍。

唐朝初年党项族以游牧为生，建筑业还不能成为专门的手工业。但是逐渐定居之后，由于社会经济的发展，到了北宋初期就有了明显的变化。李德明时，在鳌子山"大役民夫数万""大启宫室，绵亘二十余里，颇极壮丽"。

李元昊称帝，先于兴庆府内建避暑行宫，后又在贺兰山"大役丁夫数万，于山之东营造离宫数十里，台阁高十余丈"。此外，西夏还在其他地方修建了许多宫殿，这些宫殿、寺庙宏伟壮观，反映了西夏建国后建筑业得到很大发展，建筑技术达到了较高的水平。

从一些碑文、书籍的记录中发现，西夏时有石匠、瓦匠头监等称谓；有回廊、重栿、平五栿、檐栿、桅栿、椽准、檩、栏桅、柱脚、斗拱等建筑术语，这些都说明西夏建国以后在砖木建筑技术上日趋成熟。

这日，负责修建宫室的没藏讹庞站在兴庆府最高处，颇为自豪，对李守贵说道："以兴庆府为中心，西抵贺兰山，东达黄河畔，这山河之间四十余公里，搭建为一个都城的整体。宫城、寺院、行宫、陵园遥相呼应，你觉得怎样？"

"极有气象。西北之地，无有能出其右者。"随行的没藏府大管家李守贵道。

讹庞待李守贵颇为优厚，与之暗中有所盟约的元昊侍从官保宝吃多已对此暗示过不满，讹庞道："那人是理财神人，目前对我还有用。我知道，你与他都有一个心思，但是为了我们的大计，你先暂且容忍则个，以后有的是机会。"

而保宝未料到，等待的这个机会，在将来的某天却酿成杀身之祸。

这些年来，没藏讹庞一直在重要职位上任职，官运亨通，加之颇有才干，其手中积累的财富富可敌国，而当他俯瞰着这城池城郭时，心中升起的是更大的梦想。

修建这些城池算什么？将来的某一天，他要掌管这个城池，掌管这个国家。他希望能以他的聪明才智，带领这个国度走向辉煌。

妹妹没藏皎皎有孕，成为他位极人臣的极大砝码。而一个男婴的出生，则撬动了他的帝师之梦。

夏天授礼法延祚十年（1047年）二月六日，没藏皎皎在随李元昊打猎时生下一子，因此地为"两岔"之地，元昊遂为其起名李谅祚，养于没藏讹庞家。

次月，元昊任没藏讹庞为国相。讹庞一时大权独揽，踌躇满志，夏国权贵争相与之结交。

太子宁令哥生母野利碧珏被打入冷宫，终生不得见李元昊。宁令哥暗中去探视，见母亲早已形容枯槁，如同死灰，要么几日不发一言，要么整日自言自语一刻不停歇。见了他也先是目不转睛地看着，然后惊恐大叫："孩儿，你快跑，快跑！他们就要来杀你了！"

第九十七章　孽缘

　　宁令哥心中极为悲痛、怨愤，认定这一切都是拜他亲生父亲所赐。如今，野利氏已然没落，母后被废，他没有母族撑腰，朝中原先聚集在他身边的权贵如今大都在观望。加之，父亲的情妇没藏氏诞下男婴，那母子二人极为受宠，风向更是大为转变，连先前一直拿他消遣的没移丹也对他没了兴致，私下见他也只是哭诉元昊一心只想着那个狐媚子，对她颇为冷淡。这话听在宁令哥耳中，却是另一番苦楚滋味。他在心中暗想，如果换了他，决不让明珠蒙尘。

　　宁令哥心里的仇恨更盛，将这一切都记到元昊头上。宁令哥本来对没藏家族没有好感，在他几乎举目无亲无所依仗之时，幸好没藏讹庞一直对他青眼有加，没藏讹庞虽是那妖妇没藏皎皎的兄长，却对他颇多照拂。且讹庞多次暗示，他与那同父异母的妹妹没藏皎皎向来不和，并无多少亲情，只是碍于家族，表面上不得不维系而已。如今当了国相，仍是未曾冷落他，不时到他府上探视，与他商议朝政。宁令哥自视是个知恩图报之人，心中暗下决心，将来登基，一定厚待讹庞。

　　这几年，元昊对宁令哥颇为冷淡。朝堂之上，对他都是爱搭不理，私下里更是少有召见，宁令哥心中又是焦急又是愤怒。

没藏皎皎自从有孕尤其是生产之后，心性颇有些转变。曾经与她说些国家大事，她从不在意，也不参与，如今讹庞有意无意地提起元昊对谅祚的宠爱及他们没藏家族未来的前途，皎皎似乎颇为所动，讹庞道："就算不为自己考虑，也得为孩儿打算——哪个当娘的愿意自己的儿子将来活在人家的掌心里？"

此话对没藏皎皎触动极大，想这一生，虽然被人艳羡，但何尝不是活在他人的掌心之中？忆起年少时与遇乞、元昊一起在草原上骑马嬉戏，那是何等快活！希望自己的儿子将来也能领略到那些欢乐，不必去体会命运交付他人之手的无奈。

而当讹庞有意无意间说起或许将来他们没藏家族可以掌控江山之时，没藏皎皎正色道："不可。"

"为何？"讹庞道，"王侯将相宁有种乎？"

"哥哥！"皎皎道，"如今你已贵为国相，一人之下万人之上，还要怎样？更何况，元昊不仅是谅祚生父，也是我们大夏国的灵魂与支柱。我们没藏家如今被视为肱骨，怎可有此等想法？"

讹庞闻言，笑了一笑，"为兄也只是为了谅祚打算，这样说说而已，妹妹何必着急。我也是托妹妹的福，承蒙乌珠抬爱，这才得以暂居相位，怎能不知恩图报？"

见皎皎神色稍缓，讹庞道："只是，将来如果有那样的机会，有那样的一天，妹妹可别死脑筋，一定要以没藏家族的荣耀为先，切不可小女儿心态。"

皎皎听他话里有话，见他也不愿再说下去，自己也不愿去想那些有的没的，总觉得哥哥也只是有些好高骛远，当下默然。

　　讹庞望着她将睡榻上的婴儿抱入怀中低声呢喃，心里冷笑："妹妹，你就等着看好戏吧——这么些年来，为兄我，也该收网了。"

　　转眼又是寒冬季节，千里冰封。眼看着又快到新年了，宁令哥受到邀请，到国相府中饮宴，讹庞叫人取出好酒招待。

　　而讹庞从不饮酒。有次他私下里对没藏皎皎说："多少英雄豪杰因酒误事，我绝不能栽在这上头。"

　　而宁令哥酒过三巡，因心中苦闷，已经微醺，讹庞装模作样道："乌珠宠爱没藏氏，也不过是听巫师说这个女人能生养。乌珠是想多生一些子嗣，将来也好从中挑选继承者。"

　　"国相说得当真？"宁令哥气极。原来如此，难怪他迟迟不愿将与太子匹配的权力委任于他，原来是另有居心。

　　"不光如此，"讹庞压低声音在他耳边道，"我那妹妹说了，那孩子一出世，乌珠就对她不管不顾，其实他心里根本没有她，心心念念的还是没移丹。前夜里醉酒，把她当成没移丹了。说，阿丹放着年轻的宁令哥不要，偏要他，可见他比起那些毛头小伙子，不知强到哪里去了。开春了，他很快就要立没移丹为皇后……"

　　"岂有此理！"宁令哥生生捏碎手中的酒杯，鲜血染红了残破的杯盏。

　　"求国相教我！我该怎么办？"

　　没藏讹庞一声叹息，"我也是泥菩萨过江，自身难保啊。"

　　"怎么说？"

　　"我对乌珠的侍从官保宝有旧恩，他向我透露，乌珠命我为国相，也只是权宜之计，借我的手把朝中一些不容易对付的钉子拔掉，我的用处也就到头了，到那时，卸磨杀驴，我还不知有什么下场呢。"

"竟有此事？"宁令哥惊疑不已，"那，我们该怎么办？"

"为今之计，人为刀俎，我为鱼肉，咱们也只能等死了……乌珠已然坐稳了江山，该是鸟兽尽、弓箭藏的时候了。不光是没藏家，他也厌恶野利部族所有人，说他想到野利碧珏就心塞，要找个机会把那冷宫中的娘们杀了一了百了……"

"什么？他还是人吗？"宁令哥拍案而起，"我……我要杀了他！"讹庞惊慌地看看四周，"太子切莫乱说！"

"太子？"宁令哥冷笑，"我算哪门子太子？如今连个要饭的都比我强！他不把我当儿子待，不把我当人看，还要对我母亲下杀手，我为何要尊他为君为父?! 不行，为了我母亲，我这就去！"说着，拿起佩刀，就要起身出门。

讹庞忙拦住他，低声道："太子，此乃大事，不可鲁莽。"拉他重新入座，长叹一声："罢了！如今，咱们也算是一条绳上的蚂蚱，跑不了你也跑不了我。为求自保，是时候出手了，但咱们为求万无一失，得好好筹划筹划……"

正月十四日夜间，没藏讹庞见时机已到，对宁令哥道："听说近来乌珠身体不适，纵欲过度，怕是终归不大好……如果将来什么时候长生天要将他收去了，我等定当拥戴太子做大夏皇帝！"

"当真？"宁令哥激动地坐了起来，沉吟半晌，"何需等长生天，何需等到将来什么时候——明日，这一切就要有个结果！明日，我就去将他送给长生天！"

宁令哥决定铤而走险。

这便发生了开头的那一幕。

李谅祚即位后，因年幼，太后没藏皎皎摄政。

第九十八章　湮灭

　　没藏讹庞以诺移赏都等三大将久掌兵权，令分掌国事，自任国相，总揽朝政。没藏讹庞因在没藏大族中为长，在朝中贵为国相，权倾朝野，出入仪卫侔拟于王者。四月，宋朝方面派遣尚书刑部员外郎任颙出任册封使臣，供备库副使宋守约出任副使，册封李谅祚为夏国国主。

　　讹庞以元昊遗物献给辽主，又于次年改元，称延嗣宁国元年。十二月，夏亦遣使到宋朝谢册封，并献马驼各50匹，宋朝设宴招待夏使臣并赐物。其时，辽以南壁旧怨不肯对谅祚行册封，又借口夏所遣贺正使迟期，遂羁留夏使，欲集兵讨伐。没藏氏闻讯后，又遣使赴辽以观动静，使臣再次被扣留。

　　夏延嗣宁国元年（1049年）七月，辽兴宗为雪兵败南壁之耻，趁夏新主谅祚初立，下诏亲征。夏军匆忙应战，一路败退。次年五月，辽军进至兴庆府周围，纵兵大掠，又攻破贺兰山西北之摊粮城，抢劫夏仓粮储而去。辽夏第二次贺兰山之战，西夏大败，损失惨重，向辽称臣。

　　十月至十二月，没藏氏又两次派遣使臣赴辽，为谅祚上表请和，并请求向辽称藩、称臣，辽兴宗都置之不理。辽兴宗以谅祚幼弱，朝中强臣用事，为遏制夏，加强防卫，于边境布置重兵。这对夏的威慑很大，不时遣使赴辽进呈表章、纳贡、献马驼。

谅祚初立时，诺移赏都等三大将各拥强兵驻守在外，没藏讹宠还有所顾忌。三大将逐一离世后，他便为所欲为。没藏讹宠连年侵扰宋朝沿边堡寨，夏福圣承道三年（1055年），又派兵侵占了宋朝麟州西北屈野河（今陕西境内窟野河）以西的肥沃耕地，令民种植，收入归己。宋方一再交涉，讹宠采取"迫之则格斗，缓之则就耕"的对策。

夏福圣承道四年（1056年），李谅祚九岁，已渐通世事，常常跟随好佛的母后没藏皎皎到新建成的兴庆府西承天寺中礼佛。没藏皎皎本喜出游，常令街市张灯结彩，众骑士侍卫夜出游乐。

野史记载，没藏皎皎在戒坛寺为尼时，先同先夫野利遇乞出纳官李守贵交往甚密，后又与元昊的侍从官保宝吃多已暗通款曲，李守贵为此图谋杀死没藏皎皎与保宝。这一年的十月间，没藏皎皎与保宝吃多已到贺兰山狩猎，夜归途中，突然有番兵数十骑跃出，击杀没藏皎皎与保宝。没藏讹庞查知此事为李守贵所为，他因侵占屈野河田事被负责巡视的李守贵据实禀报了没藏皎皎，被没藏皎皎责令归还所侵之田而与李守贵结怨，此时正好借机报仇，没藏讹庞遂下令灭李守贵全家。

夏福圣承道四年（1056年），没藏皎皎死，没藏讹庞恐失去朝政大权，便将女儿嫁给李谅祚做皇后，继续把持朝政。夏奲都三年（1059年），李谅祚开始参与国事，他见讹庞在朝堂上飞扬跋扈，胡作非为，对其专权日益不满。讹庞借故诛杀了李谅祚的亲信六宅使高怀昌、毛惟正。李谅祚深知此乃杀鸡儆猴，对讹庞专断朝政更加不满，就对讹宠的政敌大将漫咩屈尊礼敬，纳为心腹。

李谅祚与讹庞儿媳梁氏私通，后来讹庞父子密谋欲杀李谅祚，梁氏告密。李谅祚在大将漫咩等的支持下执杀讹庞及其家族，又杀妻没藏氏，结束了没藏氏专权的局面。夏奲都五年（1061年），李谅祚开始亲理国政。

西夏政权历经189年，传10主，于1227年被蒙古所灭。